DROEMER

Über die Autorin:

Priska Lo Cascio, Jahrgang 1972, ist schon seit Kindertagen von Geschichte fasziniert. Wenn sie nicht gerade schreibt, stöbert sie oft und gern durch herrlich verstaubte Archive und taucht so in frühere Zeiten ab. Sie lebt mit Mann und Sohn in Zürich.

PRISKA
LO CASCIO

DIE STUNDE ZWISCHEN NACHT UND MORGEN

ROMAN

DROEMER

Besuchen Sie uns im Internet:
www.droemer.de

Aus Verantwortung für die Umwelt hat sich die Verlagsgruppe Droemer Knaur zu einer nachhaltigen Buchproduktion verpflichtet. Der bewusste Umgang mit unseren Ressourcen, der Schutz unseres Klimas und der Natur gehören zu unseren obersten Unternehmenszielen. Gemeinsam mit unseren Partnern und Lieferanten setzen wir uns für eine klimaneutrale Buchproduktion ein, die den Erwerb von Klimazertifikaten zur Kompensation des CO_2-Ausstoßes einschließt. Weitere Informationen finden Sie unter: www.klimaneutralerverlag.de

FSC
www.fsc.org
MIX
Papier aus verantwortungsvollen Quellen
FSC® C014496

Originalausgabe November 2021
Droemer Taschenbuch

Ein Imprint der Verlagsgruppe
Droemer Knaur GmbH & Co. KG, München

Redaktion: Birgit Förster
Covergestaltung: ZERO Werbeagentur, München
Coverabbildung: © Rekha Garton / Trevillion Images und Bettmann / Kontributor / gettyimages
Satz: Adobe InDesign im Verlag
Druck und Bindung: GGP Media GmbH, Pößneck
ISBN 978-3-426-30787-8

2 4 5 3

*»Als wir Köln wiedersahen, weinten wir.
Das zerstörte Köln hatte,
was das unzerstörte nie gehabt hatte:
Größe und Ernst.«*

Heinrich Böll

TEIL 1

SCHICKSALE

1 BOMBENSTURM

Köln, 2. März 1945

Morgennebel stieg vom Rheinufer her auf, waberte über die Schutthaufen, während das durchdringende Aufheulen der Alarmsirenen über die Ruinenskelette der Innenstadt hallte.

Keuchend kletterte Mattes Dreesen den Geröllberg hoch, schlitterte auf der anderen Seite hinunter und scheuerte sich dabei das Schienbein wund, während er sich seine Beute an die Brust drückte. Ein Jutesack mit einer Zwiebel, zwei verschrumpelten Kartoffeln und zwei verbeulten Konservendosen mit Fleischwurst. Er hatte Glück gehabt, das stundenlange Durchwühlen ausgebombter Keller hatte sich ausgezahlt. Man durfte sich dabei nur nicht erwischen lassen. Plünderei wurde hart bestraft, manchmal sogar durch Erschießen.

Die auf- und abschwellende Sirene des Fliegeralarms schien die Luft zum Vibrieren zu bringen. Es roch noch immer nach dem Rauch der Feuer vom letzten Angriff vorgestern. Brandbomben hinterließen stets diesen säuerlichen Gestank. Mit seinen dreizehn Jahren konnte sich Mattes kaum mehr daran erinnern, dass es in Köln je nach etwas anderem gerochen hatte.

Er rannte über den kleinen Platz vor der Gereonskirche, in deren Nordwestflanke ein Loch klaffte, als hätte Gott eigenhändig einen Spalt durch die Mauer des Dekagons getrieben. Gottes Zorn oder eine Bombe der Gegner – das Ergebnis war dasselbe.

Nur noch wenige Schritte. Gleich da drüben lag die Norbertstraße mit dem öffentlichen Schutzkeller. Dort wohnten er und Mutter jetzt. Zusammen mit vielen anderen Leuten, deren Häuser und Wohnungen zu Schutt und Staub zerbombt worden waren. Wenigstens waren sie so nicht allzu weit von ihrem einstigen Zuhause an der Friesenstraße entfernt. Da stand noch immer die eine Mauerhälfte mit der Eingangstür zu Vaters Apotheke. Der einzige, vom Feuer verkohlte Überrest.

Mattes strauchelte über einen Geröllbrocken, fiel hin, ließ dabei den Jutesack fallen. Die Konservendosen schepperten, eine Kartoffel kullerte aus dem Sack und rollte davon.

Sogleich rappelte er sich wieder auf. Und dann hörte er es. Jenes dumpfe, immer lauter werdende Dröhnen von Motoren, das einem sogar im Bauch nachhallte.

Er sah auf. Der Morgenhimmel im Westen war dunkel geworden. Verdeckt von unzähligen Bomberfliegern. Die Geschosse der Flak vom Butzweiler Hof trommelten ihnen entgegen.

»Mach schon, Junge! Runter in den Keller«, brüllte ihm der Luftschutzwart Jupp von der anderen Straßenseite her zu.

Die Kartoffel. Er musste die davongerollte Knolle holen, Mutti sollte doch endlich wieder lächeln. Zum ersten Mal, seit Vater in Norwegen gefallen und Hannelore, Mattes' ältere Schwester, bei einem Fliegerangriff im Juni voriges Jahr ums Leben gekommen war.

Die Bomben fielen bereits drüben in Ehrenfeld. Mattes kannte das Geräusch, er hatte es schon so oft gehört: zuerst das lang gezogene Kreischen, dann jenen winzigen Moment der Stille. Das letzte Atemholen, bevor die Wucht der Explosionen alles zerfetzte.

So schnell er konnte, klaubte er die Kartoffel vom Boden, hastete über die Straße, dem alten Jupp mit seiner viel zu eng sitzenden Uniform entgegen.

»Rein mit dir.« Der Schutzwart zog ihn am Arm heran. »Wird gleich mächtig ruppig werden da draußen.«

Ein letzter Blick zurück. Die ersten Fliegergeschwader wummerten über das Neustadt-Viertel. Dunkle Schatten im Morgennebel.

Die Bomben schlugen ein, kaum dass Jupp die dicke Stahltür hinter sich verriegelt hatte. Die Explosionen brachten das Gewölbe zum Erzittern. Kalkmörtel rieselte zu Boden.

Unten im Keller saßen die Leute auf Holzbänken, Sandkisten, Koffern, Kleiderbündeln oder auf den schmalen Schlafpritschen entlang den Wänden. Frauen mit gebeugten Schultern und Rosenkränzen in den Händen. Mütter, die ihre Kinder an sich drückten. Ein paar der Kleinsten wimmerten, die anderen saßen nur still da. Im Schein der Karbidlampen wirkten ihre Gesichter noch bleicher. Elektrisches Licht gab es hier schon seit letztem Oktober keines mehr.

Neben dem Kellereingang standen zwei Fässer mit Löschwasser, drei Spaten und zwei Hacken. Für den Fall, dass ein Feuer ausbrach oder der Zugang durch Geröll verschüttet wurde. In der Wand am anderen Ende des Raums war ein Durchbruch in den angrenzenden Keller – eine kleine, durch zwei Querstäbe verriegelte Klapptür aus Holz. Der Notausgang. Direkt daneben starrten in schwarzen Lettern die Worte »Hinsetzen! Ruhe bewahren! Nicht rauchen!« von der Wand. Auf umgedrehten Obstkisten zwischen den Sitzreihen brannten zwei Kerzen. Damit man es rechtzeitig bemerkte, falls die Luft im Raum schlecht wurde, denn dann fingen sie an zu flackern.

Vorsichtig bahnte sich Mattes den Weg über Taschen, Körbe und Beine zu der Schlafpritsche, die er sich mit seiner Mutter teilte. Zwei Decken lagen ordentlich gefaltet da, der Koffer mit ihren Habseligkeiten und Ausweisen sowie das Bündel, das auf den ersten Blick wie ein paar alte Kleider aussah. Darin waren Vaters gute Schuhe und der Familienschmuck eingewickelt. Doch Mutti war nirgends zu sehen.

»Bei der Agnes Völkl drüben an der Helenenstraße haben die Wehen eingesetzt«, flüsterte eine Pritschennachbarin. »Sie haben deine Mutter gerufen, kurz bevor der Alarm losgegangen ist.« Sie zuckte beinahe entschuldigend die Schultern. »Außer ihr gibt's im ganzen Viertel keine andere Hebamme mehr.«

Sofort fuhr Mattes herum, stürmte zur Treppe in Richtung Ausgang, ohne Jupp zu beachten, der ihm noch nachbrüllte, dass er sich gefälligst hinsetzen sollte. Doch in diesem Moment schlug eine Bombe in direkter Nähe ein.

Die Wucht der Explosion presste Mattes schier die Luft aus der Brust. Der Boden unter seinen Füßen schaukelte, brachte ihn zu Fall. Er prallte mit der Schulter gegen die Wand und blieb dort am Boden kauern. Die Hände über den Kopf legen, sich nach vorn beugen und ganz klein machen, so hatte Mutti immer gesagt.

Frauenschreie und Kinderschluchzen und ohrenbetäubendes Krachen. »Vater unser, der du bist im Himmel.« Ein den Bomben entgegengebrülltes Flehen um Gnade.

Mattes kniff die Augen fest zusammen und duckte den Kopf noch tiefer zwischen die Arme. Deckenverputz prasselte auf seinen Rücken. Mörtelstaub knirschte zwischen seinen Zähnen. Er schmeckte Salz im Mund.

Das nächste tosende Wummern. Der nächste Knall. Die nächste Explosion. Wieder und immer wieder. So lange, bis jedes Zeitgefühl verloren ging. So lange, bis man an nichts anderes mehr denken konnte. So lange, bis jede einzelne Erschütterung im Körper nachhallte, als wäre man ein hilflos durch die Luft wirbelnder Mörtelbrocken.

Und dann herrschte auf einmal Stille. Es konnten Stunden vergangen sein oder vielleicht sogar Tage, Mattes wusste es nicht. Die Leute hatten inzwischen aufgehört zu beten, Vergebung und Gnade gab es ohnehin keine mehr, oder es fehlten ihnen die Worte.

»Ist es vorbei?«, fragte eine dünne, zitternde Mädchenstimme.

Blinzelnd sah er auf. Er erkannte die Leute, die noch immer

dort auf den Bänken entlang der Wände hockten. Erschöpfung lag auf ihren Gesichtern, während sie sich einer nach dem anderen bekreuzigten. Staubschwaden kringelten sich im Lichtschein der Laternen.

Mattes hustete und kam wankend auf die Beine. In der Hand hielt er noch immer die Kartoffel. Seine Finger hatten tiefe Dellen in die runzlige Schale gegraben.

»Jemand verletzt?«, rief Jupp in die Runde.

Doch Mattes rannte die Treppe hoch, noch bevor die Entwarnungssirene ertönte.

Mutti.

Er musste alle Kraft aufbringen, um den schweren Hebel zu bewegen und die Stahltür wenigstens so weit zu öffnen, dass er sich hindurchzwängen konnte.

Draußen schlug ihm Hitze entgegen. Kein Feuersturm, dafür gab es in den Ruinen Kölns nicht mehr genügend eng nebeneinanderstehende Häuser, die einen solchen hätten verursachen können. Trotzdem wirbelten Funken sowie Aschefetzen durch die Luft, Rauch- und Staubschwaden verdunkelten den Himmel, machten das Atmen schwer und brannten in den Augen.

Auf der gegenüberliegenden Straßenseite hatte bis vor dem Angriff noch eines der wenigen beinahe unversehrten Gebäude des Viertels gestanden. Jetzt war das Dach mitsamt dem oberen Stockwerk weg. Von den Sprengbomben zu Trümmern zerschlagen. Flammen loderten aus den Fensterlöchern im Erdgeschoss und der offenen Tür, über der, an einem einzelnen Haken hängend, ein Schild mit der Aufschrift »Fleischerei Schuber« schaukelte. An der Hausecke klebte ein Plakat mit den Worten »Unerschütterlich. Kampfentschlossen. Siegesgewiss!«. Eine Gruppe Zwangsarbeiter versuchte vergebens, den Brand zu löschen.

Mattes rannte los. Mutti. Sie war in der Helenenstraße. Er versuchte, nicht auf die Krater zu achten, die zwischen den Schuttbergen klafften. Auf den von der Wucht einer Detonation in der Mitte wie ein Streichholz umgeknickten, astlosen Baum. Geschweige denn auf den zur Unkenntlichkeit verbrannten Körper, der dort unter den qualmenden Balken eines eingestürzten Dachstuhls lag.

Ihm stockte der Atem. Vor lauter Rauch und immer größer werdender Angst.

So schnell er konnte, kletterte Mattes über Geröll, rannte und kroch. Hielt nur kurz inne, um nach Luft zu schnappen oder weil Rauch und Staub ihm die Sicht nahmen und er in die falsche Richtung lief. Die Trümmerhaufen sahen alle gleich aus, machten eine Orientierung unmöglich. Brennende Häuserskelette überall. Mit leeren Fensterhöhlen, die aussahen wie klaffende Mäuler. Dazwischen lagen Leichen mit von der Hitze wie Wachs geschmolzener Haut.

Mutti.

Sie hätten schon vor Monaten aus der Stadt fliehen sollen. Zu Tante Myrta ins Bergische Land. Die Gauleitung hatte sogar ihre Zwangsevakuierung angeordnet und sie beide in einen Zug nach Mecklenburg-Vorpommern gesetzt. Doch sie waren beim ersten Halt wieder ausgestiegen und heimlich zurückgekommen. Zu groß war die Angst davor gewesen, dass man sie womöglich trennte. Geschichten von Kindern im arbeitsfähigen Alter, die bei Bauern in Ostpreußen landeten und geschlagen und wie Knechte behandelt wurden, hörte man schließlich überall. Außerdem hätte niemand Mutter aus Köln vertreiben können. »Was, wenn dein Bruder zurückkommt und uns nirgends findet?«, hatte sie immer gesagt.

Sein Bruder Helmut, der Älteste von ihnen, war irgendwo an der Ostfront. Mattes hatte ihn seit dreieinhalb Jahren nicht mehr gesehen, und der letzte Brief lag auch schon mehr als zwei Jahre zurück. Ob Helmut überhaupt noch lebte?

Mattes kam ins Stolpern, als er die Friesenstraße und die Stelle unweit des Römerturms erreichte, wo Agnes Völkl zusammen mit ihrem Großvater im Keller eines ausgebombten Hauses wohnte. Er kannte den Ort, er hatte Mutti gestern noch hierher begleitet. Doch von dem Haus war nur noch die Rückwand übrig geblieben und ein nach Schwarzpulver stinkender Krater, aus dem Qualm und Hitze aufstiegen.

Fieberhaft kletterte Mattes über Schutt und Scherben, versengte sich dabei die Hände und Knöchel an den noch heißen Mauerbrocken. Egal.

»Mutti!«, brüllte er. Es klang wie ein ersticktes Schluchzen.

Ich hab doch so viel Essen für uns gefunden. Es reicht bestimmt für eine Woche.

Er bemerkte den fremden Mann erst, als kräftige Hände ihn an den Schultern zurückrissen. »Hör auf damit, Junge.«

Mit aller Kraft versuchte Mattes, sich aus dem Griff zu befreien, trat um sich, zerrte, brüllte und schluckte salzige Tränen. »Meine Mutter! Ich muss zu meiner Mutter! Sie ist da unten im Keller.«

»Da gibt's nichts mehr. Das hat keiner überlebt.« Der Mann zog ihn unerbittlich von dem Krater weg, hielt seine Arme fest und drückte ihn so lange an sich, bis er keine Kraft zur Gegenwehr mehr hatte.

Stumm ließ Mattes sich dann bis hinunter zur Straße zerren und auf einen umgestürzten Mauerrest niederdrücken. Sein Körper und sein Kopf waren taub geworden, er spürte nicht einmal mehr die Brandblasen an den Fingern.

»Hier, trink«, sagte der Mann und hielt ihm eine verbeulte Feldflasche hin. Ein Soldat. Grauer Staub klebte ihm in den Haaren, im Gesicht, auf seinem Mantel. Er musste während des Bombenhagels in irgendeinem mit Kalk getünchten Kellerloch ausgeharrt haben, und er hatte sich sämtliche Rangabzeichen und Litzen von der Uniform gerissen.

Sofort wich Mattes zurück. Ein Deserteur.

»Ich beiß dich schon nicht.« Der Soldat ging vor ihm in die Hocke, wischte sich mit rußgeschwärzten Händen übers Gesicht. Er war noch jung, um die zwanzig Jahre vielleicht, auch wenn seine Augen so starr wie die eines alten Mannes wirkten. Kein Rheinländer, dazu klang sein Dialekt zu fremd.

»Du bist nicht beim Volkssturm?«, fragte er dann.

Stumm schüttelte Mattes den Kopf. Er war noch zu jung fürs Aufgebot, das galt erst ab sechzehn, und Mutti hatte ihm verboten, sich freiwillig zu melden, obwohl er damit der Einzige seiner Kameraden aus der Jungvolk-Jungenschaft war. Sein Freund Willy zum Beispiel war vorige Woche dreizehn geworden und hockte nun in irgendeinem Schützengraben zur Stadtverteidigung in Ossendorf. »Ich habe schon den Rest meiner Familie an den Krieg verloren. Mehr geb ich dem Hitler nicht«, hatte Mutti jedoch verkündet. Und wenn Else Dreesen etwas mit derartiger Inbrunst sagte, dann konnten weder der Herrgott oder die heilige Ursula noch die Reden des Propagandaministers Goebbels sie umstimmen.

Der Soldat nickte. »Recht hast du. Es ist ohnehin alles verloren, die Amerikaner rücken uns immer näher auf die Pelle. Wer klug ist, macht sich vorher dünn.«

Sogleich rief Mattes: »Aber das ist Fahnenflucht. Die Gauleitung …«

»Die können mich alle mal«, schnitt ihm der Soldat das Wort ab. »Schwafeln vom Kampf bis zum Ende, dabei hat sich der feine Herr Gauleiter Grohé mit seinem Stab schon längst über den Rhein abgesetzt.« Er stieß ein kurzes, heiseres Lachen aus. »Ja, so sieht's aus, Kleiner. So und nicht anders.« Langsam kam er auf die Beine. »Wie heißt du überhaupt?«

»Matthias. Matthias Dreesen. Aber hier im Viertel nennen mich alle Mattes«, gab er leise zurück und zog die Nase hoch.

»Also schön, Mattes. Hast du noch Verwandte irgendwo?«

»Nicht in der Stadt. Aber meine Tante lebt draußen in Radevormwald.«

»Dann geh dorthin, solange du noch kannst. Hier ist nichts mehr zu retten. Geh, bevor die Amis kommen.« Damit schulterte er seinen zerschlissenen Rucksack, drehte sich um und ließ Mattes einfach sitzen.

»Aber ich kann nicht weg«, rief der Junge ihm nach und fügte leiser hinzu: »Ich muss doch auf Helmut warten.« Außerdem konnte er Mutti doch nicht allein hier zurücklassen. Unwillkürlich senkte Mattes den Kopf, drückte die Hände fest auf die Augen, die sich mit Tränen füllten, ohne dass er etwas dagegen tun konnte.

Mutti.

Als er wieder aufsah, war der Soldat verschwunden.

Irgendwo in der Nähe brach ein Haus zusammen, Mattes hörte das Krachen und die Schreie von Männern und Frauen. Doch er blieb auf der umgestürzten Mauer sitzen. Allein. Reglos und mit blutigen Händen und Knien, während ihm die Tränen übers Gesicht liefen. Um ihn herum nichts als rauchende Trümmer.

Irgendwann verstummten auch die Schreie. Übrig blieb nur Leere. Und das würgende Gefühl von Wut und Hilflosigkeit. Warum hatte Mutti bloß nicht aus der Stadt weggehen wollen? Warum? Und jetzt? Sie durfte nicht tot sein. Nicht sie auch noch. Was sollte denn aus ihm werden? Er hatte doch sonst niemanden mehr. Tante Myrta in Radevormwald kannte er kaum. Sie und Vater hatten sich nie besonders nahegestanden.

Erst als ein Lösch- und Bergungstrupp, bestehend aus vier älteren Männern, an ihm vorbeieilte, regte sich Mattes, stand auf und wischte sich mit dem Ärmel seines Wollpullovers übers Gesicht. Er beobachtete, wie die Männer, mit Spaten und Schaufeln bewaffnet, den Trümmerhaufen hochkletterten, und folgte ihnen. »Nichts mehr zu machen. Gehen wir weiter«, hörte er einen von ihnen sagen.

»Nein! Meine Mutter ist im Keller da unten«, rief Mattes und rannte näher.

Einer der Männer nahm den Helm vom Kopf. Seine Stirn war schweißnass. »Du bist doch der Junge vom Apotheker an der Friesenstraße. Ich hab deinen Vater, den Hennes, gut gekannt«, sagte er und setzte den Helm wieder auf. Dabei sanken seine Schultern ein Stück tiefer. Nach so vielen Toten und Gefallenen sparte man mit Worten der Anteilnahme und behalf sich mit simplen Gesten.

»Wenn deine Mutter da unten war, hat sie es vielleicht noch rechtzeitig in einen der angrenzenden Keller geschafft«, erklärte der Mann schließlich und zeigte mit ausgestrecktem Arm in Richtung Westen. »In diesem Viertel ist da unten ein ganzes Tunnelsystem von Luftschutzräumen und Kellern. Die verlaufen fast bis nach drüben zum Kaiser-Wilhelm-Ring. He, wo willst du denn hin?«

Doch Mattes war schon losgerannt. Zuerst zurück in den öffentlichen Luftschutzkeller an der Norbertstraße. Ein Glück, keiner hatte seinen Jutesack mit dem Essen gestohlen. Eilig stopfte er die ganzen Habseligkeiten und eine Decke in den Rucksack. Sobald er Mutti fand, würde er ihnen einen neuen Schlafplatz suchen. Er hatte selbst als kleines Kind nie an Wunder geglaubt, doch jetzt klammerte er sich mit aller Kraft an der Hoffnung fest. Was, wenn der Löschmann recht hatte und Mutti noch rechtzeitig in einem anderen Keller untergekommen war?

Dann begann er mit seiner Suche. Durch jede Straße, die von der Helenenstraße in Richtung Kaiser-Wilhelm-Ring verlief. Durch jeden Keller und in jede noch so unscheinbare Mauerecke. Er fragte alle Leute, die ihm begegneten, half für ein Stück Brot auch beim Freischaufeln verschütteter Kellereingänge mit.

Möglicherweise hatte Mutti auch bei ihrer Freundin in Ehrenfeld Zuflucht gefunden. Die Zerstörung in den Vororten hielt sich im Vergleich zur Innenstadt noch in Grenzen. Vielleicht suchte sie inzwischen ebenso nach ihm?

Solange auch nur ein Funken Hoffnung bestand …

Er suchte tagsüber und schlief während der Nächte in Unterschlüpfen in den Ruinen. Das Wetter blieb trocken, und auch die Sirenen des Fliegeralarms heulten seither nicht mehr.

Nach zwei Tagen hatte sich die Staub- und Rauchwolke über Köln gelegt und gab die Sicht auf die beiden Türme des Doms frei, die sich dunkel und stumm über dem Schutthaufen der Altstadt erhoben. Abwartend. Denn statt der Sirenen kamen nun Nachrichten, die eine fast lähmende Atemlosigkeit mit sich brachten: Die Amerikaner standen vor Bickendorf und Ossendorf. Das Ballern der Artilleriefeuer der Verteidigung hallte den ganzen Tag lang bis in die Innenstadt hinein. Doch an den wenigen noch verbliebenen Fenstern hingen auf einmal weiße Tücher. Die Kölner waren müde vom Krieg. Jetzt warteten sie auf das, was dort von Westen her auf sie zukam.

Es war früh am Morgen des vierten Tages seiner Suche, als Mattes sich, die Venloer Straße entlangmarschierend, auf den Weg zu Mutters Freundin Ingeborg nach Ehrenfeld machte. Eben hatte er die Kreuzung der Bismarckstraße überquert, als er das Rumpeln hörte. Der Boden erzitterte, man konnte es deutlich spüren. Sofort schlüpfte Mattes hinter den Pfeiler einer Hauswand.

Das Rumpeln wurde immer lauter, zusammen mit einem metallenen Kreischen, das einem in den Ohren schmerzte. Mattes nahm allen Mut zusammen, hielt den Atem an und lugte um die Ecke.

Er erkannte den Panzer, der sich ihm entgegenwälzte. Und dahinter, in geduckter Stellung und mit schussbereiter Waffe in den Händen, sah Mattes zum ersten Mal in seinem Leben amerikanische Soldaten.

2 ENTSCHEIDUNGEN

Zürich, 15. August 1945

Prost, Fräulein Wipf«, sagte der ältere Mann, hob das Sektglas und schmunzelte Eli so wohlwollend zu, wie es die Etikette gegenüber der Tochter des Gastgebers verlangte. Dabei hoben sich seine Augenbrauen über die Ränder der runden Brillengläser. Seine Stirn legte sich bis hinauf zum schütteren Haaransatz in Falten.

Eli lächelte und bedachte den Zürcher Stadtpräsidenten Adolf Lüchinger mit einem eleganten Nicken. So, wie man, nein, besser gesagt, wie Mutter es von ihr als Tochter des Kantonsratsmitglieds sowie in der gesamten Deutschschweiz bekannten und angesehenen Lebensmittelkaufmanns Gottfried Wipf erwartete.

»Herr Stadtpräsident. Wie schön, dass Sie sich Zeit genommen haben.« Sie hob ihrem Gegenüber das Glas entgegen. Hoffentlich hatten ihre Worte nicht so oberflächlich geklungen, wie sie sich anfühlten.

Stimmengewirr und Gelächter hallten über die Gartenterrasse, untermalt von der Hintergrundmusik des vierköpfigen Orchesters, dessen Foxtrott keiner beachtete. Das Klirren von zum Prosit angestoßenen Kristallgläsern. Das erneute Knallen eines Sektkorkens. In der Luft lag der Duft von trockenem Gras, schwerem Parfüm, Zigarrenrauch und der unverkennbare Geruch der Lachsscheiben auf den Appetithäppchen, die Dora, das Hausmädchen, auf einem Silbertablett den Gästen anbot.

Wie jedes Jahr hatte sich die Crème de la Crème der Zürcher Gesellschaft in der Jugendstilvilla der Familie Wipf zu Vaters Geburtstagsfeier versammelt. Dort bei der Treppe zum Garten stehend erkannte Eli die stämmige Figur des Nationalrats Paul Gysler. Dessen Krawatte schien ihm schier die Kehle zusammenzuschnüren. Drüben am Sektbüfett stand der Präsident des Handels- und Industrievereins mit seiner Gattin. Nicht zu vergessen der Generaldirektor der Schweizerischen Kreditanstalt, der Vater nun die Hand zur Gratulation schüttelte und ihm dazu auf die Schulter klopfte.

Dazwischen schwebte Mutter elegant von einem Gast zum nächsten. Schüttelte Hände, küsste Wangen und gab dazu ihr strahlendstes Lächeln zum Besten. Dezent geschminkt und die Haare in modische Wellen gelegt. Dorothea Wipf, geborene Escher. Die perfekte, aus einer alteingesessenen Zürcher Patrizierfamilie stammende Ehefrau und Gastgeberin, zu deren liebstem Zeitvertreib das Organisieren von Festen und gesellschaftlichen Anlässen gehörte. Genauso, wie sie es liebte, sich selbst und ihre Familie im glänzendsten Licht darzustellen. Ihre Erleichterung, nach den vergangenen Jahren der durch die Lebensmittelrationierungen erzwungenen Zurückhaltung, endlich wieder zu ihrer alten Hochform auflaufen zu können, war förmlich in der Luft zu spüren. Ebenso ambitionierte Ziele setzte sie für ihre Tochter.

»Versprich mir, dass du die Gäste nicht mit deinen Ansichten vor den Kopf stößt. Es soll ein schlichter und doch fröhlicher Anlass werden. Ein paar der Gäste sind langjährige Geschäftspartner deines Vaters, und ich möchte nicht wieder so einen Eklat erleben wie letzte Weihnachten, hörst du, Elvira?«, hatte Mutter noch am Abend zuvor gepredigt. »Du bist schließlich die zukünftige Frau des Erben der renommiertesten Anwaltskanzlei in ganz Zürich. Als solche hast du mit Eleganz und Stil aufzutreten und die Leute nicht mit deinen …«, sie fuchtelte so lange mit der Hand in der Luft herum, bis ihr ein geeignetes Wort einfiel, »… Modernitäten zu erschrecken. Was sollen denn Werner und seine Eltern von uns denken?«

Als ob der Herr Anwalt Lüdi und dessen Frau überhaupt einen Gedanken an jemand anderen verschwendeten als an sich selbst und das immer größer werdende Familienvermögen, hatte Eli am liebsten erwidern wollen und sich im selben Moment scheußlich gefühlt, überhaupt so etwas zu denken. Stattdessen sollte sie sich doch überglücklich schätzen. Kommenden Mai würde sie Werner Lüdi, einen der begehrtesten Junggesellen der Stadt, heiraten. Eine solche Partie war wie ein Hauptgewinn in der Tombola. Sowohl Elis als auch Werners Mutter überschlugen sich schon seit Wochen vor lauter Feuereifer mit den Vorbereitungen für die Hochzeit, die *das* gesellschaftliche Ereignis des Jahres sein sollte.

Was hingegen den besagten Eklat beim Weihnachtsfestessen betraf … Nun ja, rückblickend war es wohl wirklich nicht sehr passend gewesen, gegenüber den am Tisch sitzenden Geschäftspartnern ihres Vaters enthusiastisch ihre Bewunderung für die beiden Journalistinnen Annemarie Schwarzenbach und Ella Maillart zu äußern. Diese waren 1939 allein mit dem Auto über die Türkei und den Iran bis nach Afghanistan gereist. Elis Rede davon, wie aufregend es sein müsse, die Welt zu sehen und all diese unglaublichen Dinge zu erleben, hatte rundum für entsetzte Gesichter, betretenes Schweigen, einen hochroten Hals bei Vater und einen Hustenanfall bei Mutter gesorgt.

Vaters darauffolgender Wutausbruch dröhnte noch immer in Elis Erinnerung nach. »Das ist also der Dank dafür, dass ich meine Tochter auf eine teure Privatschule geschickt habe! Die Welt bereisen. Ha, diese neumodischen Flausen werden dir schon noch vergehen, Fräulein! Eine anständige Frau hat sich um ihren Mann, das Heim und die Familie zu kümmern.«

Zwei Monate später hatte Werner aus heiterem Himmel um ihre Hand angehalten. Zu Vaters vollster Zufriedenheit, denn einen angesehenen Anwalt in der Familie zu haben, konnte den Geschäften mehr als nützlich sein.

Stimmengewirr riss Eli abrupt wieder in die Gegenwart zurück und erinnerte sie an ihre Pflichten: lächeln und mit den Gästen Konversation treiben.

»Vater freut sich bestimmt sehr über Ihr Kommen«, sagte sie zum Herrn Stadtpräsidenten. Dabei bemühte sie sich nach Kräften, nicht ständig auf den Brotkrümel auf seiner Krawatte zu starren.

Ein feines Lächeln hellte Lüchingers Gesicht auf. Ein unscheinbares, aber freundliches Gesicht, das zugleich Ruhe und Ernst ausstrahlte. »Ich danke für die Einladung. Obwohl ich mich hier, ehrlich gesagt, etwas fehl am Platz fühle.«

»Damit sind wir schon zu zweit«, gab Eli mit einem Seufzer zurück, wurde sich jedoch im selben Moment ihrer Worte bewusst. »Verzeihen Sie, das ist mir unbedacht herausgerutscht.« Vorsichtig spähte sie über die auf der Terrasse versammelten Leute. Glück gehabt, Mutter war zu sehr in ihrem Element, als dass sie den kleinen Fauxpas mitbekommen hätte.

Doch Eli staunte, als Lüchingers Lächeln noch breiter wurde. Und hatte sie ihn da eben sogar amüsiert glucksen hören? Tatsächlich. Mit einem verschmitzten Hochziehen der Augenbrauen beugte er sich näher und flüsterte: »Keine Angst, Ihr Geheimnis ist sicher bei mir.«

Ganz allmählich begann Eli sich zu entspannen. Zwar kannte sie den älteren Politiker schon, seit er im vorigen Jahr zum Stadtpräsidenten gewählt worden war. Für Mutter ein Muss, ihn zu allen möglichen Gelegenheiten einzuladen. Mehr als ein paar Worte hatte Eli jedoch bisher nicht mit ihm gewechselt. Bis heute. Vielleicht wurde der Abend doch interessanter als gedacht.

Sie nippte an ihrem Sektglas. »Mein Dilemma ist, dass ich anscheinend oft das Falsche zur falschen Zeit zu den falschen Leuten sage. Was ist denn Ihres?«

Er stieß ein leises, schnaubendes Lachen aus. »Lassen Sie mich überlegen. Nun, man könnte es wohl am besten als differenzierte politische Ansichten bezeichnen.« Mit einem fast schon jugendlich-verwegenen Grinsen prostete er ihr zu.

Eli verstand. »Als Sozialdemokrat, umgeben von eingefleischten Konservativ-Bürgerlichen.« Sie nickte schmunzelnd, während ihr Blick über die Gruppe von Gratulanten schweifte, die Vater umringten. Die meisten waren Geschäftsleute und von einer alles andere als arbeiterfreundlichen politischen Gesinnung.

»Ein Glück, dass Ihr Amt und Ihr Einfluss als Stadtpräsident diesen Makel anscheinend wieder wettmachen und Sie eingeladen worden sind. Mutter hatte allerdings schon immer einen Hang zum Pragmatischen.«

Herr Lüchinger machte eine begütigende Handbewegung. »Ganz so drastisch ist es nicht. Außerdem muss ich gestehen, dass auch mein Hiersein nicht ohne Hintergedanken ist.«

Sofort horchte Eli auf. »Ach, wirklich?« Da war sie wieder, ihre verflixte Neugier. Prompt und unberechenbar wie immer. Und zugleich der Hauptgrund für die meisten Streitigkeiten mit den Eltern, die nicht begreifen konnten, wie all die unsinnigen Fragen in den Kopf einer gut erzogenen, jungen Frau von fünfundzwanzig Jahren geraten konnten. Geschweige denn die Ideen, die sich daraus ergaben. So, wie damals bei Elis Rückkehr aus der Privatschule, als sie der Familie erklärt hatte, sie wolle Sprachwissenschaften und Geografie studieren. Fräulein Schöni hatte sie dazu ermutigt. Sie war ihre Lieblingslehrerin an der Privatschule gewesen und ihr größtes Vorbild. Mit unerschöpflicher Gutmütigkeit, Geduld und Enthusiasmus hatte sie Elis Wissensdurst entfacht und sie gelehrt, dass dem Intellekt keine Grenzen gesetzt waren, sofern man die Welt und die Menschen mit offenen Augen betrachtete. Ihre Eltern hatten das nie verstehen können.

»Um Himmels willen, Kind, willst du uns das tatsächlich antun?« Mutters theatralische Halb-Ohnmachtsszene war reif für die Bühne gewesen.

»Meine Tochter wird niemals eine vertrocknete, studierte Jungfer werden. Du heiratest einen anständigen Mann, der irgendwann einmal meine Geschäfte übernimmt«, hatte Vater gesagt und damit die Sache ein für alle Mal vom Tisch gewischt. Es war ein Kampf gegen Windmühlen, mit jemandem zu diskutieren, in dessen Augen studierte Frauen allesamt unverheiratete Emanzen waren, die nie im Leben einen Ehemann finden würden.

Und dann war der Krieg gekommen und hatte die ganze Welt verändert. Nicht jedoch die Ansichten von Elis Eltern.

Mit einer diskreten Handbewegung deutete Stadtpräsident Lüchinger auf einen Mann in der Gruppe um ihren Vater, der Eli bisher noch gar nicht aufgefallen war. Sie schätzte ihn auf um die siebzig Jahre alt. Ein rundliches Gesicht mit ebenso buschig-grauen Augenbrauen wie der Schnauzbart. Das Auffälligste an ihm waren jedoch die klugen, wachen Augen hinter den runden Brillengläsern. Er hielt die Hände hinter dem Rücken verschränkt, während er aufmerksam den Gesprächen der anderen zuhörte und ab und an nickte.

»Ich habe mir erlaubt, einen guten Bekannten mitzubringen«, erklärte Lüchinger. »Gottlieb Bachmann, der Präsidiumspräsident der Schweizerischen Nationalbank und Mitglied im Komitee der *Schweizer Spende*. Bestimmt haben Sie schon davon gehört.«

Wer hatte das nicht? Bereits im letzten Kriegsjahr hatte der Bundesrat die Bevölkerung zu verschiedenen Sammel- und Spendenaktionen als Zeichen der Solidarität mit den Kriegsopfern aufgerufen. Dass jedoch ausgerechnet ein hoher Bankier dieser Institution angehörte, war erstaunlich und spornte Elis

Neugier augenblicklich noch mehr an. Schon wollte sie näher treten, um zu hören, was die Männer da besprachen, als ein fester Händegriff an der Schulter sie herumfahren ließ.

»Werner«, entfuhr es ihr, sobald sie den Mann hinter sich erkannte. Groß. Mit dunklem, in perfekter Linie zur Seite gescheiteltem Haar, das an den Schläfen schon ein paar silberne Strähnen aufwies. Dazu ein eckiges Kinn, tief liegende Augen und dünne Lippen, die seinem Gesicht stets einen überlegenen Ausdruck verliehen, wenn er lächelte. So wie jetzt.

»Habe ich etwas verpasst?«, fragte er und entblößte dabei zwei Reihen ebenmäßiger Zähne, ehe er sich vorbeugte und Eli zur Begrüßung auf die Wange küsste.

»Da ist er ja, mein künftiger Schwiegersohn«, ertönte Mutters säuselnde Stimme. Prompt schwebte sie in einer Wolke aus Parfüm vom anderen Ende der Terrasse herbei und streckte schon von Weitem die rechte Hand aus, damit Werner in seiner üblichen Kavaliersmanier einen Handkuss andeuten konnte.

»Sie sehen wie immer reizend aus, Frau Wipf. Und du natürlich auch, meine Liebe.« Er tätschelte Elis Oberarm, während Mutter unter seinem Kompliment errötete.

Mit seinen sechsunddreißig Jahren hatte Werner das Auftreten eines Mannes, der genau wusste, was er wollte. Er sah noch immer jugendlich aus für sein Alter, trotz des kleinen Bauchansatzes, den auch die perfekt geschnittene Weste nicht zu kaschieren vermochte. Wenn es seine Laune erlaubte, legte er sogar eine Art weltmännischen Charme an den Tag. Sobald er erst die Anwaltskanzlei seines Vaters übernommen hatte, würde er sich damit in die allerhöchsten Kreise der Zürcher Gesellschaft katapultieren. Kein Wunder, dass ihm die Damenwelt der ganzen Stadt zu Füßen lag.

Vielleicht hatte Mutter recht, und sie, Eli, war einfach zu prätentiös, weil sie die Begeisterung nicht so überschwänglich teilen konnte. Dabei war Werner im Grunde zuvorkommend und auf seine Weise attraktiv. Die Altstadtwohnung, in der sie nach der Hochzeit wohnen würden, war außerdem riesig und mit allem nur erdenklichen Komfort ausgestattet. Eine gesicherte Zukunft sowie eine gute gesellschaftliche Stellung waren schließlich mehr, als manch eine Frau in Zeiten wie diesen erwarten durfte. Trotzdem ... Immerhin waren die Streitigkeiten mit ihren Eltern merklich weniger geworden, seit Eli Werners Antrag angenommen hatte.

Schon hakte sich Mutter bei Werner unter und zog ihn in Vaters Richtung, damit er dem gratulierte.

»Moment, willst du nicht erst den Stadtpräsidenten begrü...«, rief Eli ihrem Verlobten nach, ehe sie merkte, dass sich Herr Lüchinger bereits zu einer Gruppe von Männern um diesen Gottlieb Bachmann gesellt hatte.

Sie trat genau im rechten Moment näher, um dessen Ansprache zu hören. »Der Bundesrat sieht einen Zehn-Städte-Hilfsplan vor, bei dem die *Schweizer Spende* als Dachverband die Koordination zwischen den einzelnen Hilfswerken übernimmt«, führte Bachmann mit gesetzter, redegewohnter Stimme aus. »Vorgesehen sind Hilfsaktionen in den Städten Freiburg im Breisgau, Stuttgart, Pforzheim, Karlsruhe, Mannheim, Saarbrücken, Frankfurt am Main, Aachen, München und Köln. Für deren Durchführung fungieren die einzelnen Hilfswerke als Aktionsträger.«

»Spenden- und Hilfsaufrufe sind doch schon seit dem letzten Kriegsjahr fast an der Tagesordnung«, rief einer der Männer dazwischen. »Will der Bundesrat jetzt etwa, dass wir auch noch die Socken und Unterhosen abgeben, die wir am Leib tragen?«

Sogleich gesellten sich weitere Stimmen dazu. »Sollen sich doch die Besatzungsmächte um ihre Zonen kümmern.« – »Was geht uns das Ganze überhaupt an? Die Schweiz hat diesen Krieg schließlich nicht angezettelt.«

»Trotzdem hat der eine oder andere doch davon profitiert«, wagte einer der Männer zu sagen. »Wie heißt es gleich noch? An sechs Tagen die Woche arbeiten die Schweizer für Hitler-Deutschland, am siebten Tag beten sie für einen Sieg der Alliierten. Der Spruch hat sehr wohl etwas Wahres.«

Eli schnappte empört nach Luft. Wovon redete der Mann denn da? Die Schweiz war neutral und hatte bestimmt nicht mit Nazi-Deutschland kollaboriert, sondern sich lediglich aus Selbstschutz den Umständen angepasst. Was war den Schweizern denn auch anderes übrig geblieben? Das Gros der Armee hatte sich schließlich, dem Oberbefehlshaber General Guisan folgend, in die Alpenfestung zurückgezogen und damit das gesamte nördliche Mittelland mit allen wichtigen Städten beinahe ohne Verteidigung zurückgelassen. So sagte zumindest Vater immer.

Prompt löste der Einwand auch unter den Anwesenden eine lautstarke Welle der Entrüstung aus. »Was willst du damit behaupten?« – »Sagt genau der Richtige. Kehr du den Dreck erst vor deiner eigenen Tür.«

Bis Gottlieb Bachmann beschwichtigend die Hände hob und laut rief: »Aber, aber, Freunde, ich bitte euch. Der Krieg ist vorbei, dem Himmel sei Dank, und es geht hier nicht um irgendwelche Schuldzuweisungen, sondern um das, was die verheerenden letzten Jahre zurückgelassen haben: völlig zerstörte Nachbarländer. Städte, die kaum noch als solche zu bezeichnen sind, weil sie nur noch aus Trümmern und Bombenkratern bestehen. Ich war in Köln und in München. Ich habe es selbst gesehen, und glaubt mir, es zerreißt einem schier das Herz, wenn man in die Augen der unzähligen Kriegswaisen schaut. Was soll aus diesen werden? Aus den Kindern, die oftmals weder ein Zuhause noch genug zu essen oder ein Paar Schuhe mehr haben? Tragen sie eurer Meinung nach etwa eine Schuld an dem Krieg?« Er blickte herausfordernd in die Runde.

Dieses Mal schwiegen die Männer.

»Wie sollen diese Hilfsaktionen denn aussehen?«, meldete sich Elis Vater schließlich zu Wort.

Es sollte zuerst vor allem den Säuglingen, Kindern, Müttern, Schwangeren und Kranken in den zerbombten Städten geholfen werden. »Wir planen den Einsatz von Hilfsdelegationen direkt vor Ort. Kranken- und Säuglingsschwestern, Pflegerinnen und so weiter. Die Rekrutierungen dafür sind bereits im Gange. Spätestens Anfang nächsten Jahres sollen die ersten Gruppen in Richtung Deutschland abreisen«, erklärte Bachmann. Zudem sollte jede Delegation einen zentralen Sammlungsort für die Verpflegung und Betreuung der Kinder und Mütter einrichten, entweder in noch intakten Räumlichkeiten oder in Baracken.

»Wir brauchen Säuglingsnahrung. Kleider und Schuhe – sowohl für Kinder wie auch für Erwachsene. Stoffballen und Wolle. Damit sollen die Frauen die Möglichkeit bekommen, sich selbst zu helfen. Die Zerstörung der meisten Städte ist so groß, dass wir für den Aufbau der Baracken nebst den Sperrholzbrettern auch Nägel und Werkzeug aus der Schweiz mitführen müssen.« Die Liste schien kein Ende nehmen zu wollen, und alles musste entweder aus materiellen oder finanziellen Spenden beschafft werden.

Was für eine gewaltige organisatorische Aufgabe das war, ging es Eli durch den Kopf. Und was für eine unglaubliche Arbeit diese Hilfsdelegationen erst vor Ort würden leisten müssen.

Zwar hatte sie bereits mehrfach Bilder der zerstörten Städte gesehen, die Wochenschauen in den Kinos zeigten kaum etwas anderes mehr. Trotzdem waren das Elend und die ganze Zerstörung stets so weit weg erschienen, ja beinahe unwirklich. Jetzt jedoch so detailliert davon zu hören … Sogar die Nägel für die Baracken mussten mitgeführt werden. Eli hatte nie zuvor darüber nachgedacht.

»Wie werden die Hilfsdelegationen denn in die verschiedenen Städte gelangen? Die Zuglinien sind doch in Deutschland vielerorts noch immer zerstört«, fragte sie und trat nach vorn.

Gottlieb Bachmann sah erstaunt auf und nahm dabei seine Brille ab. Doch dann nickte er Eli höflich zu. »Das ist richtig. Darum werden wir, wo nicht anders möglich, auf den Transport in Lastwagen der *Schweizer Spende* zurückgreifen.«

Jetzt war Elis Neugier endgültig geweckt. »Aber sind die Einfuhrbestimmungen nicht den strikten Vorschriften der Besatzungsbehörden unterworfen?«, fuhr sie fort und ignorierte, dass Mutter irgendwo hinter ihr entsetzt aufkeuchte. »Die Briten sollen besonders streng sein, habe ich gehört.«

»Kein Wunder. Mit einem Trinker als Premierminister und einem Stotterer als König bleibt den Briten nichts anderes übrig, als Strenge zu beweisen. Wer würde sie sonst überhaupt noch ernst nehmen?« Werners Worte sorgten für allgemeine Erheiterung, während er nach Elis Arm fasste und sie drei Schritte zurückzog.

Was tat er denn da?

Sie versuchte, ihren Arm aus seinem Griff zu wenden, drehte sich zu den Männern um. Sie wollte die Diskussion doch unbedingt noch weiterverfolgen.

Hätte Mutter nicht im selben Moment ein leicht hektisch klingendes »Das Büfett ist eröffnet« gerufen und damit die Aufmerksamkeit der Gäste auf die mit Köstlichkeiten gedeckten Tischreihen im Garten gelenkt.

Eli stieß missmutig den Atem aus. Mutter hatte wirklich eine unfehlbare Zeitplanung. Und Werner? Jetzt, wo niemand sie mehr beobachtete, zog er die Hand sofort zurück. »Das war knapp«, sagte er und deutete mit dem Kinn auf die Gäste, die sich auf dem englischen Rasen tummelten.

»Knapp wofür?« Verständnislos sah sie zu ihm hoch.

Er schüttelte den Kopf. »Schau sie dir an. Wie die Geier stürzen sie sich auf alles, was ihnen vor den Schnabel kommt – egal, ob Essen oder Gerüchte.« Mit einem begütigenden Lächeln wandte er sich zu Eli um, strich ihr eine Haarsträhne hinters Ohr und meinte: »Du solltest versuchen, dich nicht immer so in Szene zu setzen. Die Leute warten nur darauf, sich den Mund über dich zu zerreißen.«

Eli schnappte empört nach Luft. In Szene setzen? Sie hatte doch nur ein paar Fragen gestellt, Himmel noch mal. Kein Grund für Werner, in einem so besänftigenden Tonfall mit ihr zu sprechen, als wäre sie ein nervöses Huhn, das es zu beruhigen galt.

Doch bevor sie etwas erwidern konnte, streichelte er mit den Fingern über ihre Wange. »Mir ist es übrigens auch lieber, wenn ich dich für mich allein habe.« Sein Lächeln wurde weicher, und er hob Elis Hand an seine Lippen. »Du bist meine hübsche Braut. Ganz allein meine. Ich mag es nicht, wenn diese alten Käuze dich anstarren.«

»Das haben sie doch gar nicht getan«, erwiderte Eli noch immer gereizt. Zugegeben, Werners Worte schmeichelten ihr. Das änderte jedoch nichts an der Tatsache, dass er ihr stets ein Gefühl der Unterlegenheit vermittelte. Diese subtilen Zurechtweisungen. Immer in völlig korrektem Tonfall angebracht und mit Komplimenten oder Geschenken kaschiert, aber trotzdem einen fahlen Geschmack im Mund hinterlassend.

So war es auch auf dem vergangenen Zunftball gewesen, wo Werner sie – zum großen Entzücken all ihrer Freundinnen – mit einem Diamantring überrascht hatte. Um aller Welt zu zeigen, wie vermögend er war und dass seine künftige Ehefrau nicht arbeiten zu gehen brauchte. Nur, weil sie sich zuvor um eine Stelle als Sekretärin im Tourismusbüro an der Bahnhofstrasse beworben hatte.

Oder vor zwei Monaten, während einer Buchvernissage von Max Frisch, als sie mit dem Autor über sein Buch *J'adore ce qui me brûle oder Die Schwierigen* diskutieren wollte. Werner quittierte ihre Bemerkungen gegenüber Frisch mit einem lapidaren: »Wissen Sie, für eine so junge Frau wie meine Verlobte ist Literatur manchmal ein Fluch und ein Segen zugleich. Es regt zwar den Intellekt an, bringt sie jedoch auch auf die unmöglichsten Ideen.« Trotzdem kaufte er ihr alle drei bisherigen Werke des Schriftstellers und ließ diese sogar von ihm signieren.

Doch bevor Eli weiter darüber nachsinnen konnte, wurde Werners Lächeln zu einem spitzbübischen Grinsen, und er zog sie mit sich ins Haus. »Komm. Ich habe eine Überraschung für dich.«

»Eine Überraschung?« Zögernd folgte Eli ihm durch die Terrassentür hinein in den Salon und schließlich durch die Empfangshalle bis zum Haupteingang, der zur privaten Einfahrt mit einem großen Vorplatz vor dem Haus führte.

»Tadaaa!« Er breitete die Arme aus. »Mein Geschenk zu deinem Geburtstag nächsten Monat.«

Sie traute ihren Augen nicht. »Ein Auto? Du hast mir tatsächlich ein Auto gekauft?« Himmelblau, mit rundlichen Formen, funkelnder Chromstahlstoßstange und den zwei ebenfalls runden Scheinwerfern, die der Vorderseite des Wagens das Aussehen eines lachenden Gesichts verliehen.

»Das ist ein Volkswagen. Eines dieser KdF-Fahrzeuge, die sie in Deutschland noch vor dem Krieg zu produzieren begonnen haben. Nicht neu, doch ich habe ihn lackieren lassen, und der Motor ist in gutem Zustand«, erklärte Werner mit zufriedener Miene.

Sie trat näher, ließ die Finger ehrfürchtig über den Rand des Wagendachs gleiten. KdF stand, wie auch Eli wusste, für »Kraft durch Freude«, eines der wichtigsten Projekte der NS-Organisation, wonach ein solches Fahrzeug mittels eines ausgeklügelten Sparsystems für jede deutsche Familie erschwinglich sein sollte. Die Produktion war jedoch während des Krieges zugunsten der Rüstungsindustrie eingestellt worden. »Wo hast du ihn denn herbekommen?«

Sein Grinsen wurde breiter, er zündete sich eine Zigarette an, spuckte ein paar Tabakfasern aus und lehnte sich dann gegen den Vorderteil des Wagens. »Zerbrich dir darüber nicht dein hübsches Köpfchen. Gefällt er dir?«

»Und ob er mir gefällt.« Eli strahlte. »Wir können damit Ausflüge machen. Nach Venedig oder nach Frankreich. Ich wollte schon immer einmal in die Provence.«

»Alles zu seiner Zeit, Liebes, alles zu seiner Zeit. Erst musst du noch unterschreiben. Für den Fahrzeugausweis. Damit auch alles seine Richtigkeit hat.« Er zog ein der Länge nach gefaltetes Dokument zusammen mit einem Füller aus der Innentasche seines Jacketts, breitete die Papiere vor Eli auf dem Wagendach aus und reichte ihr den Füller. »Eine Unterschrift hier. Und hier.« Mit dem Zeigefinger deutete er auf eine dünne Linie auf der ersten und zweiten Seite, wo er selbst ebenfalls bereits unterschrieben hatte.

Eilig kritzelte Eli ihre Signatur aufs Papier, öffnete dann die Wagentür und schlüpfte ans Steuer.

Ihr eigenes Auto. Das Lenkrad war weiß und fühlte sich kühl in der Hand an.

Werner steckte den Kopf durch die Türöffnung hinein. »Tut mir leid, aber ich muss wieder zurück ins Büro. Es steht ein wichtiger Gerichtstermin an, auf den ich mich vorbereiten muss. Ich bin nur kurz vorbeigekommen, um deinem Vater zu gratulieren und dir dein Geschenk zu bringen.« Mit einem weltmännischen Grinsen ließ er den Wagenschlüssel vor Elis Gesicht hin und her baumeln. »Kriege ich als Dank wenigstens einen Kuss?«

Artig beugte sich Eli vor und setzte ein dankbares Lächeln auf. Doch es war wie auch sonst nur ein kurzer, züchtiger Kuss auf die Lippen. Der Funke zwischen ihnen beiden würde schon noch überspringen, war Mutters Meinung, wenn Eli es wagte, etwas von ihren nicht vorhandenen Gefühlen in dieser Hinsicht zu äußern.

Noch lange nachdem Werner sich verabschiedet hatte, saß sie in ihrem neuen Auto, inspizierte jedes Ablagefach, richtete den Rückspiegel, polierte das Armaturenbrett mit einem Zipfel ihres Kleids und konnte nicht genug davon bekommen, die Hände auf dem Lenkrad abzustützen und sich im Sitz zu rekeln.

Ihr allererster eigener Wagen.

Eines dieser überproportionalen Geschenke, wie sie einmal mehr so bezeichnend für Werner waren. Nur das Beste für seine künftige Braut. Solange sie dafür auf die eigene Meinung verzichtete.

Bei dem Gedanken hielt Eli inne. Ihr Blick blieb an dem Schlüssel kleben, an dem ein Anhänger mit den eingravierten Buchstaben »EL« hing. Elvira Lüdi. So würde sie nach der Hochzeit heißen.

Augenblicklich war der schale Geschmack in ihrem Mund wieder da. Sie nahm die Hände vom Lenkrad.

Sie hatte Werners Antrag dem Frieden mit den Eltern zuliebe angenommen. Aber wollte sie das wirklich?

»Werden du und deine Geschäftspartner Herrn Bachmanns Vorhaben also unterstützen?«, fragte sie ihren Vater am folgenden Morgen beim Frühstück.

»Ich habe mich noch nicht entschieden«, brummte er hinter seiner Zeitung hervor.

Sie beide saßen allein am großen Tisch im Salon. Mutter hatte sich wegen einer Migräne entschuldigt.

»Was hältst du denn von dem Projekt? Ich finde es sehr lobenswert.« Mit dem Messer schnitt Eli die Spitze ihres hart gekochten Eis ab.

»Hmhm.«

Sie nahm den Salzstreuer. »Ich habe gestern noch mit Herrn Bachmann gesprochen. Das ganze Vorhaben verlangt eine hochkomplexe Organisation, um die Zusammenarbeit der verschiedenen Aktionsträger zu koordinieren. Die Rekrutierung der Delegationsmitglieder und deren Vorbereitung mit Sprachkursen und Seminaren. Nicht zu reden von den notwendigen Rahmenverhandlungen, die mit dem interalliierten Kontrollrat und den örtlichen Besatzungsämtern geführt werden müssen.«

»Er und seine Kumpane haben sich die Suppe eingebrockt, also sollen sie sie auch auslöffeln«, meinte Vater nur, während er die Zeitung zusammenfaltete, neben sich auf den Tisch legte und nach der Kaffeetasse langte.

Rasch griff Eli nach einem Stück Brot und schmierte Butter und Erdbeermarmelade darauf, ehe sie es Vater reichte. Dann goss sie ihm noch mehr Kaffee ein, gab Milch und ein Stück Zucker dazu und tat, als widmete sie sich ihrer eigenen Zeitung, während sie in Gedanken langsam bis zehn zählte.

Jetzt nur nichts überstürzen. Wenn sie etwas von Vater geerbt hatte, dann war das Hartnäckigkeit, und sie hatte nicht umsonst die ganze Nacht lang über diesem Plan gegrübelt.

»Oh«, rief sie auf einmal. »Der Duttweiler spendet ebenfalls.«

»Was?« Sofort ließ Vater das Brotstück zurück auf den Teller fallen.

»Hier steht es.« Eli reichte ihm den Artikel.

Mit etwas Glück bemerkte Vater nicht, dass sie ihm eine einzelne Seite aus einer zwei Tage alten Ausgabe der »Volkszeitung« vorlegte. Eine Tageszeitung, die er als »Rotes Geschmier«

abtat und aus Prinzip nicht im Haus duldete. Sie hatte die Zeitung zufällig vorgestern in der Straßenbahn gefunden, gelesen und eingesteckt. Wie gut, dass ihr der Text noch in Erinnerung geblieben war.

»Das sieht dem verflixten Kerl mal wieder ähnlich«, knurrte Vater und starrte mit ärgerlich zusammengezogenen Augenbrauen auf das Geschriebene.

Gottlieb Duttweiler war der giftigste Stachel in der Flanke der meisten großen Lebensmittelhändler der deutschsprachigen Schweiz. Selbst im Einzelhandel tätig, hatte er ein neues, revolutionäres Konzept entwickelt, bei dem in seinen Läden Alltagsgüter und Lebensmittel ohne Zwischenhandelszuschlag zu somit günstigeren Preisen angeboten wurden. Nicht genug damit hatte er seine Ladenkette vor ein paar Jahren sogar zur Genossenschaft umgewandelt, sodass die eigenen Kunden quasi zu Teilhabern des Geschäfts wurden. Sein Erfolg sprach für sich und machte ihn zu einem von Vaters ärgsten Konkurrenten.

»Jetzt bleibt uns kaum etwas anderes übrig, als bei der Sache mitzumachen, Himmel, Herrgott und Zwirn«, donnerte er und schlug die Faust so fest auf den Tisch, dass Mutters gutes Porzellan klirrte.

»Wir könnten ein paar alte Kleider spenden. Auf dem Dachboden findet sich bestimmt noch etwas«, schlug Eli ganz harmlos vor.

»Alte Kleider, papperlapapp.« Mit einem Ruck stand Vater auf und warf die Zeitungsseite zu Boden, während er die gesamte Länge des Tischs entlang auf und ab zu stampfen begann. »Das muss größer sein. Plakate, richtig. Ich werde Plakate drucken lassen. Die hängen wir an die Eingangstüren all meiner Läden. Die Firma Wipf übergibt zwei Prozent von jedem Verkauf an die *Schweizer Spende*. Das soll groß auf den Plakaten stehen, jawohl. Und wir brauchen einen Zeitungsartikel darüber.«

Da. Das war genau der richtige Einsatz, auf den Eli gewartet hatte. Ganz beiläufig sagte sie: »Vielleicht könnte ich ein paar Wochen bei der *Schweizer Spende* mitarbeiten. Herr Bachmann meint, sie bräuchten jedes Paar freiwilliger Hände, und ich habe ja sonst den ganzen Tag lang nichts zu tun. Wenn es dem Geschäft hilft …« Sie zog die Augenbrauen hoch.

Vater hielt in seiner Wanderung inne, drehte sich zu ihr herum und starrte sie an. Eine gefühlte Ewigkeit lang. Ohne etwas zu sagen.

Doch dann erhellte auf einmal ein zufriedenes Grinsen sein Gesicht. »Das ist gut«, rief er. »Das ist sehr gut sogar!« Mit beiden Händen deutete er eine unsichtbare Schlagzeile in der Luft an. »Die Wipf-Erbin als tatkräftige Helferin der gemeinnützigen Sache. Ja, das macht sich ausgezeichnet in der Zeitung.«

»Wenn du meinst.« Eli hob die Kaffeetasse an die Lippen, damit Vater ihr Lächeln nicht bemerkte, und sah ihm nach, als er aus dem Salon eilte. Sobald sie ihn in seinem Büro telefonieren hörte, stand sie auf, holte Handschuhe und Tasche aus ihrem Zimmer und verließ das Haus.

Ihr Weg führte zu der öffentlichen Telefonzelle am Ende der Straße. Mit zitternden Fingern wählte sie die Nummer der Vermittlung. »Verbinden Sie mich bitte mit dem Zürcher Stadtpräsidium«, sagte sie zu der Frauenstimme im Hörer.

Drei Verbindungen später meldete sich eine ruhige Männerstimme. »Lüchinger hier.«

»Herr Lüchinger, hier spricht Elvira Wipf. Sie erinnern sich? Wir haben gestern während Ihres Besuchs bei uns kurz miteinander geredet.«

»Fräulein Wipf. Natürlich. Was kann ich für Sie tun?« Falls er über ihren Anruf überrascht war, so ließ er es sich zumindest nicht anmerken.

Eli schluckte und atmete tief ein. Jetzt gab es kein Zurück

mehr. »Entschuldigen Sie meine Störung, Herr Stadtpräsident, aber ich habe leider keine Telefonnummer von Herrn Bachmann. Vielleicht können Sie mir jedoch sagen, wo ich mich melden muss, wenn ich mich als Mitglied bei einer der Hilfsdelegationen der *Schweizer Spende* nach Deutschland bewerben will.«

3 WOJNA PLENNI

Jelabuga, Tatarstan –
Sowjetrussland, 5. September 1945

Sonnenstrahlen wärmten den sanften Wind, der das Gras der Steppe wie eine unsichtbare Hand streichelte. Schwalben kreischten am Spätsommerhimmel.

Helmut atmete tief ein, während er mit geschlossenen Augen, die Arme und Beine weit von sich gestreckt, am Wegesrand auf dem Boden lag. Grashalme kitzelten an seiner Wange, eine Ameise krabbelte ihm über den Hals, doch er beachtete sie kaum.

Einfach liegen bleiben, ohne sich zu rühren. Die Erde spüren, das Brennen an den Schultern und den Schmerz an den von der Arbeit blutig gerissenen Händen einen Moment lang ausblenden.

Wenn er sich nur fest genug konzentrierte, hörte er auch das Stöhnen der anderen Männer nicht mehr, und er konnte sich der trügerischen Illusion hingeben, an einem anderen Ort zu sein. An einem ruhigen, friedlichen Ort, wo nie Krieg gewesen war. Wo es keine Kriegsgefangenenlager, keinen Hunger und Dreck und keine Wanzen gab, die einem nachts in die Ohren krabbelten, während man schlief.

Apropos Wanzen …

Widerwillig öffnete Helmut die Augen und biss die Zähne zusammen, um nicht zu ächzen, als er langsam auf die Beine kam. Keine unnötigen Bewegungen machen. Die kosteten Kraft, die kaum einer in ihrem Holzfahrerkommando mehr übrig hatte.

»Geht's etwa schon weiter?«, fragte der neben ihm liegende Kamerad und hob den Kopf, auf dem die Haare nach der letzten

Lausrasur wieder zu sandfarbenen Stoppeln nachgewachsen waren. Er hieß Karl Linnich. Ein gebürtiger Hamburger, wie Helmut ein ehemaliger Oberleutnant und Stalingrader. Nach mehr als zwei Jahren zusammen im selben Lager kam er dem am nächsten, was man unter Kriegsgefangenen als Vertrauten bezeichnen konnte. Freundschaft war ein Gut, das sich hier keiner leisten wollte. Denn jeder von ihnen spielte Tag für Tag Katz und Maus mit dem Tod – ob wegen Erschöpfung, Krankheit oder weil einer der russischen Wachsoldaten mit dem falschen Fuß aufgestanden war.

Einer nach dem anderen machten auch die anderen Männer Anstalten, sich zu erheben.

»Bleibt liegen und ruht euch aus, bis die letzten Wagen kommen«, sagte Helmut mit einer beschwichtigenden Handbewegung. »Ich bin gleich wieder da.«

Das Kommando bestand aus insgesamt zehn »Waldläuferbrigaden«, wie die Wagengruppen genannt wurden. Zu jeder Brigade gehörten wiederum neun Männer, die, von russischen Begleitposten bewacht, mit Baumstämmen beladene Holzkarren vom rund zwanzig Kilometer entfernten Waldstück zurück zum Gefangenenlager Jelabuga zogen. Eine Knochenarbeit. Bei eisigem Wind im Winter, über aufgeweichte Schlammwege im Frühling und Herbst oder unter brütender Hitze im Sommer.

Heute war Helmut einer der Brigadeführer und somit verantwortlich für die restlichen Männer seiner Gruppe und den Wagen. Wie immer war der Abmarschbefehl direkt nach der Morgensuppe erfolgt. Und wie immer hatte er als verantwortlicher Brigadier den vierrädrigen Wagen schon vor der Abfahrt auf irgendwelche Schäden überprüft und die Radachsen geputzt und geschmiert. Es waren solche Routinearbeiten, die der Trostlosigkeit des Lagerdaseins einen kleinen, wenngleich zermürbenden Sinn gaben.

Der Hinweg mit leerem Wagen zum Schlagplatz im Wald hielt sich meist noch im Erträglichen. Die Karren wurden an mit Eisendrähten an den Wagenachsen verknoteten Holzknüppeln von jeweils acht Männern gezogen und vom neunten Mann an der Deichsel gesteuert. Die Rückfahrten mit der schweren Ladung hingegen stellten die größten Herausforderungen dar. Nicht selten brach eine Achse unter dem Gewicht, die nachlässig geladenen Stämme rutschten herunter oder brachten den Karren in Schieflage. Das machte Lenken und Ziehen nicht nur zu einer Tortur, sondern auch zu einer lebensgefährlichen Angelegenheit.

Immerhin erlaubten die Wachposten jeweils eine Pause auf etwa der Hälfte des Rückwegs. Diese dauerte jedoch nur so lange, bis die hintersten Wagen aufschlossen. Die russischen Soldaten wollten verhindern, dass sich die Wagenreihe zu weit auseinanderzog, was die Bewachung erschwert hätte. Je schneller die Karren also beim Holzschlagplatz beladen waren und wieder abfuhren, umso länger konnten sich die Männer der vorderen Wagen ausruhen. Auch das Herausschlagen eines solchen Vorteils machte einen guten Brigadeführer aus.

Das war einer der Gründe, weshalb es Helmut mit der Zeit zu einem gewissen Beliebtheitsgrad unter den Gefangenen gebracht hatte. Er war ein guter Handwerker, kannte sich mit Werkzeug aus und vermochte bei kleinen Mängeln während der Fahrt Hand anzulegen. Dank seinem guten Sinn für Maße und Gewicht organisierte er das Beladen meistens so reibungslos, wie Witterung und Gesundheitszustand der Männer es erlaubten.

Das Handwerksgeschick hatte er Vater zu verdanken. Drei Ruderboote hatten sie in gemeinsamer Arbeit gebaut und diese dann während Sonntagsfahrten auf dem Rhein ausprobiert. Helmuts allerliebste Freizeitbeschäftigung, bevor er dem Pharmaziestudium den Vortritt gegeben hatte, um irgendwann einmal Vaters Apotheke zu übernehmen und die Familientradition fortzuführen.

Doch das war vor dem Krieg gewesen. In einer anderen Zeit. In einem anderen Leben. Er war nicht mehr Helmut Dreesen, der Student im vorletzten Semester, der es zum Oberleutnant des Pionierbataillons der 1. Kompanie der 371. Infanteriedivision gebracht hatte. Er war ein *wojna plenni*. Ein Kriegsgefangener. Im Gefangenenlager Nummer 97 A von Jelabuga. Irgendwo in der schier grenzenlosen Weite des Tatarenlands und Tausende Kilometer von seiner Heimatstadt Köln entfernt.

Mit gemäßigtem Schritt ging er auf den russischen Wachposten zu, der unweit von der Brigade stand und sich eine Zigarette drehte.

»*Komandir*«, rief Helmut ihm zu. Das hieß so viel wie »Befehlshaber«, obwohl es sich bei dem Posten nur um einen einfachen Soldaten handelte. Hierarchie spielte jedoch bei den Sowjets eine große Rolle. Entsprechend geschmeichelt fühlten sich die russischen Wachen, wenn ein Gefangener sie so ansprach, das hatte Helmut bereits nach kurzer Zeit in Jelabuga herausgefunden.

Der Soldat sah auf, legte sogleich warnend die Hände an seine Waffe.

Helmut hob die Arme und sagte in seinem besten, mühselig aus den wenigen Büchern der Lagerbibliothek zusammengeklaubten Russisch: »Bitte. Da hinten ist ein Busch Johanniskraut. Ich möchte etwas pflücken.« Damit deutete er auf die langstieligen Pflanzen mit den kleinen, gelben Blüten, die ein paar Schritte entfernt in einer windgeschützten Mulde wuchsen.

Doch der Russe starrte ihn nur verständnislos an.

Himmel, war seine Aussprache etwa so miserabel?

»Johanniskraut. Dort drüben«, versuchte Helmut es noch einmal. Dann krempelte er den linken Ärmel seines Hemds hoch und deutete auf die drei rot geschwollenen Flecken auf dem Arm. »Hilft gegen entzündete Wanzenbisse.«

Endlich schien der Soldat zu begreifen. Er steckte sich die Zigarette in den Mundwinkel, scheuchte ihn mit einem Wink davon und rief dazu: »*Dawai! Potoropis!*« Los, beeil dich.

Es war unmöglich, die faserigen Stängel ohne Messer abzubrechen. Also riss Helmut kurzerhand die ganze Staude aus, schüttelte die Erde von den Wurzeln und schlug die Pflanze vorsichtig in seine Jacke ein. Vielleicht könnte er sie irgendwo im Lager einpflanzen.

Als er sich umdrehen wollte, fiel sein Blick auf einen Busch mit kleinen, weißen Doldenblüten nur ein paar Schritte daneben. Schafgarbe? Nein, die Blätter waren nicht kraus, sondern lang und sattgrün.

Helmut trat näher, beugte sich über die Blüten, zerrieb ein Blatt zwischen den Fingern und roch daran. Noch immer konnte er die Pflanze nicht bestimmen.

Erstes Semester Pflanzenheilkunde bei Professor Doktor Seifert, und er hatte schon alles vergessen?

Vorsichtig zog er einen der Stängel aus dem Boden. Die Wurzel sah aus wie ein weißer, verschrumpelter Finger. Kaum hatte er sie einigermaßen vom Dreck befreit, konnte er die harzige Süße riechen, die davon ausging.

»Zuckerwurzel«, entfuhr es ihm, und er lachte heiser auf. Natürlich, warum war ihm das nicht gleich eingefallen?

So schnell er konnte, riss Helmut die restlichen Stauden aus und schlug sie mit dem Johanniskraut in die Jacke ein. Er musste sich beeilen, die letzten Wagen waren bereits hinten an der Kurve zu sehen, bald würden die Wachposten den Befehl zum Aufbruch geben.

»Los, Kameraden. An die Knüppel«, rief er den Männern seiner Wagenbrigade zu, ging zu ihrem Holzkarren und zwängte das Jackenbündel in die Spalte zwischen dem Wagenrand und einem Baumstamm. Hoffentlich bemerkten die Russen nichts von seinem Fund. Vermutlich wüssten die zwar kaum, dass Zuckerwurzel nicht nur gesund war, sondern auch so nahrhaft, dass sie ihm sowie einigen Mitgefangenen wenigstens kurz den schlimmsten Hunger tilgen konnte. Trotzdem wollte Helmut es nicht darauf ankommen lassen.

Langsam, jede Bewegung bemessend, trotteten die anderen Männer herbei und stellten sich paarweise vor die vier Knüppel aus Birkenästen. Helmuts Posten war an der Deichsel, womit er zugleich auch steuerte.

Erst als der russische Konvoiführer das Signal gab, setzten die Männer an den Knüppeln den Wagen mit einem Ruck in Bewegung.

Während auf dem Hinweg noch manch ein Kamerad Geschichten oder Witze zum Besten gegeben hatte, um die allgemeine Laune zu heben, war auf dem Rückweg nur noch angestrengtes Keuchen zu hören.

Einen Fuß vor den anderen setzen. Weitergehen. Immer weiter. Bis sich links von ihnen ein Hügel erhob, auf dessen Grat schon von Weitem ein Rundturm mit Kegeldach zu sehen war. Die Einheimischen nannten ihn *»tschurtovo garaidische«* – die Teufelsburg. Direkt dahinter lag die Stadt Jelabuga am Ufer des Flusses Kama.

Die Sonne stand schon tief.

»Weiter, Männer. Gleich ist es geschafft. Die Abendsuppe wartet schon auf uns«, versuchte Helmut seine Kameraden anzufeuern, obwohl sie noch eines der schlimmsten Streckenstücke zu bewältigen hatten: den Hang, der zum Eingang hochführte. Dort, zwischen zwei Kuppelkirchen, lag das größere der beiden Kriegsgefangenenlager von Jelabuga, das wegen seiner Position direkt am Ufer der Kama auch Kamalager oder A-Lager genannt wurde.

Von seiner ursprünglichen Funktion als bischöflicher Verwaltungssitz waren nur noch seine Größe und die Gebäude, darunter auch der einstige Bischofspalast, übrig geblieben. Wer jedoch bei dieser Vergangenheit einen gewissen Standard erwartete, wurde spätestens beim Anblick der klotzigen Gebäude, des Stacheldrahtzauns und des Zustands der sanitären Anlagen eines Besseren belehrt. Schon oft hatte sich Helmut gefragt, ob ein Mensch irgendwann an dem Punkt ankam, wo er keinen Ekel mehr empfand.

Die Antwort gab er sich jedes Mal selbst, wenn er den Gang zur Latrine auf sich nahm und versuchte, den beißenden Gestank des überquellenden Fäkalienschlamms zu überwinden, indem er nur noch durch den Mund atmete, sobald er den Raum betrat. Irgendwann gewöhnte man sich sogar an die Ratten.

Endlich kam das Eingangstor zum Kamalager in Sicht. Ein schmuckloses Rundtor, flankiert von zwei weiß getünchten Stelen. Augenblicklich spürte Helmut den Ruck, der durch die Deichsel fuhr, als die ziehenden Männer vor ihm ihre allerletzten Kräfte mobilisierten.

Nur noch wenige Meter. Mit vor Anstrengung zusammengebissenen Zähnen hielt er die zwei Holzstreben links und rechts von sich fest, lenkte den Wagen durch die von unzähligen Touren in den Boden gepflügten Radrillen.

Jetzt nur nicht aus der Spur geraten.

Ein letztes atemloses Ziehen, und der Wagen rollte durch das Tor und an den beiden Wachposten vorbei auf den großen Innenhof.

Sogleich ließen die Männer die Holzknüppel zu Boden fallen, sanken auf die Knie oder stützten sich erschöpft auf dem Nebenmann ab.

Keuchend lehnte sich Helmut mit dem Rücken gegen die Baumstämme auf dem Wagen. Schweiß brannte ihm in den Augen. Er versuchte, die verkrampften Finger zu bewegen, und sog zischend den Atem ein, als dabei eine Welle aus heißem Schmerz durch seinen Unterarm bis hinauf zum Ellbogen schoss.

Einer nach dem anderen fuhren auch die restlichen Holzwagen in den Hof ein.

Eilig nahm Helmut sein Jackenbündel mit dem Johanniskraut und der Zuckerwurzel vom Wagen, bevor eine weitere Gruppe Gefangener hinzurannte, um das Holz abzuladen.

Mit dem Bündel unter dem Arm folgte er den Männern seiner Brigade zu ihrem Stubenblock, der zusammen mit den anderen mehrstöckigen Unterkünften, der Kirche, den Arbeitsstätten und weiteren Gebäuden zur Versorgung der Gefangenen rund um den Innenhof herum angelegt war.

Nur von einer Mauer getrennt, grenzte das etwas kleinere B-Lager, auch Klosterlager genannt, auf der gegenüberliegenden Seite an. Beide Anlagen waren für die Internierung von rund sechstausend Offizieren vorgesehen, darunter größtenteils Deutsche und Österreicher sowie ein paar Italiener und Rumänen.

Doch auch hier war die Annahme ein Trugschluss, dass die deutsche Lagerleitung – ebenfalls bestehend aus hochrangigen Offizieren – irgendeine Verbesserung der Unterbringungen bei den sowjetischen Lagerinstanzen hätte bewirken können. Welchen Grund sollten die Russen auch haben, das Leben der Gefangenen angenehmer zu machen? Das gehörte schließlich mit zur Wiedergutmachung, die sie als Verlierer den Siegermächten schuldeten. So hieß es bei jedem Verhör durch die Mitglieder des berüchtigten sowjetischen Volkskommissariats. Diese rissen die Gefangenen vorzugsweise mitten in der Nacht von der Schlafpritsche, um sie dann stunden-, manchmal sogar tagelang von der Außenwelt abgeschnitten in eine kalte Zelle einzusperren. So lange, bis man entweder freiwillig zugab, ein Faschist zu sein, oder unter den Prügeln ohnmächtig wurde. Nur die Hartgesottensten waren charakterstark genug, um bei einem solchen Verhör standhaft zu bleiben.

Die Schlafstube, die sich Helmut mit Karl Linnich und zwanzig anderen Kameraden teilte, lag im Erdgeschoss und bestand aus zweistöckigen, in mehreren Reihen ausgelegten Pritschen. Auf nichts als einem harten Holzbrett schliefen die Gefangenen hier Schulter an Schulter gedrängt. Immerhin spendete man sich während der kalten Winternächte auf diese Weise gegenseitig etwas Wärme.

Helmuts Blick glitt prüfend die Pritschenreihen entlang bis zur hintersten Ecke an der Wand, wo sein Schlafplatz lag, und er atmete auf.

Gut. Alles noch so, wie er es am Morgen verlassen hatte. Unangekündigte Stubenblock-Durchsuchungen gehörten ebenfalls zur Zermürbungstaktik der Russen. Es war schon mehr als einmal vorgekommen, dass er abends von einer Holztour zurückgekommen war und sämtliche Pritschen durchwühlt und umgekippt vorgefunden hatte. Diese roten Teufel von Lagerkommissaren schienen außerdem einen unglaublichen Spürsinn für Geheimverstecke zu haben. Beim letzten Mal hatten sie Helmuts gesamten Vorrat an staubtrockenem Zwieback und Kerzenresten sowie die abgebrochene und in mühsamer Nachtarbeit zu einem Messer geschliffene Holzfeile gefunden.

Er fühlte, wie sich seine Kiefermuskeln entspannten, als er die hohlwangige Gestalt dort auf einer Lattenkiste neben der Pritschenwand sitzen sah.

»Von Trausnitz«, sagte Helmut beim Näherkommen und legte dem Mann die Hand auf die Schulter, die sich noch knochiger anfühlte als vor ein paar Tagen.

Fähnrich Gustav von Trausnitz war ein knapp zwanzigjähriger Oberpfälzer aus dem bayrischen Halbadel. Eigentlich ein überaus kluger Bursche, doch mit mehr blindem Glauben an Führer und Vaterland, als gut für ihn war. Er hatte in Helmuts Kompanie gedient und war ihm direkt unterstellt gewesen. Sie hatten nebeneinander in der eisigen Hölle im Südkessel von Stalingrad ausgeharrt. Hatten sich gegenseitig wach gehalten, um nicht im Schlaf zu erfrieren, während die Soldaten rundum einer nach dem anderen an Erschöpfung, Kälte oder durch gegnerisches Feuer starben. Selbst als die Nachricht über den Selbstmord des Divisionskommandeurs Stempel und weiterer Stabsoffiziere durchsickerte und die Kapitulation nur noch eine Frage der Zeit war, hatte Gustav nicht aufgehört, an eine Wendung der Dinge zu glauben.

Das Gesicht des Fähnrichs erhellte sich, als er zu Helmut aufsah. »Herr Oberleutnant, sehen Sie her, was ich ergattert hab«, flüsterte er und hob den zerlöcherten Umhang. Zwei fingerlange Kerzenstummel lagen in seiner Hand.

»Gut gemacht.« Helmut setzte sich neben den Jüngeren und klopfte ihm aufs Knie. Auch wenn die meisten Altgefangenen inzwischen davon abgekommen waren und sich untereinander duzten, beharrte Gustav noch immer darauf, ihn mit seinem formellen Dienstgrad anzusprechen. Helmut ließ ihn gewähren. Er brachte es nicht über sich, es ihm abzuschlagen. Von Trausnitz und er waren die Einzigen aus ihrem Zug, die es aus Stalingrad hierhergeschafft hatten, und er fühlte sich für ihn verantwortlich. Umso mehr, seit Gustav kurz nach ihrer Ankunft an Fleckfieber erkrankt war und sich seither nicht mehr erholte. Im vergangenen Jahr hatte den armen Kerl eine Lungenentzündung nach der anderen heimgesucht. Seit seinem letzten Anfall vor einem Monat war er noch immer so geschwächt, dass ihn die ärztliche Lagerkommission permanent in die Gesundheitskategorie OK einstufte. Im Gefangenenjargon nannten sie das »Ohne Kraft«. Wie Helmut jedoch in den Monaten in Jelabuga gelernt hatte, stand die Abkürzung für *»otdych-kompania«*, was übersetzt so viel wie

»Ruhe-Kompanie« bedeutete. Wie alle Gefangenen dieser Kategorie wurde Gustav somit nur für leichte Arbeiten im Lager eingesetzt. Ein Glück im Unglück.

»Ich habe auch etwas für dich«, sagte Helmut und deutete mit dem Kinn auf die Kerzenstummel. »Die kommen uns dabei gerade gelegen.«

Die Aufgaben unter den Stubenkameraden ihrer Schlafreihe waren schnell verteilt: Einer besorgte möglichst sauberes Wasser, ein anderer schrubbte die Erdkrumen mit einem rauen Stofffetzen von den Zuckerwurzeln, Karl stiftete sein Heiligtum – ein kleines, aus dem Stiel eines Kaffeelöffels geschliffenes Messer –, damit sie die Wurzeln in kleine Scheiben schneiden konnten. Wiederum ein anderer gab seinen eigenen Kerzenstummel dazu, und ein Hauptmann namens Max Rühle offerierte sein vorletztes Streichholz, um die Kerzen anzuzünden, über denen sie die unerwartete Köstlichkeit in ihrem Kochgeschirr erwärmten.

»Esst nicht zu viel auf einmal, sonst kriegt ihr Durchfall«, warnte Helmut zwar, doch die Männer kauten selig auf den Wurzeln – sogar auf den holzigen Kernfasern –, bis nichts mehr davon übrig war.

»Danke, Herr Oberleutnant.«

Unwillkürlich wurde es Helmut eng um die Brust, sobald er Gustavs glänzende Augen sah. Es war nicht viel gewesen, aber wenigstens hatten die Wangen des Fähnrichs wieder ein klein wenig Farbe bekommen. Mehr konnte Helmut nicht für ihn tun. Die Tatsache war niederschmetternd genug. Einzig der Gedanke daran, dass sie ihre Misere einer Horde Fanatiker verdankten, der eine ganze Nation gefolgt war wie ein Haufen blinder Lemminge – ja, das war noch viel schlimmer.

Es waren Momente wie dieser, die das Ausmaß des Wahnsinns der vergangenen Jahre in Helmuts Augen immer wieder verdeutlichten. Er selbst war nie ein Parteigänger gewesen, wenigstens das konnte er guten Gewissens von sich behaupten. Unter Klassenkameraden im Gymnasium hatten sie damals sogar heimlich über die Inbrunst gewitzelt, mit der Hitler seine Reden dem Volk entgegenbrüllte.

Doch Helmut hatte, wie die Mehrheit seiner Landsleute, einfach weggeschaut, als in der Nacht vom 9. November 1938 überall im Land die Synagogen brannten und langjährige jüdische Nachbarn plötzlich einfach verschwanden. Er war mitgelaufen, wenn auch ohne Überzeugung, was wahrscheinlich nicht minder armselig war, hatte aus einem absurden Pflichtgefühl heraus sogar das Studium aufgegeben und sich freiwillig zum Kriegsdienst gemeldet. Nur um der Familientradition zu folgen, Vater hatte schließlich auch im Großen Krieg gekämpft. Und dann war auf einmal keine andere Wahl mehr geblieben, als den Befehlen zu folgen, um zu überleben. Wie oft hatte er Hitler und dessen Komplizen seither insgeheim dafür verflucht und sich selbst gehasst?

Vor dem allabendlichen Zählappell und dem anschließenden Fassen der üblichen Wassersuppe blieb ihnen noch etwas Zeit. Die meisten Kameraden zogen sich auf ihre Pritschen zurück. Den einzigen, winzigen Bereich, wo sie in ihre eigenen Gedanken, Träume und Hoffnungen abschweifen konnten, um die Angst und die Ungewissheit wenigstens für kurze Zeit zu verdrängen. Noch war es hell genug, und sie holten die Bilder und alten Briefe ihrer Liebsten aus den Brustbeuteln, um sie zu betrachten. Keiner wusste, ob und wenn ja, wann er sie jemals wiedersehen würde. Ob sie überhaupt noch lebten. Die meisten von ihnen hatten seit Jahren nichts mehr aus der Heimat gehört.

Auch Helmut trug ein Bild seiner Familie in einem kleinen Beutel, den er sich auf der Innenseite des Hemds eingenäht hatte. Das Foto stammte aus dem Jahr 1938 und war bei einem Ausflug ins Bergische Land aufgenommen worden. Als die Welt für sie noch heil gewesen war.

Er kannte das Bild in- und auswendig: Vater hielt den Arm voller Stolz um Mutters Schultern gelegt. In ihren Augen hingegen funkelte der übliche, neckende Schalk, während sie hinter Vaters Kopf zwei Finger wie Hasenohren in die Höhe hielt. Seine Geschwister: Hannelore mit ihren vierzehn Jahren trug ihr Lieblingskleid mit den aufgenähten violetten Blümchen und lächelte kess in die Kamera. Sie war die Prinzessin der Familie, liebte Musik und Ballett, und Vater und Helmut – vor allem jedoch Helmut – ließen sich nur zu gern von ihr um den Finger wickeln. Der damals siebenjährige Matthias hingegen präsentierte, wie ein Breitmaulfrosch grinsend, seine Zahnlücke. Helmuts kleiner Bruder. Mattes, so nannten sie ihn, war mutig, großherzig, nervig, unbelehrbar, viel zu oft rotzfrech und klebte meist an einem fest wie eine Zecke. Doch Helmut wäre für den Knirps durchs Feuer gegangen.

Helmut selbst war neunzehn Jahre alt gewesen und hatte gerade erst sein Studium begonnen. Zwischen ihm und seinem Bruder hatte schon immer diese besondere Verbindung bestanden, trotz des Altersunterschieds. Unzertrennlich wie Pech und Schwefel, hatte Mutter immer gesagt.

Das Bild war sein allergrößter Schatz. Um es zu betrachten, brauchte er jedoch Ruhe, und er suchte sich dafür stets einen Ort außerhalb der Stube, wo er allein sein konnte. Dann gehörte der kurze Moment nur ihm. Ihm und seiner Erinnerung an die Eltern und Geschwister im fernen Köln.

Aber heute hatte Helmut erst noch etwas zu erledigen: Mit dem Busch Johanniskraut in der einen und einem flachen Holzscheit in der anderen Hand ging er über den Hofplatz und gab sich dabei vor den russischen Wachposten so unbeteiligt wie möglich. Bis er die Mauer erreichte, die die beiden Lager voneinander trennte. Hier gab es eine windstille und doch sonnige Ecke, und der Boden fühlte sich beinahe an wie Humus.

Mit dem Holzscheit grub er ein Loch in die Erde und pflanzte den Busch vorsichtig ein. Vielleicht hatte er Glück und das Johanniskraut würde hier Wurzeln schlagen und weiterwachsen. Dann könnte er von nun an regelmäßig davon pflücken, um lindernde Umschläge zu machen oder die Blüten für später zu trocknen.

Zufrieden sah Helmut auf sein Werk hinunter, als er seinen Namen hörte.

Augenblicklich fühlte er, wie ihm das Blut in die Knie sackte. Er drehte sich um und erkannte Karl Linnich, der ihm entgegeneilte.

»Die Mistkerle haben den Gustav zum Verhör geholt«, brüllte dieser schon von Weitem.

Die Tage vergingen, ohne dass Helmut etwas von Gustav hörte oder sah, und er machte sich Sorgen. Inzwischen hatte er überall im Lager und sogar auf der Krankenstation gefragt, ob irgendjemand etwas über den Verbleib des Fähnrichs von Trausnitz wusste. Ja, er hatte sogar seine seit Monaten gesammelten Wochenrationen an Machorka-Tabak eingetauscht, um einem der ihm bekannten russischen Wachaufseher mit Bestechung Informationen zu entlocken. Doch ohne Erfolg. Gustav schien wie vom Erdboden verschluckt.

»Vielleicht hat man ihn in ein anderes Lager gebracht«, meinte Karl eines Abends.

Das wäre immerhin eine Möglichkeit. Solche Gefangenentransfers geschahen meistens ganz plötzlich und ohne Vorwarnung. Helmut versuchte, sich mit dem Gedanken zu beruhigen, dass man den ohnehin bereits geschwächten Gefangenen bestimmt nicht zum Dienst in einem der berüchtigten Waldlager einsetzen würde. Das hätte Gustav unmöglich überlebt, und so gnadenlos konnten doch bestimmt nicht einmal die Sowjets sein.

Die innere Unruhe blieb trotzdem hartnäckig bestehen.

Es war eine weitere Woche vergangen, als Helmut am späten Nachmittag mit seinen Kameraden zurück in die Schlafstube schlurfte. Sie hatten den ganzen Tag mit dem Bau einer neuen Straße in Jelabuga zugebracht. Diese Arbeit war zwar etwas leichter als die Holzfahrten, doch das Wetter war inzwischen umgeschlagen. Der erste Frost machte zudem die Glieder steif.

Ein schlaffes Bündel Mensch lag auf einer der Pritschen der hintersten Reihe. Helmut blieb wie erstarrt stehen. »Gustav? Bist du das?«

Das Bündel bewegte sich. Eine knochige Hand reckte sich aus dem zerrissenen Mantel hervor.

»Um Gottes willen, Gustav.« Endlich gelang Helmut eine Regung, er eilte näher, zwängte sich auf Knien neben seinen Kameraden.

Er presste vor Entsetzen die Zähne zusammen, sobald er das blutunterlaufene Gesicht des Jüngeren sah. Die Oberlippe war geplatzt und so stark angeschwollen, dass sie beinahe wie ein grotesk geformter Schnabel aussah. Ein feiner Blutfaden rann aus Gustavs Mundwinkel, als er den Kopf ein winziges Stück weit anhob.

»Herr Oberleutnant.« Seine Stimme war kaum mehr als ein heiseres Flüstern. »Die russischen Kommissare … Sie–Sie waren hartnäckig, aber ich hab kein Wort gesagt.« Er versuchte ein Lächeln und entblößte dabei die blutige Lücke, wo ihm zwei Zähne am unteren Kiefer fehlten. Mit einem Keuchen sackte er wieder zusammen.

»Diese verfluchten Schweine«, stieß Karl Linnich gepresst hervor.

Sogleich hob Helmut den Blick zu ihm und schüttelte den Kopf. Fluchen brachte rein gar nichts mehr.

Vorsichtig schob er die Hand unter von Trausnitz' Schulter.

»Komm. Ich bringe dich in die Krankenstation. Dort werden sie dich im Nu wieder aufpäppeln.«

Doch Gustav stieß die Hand mit erstaunlicher Vehemenz zurück, krallte die Finger stattdessen in Helmuts Jackenkragen. »Nein. Bitte. Lassen Sie mich hierbleiben. Ich will nicht allein sein. Ich … ich will nicht mehr. Ich kann nicht mehr.«

»Schon gut. Ganz ruhig.« Helmut nahm die Hand seines Kameraden und kniff dabei die Augen zusammen. Er fühlte die Schwere, die sich mit einem Mal wieder auf seine Brust legte, als er begriff.

Das Schlucken fiel ihm schwer, bevor er sagte: »Natürlich bleiben Sie hier, Fähnrich.«

»Danke, Herr Oberleutnant«, flüsterte Gustav, dann driftete er in einen unruhigen Halbschlaf ab.

Helmut blieb an seiner Seite, trat nur kurz für den Abendappell in die Reihen auf dem Hof und eilte dann sogleich wieder zurück in die Schlafstube.

Karl brachte ihm einen einigermaßen sauberen Lappen und Wasser, damit er das Gesicht des Verletzten abtupfen und wenigstens dessen Lippen benetzen konnte. Später versuchte er, ihm etwas Suppe einzuflößen, doch vergebens.

Auch als die Männer rundum längst schliefen, hielt Helmut neben Gustav Wache, lauschte dessen rasselnden Atemzügen, befühlte seinen immer schwächer werdenden Puls, während der Fähnrich ab und zu im Schlaf aufstöhnte. Wahrscheinlich hatten die Mistkerle ihm während des Verhörs sogar ein paar Rippen gebrochen.

Irgendwann nach Mitternacht starb Gustav an seinen Verletzungen.

Helmut merkte es sofort. Es war, als ob ein Lufthauch durch die Dunkelheit glitt und den Raum in Stille tauchte. Trotzdem blieb er weiterhin reglos neben seinem Kameraden liegen.

Wie viele Tote brauchte es, bis man den Verlust nicht mehr fühlte? Bis es einen kaltließ? Er hatte schon so viele Menschen sterben sehen. Der alte, von den Splittern eines Panzergeschosses getroffene Bauer auf dem Gehöft kurz vor Den Haag war der Erste gewesen. Unzählige waren ihm gefolgt – ob während Helmuts erstem Einsatz im Westfeldzug oder später an der Ostfront. Die ihm untergebenen Männer in Stalingrad. Gustav war der Letzte von ihnen gewesen. Eines von so vielen Opfern eines unseligen Konflikts, der für Kriegsgefangene, wie sie es waren, noch immer kein Ende nahm.

Immerhin hatte Gustav es nun geschafft, hatte es hinter sich gebracht. Einen Moment lang beneidete Helmut ihn beinahe darum. Doch dann legte er die Hand auf die linke Brust, wo das Foto seiner Familie gut geschützt im Innenbeutel steckte.

Wie groß sein Bruder Mattes wohl schon geworden war? Und was war mit Hannelore? Und Mutter? Was würde er nicht alles geben, um zu wissen, dass es ihnen gut ging. Um sie wiederzusehen.

Er hatte von den Zerstörungen der großen Städte Deutschlands gehört. Für die russische Lagerkommission war es eine Genugtuung gewesen, ihnen nach der Bekanntmachung der bedingungslosen Kapitulation Filmaufnahmen aus dem zerstörten Berlin zu zeigen. Auch mit Informationen über die Aufteilung des einstigen Deutschen Reichs in Besatzungszonen der Siegermächte wurde selbstverständlich nicht gespart. So war Köln zwar von den Amerikanern eingenommen, jedoch danach der britischen Besatzungszone zugeteilt worden.

Das Ziel solcher Nachrichten war die Demoralisierung der Gefangenen, und die gelang ganz ausgezeichnet. Sie machten die Hilflosigkeit eines jeden Einzelnen noch um ein Zigfaches schlimmer.

Im Dunkeln wandte er den Blick zu Gustavs Gestalt, die still und reglos dalag. Er war der Letzte seines Zugs gewesen. Der Letzte seiner Männer, denen gegenüber sich Helmut in irgendeiner Weise verpflichtet oder verantwortlich gefühlt hatte. Das letzte Bindeglied zu einer Vergangenheit, für die er Vergessenheit und Vergebung suchte.

Mit all seiner Willenskraft rief sich Helmut in Gedanken die Gesichter seiner Lieben vor Augen. Gott, wie sehr er sie vermisste.

Von einer anderen Pritsche klang ein Aufstöhnen herüber. Dann ein heiserer Aufschrei, gefolgt von einem Schluchzen, das bald leiser wurde und in Erschöpfung versiegte. Die Albträume suchten jeden von ihnen heim. Für das, was die meisten von ihnen an Erlebtem mit sich trugen, fanden sich keine Worte. Doch die Erinnerungen blieben und wurden zum schlimmsten Feind. So wie für Helmut die an den kleinen Jungen, dessen Augen die Farbe von kalter Asche hatten. Dort auf dem Bauerngehöft in der Nähe von Yasyrev.

Manch einer erhängte sich mit einem am Fenstergitter festgebundenen Schal, um den Albträumen, der Angst und der Erschöpfung zu entkommen. Einzig der Gedanke an die Familie daheim in Köln hatte Helmut bis jetzt durchhalten lassen. Das und das eigentlich längst völlig nutzlose Verantwortungsgefühl gegenüber Gustav.

Vorsichtig, als wollte er vermeiden, ihn aus dem Schlaf aufzuwecken, zupfte er Gustavs zerschlissenen Mantel zurecht, damit er ordentlich zugedeckt dalag. Ein stilles Lebewohl.

Am nächsten Morgen meldete er den Tod des Fähnrichs von Trausnitz beim Stubenkommandanten und folgte dann den anderen zum Morgenappell auf den Hof. Er erledigte eine weitere Waldläufertour. Genauso wie am Tag danach. Eine immer wiederkehrende Routine, die sich von einer dünnen Suppe zur nächsten zog.

Die folgenden Tage und Wochen überstehen, ohne den Wachen aufzufallen und möglichst ohne vor Erschöpfung krank zu werden. Helmut würde die Zeit brauchen, um einen Plan zu schmieden und in die Tat umzusetzen. Den Entschluss dazu hatte er in der Nacht von Gustavs Tod gefasst. Er musste nur genug Geduld und Kraft sammeln, bis der geeignete Zeitpunkt kam.

Dann würde er fliehen.

TEIL 2

SIEGER UND BESIEGTE

4 TRÜMMERLAND

Basel, 31. Januar 1946

Rauchgeschwängerte Luft schlug Eli entgegen, als sie das Lokal »Zum Braunen Mutz« am Barfüsserplatz in der Basler Altstadt betrat.

Es war kurz nach acht Uhr, und die Gaststube war erstaunlich gut besucht für einen Donnerstagabend. Hauptsächlich Männer saßen an den runden Tischen. Ob in Anzügen oder einfacher Rheinmatrosenkluft hockten sie, ungeachtet von Stand und Einkommen, nebeneinander, spielten Karten, schwatzten oder genossen die Ruhe des wohlverdienten Feierabends bei einem Humpen Bier.

Rasch schlüpfte Eli zwischen den Tischlücken hindurch in Richtung der Treppe auf der anderen Seite der Gaststube und eilte die Stufen hoch. Dort, im etwas ruhigeren Obergeschoss, saß eine Gruppe von insgesamt fünfzehn Leuten an einem langen Tisch.

Sie atmete in Gedanken auf, während sie sich auf den letzten noch freien Stuhl setzte. Gut. Die Besprechung hatte noch nicht angefangen.

»Wo hast du denn so lange gesteckt?«, wisperte die junge Frau neben ihr. Ihr Name war Paula Huwyler, Eli hatte sie im vergangenen September im Vorbereitungsseminar kennengelernt und sich auf Anhieb mit ihr angefreundet. Auch wenn sie aus einfachen Verhältnissen stammte, strahlte Paulchen, wie Eli sie scherzhaft nannte, stets einen so unerschütterlichen Optimismus aus, dass es unmöglich war, in ihrer Gegenwart schlecht gelaunt zu sein. Und wenn sie lachte, schien es, als hüpften die vielen kleinen Sommersprossen auf ihrer Nase auf und ab.

Eli beugte sich ein Stück weit näher. »Du weißt doch, dass ich noch die zwei Briefe einwerfen musste. Morgen bleibt bestimmt keine Zeit mehr dafür.«

Paulchen kicherte hinter vorgehaltener Hand und verdrehte theatralisch die Augen. »Ach ja, den Brief an deinen Verlobten. Oh, wie schön muss die Liebe sein.«

Liebe?, dachte Eli, sagte jedoch nichts.

Ein lautes Klopfen ließ sie stattdessen beide den Blick auf die ältere Dame am Kopfende des Tisches wenden.

»Somit sind wir vollzählig«, erklärte Frau Regina Kägi-Fuchsmann, die Präsidentin des Schweizerischen Arbeiterhilfswerks, stand auf und straffte dabei die taillenlange Jacke ihres Zweiteilers aus schlichtem, dunkelblauem Stoff. Sie war von leicht untersetzter Statur, mit kräftigen Schultern und einem rundlichen Gesicht. Doch gerade ihre Gestalt unterstrich ihre ruhige und trotzdem selbstbewusste Ausstrahlung.

Wie mit Vater vereinbart, hatte Eli zuerst in der Abteilung für Hilfsaktionen bei der *Schweizer Spende* gearbeitet und war dafür sogar mehrere Wochen lang zwischen Zürich und Bern hin- und hergependelt. Doch schließlich hatte Stadtpräsident Lüchinger seine Beziehungen spielen lassen und ihr einen Vorstellungstermin beim Schweizerischen Arbeiterhilfswerk verschaffen können, das als eines der im Zehn-Städte-Aktionsplan eingesetzten Hilfswerke auftrat.

Elis erste Begegnung mit Frau Kägi lag inzwischen zwar schon fünf Monate zurück, doch sie erinnerte sich noch genau an das Rekrutierungsgespräch in deren Büro an der Limmatstrasse in Zürich.

»Nun gut, Fräulein Wipf. Dann erzählen Sie mir, wie es kommt, dass ausgerechnet die Tochter eines bekennenden Bürgerlich-Konservativen vor mir sitzt«, waren damals Frau Kägis erste Worte an sie gewesen, und sie hatte dazu beinahe wissend gelächelt.

Und jetzt saß Eli hier am Tisch, zusammen mit den fünf anderen Mitgliedern der Delegation des Schweizerischen Arbeiterhilfswerks sowie der Einsatzgruppe der Caritas. Morgen früh würden sie alle gemeinsam im Auftrag der *Schweizer Spende* nach Deutschland reisen. Den Mitarbeitern der Caritas war das Hilfsprojekt in Aachen zugeteilt worden, während Eli und ihre Kollegen der gleichen Aufgabe in Köln nachgehen sollten. Drei Monate lang. So lange würde es mindestens dauern, bis das im Rahmen der Aktion geplante Barackendorf funktionstüchtig und die Durchführung der Kinder- und Säuglingsspeisung organisiert war.

Eli rückte auf dem Stuhl zurecht, straffte den Rücken und holte tief Atem.

Sie konnte immer noch nicht glauben, dass sie es so weit geschafft hatte. Und das, ohne dass ihre Familie oder Werner etwas davon wussten und obwohl sie, ganz im Gegensatz zu ihren Kollegen, noch nie in einem Krisengebiet oder im Sozialdienst tätig gewesen war. Ihre Stärke lag dafür in Fremdsprachen – sie sprach fließend Französisch und Englisch – und in der Buchhaltung. Deshalb hatte man ihr die Bewirtschaftung des Magazins und die Administration im Barackendorf als Aufgabenbereich zugeteilt.

Das alles würden die Eltern und Werner jedoch erst in den beiden Briefen erfahren, die Eli eben eingeworfen hatte. Bis diese ankamen, vergingen ein paar Tage. Dann wäre sie schon längst in Köln, und weder Vater noch Werner könnten sie mehr aufhalten.

Kein Zweifel, die beiden würden toben, sobald sie erfuhren, dass Eli das Wochenende nicht, wie behauptet, bei einer ehemaligen Schulkollegin in Lausanne verbrachte. Genau darum hatte sie in ihrem Schreiben auch jeden Hinweis auf ihren künftigen

Aufenthaltsort vermieden, sie kannte Vaters Beziehungsnetz und Werners Verbissenheit nur zu gut. Ein Glück, dass auch die *Schweizer Spende* sämtliche Informationen über die Mitarbeiter aus Sicherheitsgründen vertraulich behandelte.

»Es ist also so weit«, begann Frau Kägi ihre Ansprache. Ein ernstes Lächeln umspielte ihre Lippen, während sie den Blick über die Gesichter der Tischrunde gleiten ließ. »Nach monatelanger Arbeit mit vielen Mühen werdet ihr alle morgen eurer Aufgabe entgegengehen. Ihr habt Seminare absolviert und Kurse in Erster Hilfe, Sozialarbeit und Fremdsprachen besucht.« Sie nickte. »Trotzdem kann nichts euch wirklich auf das vorbereiten, was euch erwartet. Während eurer Zeit in Deutschland werdet ihr es nur mit zwei Kategorien von Menschen zu tun haben: Siegern und Besiegten. Denkt jedoch stets daran, dass ihr zu keiner der beiden Parteien gehört.«

Worte, die ihnen allen schon in jedem einzelnen Vorbereitungsseminar eingetrichtert worden waren und die auch in der schriftlichen Verordnung für alle Hilfskräfte standen: Als Repräsentanten der *Schweizer Spende* hätten sie zwar Anspruch auf Anerkennung der alliierten Behörden, müssten jedoch gleichermaßen Verständnis für das Misstrauen aufbringen, das die Beziehungen nach Jahren des Krieges noch immer trüben konnte. Zudem hätten die schweizerischen Mitarbeiter kein Recht, sich der deutschen Bevölkerung gegenüber als Wohltäter oder gar als bessere Menschen aufzuspielen. Jegliches Fehlverhalten oder ein Verstoß gegen die Regeln würde zu einer sofortigen Sanktion und Rückführung des Mitarbeiters in die Heimat führen.

Verstohlen wandte Eli den Blick zu den Mitgliedern ihrer Delegation, mit denen sie sämtliche Seminare und Kurse bestritten und die sie dabei kennen- und schätzen gelernt hatte.

Zuerst war da Sonja Jeanneret, eine knapp dreißigjährige Solothurnerin, die aufgrund ihrer Arbeitserfahrungen in verschiedenen Flüchtlingslagern mit der Leitung der Abordnung betraut worden war. Wer sich von ihrer zarten Statur täuschen ließ, wurde bald eines Besseren belehrt. Denn Sonja konnte zupacken wie ein Bauarbeiter, und sie war auch nicht ums Wort verlegen, wenn es darauf ankam.

Die Säuglingsschwester Ruth Bircher hingegen kam aus dem Berner Emmental. Eli hatte noch nie zuvor eine Person getroffen, die so viel Ruhe und Bedächtigkeit ausstrahlte. Das mochte an ihrer Erfahrung liegen, denn Ruth war die Älteste von ihnen. Vielleich besaß sie auch einfach nur Hingabe gegenüber einer Berufung. Wie dem auch sei, es war, als würde sich ein weicher Schimmer über Ruths Gesicht legen, sobald sie einen Säugling im Arm hielt. Und wenn sie mit ihrer glockenhellen Stimme zu singen anfing, beruhigten sich sogar die heftigsten Schreihälse. Es war kaum zu glauben, aber Eli hatte es selbst miterlebt.

Das pure Gegenteil davon war der einzige Mann der Gruppe, der Küchenchef Angelo Del Vecchio. Der gebürtige Tessiner lebte zwar schon seit Jahren in der Innerschweiz, sein schelmisches Grinsen und die wortprächtigen Flüche auf Italienisch ließen jedoch keinerlei Zweifel an seiner südländischen Herkunft aufkommen. Noch auffälliger war hingegen seine Statur – er überragte die restlichen Gruppenmitglieder um mindestens einen ganzen Kopf –, und seine Hände waren tellergroß. Die Geschwindigkeit und die Präzision, mit denen er damit aber sogar die kleinste Kartoffel schälte, brachte jeden zum Staunen.

Paulchen Huwyler war ausgebildete Schneiderin und würde somit sowohl bei der Beaufsichtigung der Kinderspeisungen mithelfen als auch die im Barackendorf geplante Schneiderei beaufsichtigen.

Schließlich fehlte noch das letzte Mitglied: die Innerschweizerin Marie Züger. Sie würde die Verantwortung für die Stickerei übernehmen.

Zugegeben, Eli hatte ihr bisher kaum Beachtung geschenkt, Marie war genauso unauffällig, wie ihr Äußeres vermuten ließ. Versteckt hinter einer verschlossenen Miene und dicken Brillengläsern hielt sie sich stets im Hintergrund und beteiligte sich kaum an Gesprächen. Was sie jedoch mit ihren Stickereien herbeizauberte – mit feinsten Stichen dekorierte Taschentücher, Servietten mit herrlichen Monogrammen oder mit Blumendekor verzierte Schürzen –, war atemberaubend. Wahrscheinlich brauchten sie jemanden wie Marie, um die Balance innerhalb der Gruppe auszugleichen.

Sechs Charaktere und Persönlichkeiten – alle so grundverschieden, und doch verband sie dasselbe Ziel, dieselbe Aufgabe.

Eli lächelte stolz. Nie zuvor in ihrem Leben hatte sie sich mit jemandem so verbunden gefühlt wie mit diesen Menschen hier.

»Euer Handeln soll keinerlei politische, religiöse oder wirtschaftliche Hintergründe haben, sondern gilt einzig dem Zeichen der Hilfeleistung, vergesst das nie«, schloss Frau Kägi die Rede und setzte sich unter allgemeinem Tischklopfen wieder hin. Auch wenn sie es mit einem großen Schluck aus ihrem Wasserglas zu vertuschen versuchte, stand ihr die Rührung dabei ins Gesicht geschrieben.

Kein Wunder. Sie alle am Tisch spürten, dass die Zeit der Vorbereitungen nun endgültig vorbei war. Auch Eli fühlte das erwartungsvolle Prickeln in sich. Zugleich kamen die Zweifel. Tat sie überhaupt das Richtige? Oder war dieses ganze Vorhaben am Ende nur ein Vorwand, um ihre Eltern und Werner vor den Kopf zu stoßen?

Unsinn. Was grübelte sie überhaupt jetzt noch darüber nach, sie hatte schließlich lange genug Zeit zum Überlegen gehabt und eine Entscheidung getroffen. Ihre eigene Entscheidung – nicht die ihres Vaters, der Mutter oder sogar Werners. Allein deshalb lohnte sich das alles hier. Unter dem Tisch berührte sie den Ringfinger ihrer rechten Hand, wo bis gestern noch der Verlobungsring mit dem Diamanten gesteckt hatte. Der lag nun in der Schmuckschatulle zu Hause in ihrem Zimmer.

Es war kurz vor Mitternacht, als Eli und Paulchen endlich in die Pension zurückkamen, wo sie sich ein Zimmer teilten. Für die nächsten Monate die letzte Nacht in der Heimat.

Eine weitere, beneidenswerte Eigenschaft Paulchens war, dass sie sofort und überall einschlafen konnte, während Eli kaum ein Auge zutat.

Hatte sie auch wirklich alles eingepackt und nichts vergessen?

Da die Ernährungssituation in Deutschland mehr als prekär war, waren sämtliche Hilfskräfte dazu angehalten worden, eine große Menge an rationierten und unrationierten Lebensmitteln mitzunehmen. Der Anweisung folgend, hatte Eli schon vor Wochen angefangen, lange haltbare Lebensmittel wie Zwieback, Zucker, Teigwaren, Haferflocken oder Mehl aus Vaters Lager abzuzweigen. Jedes Mal nur so viel, dass es nicht sogleich auffiel. Bestenfalls würden die Differenzen erst beim Jahresabschluss sichtbar werden.

Um die Einreise nach Deutschland über die Zwei-Zonen-Grenze zu erleichtern, hatten die Gepäckgüter aller Helfer punktgenau aufgelistet und zur Prüfung und Genehmigung an das Internationale Rote Kreuz nach Genf geschickt werden müssen. Was, wenn sie vergessen hatte, etwas aufzulisten, und morgen an der Grenze deswegen Probleme bekam?

In Gedanken ging sie immer wieder alle zur Einreise in die britische Zone benötigten Ausweise durch: Das Visum, das sogenannte »Military entry permit«, war erst vor drei Tagen eingetroffen. Ohne das hätten sie die Abreise verschieben müssen. Der Pass mit dem Visum lag im Seitenfach ihres Rucksacks zusammen mit dem Krankenkassenausweis, dem Nachweis der Unfallversicherung, einem ärztlichen Attest über ihren Gesundheitszustand und der Legitimationskarte mit Lichtbild.

In der zweiten Seitentasche steckten zwei Geldbeutel – einer mit englischen Pfund und der andere mit belgischen Francs – wie von den Mittelsmännern der Arbeiterwohlfahrt in Köln geraten. Denn obwohl Köln zur britischen Besatzungszone gehörte, planten diese, den südlichen Streifen der Region früher oder später an ihre belgischen Hilfskräfte abzutreten.

Es war noch dunkel, und Nebel verhüllte die Straßen, als Eli am nächsten Morgen neben Paulchen und den übrigen Mitgliedern der beiden Hilfsdelegationen mitsamt Gepäck beim Basler Bundesbahnhof wartete. Sie alle trugen die dunkelgraue Uniform der *Schweizer Spende* – knielange Röcke für Frauen, Hosen für die Männer, dazu hüftlange, von einem Gürtel gehaltene Jacken mit Abzeichen der *Spende*, schwarze Barettmützen und jetzt im Winter lange, dicke Mäntel.

Trotz ihrer Wollstrümpfe fühlte Eli, wie die feuchte Kälte bis tief in ihre Knochen drang, und sie schlang sich die Arme um den Oberkörper.

»Ich habe gelesen, dass Kälte gut gegen Falten sein soll. Es hat also alles auch seinen Vorteil«, witzelte Paulchen, während sie zähneklappernd von einem Fuß auf den anderen hüpfte.

Sonja lachte. »Sagt ausgerechnet diejenige, die noch viel zu jung ist, um überhaupt an Falten denken zu müssen. Aber stellt euch nur vor, da wäre wirklich etwas Wahres dran.« Mit geschlossenen Augen hob sie das Gesicht in die Morgenkühle. »Und? Wirkt es schon?«

»Si, si«, rief Angelo mit seinem singenden Akzent. »Eine Haut wie die einer Aprikose.«

»Aber einer gedörrten«, fügte Ruth mit skeptisch hochgezogenen Augenbrauen hinzu.

Sogleich verfiel die ganze Gruppe in prustendes Gelächter. Immerhin blieb ihnen die gute Laune erhalten. Auch als der Laster der Firma Keller AG endlich kam, sie jedoch feststellten, dass der Platz nicht für alle vierzehn Reisenden plus Gepäck sowie die zusätzlichen Lebensmittelkisten reichte und sie einen zweiten Wagen anfordern mussten. Und sogar als der erste Wagen wegen eines undichten Zuleitungsschlauchs stehen blieb, kaum dass sie endlich abgefahren waren.

Mit einer dreistündigen Verspätung erreichten sie schließlich den Schweizer Grenzposten.

»Um Himmels willen, das dauert ja ewig«, seufzte Eli, während der Zollinspektor jedes einzelne Gepäckstück mit inbrünstiger Akribie überprüfte. Dagegen war die anschließende Prozedur beim französischen Zoll geradezu ein Klacks. Nach der Pass- und Visumkontrolle blickte der französische Beamte nur bedächtig nickend auf die vom Roten Kreuz bestätigten Gepäcklisten und ließ sie passieren.

»Das war's, wir sind in Deutschland«, rief der Fahrer über die Schulter nach hinten in den Insassenraum. Der Motor heulte kurz auf, bevor er die Kupplung durchdrückte und einen höheren Gang einlegte.

Eli beugte sich vor, sodass sie von ihrem Sitz entlang der Längsseite der Ladefläche aus durch die Öffnung in der Wagenplane sehen konnte. Ein letzter kurzer Blick zurück. Dort hinter ihnen lag die Schweiz, ihr altes Leben.

Doch dann drehte sie sich um, langte nach ihrem Rucksack unter dem Sitz und klaubte eine schmale Pappschachtel aus einem der Seitenfächer hervor. »Wer hat Lust auf ein Kartenspiel?«, fragte sie in die Runde.

Den Rhein entlang hielten sie gegen Norden. Doch nicht nur das Wetter wurde ungemütlicher, eisiger Nieselregen setzte ein. Auch ihre anfänglich gute Laune dämpfte sich mit jedem Kilometer, während sie Städte wie Freiburg und Worms passierten.

Einer nach dem anderen verfielen sie in betroffenes Schweigen. Sogar Paulchen. Rundum nur Ruinen und Trümmer zwischen Kraterlandschaften. Trostlose, menschenleer scheinende Geisterstädte.

Wo, um Gottes willen, war sie hier bloß gelandet?, fragte sich Eli bei diesem Anblick immer wieder. Worauf hatte sie sich da nur eingelassen? Das hatte sie nun von ihrer verflixten Neugier. Am liebsten hätte sie schnurstracks kehrtgemacht und wäre wieder zurück nach Hause gefahren.

Gegen Abend hielten die Wagen bei einem Bauernhof in der Nähe von Bad Kreuznach. Ein Hotel oder auch nur ein Gasthof war nirgendwo zu finden, und wenn, dann war die Unterkunft von den französischen Besatzern für eigene Zwecke konfisziert worden.

Mit einem Seufzer kletterte Eli vom Wagen. Was für eine Wohltat. Nach einem ganzen Tag auf den unbequemen Sitzbänken, eingequetscht zwischen Gepäck und Kisten, und der Fahrt über holprige Straßen schmerzte ihr Rücken, und die Beine fühlten sich taub an.

Der alte Bauer stellte ihnen den leer stehenden Pferdestall zur Verfügung, und seine Frau brachte ihnen einen Topf mit dünner Brotsuppe.

Doch Paulchen schüttelte vehement den Kopf. »Das können wir doch nicht annehmen. Bestimmt haben die Leute dafür einen Großteil ihrer Vorräte geopfert.«

Damit hatte sie wohl recht. Es war mitten im Winter, und letzten Herbst hatten die meisten Bauern keine besonders gute Ernte einbringen können. Umso mehr rührte die unerwartete Gastfreundschaft.

»Dann geben wir ihnen von unseren Lebensmitteln ab«,

schlug Eli vor und deutete auf die beiden Lastwagen. »Wir haben schließlich genug.«

Gesagt, getan. Noch vor dem Schlafengehen brachte Eli zusammen mit dem Koch Angelo einen Korb mit gedörrten Bohnen, ein paar Büchsen Fleischpastete und etwas Mehl zum Haus der verdutzten Bauersleute.

Die Hilfsdelegationen hatten es sich für die Nacht auf Decken und Strohhaufen bequem gemacht. Die beiden Fahrer würden sicherheitshalber draußen in den Wagen schlafen.

Eli lag in ihren Mantel und den Schlafsack gehüllt neben Paulchen. Ihre erste Nacht in Deutschland. Das Stroh roch leicht nach Moder, und sie hörte das Rascheln der herumkrabbelnden Mäuse. Doch sie war so erschöpft von der Reise und den Eindrücken, sie wäre sogar auf dem blanken Boden eingeschlafen.

Am Vormittag des nächsten Tages überquerten sie kurz hinter Koblenz die Grenze zur britischen Besatzungszone. Von da waren es nur noch etwas mehr als hundert Kilometer bis nach Köln.

Wie weit und flach die Gegend hier war, ging es Eli mehrfach durch den Kopf. Man konnte sogar vereinzelte Baumgruppen am Horizont erkennen. So ganz anders als die oftmals hügelige oder sogar bergige Landschaft in der Schweiz.

Eisregen prasselte auf die Wagenplane, als die Hilfsgruppen Porz, den Vorort Kalk und schließlich den rechtsrheinischen Stadtteil Deutz erreichten.

Am diesseitigen Ende der von den Alliierten erbauten Behelfsbrücke stiegen sie aus dem Wagen. Vor ihnen lag der Rhein. Die Reste der alten Bogenbrücke ragten daneben noch wie schaurige Skeletthände aus dem Wasser.

Trotz des schlechten Wetters herrschte reger Verkehr über den Fluss: Lieferwagen, Pferdekarren, Militärjeeps und sogar ein paar Personenwagen neben Fußgängern sowie Leuten mit Fahrrädern und Bollerwagen. Am gegenüberliegenden Ende der Brücke kontrollierte ein Militärposten die Personalausweise.

Und ebenfalls dort drüben, als Fassade aus dunklen, tristen Schatten im winterlichen Grau zu erkennen, lag, was von der Innenstadt Kölns übrig geblieben war.

»Madonna mia, Santa«, flüsterte Angelo und bekreuzigte sich.

Eli schlug den Kragen ihres Mantels hoch. Trotzdem kroch ihr das Gefühl von Trostlosigkeit bis tief in die Brust, während ihr Blick über die Ruinen wanderte, aus denen die zwei Türme des Doms wie stumme, würdevolle Mahnmale aufragten.

5 QUÄKER UND GEISTER

Köln, 2. Februar 1946

Die Fahrt durch die von Ruinen gesäumten Straßen Kölns war schier endlos. Immer wieder mussten die Lastwagen anhalten oder umkehren, weil Trümmer den Weg blockierten oder weil statt der auf der Karte eingezeichneten Straße nur noch ein Krater existierte.

Während sie durch die Kölner Innenstadt fuhren, beobachtete Eli die Menschen und presste unwillkürlich die Lippen zusammen. Obwohl sie sich immer für aufgeklärt gehalten hatte, so hatten die vergangenen Jahre mit all ihren Schreckensnachrichten in Zeitungen und Wochenschauen auch in ihrer Vorstellung ein stilisiertes Bild der deutschen Bevölkerung geprägt. Hitlers arisches Herrschervolk.

Das war natürlich alles nur der grässlichen Ideologie eines fanatischen Regimes entsprungen. Umso mehr schämte sich Eli dafür, dass sie tatsächlich blonde Hünen mit stahlblauen Augen und kantig gemeißelten Gesichtszügen erwartet hatte, die den preußischen Drill noch immer im Blut trugen.

Was sie hier jedoch sah, waren Frauen und Kinder, die sie mit neugierig-misstrauischen Blicken aus bleichen Gesichtern beäugten, um dann die Treppen zu ihren Kellerwohnungen hinunterzufliehen. An den Straßenrändern standen meist ältere Männer in oft mehrfach geflickten Mänteln und abgewetzten Schuhen, deren Mienen resignierte Müdigkeit ausstrahlten.

Es war bereits kurz vor der Abenddämmerung, als die Lastwagen in der Nähe des Westbahnhofs anhielten. Hier war, wie Eli wusste, der vereinbarte Treffpunkt mit Herrn Lötscher, dem Delegierten der *Schweizer Spende,* sowie ihrem Kontaktmann in Köln, einem gewissen Hans Dohrenbusch.

Während ihrer Seminare hatten sie alle einen Einblick in die riesige Vorbereitungs- und Organisationsmaschinerie bekommen, die hinter der gesamten Hilfsaktion stand. Dazu gehörten nicht nur die Leitstellen in Bern und Zürich, sondern vor allem Mithelfer und Partnerverbände in den verschiedenen Städten in Deutschland. Leute wie Hans Dohrenbusch eben. Dieser war während des Krieges in die Schweiz geflüchtet, wo er gute Beziehungen zu Regina Kägi-Fuchsmann hatte aufbauen können. Nach seiner Rückkehr nach Köln fungierte er nun als Verbindungs- und Mittelsmann zwischen der *Schweizer Spende* und der hiesigen Partnerorganisation, der Kölner Arbeiterwohlfahrt.

Mit steifen Gliedern stieg Eli von der Ladefläche, dehnte unauffällig den Rücken und blies sich in die Hände, um sie aufzuwärmen.

Vor ihnen lag ein weites, von einer dicken, gefrorenen Schlammschicht überzogenes Feld, auf dem drei verlassen wirkende Holzhütten zwischen vereisten Pfützen und Bombenkratern standen.

Ein ebenso trostloser Anblick wie alles, was sie bisher von Köln gesehen hatten. Man konnte sogar das leise Knirschen des Graupelschauers hören, der die Umgebung nach und nach mit einer weißen Schicht überzog.

»Sind wir hier auch wirklich richtig?«, wandte sich die Gruppenleiterin Sonja mit in Falten gelegter Stirn an den Fahrer ihres Wagens.

Dieser wühlte noch einmal durch seine Unterlagen und nickte, während er mit dem Daumen rechts über seine Schulter zeigte. »Da hinten ist der Bahndamm. Und das da ist die einzige freie Fläche weit und breit.« Mit dem Kinn deutete er auf das Feld.

Eli wandte den Blick zu Paulchen, deren Miene genau denselben Gedanken ausdrückte. Sollten das etwa die Baracken sein, die von der *Schweizer Spende* bereits im Dezember vorigen Jahres nach Köln geschickt worden waren, damit die hiesige Arbeiterwohlfahrt den Aufbau vorantreiben konnte? Hier sollten sie wohnen und arbeiten?

Sie schaute sich um. Das Feld war auf der einen Seite von besagtem Bahndamm, links und rechts von Wohnwagen und von der Straße her von völlig zerstörten Häusern umrahmt.

Um Himmels willen, waren die überall herumliegenden, verkrümmten Metallteile etwa Reste von Geschossen?

Im selben Moment nahm Eli aus den Augenwinkeln eine Bewegung in einem eingestürzten Haus jenseits der Straße wahr und fuhr herum. Doch da lagen nur verlassene Mauerbrocken.

Seltsam, sie hätte schwören können, dass dort drüben ein Schatten gewesen war.

Kein Wunder, beruhigte sie sich selbst. Sie war erschöpft von der Reise, und die Ruinen rundum hatten etwas Unheimliches. Mit Fantasie konnte man hinter jeder Mauer einen Geist sehen, dabei war es wahrscheinlich bloß eine streunende Katze gewesen. Trotzdem wurde sie das Gefühl des Beobachtetwerdens nicht los.

»Da kommt wohl unser Empfangskomitee«, sagte Paulchen auf einmal und riss sie aus ihren Gedanken.

Tatsächlich. Drei Männer kamen ihnen von der Straße her entgegen. Sie trugen lange, dunkle Mäntel und hielten die Kragen gegen die Kälte hochgeschlagen.

»Da sind Sie ja«, rief einer der beiden und breitete die Arme aus. Er mochte knapp um die fünfzig sein. »Die Reise war hoffentlich nicht zu anstrengend?«

Ohne auf eine Antwort zu warten, begrüßte er jeden der Gruppe mit einem kräftigen Händeschütteln. »Mein Name ist Lötscher – Hans Lötscher. Und das hier ist Hans Dohrenbusch von der Kölner Arbeiterwohlfahrt.« Damit zog er einen seiner Begleiter am Ärmel heran. Dieser war etwas jünger. Sein Gesicht war hager, und er trug den schwarzen Hut bis tief in die Stirn gezogen, trotzdem war sein breites Lächeln zu sehen. »Ich heiße Sie im Namen der Kölner Arbeiterwohlfahrt herzlich willkommen. Wir haben Sie bereits sehnlichst erwartet.«

»Ah, das trifft sich gut, Herr Dohrenbusch. Ich bin Sonja Jeanneret von der *Schweizer Spende* und Leiterin der Kölner Hilfsgruppe.« Mit entschlossener Miene trat Sonja vor. »Ich fürchte, wir haben hier ein Problem. Sie hatten uns doch geschrieben, der Aufbau des Barackendorfs wäre bereits vorangeschritten?«

Dohrenbusch hielt einen Moment lang konsterniert inne. Beinahe so, als zweifelte er, ob die Frage überhaupt ernst gemeint war.

»Nun ja«, erklärte er schließlich mit seinem singenden Akzent. »Wir haben getan, was wir konnten, aber dann ist der Boden gefroren, und wir mussten die Arbeiten einstellen. Et es nu mal, wie et es.« Er sagte das mit solch einer Selbstverständlichkeit, als wäre es das Offensichtlichste auf der Welt.

Sofort verfiel Paulchen in ein als Hustenanfall getarntes Gelächter, während Eli sie mit dem Ellbogen anstieß.

Ein ungünstigerer Zeitpunkt dafür hätte sich kaum finden lassen, doch es musste an ihrer Erschöpfung liegen, an der Absurdität der ganzen Situation oder an Dohrenbuschs ungewohntem Singsang, dass auch Eli nur mit Mühe ein Auflachen unterdrücken konnte. War das also der typische Pragmatismus der Rheinländer, von dem man ihnen erzählt hatte?

»Nichtsdestotrotz müssen wir in der Zwischenzeit irgendwo unterkommen«, meldete sich indes die Säuglingsschwester Ruth völlig sachlich zu Wort.

Der Koch Angelo nickte. »Wir brauchen zumindest eine Schlafmöglichkeit. Vielleicht irgendwo am Stadtrand?«

Als hätte er auf das Stichwort gewartet, räusperte sich der dritte Mann des Empfangskomitees und zog damit sämtliche Blicke auf sich. In fließendem Deutsch, jedoch mit unüberhörbarem englischem Akzent, sagte er: »Was das betrifft, können wir Ihnen behilflich sein.« Er straffte kurz die Schultern und salutierte. »Lieutenant William Ashbury vom hundertfünfundzwanzigsten Friends Relief Service Team.«

Erst jetzt fiel Eli die Uniform auf, die der Engländer unter dem Mantel trug. Aber weder auf der Brust noch am Revers war irgendein militärisches Abzeichen zu sehen. Einzig ein Aufnäher mit der Aufschrift »Quaker Relief« prangte über einem achtzackigen, rot-schwarzen Stern auf seinem Arm und der Barettmütze.

Ein Quäker? Sie hatte gar nicht gewusst, dass diese Glaubensgemeinschaft überhaupt noch existierte. Erst recht hätte sie nicht erwartet, einem ihrer Vertreter hier im zerbombten Köln zu begegnen.

Ein ruhiges, freundliches Lächeln erhellte William Ashburys Gesicht. Seine von der Kälte geröteten Wangen verliehen ihm ein jugendliches Aussehen. Regentropfen zierten die Gläser seiner Brille, doch das schien ihn nicht im Geringsten zu stören, als er weitersprach: »Wir, mein Team und ich, sind seit vergangenem November hier in Köln. Das Hauptquartier unserer Hilfsmission liegt in der Südstadt.« Mit ausgestrecktem Arm deutete er auf die Holzhütten mitten im Schlammfeld. »Bis sich die Lage hier gebessert hat, heißen wir euch gerne in unseren Unterkünften willkommen.«

Dieses Angebot schickte der Himmel. Es blieb ihnen auch kaum etwas anderes übrig, als es anzunehmen.

Gerade als Eli zurück in den Wagen klettern wollte, war es wieder da, dieses Gefühl, als ob fremde Augen sie verfolgten. Sie hielt mitten in der Bewegung inne, hob den Blick über die rechte

Schulter zu der zur Hälfte eingestürzten Hauswand, in der eine leere Fensteröffnung klaffte.

Da. Jetzt sah sie es ganz deutlich. Ein Gesicht. Dort beim Fenster. Doch es dauerte nur einen Atemzug lang, bevor es wieder in der einfallenden Dunkelheit verschwand.

»Nun beeil dich schon. Es ist viel zu kalt, um Löcher in die Luft zu starren«, sagte Paulchen und schubste sie voran.

»Hast du's nicht auch gesehen?«

»Was denn?«

»Na, das Gesicht. Da drüben beim Fenster. Ein Junge, glaube ich.«

Paulchen verengte die Augen zu schmalen Schlitzen, während sie die Ruinen mit ihrem Blick durchforschte. Bis sie schließlich den Kopf schüttelte und Eli energisch vorwärtsschob. »Da ist nichts. Du siehst Gespenster. Ein Grund mehr, ins Warme zu kommen. Husch, rauf mit dir. Sonst rufe ich Angelo, der bugsiert dich im Nullkommanichts hoch, wirst schon sehen.«

Nach einem letzten Blick zu dem Fenster stieg Eli schließlich auf.

Nein, das war kein Gespenst gewesen, dessen war sie sich ganz sicher.

Das Hauptquartier der Quäkermission befand sich im Stadtteil Marienburg, rund sieben Kilometer zu Fuß vom Venloer Wall entfernt. Die zwischen den Ruinen aufgebauten Unterkünfte waren klein und boten kaum genug Platz für alle zusätzlichen Personen der beiden Hilfsgruppen aus der Schweiz. Die fünf Frauen aus Williams Team rückten jedoch bereitwillig zusammen, und bald schon saßen sie alle in gemütlicher Eintracht bei Tee und Zwieback und genossen die Wärme.

Wie seltsam das Leben spielte, dachte Eli. Zu Hause würde sie jetzt wahrscheinlich beim Abendessen sitzen. An dem großen

Holztisch im Salon, der genug Platz bot, damit man sich keinesfalls zu nahe kam. Inzwischen hatten ihre Eltern und Werner die Briefe bestimmt erhalten, und einen winzigen Moment lang fragte sich Eli, wie deren Reaktion wohl gewesen war. Doch sogleich schob sie den Gedanken beiseite. Sie wollte so lange wie möglich nicht darüber nachdenken, dass Vater und Werner Himmel und Hölle in Bewegung setzen würden, um ihren Aufenthaltsort herauszufinden. Frau Kägi-Fuchsmann hatte ihr absolute Geheimhaltung seitens der *Schweizer Spende* und des Arbeiterhilfswerks versprochen.

Am nächsten Morgen machte sich die zweite Delegation in aller Frühe auf den Weg nach Aachen. Das Wetter war ein klein wenig freundlicher. Es wehte ein scharfer, kalter Wind, aber zumindest war es trocken.

»So«, sagte Sonja, rückte sich die Barettmütze auf dem Kopf zurecht und stopfte die Enden ihres Schals in den Mantelausschnitt, bevor sie sich zu Eli und den anderen umdrehte. »Packen wir's also an.«

Zu Fuß marschierten sie los, begleitet von einer Mitarbeiterin der Quäkerhilfe namens Gladys. Diese führte sie durch das Severinsviertel in die Nordstadt.

Wie schaffte sie es nur, den Weg zu finden?, fragte sich Eli. Die Trümmerberge sahen alle gleich aus.

»Versucht, euch an den markanten Ruinen zu orientieren. Aber nicht an irgendwelchen Wohnhauswänden, die stürzen meistens irgendwann ein oder werden niedergerissen. Am besten sind die Kirchen oder wie hier das Severinstor«, erklärte Gladys leichthin auf Englisch und deutete auf ein imposantes Mauertor mit einem trutzigen Turm darüber, der wie durch ein Wunder in verhältnismäßig gutem Zustand geblieben war.

Durch die rundum fehlenden Häuser ragten die beiden Türme des Doms von Weitem sichtbar auf. Ein idealer Orientierungspunkt. Jetzt, bei Tageslicht, traten die Schäden in dem jahrhundertealten Bauwerk jedoch umso deutlicher hervor: Die Fenster der Kathedrale fehlten, an ihrer Stelle starrten dem Betrachter riesige, gähnende Löcher entgegen. Wie Wunden klafften die von mehrfachen Granateneinschlägen bewirkten Schrunden an den Domflanken. Sprengbomben hatten einen Teil des Dachs zerfetzt, und am Stützpfeiler des Nordturms hatte man die Spuren eines Einschlags behelfsmäßig mit einer hässlichen Plombe aus Ziegelsteinen ausgebessert.

Trotzdem hielt Eli vor lauter Ehrfurcht den Atem an, während sie den Kopf in den Nacken legen musste, um den Dom in all seiner Größe und Erhabenheit zu betrachten. Er hatte dem Krieg und der Zerstörung getrotzt. Wie ein stummes Sinnbild der Ewigkeit.

Vom Dom aus ging es weiter in Richtung Westen. »Immer geradeaus bis zum Bahndamm. Ihr könnt es nicht verfehlen«, meinte Gladys und ging voraus.

Auf ihrem Stadtplan aus der Vorkriegszeit versuchte Eli die Straßennamen nachzuverfolgen: Komödienstraße – Zeughausstraße – Friesenstraße. Herrgott, hier war nichts mehr so, wie auf dieser verflixten Karte dargestellt. Rechts neben ihr stand eine einzelne Hauswand mit einer Tür. Darüber war in verschnörkelter Sütterlinschrift das Wort »Apotheke« zu lesen.

Als sie schließlich das Feld am Bahndamm erreichten, wurden sie bereits von einer Schar Neugieriger erwartet. Frauen, Kinder und Männer, Alte und Junge standen auf der Straße am Rande des Feldes, starrten sie – ganz im Gegensatz zu gestern – nun mit unverwandten Blicken an und tuschelten.

»Du meine Güte, unsere Ankunft hat sich anscheinend schon herumgesprochen«, flüsterte Paulchen, winkte der Menge jedoch schon im nächsten Moment lächelnd zu und erntete dafür ein schüchternes Kichern von einer Gruppe kleiner Mädchen. Typisch Paulchen.

Etwas abseits der Menge entdeckte Eli Hans Dohrenbusch neben drei weiteren Männern. Zwei von ihnen waren noch sehr jung, gerade erst dem Knabenalter entwachsen, von sehniger Statur, und sie hatten beide dieselben buschigen Augenbrauen, die unter den Kappen hervorlugten. Wahrscheinlich Brüder oder nahe Verwandte. Der Dritte hingegen war bereits an den Schläfen ergraut, zwei tiefe Falten verliefen entlang seiner Mundwinkel bis zum Kinn und verliehen seinem Gesicht einen fast schon mürrischen Ausdruck.

Dies seien die Tischler, die für den Aufbau der Baracken zuständig seien, stellte Dohrenbusch die Männer vor. Nach einem knappen Nicken schulterten die beiden Jungen je eine Werkzeugkiste aus Holz und wandten sich um. Der eine hinkte mit einem steifen Bein voran in Richtung der Baracken. Der andere rückte den Trageriemen auf seiner Schulter zurecht und folgte ihm. An seiner Hand fehlten drei Finger.

Eli war froh über ihre festen Schuhe, als sie sich ihren Weg über das durch Krater zerpflügte Feld bahnte. Die vereiste Schneeschicht knirschte unter ihren Schritten, der Boden war pickelhart gefroren. Sie versuchte vergebens, ein Stück Erde mit der Schuhspitze zu lockern. Kein Wunder, dass der Bau der Baracken unter diesen Umständen nicht vorangegangen war. Hier ein Loch zu graben war eine mühsame Schinderei.

Vorsichtig näherte sie sich einem länglichen, mit Ruß und Dreck verschmierten Metallstück, dessen propellerartiges Ende aus der Erde ragte. Das musste tatsächlich ein Stück einer Bombe oder Ähnliches sein. Ein eisiger Schauer rieselte ihr über den Rücken.

Sie schrak mit einem Schrei zusammen, als auf einmal eine heisere Jungenstimme hinter ihr ertönte: »Das ist der Rest einer Wurfgranate.«

Augenblicklich fuhr sie herum. Vor ihr stand ein Junge. Mager und mit von der Kälte geröteter Nase. Doch er blickte sie ungerührt an, die Hände in den Hosentaschen. Sein blonder Haarschopf steckte unter einer Kappe, in der es von Löchern nur so wimmelte. Zwar trug er einen Schal, doch der Wollpullover und das dünne Jäckchen darüber gaben bestimmt kaum Schutz gegen die Kälte. Ganz zu schweigen von seinen Hosen. Am linken Knie klaffte ein dürftig mit einem rostroten Wollrest geflickter Riss, und die Hosenbeine waren so kurz, dass er sie sich in die Socken gestopft hatte, um nicht mit nackten Waden im Winterwind zu stehen.

»Um Gottes willen, du hast mich erschreckt«, rief Eli.

»'tschuldigung, wollt ich nicht.« Einen Moment lang schaute er betreten zu Boden, hob jedoch sogleich wieder den Blick und zog die Nase hoch.

Eli holte tief Luft und versuchte zu lächeln. »Schon gut. Ich bin wohl auch gerade etwas schreckhaft. Das hier ist alles noch ziemlich neu für mich.« Sie zeigte auf die restlichen Mitglieder der Hilfsdelegation, die bereits zusammen mit Hans Dohrenbusch und den drei Tischlern vor der ersten Baracke standen. »Wir sind gestern Abend erst hier in Köln angekommen.«

»Weiß ich. Ich hab euch gesehen«, sagte der Junge mit einem Achselzucken.

Sogleich horchte Eli auf. Hatte sie sich also nicht getäuscht. »So?«

Er nickte. »Seit sie mit dem Aufbau der Hütten dort angefangen haben, redet man im Viertel über nichts anderes mehr als über die Leute, die aus der Schweiz kommen sollen. Deshalb haben wir auf euch gewartet.«

»Wir?«, fragte Eli erstaunt.

Mit einem schelmischen Grinsen antwortete der Junge: »Na ja, meine Kumpels und ich.« Dabei zeigte er mit dem Daumen über die Schulter in Richtung einer Gruppe von ungefähr gleichaltrigen Jungen, die dort drüben auf einem Trümmerhaufen hockten. »Die sind aber etwas schüchtern.«

Nur mit Mühe unterdrückte Eli ein Schmunzeln. »Ich verstehe. Dann wohnst du also auch hier im Viertel?«

Ein Schatten schlich sich über das Gesicht des Jungen – ganz kurz nur, bevor er die Lippen zusammenpresste und den Kopf schüttelte. »Nicht mehr. Jetzt wohne ich bei der Freundin meiner Mutter drüben in Ehrenfeld. Und ihr kommt wirklich aus der Schweiz?«

»Ja, das ist richtig.«

Wieder zuckte er mit den Schultern. »Dann redet ihr wohl deshalb alle so komisch.«

Schon wollte Eli darauf erwidern, dass der Kölner Dialekt für ihre Ohren ebenso gewöhnungsbedürftig sei, als sie Paulchen von den Baracken her rufen hörte: »Nun komm schon, Eli. Wo bleibst du denn?«

»Ich muss gehen, aber wir werden uns von nun an bestimmt öfter sehen.« Eilig streckte sie ihm die Hand entgegen. »Mein Name ist übrigens Eli.«

Er entgegnete den Gruß mit einem erstaunlich festen Händedruck. »Freut mich. Sie sollten aber vorsichtig sein, Fräulein Eli. Hier liegen überall noch Geschütze herum. Die Amis haben nicht alles finden und entschärfen können, und die Briten hat's bis jetzt nicht interessiert.« Damit drehte er sich um und ging, die Hände wieder in den Hosentaschen.

»Wie heißt du denn?«, rief Eli ihm nach.

Er drehte sich noch einmal um, tippte mit zwei Fingern zum Salut an den Rand seiner Kappe und sagte im breitesten Dialekt: »'sch ben de Mattes.«

6 FREMDES LAND

Irgendwo in Zentralrussland,
Anfang Februar 1946

Der Fahrtwind presste die Kälte durch die Ritzen der Waggonwände.

So gut es ging, schob Helmut die Hände in die Achselhöhlen und atmete so flach wie möglich. Nicht nur, weil der Gestank der siebzig seit Tagen im Waggon zusammengepferchten Männer schier unerträglich geworden war. Er versuchte so, den letzten Rest Wärme im Körper zu behalten. Im Gestank nach Scheiße und ungewaschenen Menschen ersticken oder beim Einatmen der eisigen Luft erfrieren.

Er zog den Kopf tiefer, die Knie näher heran und ergab sich dem monotonen Rütteln des Zuges. Etwas anderes blieb ihm und den restlichen Männern nicht übrig. Sie waren allesamt Altgefangene aus Jelabuga. Etwa dreihundert, unter ihnen auch Karl Linnich. Immerhin ein Trost.

Vor sechs Tagen hatte man sie alle aus heiterem Himmel auf dem Appellplatz des Lagers zusammengetrieben, um sie dann in offenen Fuhrwagen zu den Gleisstrecken zu bringen, wo die Güterwagen bereits warteten. Das wie ein Augapfel gehütete Essgeschirr und die Kleider auf dem Leib waren alles, was sie in der Eile hatten mitnehmen können.

Ein Lagertransfer, um für japanische Neuankömmlinge Platz zu machen, hatte es geheißen, ohne jedoch über das Ziel Aufschluss zu geben.

Sie fuhren in Richtung Westen. So viel war dem Stand der Sonne und den vorbeiziehenden Ortsschildern zu entnehmen gewesen. Das allein sorgte bei den meisten Kameraden bereits für Erleichterung. Auch bei Helmut. So nahe war er der Heimat seit über drei Jahren nicht mehr gewesen. Er glaubte längst nicht mehr an Glück, das hatten ihn Krieg und Gefangenschaft zur Genüge gelehrt. Es gab Sieger und Verlierer, und die Fatalität war das Zünglein an der Waage.

Aber egal, ob durch Zufall oder Schicksal, Hauptsache, der Weg zurück nach Köln verringerte sich von Stunde zu Stunde. Zwar würde er sich im nächsten Lager erst neu orientieren und seinen Fluchtplan womöglich umdenken müssen, für seine Absicht war das jedoch nicht von Belang. Dafür hatte er die Zeit nach dem unerwartet frühen Wintereinbruch im vergangenen Oktober genutzt, um Russisch zu lernen. Heimlich und mit Koljas Hilfe – so hieß der junge, russische Wachsoldat, dem er seine wöchentliche Machorka-Ration im Gegenzug zu jeweils fünfzehn Seiten aus einem Russisch-Lehrbuch überlassen hatte. Ein riskantes Unterfangen, denn in Jelabuga wimmelte es von Spitzeln. Mitgefangenen, die sich eine bessere Behandlung oder zusätzliche Mahlzeiten garantierten, indem sie ihre Kameraden an die Lagerkommissare verrieten. Doch ohne ein Minimum an Sprachkenntnissen, das war Helmut von Anfang an klar gewesen, war eine Flucht hoffnungslos, und man hätte ihn bei der ersten Gelegenheit als entlaufenen Häftling ertappt.

Nicht auffallen, das war das Ziel. Dazu gehörte auch das äußere Erscheinungsbild. Die Mehrheit der deutschen Gefangenen trug noch immer ihre Wehrmachtsuniform, natürlich ohne die militärischen Abzeichen. Es war eine Art Festhalten an etwas Vertrautem, ein kleines Zeichen der Zugehörigkeit, wenn einem als Kriegsgefangenem außer dem eigenen Leben sonst nichts mehr blieb.

Es hatte Helmut ungeheure Überwindung gekostet, die alten Kleidungsstücke nach und nach durch russische zu ersetzen: eine mit Watte gepolsterte Jacke und geschnürte Hosen. Er wollte nicht wissen, woher die rostroten Flecken an den Hosen stammten, und auch wenn sie am Saum und unter dem linken Arm zerrissen war, bot die Jacke einigermaßen Schutz gegen die Kälte. Bei der Beschaffung der Kleidung war Kolja ebenfalls hilfreich gewesen. Wenn auch mit ganz anderen Hintergedanken, denn unter den Sowjetsoldaten galten Wehrmachtsuniformen noch immer als begehrte Siegertrophäen, sogar, wenn sie zerrissen und verlaust waren.

Das schrille Pfeifen der Lokomotive ließ ihn zusammenzucken. Sein rechtes Bein war eingeschlafen, und er rappelte sich mühsam auf. Besser den Blutkreislauf in Gang bringen. Das half wenigstens gegen die Kälte.

Die Strahlen der fahlen Wintersonne fielen durch die Ritzen zwischen den Wandbrettern und erhellten das Wageninnere. Staubkörnchen tanzten im Licht.

Karl saß neben Helmut auf dem Boden, den Kopf an die Wand gelehnt, und schlief. Auch die meisten anderen Männer dösten. Manch einer vertrieb sich die Zeit, indem er mit einem Kohlestück auf die Bretterwand zeichnete, andere saßen einfach da und starrten ins Leere.

Dort neben der Schiebetür stand ein stinkender, randvoller Kessel für die Notdurft. Er wurde nur geleert, wenn der Zug einmal am Tag anhielt und sich die Gefangenen zum Zählappell in Zehnerreihen vor dem Waggon aufstellen mussten. Mit langen Holzstangen klopften die russischen Wachsoldaten währenddessen die Wand- und Bodenbretter der Waggons auf lose Teile ab. Nur wenn die Kontrolle zufriedenstellend verlief und kein Verdacht auf Fluchtversuche bestand, durften die Männer wieder einsteigen.

Als ob irgendeiner von ihnen auf die hirnrissige Idee käme, bei dieser Kälte mitten in der kilometerweiten, weißen Einöde aus einem fahrenden Zug zu springen, dachte sich Helmut stets dabei. Immerhin bekamen sie vor dem Einsteigen ein Stück Brot oder, wenn der Zug nahe einer größeren Ortschaft hielt, wässerige Kascha – Brei aus Hirse, Graupen oder Buchweizen. Ersteres war steinhart, und der Brei schmeckte nach Verfaultem, aber zumindest wärmte er.

Er drehte sich zur Seite und spähte durch einen Spalt nach draußen. Unter anderen Umständen hätte Helmut die schneebedeckte Landschaft wohl als malerisch empfunden. Der Schnee glitzerte im Sonnenlicht und blendete in unberührtem Weiß. Die weite Ebene war sanften Hügeln und Wäldern gewichen, und er zählte sogar ein paar größere Dörfer.

Doch jetzt fehlte ihm der Blick für jede Schönheit und Idylle. Das hier war nur ein fremdes Land, und allein der Gedanke, noch länger hierbleiben zu müssen, war schier unerträglich.

»Was gibt's denn draußen zu sehen?«, hörte er Karl mit heiserer Stimme fragen.

»Schnee, Schnee und zur Abwechslung Schnee«, gab Helmut zurück und sah auf seinen Kameraden hinunter. Er war schon ein paarmal kurz davor gewesen, Karl in seine Fluchtpläne einzuweihen, hatte dann aber doch geschwiegen. Nicht, weil er ihm nicht vertraute, sondern weil die Fluchtvorbereitungen und das Planen bereits für nur einen Mann eine Herkulesaufgabe darstellten. Außerdem konnte er Karl zu gut leiden, um ihn durch Mitwisserschaft in Gefahr zu bringen.

Es war kurz vor Sonnenuntergang, als der Zug die Fahrt verlangsamte und eine Brücke über einen breiten Fluss überquerte. Immer mehr Wohnhütten säumten nun die Flächen links und rechts der Bahnstrecke. Dazwischen lagen, sogar im Schnee gut zu erkennen, vereinzelte kreisrunde Krater von Granateneinschlägen.

Schließlich machten die Hütten einigermaßen soliden Häusern mit Vorgärten Platz, wenngleich auch ein paar der Fassaden noch immer von Einschusslöchern verunstaltet waren. Die Silhouette einer Stadt zeichnete sich am Horizont ab. Jedoch zu weit weg, um Details zu erkennen.

Vergebens versuchte Helmut, einen Blick auf eines der vorüberziehenden Schilder entlang der Bahngleise zu erhaschen.

Der Zug wurde immer langsamer.

Wie einem inneren Befehl folgend, rappelten sich die Männer im Waggon einer nach dem anderen auf.

»Halten wir an?« – »Weiß jemand, wo wir sind?«, geisterten die Fragen leise umher. Keiner wusste eine Antwort.

Bis der Zug mit quietschenden Bremsen tatsächlich zum Stehen kam und die Lokomotive mit lautem Zischen Dampf abließ.

Von draußen waren Stimmen im Befehlston zu hören. Das eilige Stampfen von Stiefeln. Das Klacken von entsicherten Gewehren und in Anschlag gebrachten Maschinenpistolen. Dann das metallene Scheppern, als der Riegel der Waggontür geöffnet wurde.

Das grelle Licht der Scheinwerfer blendete Helmut, während er und Karl vorwärtstorkelten und mit steifen Gliedern aus dem Wagen kletterten.

»Dawai, dawai!«, brüllten unzählige russische Soldaten im Stakkato.

Eigenartig, nicht einmal während ihrer Gefangennahme nach der Kapitulation war ein so ansehnliches Kontingent an Bewachung aufgeboten worden.

Einer der Russen stieß Helmut im Vorbeigehen den Gewehrkolben in den Rücken, und er fiel auf die Knie.

Sofort packte ihn Karl am Arm, zog ihn wieder auf die Beine und knurrte dabei: »Scheiß-Iwan. Alles heil geblieben?«

Helmut nickte wortlos. Zu mehr blieb keine Zeit. Die Wachen trieben die Gefangenen etwa fünfzehn Meter über das Gewirr aus zusammenlaufenden Gleislinien, wo sie sich wie immer in Kolonnen zu je zehn Mann aufstellen mussten. Ein erneuter Zählappell.

Das hier musste der Rangierbereich eines Bahnhofs sein. Im Vorbeigehen erkannte Helmut die unzähligen Reihen leer stehender Personenwagen.

Der gefrorene Schnee knirschte unter den Füßen. Inzwischen war es schon beinahe dunkel geworden, und die Welt schien sich nur auf diesen von Scheinwerfern erhellten Flecken zu reduzieren. Gefangene und Bewacher. Eines hatten sie beide gemeinsam, ging es Helmut durch den Kopf, als er die von der Kälte geröteten Nasen und Wangen der Wachsoldaten sah: Sie froren sich hier alle gleichermaßen die Ärsche ab. Bei dem Gedanken konnte er sich ein zynisches Aufschnauben nicht verkneifen.

Doch der Atem blieb ihm im Hals stecken, als er sich neben Karl einreihte und den Blick hob. Denn direkt hinter dem Zug, mit dem sie angekommen waren, stand ein Schild mit einem Schriftzug in kyrillischen Lettern. »Москвá-Казанская« – Moskva-Kasanskaja.

»Moskau«, flüsterte er ungläubig. »Wir sind in Moskau.« Damit erklärte sich die viel strengere Bewachung.

Zugleich überschlugen sich Helmuts Gedanken. Das hieß, es waren nur noch etwas mehr als tausend Kilometer bis zur Grenze zu Polen bei Brest. Und dann noch rund achthundert Kilometer bis nach Frankfurt an der Oder. Er kannte die Distanzen ziemlich genau. Er hatte damals nach seinem letzten Heimaturlaub denselben Weg in umgekehrter Richtung bis nach Smolensk zurückgelegt. Das wiederum lag knapp vierhundert Kilometer westlich von Moskau. Von Smolensk aus waren er und seine Kompanie schließlich in Stalingrad gelandet.

Nur noch achtzehnhundert Kilometer bis nach Deutschland.

Mit aller Mühe zwang sich Helmut zur Ruhe. Vielleicht war

das hier nur ein Verladehalt und man brachte sie irgendwohin in den Norden. Oder sogar nach Süden in die Ukraine.

Er presste die Zähne zusammen. So nahe. Er war so verdammt nahe an der Heimat, dass der Gedanke beinahe schmerzte.

Nachdem der Wachkommandant zufrieden nickte, da die Anzahl der Gefangenen offenbar stimmte, hießen die Russen sie in einer Zweierreihe weiter bis zum gegenüberliegenden Ende des Gleistrakts marschieren. Zehn mit Planen überdachte Lastwagen standen dort an einer befahrenen Straße.

Im Nachhinein konnte Helmut nicht einmal mehr mit Sicherheit sagen, wie es sich genau zugetragen hatte, denn es passierte so plötzlich: Er hatte neben Karl in der Reihe gestanden, bereit, auf den Laster zu klettern, als der schrille Pfiff ertönte und die Wachposten aufgeregt zu brüllen anfingen.

Im selben Moment sah er die drei Kameraden, die aus einer der vorderen Reihen ausbrachen und über die Straße rannten. Die vorbeifahrenden Fahrzeuge hupten, versuchten auszuweichen und kamen dabei auf der vereisten Fahrbahn ins Schleudern.

Eine Gruppe von Russen setzte den Flüchtigen nach. Von irgendwoher ertönten Schüsse. Dann Schreie.

Einer der drei Fliehenden ging getroffen zu Boden.

Helmut sah über die Schultern zurück. Die Wachposten waren abgelenkt. Keiner beachtete den Rest der Gefangenen.

Er reagierte instinktiv und blitzschnell. »Wenn du willst, dann komm mit. Sonst leb wohl«, raunte er Karl hastig zu und brach aus der Reihe. In die entgegengesetzte Richtung. Zu den Gleisen. Dahinter lag nun schützende Dunkelheit.

Weitere Schüsse fielen. Die Wachen brüllten jetzt alle durcheinander.

Ein kurzer Blick zur Seite und zurück. Helmut erkannte Karl neben sich und etwa zehn Schritte zurück vier Mitgefangene, die das Durcheinander ebenfalls ausgenutzt hatten. Sie rannten in dieselbe Richtung wie Karl und er. Hinter ihnen legten fünf Russen zum Schuss an.

»Deckung!« Er riss Karl zu Boden in den Schnee.

Das Rattern der Maschinenpistolen donnerte in den Ohren.

Augenblicklich schwappten Erinnerungsfetzen in Helmuts Gedanken hoch: Eiseskälte. Das unablässige, ohrenbetäubende Heulen der Stalinorgeln. Überall Rauch, Dreck und Blut. Im Südkessel von Stalingrad hatte der Tod einen ganz eigenen Gestank gehabt.

Er unterdrückte ein Würgen, rappelte sich hoch und zog Karl mit sich. Nein. Er würde nicht sterben. Nicht hier und nicht jetzt. Er musste zu seiner Familie nach Köln. »Komm schon. Hinter die Gleise.«

»Und dann?«, keuchte Karl.

»Nach Westen.«

Das Projektil kam aus dem Nichts, Helmut hatte nicht einmal den Schuss gehört. Auch jetzt klang es wie ein dumpfes Schmatzen, während Karl mitten in der Bewegung stockte, mit einem Grunzen auf die Knie sackte und sich an den Hals fasste.

»Karl«, wollte Helmut rufen, brachte jedoch nur ein heiseres Krächzen hervor.

Mit vor Unglauben weit aufgerissenen Augen starrte sein Kamerad ihn an. Blut rann zwischen seinen Fingern hindurch und tropfte auf den Mantelkragen. Dann sank er lautlos zur Seite.

Karl. Verdammt.

Wie von weit her hörte Helmut das Brüllen der immer näher kommenden Russen. Das hässliche Pfeifen der Schüsse, die ihn wie durch ein Wunder verfehlten.

Mit einem Ruck drehte er sich um und rannte los.

7 KLUFT DER GEGENSÄTZE

Köln, Februar 1946

Die folgenden Tage und Wochen waren so ausgefüllt mit Arbeit und mit neuen und ungewohnten Erfahrungen, dass Eli jeden Abend todmüde in ihren Schlafsack kroch. Sie hatte nicht einmal mehr Zeit, um sich weitere Gedanken über ihr Zuhause in Zürich zu machen. Auch die anfängliche Sorge, dass man sie trotz allem hier finden könnte, geriet vorübergehend in den Hintergrund. Das Zurechtkommen in dieser neuen, manchmal fast schon unwirklich scheinenden Welt nahm Elis ganze Aufmerksamkeit in Anspruch.

Zu ihren ersten Aufgaben gehörte die Erstellung einer Bestandsaufnahme aller zuvor von der *Schweizer Spende* geschickten Baumaterialien für die restlichen acht Baracken sowie der Lebensmittel. Diese waren jedoch an verschiedenen Orten in der Stadt mehr oder weniger übersichtlich gelagert worden, und es dauerte ewig – gar nicht zu reden von den unzähligen Kilometern zu Fuß –, bis sie sich einen Überblick verschafft hatte. Nur um festzustellen, dass mehrere Lebensmittelkisten sowie Holzteile und sogar eine ganze Wohnbaracke fehlten. Sehr zum Unverständnis der Herren Lötscher und Dohrenbusch, die doch, eigens um Diebstähle zu verhindern, Wachpersonal – tagsüber ein Wächter in Zivil, nachts ein Polizist – eingestellt hatten.

»Wir sollten von jetzt an punktgenau Buch über alle Lieferungen führen. Dafür erstellen wir Verzeichnisse wie dieses hier«, schlug Eli ihrer Vorgesetzten vor. »Die Liste ist ganz einfach: Hier sind die Sollposten gemäß den Lieferlisten. Direkt gegenüber wird das effektive Inventar mit den täglichen Ausgängen aufgeführt. Eigentlich eine simple, unseren Bedürfnissen angepasste Buchhaltung. So haben wir eine bessere Kontrolle.«

Sonja studierte Elis Darstellung mit gerunzelter Stirn, bis sie schließlich nickte und lächelte. »Sehr gut. So machen wir's. Ich werde das in meinem nächsten Rapport vermerken.«

Da sich der Aufbau des Barackendorfs aufgrund des schlechten Wetters verzögerte, blieben Eli und ihre Delegationskollegen in den Unterkünften der Quäker. Nach ein paar Tagen hatten sich alle an die engen Platzverhältnisse gewöhnt.

Nichtsdestotrotz mussten die Kinderspeisungsaktionen so schnell wie möglich organisiert und umgesetzt werden – einer der Hauptgründe, weshalb sie überhaupt nach Köln gekommen waren. Und genau hier zeigte sich nun der Vorteil des direkten Kontakts mit einer anderen Hilfsmission und der besseren Koordination der einzelnen Aktionen, die sich daraus ergab. So begannen die Quäker bereits am 4. Februar mit einer Speisung in allen Schulen der Stadt, woraufhin sich die Schweizer Delegation somit hauptsächlich auf die drei- bis sechsjährigen Kinder und Säuglinge konzentrieren konnte. Die Listen, um die Anzahl der Kinder zu ermitteln, erhielten sie vom Gesundheitsamt, der Wohlfahrt und von den ansässigen Mütterberatungsstellen. Diese mussten jedoch laufend aktualisiert werden, denn die Zahl der Kinder änderte sich aufgrund der Rück- und Abwanderung der Einwohner Kölns fast täglich.

Eine administrative Arbeit, die Eli und Sonja oft bis nach Einbruch der Dunkelheit in einer der fertiggestellten Baracken hielt, die sie als Büro eingerichtet hatten. Wenngleich noch ohne elektrisches Licht, die Erdkabel für die Stromversorgung konnten erst verlegt werden, sobald der Boden auftaute und das Wasser einsickerte. So saßen sie dort im Schein von Kerzen nebeneinander am Tisch und kontrollierten unzählige Namens- und Inventarlisten, während das Klackern der Schreibmaschine in der Nachtstille widerhallte.

Natürlich gehörte eine offizielle Vorstellung bei den öffentlichen Stellen, mit denen sie künftig zusammenarbeiten sollten, ebenfalls zum Pflichtprogramm. Manchmal kam es Eli fast wie die Tournee einer Prominenz vor, wenn sie ihre Runde von der Stadtverwaltung zum Bauamt und dem Gesundheitsamt bis hin zum Verpflegungs-, Schul- und Wohlfahrtsamt machten.

Unglaublich, wie herzlich und ehrlich erfreut man sie überall begrüßte. Mehr als einmal fühlte sie sich dabei beinahe peinlich berührt. Auf ihren täglichen Wanderungen von der Quäkermission zum Barackendorf begegnete sie der Verwüstung und den erschreckenden Bedingungen, unter denen die Kölner Bevölkerung leben musste: winzige, feuchte Kellerräume oder einfache Gartenhäuschen, in die sich manchmal bis zu zehn Personen zwängten. Ehemalige Tiefbunker, die als Altersheime herhalten mussten. Wasser gab es meist nur an öffentlichen Plätzen und auch nur für ein paar Stunden am Tag. Es fehlte an allem: an Lebensmitteln, Medikamenten, an Kohlebriketts, um jetzt im Winter die Wärmeöfen zu befeuern, sowie an Kleidern und Schuhen – vor allem an Schuhen. Eli hatte sogar von Familien gehört, in denen immer nur eine Person das Haus verlassen konnte, weil sie sich ein Paar teilten.

Für die Lebensmittelmarken gab es in den wenigen offenen Läden kaum etwas zu kaufen. Die Leute standen stundenlang Schlange und gingen dann am Schluss doch leer aus, weil es keine Milch oder kein Brot mehr gab.

Nicht einmal in ihren schlimmsten Vorstellungen hätte Eli das alles erwartet. Wie naiv sie doch gewesen war in ihrer verklärten, heilen Welt in der Schweiz. Und wie schal hingegen die Tatsache auf der Zunge schmeckte, dass alles, was sie mit ihren Hilfsaktionen taten, letztendlich bloß ein Tropfen auf den heißen Stein darstellte.

Als hätte sich auch das Wetter gegen Köln verschworen, fing es in der zweiten Woche im Februar an, wie aus Kübeln zu regnen. Und das tagelang fast ununterbrochen, sodass am 11. Februar der Rhein über die Ufer trat und weite Teile der Altstadt überschwemmte.

»Da denkt man, man hätte sich an einen Umstand gewöhnt, und dann passiert so etwas«, philosophierte Paulchen, als sie, Eli und Marie in der Nähe der Frankenwerft standen und zusahen, wie das Flusswasser die Ruinen umspülte. Es war ihr erster freier Tag, seit sie in Köln angekommen waren. Eli und ihre Freundin hatten beschlossen, dem Wetter zu trotzen und sich in der Stadt umzusehen. Dass sich ihnen auch die sonst so reservierte Marie anschloss, hatte sie zwar überrascht, aber wie sagten die britischen Quäker immer so treffend? The more, the merrier – je mehr, umso besser.

Eli rieb sich über die feuchte Wange. Es regnete noch immer, wenn auch nicht mehr ganz so stark wie in den vergangenen Tagen. Sie trug ihren aus der Schweiz mitgebrachten gefütterten Regenmantel. Den Regenhut hatte sie erst letzten Herbst gekauft. Wie ungewohnt sich die zivile Kleidung jedoch inzwischen anfühlte. Das Mantelfutter kratzte am Nacken, und der Hut wäre zwar an der Zürcher Bahnhofstrasse ein schicker Blickfang gewesen, war aber viel zu klein, um gegen den Kölner Regen etwas auszurichten.

Die schmutzig braunen Fluten des Rheins schoben sich an ihnen vorbei in Richtung Norden.

»Vor dem Krieg war das hier bestimmt eine Flanierpromenade«, sagte Paulchen mit verträumtem Blick und streckte in einer ausladenden Geste die Arme aus. »Stellt euch das Bild vor: einladende Cafés, wo man sich zu einem Schwätzchen trifft, und Leute in hübschen Kleidern beim Sonntagsspaziergang im Sonnenschein.«

Eli lachte. »Du und deine romantischen Ideen.«

»Viel eher war hier ein Warenumschlagplatz für die Rheinschiffe«, wandte Marie ein und deutete mit dem Kinn auf die Ruinen weiter hinten. »Und das da waren wohl mehrheitlich Spelunken für die Matrosen. Mit Gammlern und Huren. Kein besonders schönes Viertel, würde ich sagen.«

Staunend starrte Eli ihre Arbeitskollegin an. Das waren mehr Worte an einem Stück gewesen, als sie je zuvor von Marie gehört hatte, wenn auch nicht besonders freundliche.

Doch wie üblich ließ sich Paulchen nicht davon beeindrucken und winkte ab. »Egal, es ist trotzdem schade drum.«

Sie drehten sich alle drei um, als hinter ihnen eine Männerstimme brüllte: »He, ehr do! Ehr kritt jlich naaße Föös!«

Zwei Frauen und ein Mann standen etwa fünf Meter entfernt auf dem Kopfsteinpflaster und winkten.

»Wie bitte? Ich habe Sie nicht verstanden.« Paulchen schüttelte den Kopf und machte einen Schritt vor. Nur um sogleich wieder erschrocken zurückzuweichen, als ihr Fuß ins Nasse trat. »Du liebe Güte. Hier ist ja auf einmal überall Wasser!«

Wie drei blinde Hühner hatten sie nicht bemerkt, dass das Wasser noch weiter gestiegen war und sie nunmehr auf einem immer kleiner werdenden Inselchen standen.

Vorsichtig trat Eli näher ans Wasser. Vielleicht war es noch nicht zu tief und sie könnten hindurchwaten. Doch schon nach zwei Schritten reichte ihr die braungraue Brühe bis über die Knie, und der Sog war so stark, dass sie beinahe das Gleichgewicht verlor. Nur mit Paulchens Hilfe schaffte sie es wieder zurück, Rock und Strümpfe triefend nass und die Beine so kalt, dass sie sie kaum noch spürte.

»Wie sollen wir denn da bloß rüberkommen?« Marie drückte

sich die Handtasche an die Brust, als wäre diese ein Schwimmring, an dem sie sich festklammern konnte. Ihr Kinn zitterte.

»Nicht bewegen«, rief der Mann nun auf Hochdeutsch und rannte um eine eingestürzte Hausecke davon. Die beiden Frauen blieben dort stehen. »Keine Sorge! Wir holen euch gleich!«

Es schien eine Ewigkeit zu dauern, bis er zusammen mit zwei weiteren Männern zurückkam. Eli hörte sich selbst aufatmen.

Ungeachtet der Kälte zogen die Männer Schuhe und Socken aus, stiegen dann, einer den anderen am Unterarm haltend, ins Wasser. Bildeten so eine Kette, während der Letzte und Kräftigste der drei mit einem Bein auf dem Trockenen stehen blieb und als menschlicher Anker diente.

Langsam, aber stetig kam der vorderste Mann näher, spreizte die Beine, um besseren Halt zu finden, und streckte die Hand aus. Mit einem schiefen Grinsen sagte er dann: »Daach, Mamsells. Dann wollen wir euch mal zurück ins Trockene bringen. Schön vorsichtig. Einen Schritt nach dem anderen. So ist's gut.«

Zuerst war Paulchen an der Reihe, zögernd am Anfang, bis sie sich überwand, ins Wasser watete, das ihr bald bis zu den Oberschenkeln reichte, und sich dabei von einem Mann zum nächsten hangelte. Drüben auf dem Trockenen nahmen sie die Frauen in Empfang.

Dann kam Marie und zum Schluss Eli. Inzwischen hatte sich eine ansehnliche Menge an Schaulustigen versammelt, die nun alle in einem solchen Dialekt-Stakkato durcheinanderredeten, dass Eli kein einziges Wort verstand.

Keuchend suchte sie nach Paulchen und Marie, umarmte beide. Dabei hätte sie sich in diesem Augenblick am liebsten irgendwo verkrochen. An einem warmen, trockenen Ort, wo es ruhig war. Wo man sie nicht mit Fragen bombardierte, die sie nicht verstand.

Immerhin schaffte sie es, den Männern zu danken, auch wenn

sie vor lauter Zittern kaum ein richtiges Wort hervorbrachte. Ihre nassen Wollstrümpfe fühlten sich an, als wären sie an den Beinen festgefroren, Mantel und Rock schienen auf einmal Zentner zu wiegen.

»Nun gebt doch mal Ruhe. Seht ihr denn nicht, dass die Ärmsten völlig durchgefroren sind?«, rief eine der Frauen und scheuchte die Menge energisch auf ein paar Schritte Distanz. Wie eine Glucke scharte sie Eli, Marie und Paulchen dann um sich. »So, und jetzt bringe ich euch erst einmal ins Warme, ihr holt euch ja sonst noch den Tod.«

Ehe sie sichs versahen, bugsierte die Kölnerin sie aus der Menge in eine Nebenstraße, über einen erstaunlich geröllfreien Platz und weiter vorbei an Schuttbergen unterschiedlicher Höhe.

»Mein Name ist Josefine. Josefine Beckers, aber man nennt mich Fien«, sagte sie und schritt unbeirrt voran.

»Sehr erfreut«, gab Eli leise zurück und schlang die Arme noch fester um den Oberkörper. »Das sind Paula und Marie, und ich bin Eli. Danke für die Hilfe.«

»Nicht der Rede wert.« Mit einer wegwerfenden Handbewegung winkte Fien ab.

Erst jetzt fiel Eli auf, wie jung die Frau eigentlich war, ungefähr so alt wie sie selbst. Ihre Erscheinung ließ sie jedoch auf den ersten Blick viel älter wirken: Die in sorgfältige Wellen gelegten, sandblonden Locken fielen ihr bis auf die Schultern und waren an den Schläfen mit Kämmen zurückgesteckt. Das brachte Fiens hohe Wangenknochen noch mehr zur Geltung und verlieh ihren Augen eine fast exotisch anmutende Form. Der schräg auf dem Kopf liegende Hut passte farblich perfekt zu dem auffälligen grau-gelb karierten Stoff ihres Mantels sowie zu dem roten Lippenstift. Ihre Schuhe waren zwar abgelaufen, ließen aber mit ihrem Absatz noch immer die einstige Eleganz erahnen. Und sie trug Nylonstrümpfe. Etwas, das Eli seit ihrer Ankunft in Köln noch an keiner Frau gesehen hatte. Schon gar nicht bei diesem Wetter.

»Normalerweise sind wir nicht so schusselig«, erklärte Paulchen. »Wirklich. Wir wollten uns bloß etwas umsehen. Wir sind nämlich vor einer Woche erst hier angekommen und dachten: Was soll's, das Wetter kann uns nichts anhaben. Bei uns in der Schweiz regnet es ja auch …«, sprudelten die Worte vor lauter Aufregung nur so aus ihr heraus. Und sie hielt erst inne, als sie, mitten in einer Aufhäufung von Backsteinen liegend und auf den ersten Blick fast nicht zu erkennen, eine Kellertreppe mit einem gusseisernen Geländer erreichten.

»Da sind wir.« Fien lächelte ihnen aufmunternd zu, während sie die Treppe hinunterstieg und die Tür aufschloss.

Im selben Moment ging es Eli durch den Kopf, wie leichtsinnig es eigentlich war, der fremden Frau zu folgen. Sie kannten sich weder in der Stadt aus, noch wussten sie, ob nicht doch vielleicht eine hinterhältige Absicht hinter Fiens hilfsbereitem Samaritergesicht steckte. Daheim in Zürich war schließlich immer wieder von solchen Geschichten in der Zeitung zu lesen.

Sie hatten allerdings nichts Wertvolles dabei und waren immerhin zu dritt. Außerdem wäre Eli jetzt sogar dem Butzemann persönlich gefolgt, solange die Aussicht auf etwas Wärme bestand. Ihre Zähne klapperten so laut, dass es bestimmt alle hören konnten.

Der letzte Rest ihrer Bedenken verflog, als sie das Zimmer betrat. Der Raum war winzig, gerade groß genug für ein Bett, ein kleines Tischchen und einen Ofen. Neben diesem stand ein Gusseisengestell mit Waschbecken und Wasserkrug. Dem Stuhl in der einen Ecke fehlte ein Bein, an dessen Stelle lagen vier aufeinandergestapelte Backsteine.

Was einmal wohl in die Wand eingebrachte Vorratsregale gewesen waren, diente Fien, nun mit einem Vorhang versehen, als

Kleiderschrank. Tageslicht fiel durch das schmale Kellerfenster direkt auf den in Rosa, Violett und Gold gemusterten Chiffonstoff an der sonst kahlen Wand über dem Bett.

Es roch nach Ruß und einem Hauch Veilchenparfüm. Vor allem aber war das Zimmer trocken und sogar einigermaßen geheizt.

»Zieht eure Schuhe und nassen Kleider aus und setzt euch aufs Bett, dort ist es am wärmsten. Hier, damit könnt ihr euch zudecken«, beorderte Fien und reichte ihnen einen Wollüberwurf, bevor sie den Kaffeekessel in einem Trog mit Wasser füllte, ein dunkelbraunes Pulver in den Kessel gab, ihn auf den Ofen stellte und rasch ein Kohlebrikett nachlegte.

Sie hängten die Kleider auf die Wäscheleine, die der Länge nach durch den Raum gespannt war. Dabei erhaschte Eli einen Blick in den Kohlekorb. Er war fast voll.

Eigenartig. Kohle – das wusste sie inzwischen – galt in Köln quasi als Zahlungsmittel, und in dem Korb lag somit ein kleines Vermögen. Wie konnte sich Fien das leisten?

Sogleich schalt sich Eli jedoch in Gedanken. Das ging sie nichts an. Stattdessen sollte sie lieber dankbar sein, denn schon bald strömte eine wohlige Wärme aus dem Ofen. Endlich. Genüsslich bewegte sie die Zehen.

»Das Zimmer ist zwar klein, aber es lässt sich gut heizen«, sagte die Kölnerin und rieb sich die Hände vor der offenen Feuerluke.

»Es ist wirklich sehr … gemütlich.« Das liebe Paulchen. Immer und überall mit freundlichen Worten gesegnet.

Fien lachte. »Nein, ist es nicht. Aber ich habe ein Dach über dem Kopf, das ist mehr, als vielen anderen geblieben ist.« Ein feiner, verbitterter Zug legte sich mit einem Mal um ihre Lippen.

Im Kaffeekessel begann es zu blubbern. Rasch nahm die Kölnerin ihn vom Ofen, öffnete die Schublade unter dem Tischchen und brachte eine verbeulte Blechtasse zum Vorschein. Dann schüttete sie eine braune Brühe mit einem Sieb in die Tasse und reichte diese Eli. »Ich hab leider nur eine, ihr müsst euch den Muckefuck teilen. Aber er wärmt auch so«, meinte sie entschuldigend, setzte sich auf den Stuhl in der Ecke, schlug die Beine übereinander und zündete sich eine Zigarette an.

Sogleich strömte Eli das geröstete Bitteraroma entgegen. Muckefuck – so nannte man hier also den Kaffee-Ersatz. In der Schweiz hieß er Chicorée-Kaffee. Den hatte ihr Berta, die Köchin, früher immer zu trinken gegeben. Mit viel gesüßter Kondensmilch. Immer wenn Eli als Kind in die Küche geschlichen war, um der Erzieherin zu entwischen.

Sie nippte vorsichtig daran und seufzte, als die Wärme durch ihren Körper strömte. Herrlich.

»Das ist ein wunderschöner Stoff«, schwärmte Paulchen und deutete auf den Chiffon.

Ein wehmütiges Lächeln umspielte Fiens Lippen, und sie blies den Rauch aus. »Ja, den hat man mir in Paris geschenkt. Daraus sollte eigentlich einmal ein Kleid werden.«

»In Paris?« Sogleich biss sich Eli auf die Zunge. »Entschuldige, das meinte ich nicht so überrascht, wie es wahrscheinlich geklungen hat.«

Doch die junge Kölnerin schien nicht im Geringsten beleidigt und ließ nur ein belustigtes Glucksen vernehmen. »Kaum zu glauben, wenn man mich so sieht, ich weiß. Aber es stimmt. Bis vor einem Jahr habe ich dort gelebt. Ich war Tänzerin und Sängerin. Keine Berühmtheit zwar, aber ich hatte ein Engagement am Lido de Paris und konnte ganz gut davon leben.«

Paris. Allein der Name kurbelte Elis Fantasie in Sekundenschnelle an. Was für eine aufregende Stadt. Die Champs-Élysées, Montmartre, die Seine, Sacré-Cœur. Sie hatte immer davon geträumt, einmal den Arc de Triomphe und den Eiffelturm zu sehen.

»Doch nach Ende des Krieges ...« Mit einem fast schon trotzigen Lächeln stieß Fien ein letztes Mal den Rauch aus und löschte die Zigarette in einem Aschenbecher aus Ton. »Na ja, sagen wir es so: Wir Deutschen erfreuen uns derzeit nicht der größten Beliebtheit. Weder in Frankreich noch sonst wo.«

»Das tut mir leid«, flüsterte Eli, weil sie nicht wusste, was sie sonst dazu sagen sollte. Es war das ewige Dilemma – die ständige Frage, auf die sie selbst keine Antwort fand. Im Hinterkopf hörte sie ihren Vater sagen: Es sind die Deutschen gewesen, die den Krieg angefangen haben, jetzt kassieren sie die Rechnung für ihre Schulden.

Aber konnte man ein ganzes Volk für die Verbrechen der Nazis verantwortlich machen?

Sie kannte genug Leute, die das, ohne zu überlegen, bejahen würden. Schließlich waren unzählige Männer den Reden der Nazis gefolgt und hatten sich freiwillig zur Wehrmacht gemeldet, während die Frauen Kinder fürs Regime geboren und nach dessen Doktrin erzogen hatten.

Aber wo war die Grenze zwischen Verantwortung und Zwang? Wer hatte das Recht, zu entscheiden, wer nun welche Schuld trug? Gott, das Schicksal oder die ganze restliche Welt, die untätig zugesehen hatte, als alles begann?

»Wir sollten jetzt gehen«, sagte Marie abrupt, stand auf und schlüpfte in ihre Strümpfe und Schuhe.

Eli und Paulchen sahen sich fragend an. Was war denn auf einmal in sie gefahren? Aber es war tatsächlich schon spät geworden.

»Warum kommst du nicht einmal bei uns im Barackendorf am Venloer Wall vorbei? Dann können wir uns für den Muckefuck revanchieren«, schlug Eli vor, als sie sich von Fien verabschiedete.

»Oh ja, gute Idee«, rief Paulchen und fügte mit einem verschwörerischen Augenzwinkern hinzu: »Dann werden wir uns sogar eine Scheibe Zwieback dazu gönnen. Mit etwas Glück merkt es auch keiner.«

Sobald sie die Treppe hoch und aus der Hörweite waren, zog Eli Marie am Arm zurück. »Das war ziemlich unhöflich eben. Was ist dir denn über die Leber gelaufen?«

Marie riss sich los. »Seid ihr wirklich so naiv? Die schönen Kleider. Der knallrote Lippenstift.« Mit spitzem Zeigefinger deutete sie in die Richtung, in der Fiens Kellerwohnung lag. »Habt ihr denn nicht gemerkt, dass das eine Prostituierte war? Die Kohle. Die Nylonstrümpfe. Damit lässt sie sich bezahlen.«

Eli hielt einen Atemzug lang inne. Auf diese Idee war sie gar nicht gekommen. Aber wenn sie es sich recht überlegte, war an Maries Annahme tatsächlich etwas dran. Trotzdem ... »Selbst wenn, sie ist sehr nett zu uns gewesen«, erwiderte sie.

»Außerdem wissen wir nichts über Fien, also haben wir auch kein Recht, über sie zu urteilen«, pflichtete Paulchen bei.

Maries Wangen röteten sich, während sie den Mantelkragen noch enger zusammenzog. »Dann glaubt eben weiter an Märchen. Meiner Meinung nach sollten wir uns ohnehin nicht mehr als nötig mit den Deutschen einlassen.« Damit drehte sie sich um und ging davon.

Auf dem Weg zurück frischte der Wind auf und wehte noch eisiger als zuvor.

So peinlich sie war, machte die Geschichte ihres kleinen Abenteuers bald in der ganzen Stadt die Runde, und die britischen Quäkerkollegen nannten sie von nun an nur noch scherzhaft »the Swimming Swiss«.

Damit nicht genug, wussten sogar die höchsten Kreise anscheinend innerhalb kürzester Zeit davon. So auch, als die gesamte Delegation der *Schweizer Spende* am 14. Februar zusammen mit Hans Lötscher und Vertretern der Stadtverwaltung zu einer Sitzung beim Kölner Oberbürgermeister Hermann Pünder eingeladen war.

»Wie mir zu Ohren gekommen ist, haben Sie und Ihre Kolleginnen bereits einige spannende Erfahrungen hier in Köln gemacht«, sagte der Schweizer Generalkonsul Dr. Franz-Rudolf von Weiss bei der Gelegenheit vergnügt lächelnd zu Eli.

»Wir sind berühmt«, verkündete Paulchen am selben Abend strahlend in ihrem Zimmer, das sie mit Eli und zwei Britinnen teilte.

Eli saß auf ihrem Bett und sah die Freundin verständnislos an. »Ich weiß nicht, was daran so toll sein soll.«

»Doch, doch, das ist gut. Sehr gut sogar.« Paulchen kniete sich vor Eli auf den Boden und fasste nach deren Händen. »Überleg mal: Wem vertrauen die Leute hier wohl eher? Ein paar Schweizer Helferinnen, von denen zuvor niemand etwas gehört hat, oder solchen, die sich für etwas Jux und Stadtgespräch nicht zu schade sind?«

Kopfschüttelnd starrte Eli ihre Freundin an, eisern darum bemüht, ernst zu bleiben, allein schon, weil die Situation es eigentlich verlangte. Doch schon nach ein paar Atemzügen konnte sie das Glucksen in ihrer Brust nicht länger zurückhalten und verfiel in prustendes Gelächter.

Manchmal war Paulchens Logik nicht ganz nachvollziehbar, doch wer konnte es diesen vor Eifer funkelnden Augen übel nehmen?

Trotzdem hoffte Eli inständig, dass nicht alle in Köln von ihrem Missgeschick erfahren hatten, als sie sich wenige Tage später im Büro des britischen Stadtkommandanten vorstellen mussten.

Zwar hatte es der hohe Stab der British Army of the Rhine, kurz BAOR – so der offizielle Name der britischen Besatzungsarmee –, vorgezogen, Quartier in Bad Oeynhausen, in der malerischen, nahezu unversehrten Region des Ravensberger Hügellands, zu beziehen. Die Stadtkommandantur Kölns unter Lieutenant Colonel John M. White hatte ihre Räumlichkeiten jedoch im intakten Teil des Kaiser-Wilhelm-Rings untergebracht – zu Fuß nur einen Katzensprung vom Barackendorf am Venloer Wall entfernt.

Es war eine willkommene Abwechslung, ein Haus mit mehreren Stockwerken, Türen, Fenstern und ordentlich verputzten Wänden zu sehen. Fast fühlte es sich an, als betrete man eine andere Welt, fand Eli.

Doch bereits am Eingang der Hausnummer 2 schlug ihnen der militärische Wind mit aller Härte entgegen, als der wachhabende britische Soldat ihre Dokumente und Visen mit unnahbarer Miene kontrollierte.

Ohne ein Wort, nur mit einem kurzen Nicken, ließ er sie passieren.

»Du meine Güte, habt ihr den strengen Blick gesehen? Ich hätte meine Uniform bügeln müssen, ich hab's doch geahnt«, wisperte Paulchen und zupfte an ihrem Jackensaum.

Der Empfangsschalter befand sich direkt links vom Eingang. Zwei Uniformierte saßen dort neben je einem Stapel Dokumenten auf der einen und einem Stempelrondell auf der anderen Seite. Dahinter an der Wand hing der Union Jack neben der Flagge der BAOR, zwei gekreuzte Schwerter auf einem blauen Kreuz und rotem Grund.

»Wir sind die Hilfsdelegation der *Schweizer Spende* hier in Köln. Lieutenant Colonel White erwartet uns«, sagte Eli in ihrem besten Englisch zu dem ersten der beiden Soldaten – einem Offizier, wenn sie den Stern auf seiner Schulterklappe richtig deutete.

Dieser sah sie mit hochgezogenen Augenbrauen an. »Swiss?«, fragte er.

Eli nickte mit ihrem freundlichsten Lächeln. »Ja, Schweizer, das ist richtig.«

Der Brite schnaubte. Sein rechter Mundwinkel hob sich dabei spöttisch, bevor er in blasiertem Englisch sagte: »Blimey, ihr habt vielleicht Nerven.«

Sie stutzte. Was meinte er denn damit?

Doch bevor sie irgendetwas erwidern konnte, schickte der Soldat sie mit einem Wink von dannen. »Dritter Stock, erster Gang links. Melden Sie sich dort in Zimmer 301.«

»Was hatte das eben zu bedeuten?«, fragte Ruth verwirrt, während sie die Treppe hochstiegen.

»Glitschig wie ein Sumpflurch war der Kerl«, brummte Angelo.

Sonja schüttelte den Kopf und straffte dabei die Schultern. »Nun, wir sind nicht seinetwegen hier, sondern um uns dem Stadtkommandanten vorzustellen. Und genau das werden wir tun, also nur die Ruhe.«

Ihre Schritte hallten durch das riesige Treppenhaus. Von irgendwoher waren das Klappern von Schreibmaschinen und Telefonklingeln zu hören. Es roch nach kaltem Stein und Schuhpolitur.

Auf einmal dröhnten Männerstimmen aus einem der Stockwerke über ihnen. Dann eilige Schritte vieler Menschen. Schwere Schuhe, die die Treppe herunterpolterten.

Was war denn da bloß los?, fragte sich Eli. Doch sie hatte den Gedanken kaum zu Ende gedacht, als das Treppenhaus auf einmal von einer Flut von kakifarbenen Uniformen erfüllt war. Zwanzig, dreißig Soldaten, die ihnen entgegenkamen.

Ihr war zuvor noch nie aufgefallen, dass die Uniformen der Briten denen der Amerikaner so ähnlich waren, ging es ihr durch den Kopf. Nur einen Augenblick bevor sie das Gesicht des Soldaten vor sich sah – ein messerscharfes Kinn und zwei eisblaue Augen.

Sie spürte den Aufprall an ihrer linken Schulter und hörte seine erboste Stimme: »For God's sake, get out of my way.«

Die Wucht des Aufpralls brachte Eli aus dem Gleichgewicht. Sie machte einen Schritt zurück. Doch ihr Fuß verfehlte die nächstuntere Stufe und trat ins Leere.

Sie stieß einen Schrei aus, spürte das bleierne Gefühl, als sie rückwärtsfiel.

Gerade noch rechtzeitig hielt Angelo sie am Oberarm fest. Keuchend kam Eli zum Stehen.

Sofort war Paulchen neben ihr. »Hast du dir wehgetan? Was für ein Rüpel«, sagte sie mit sorgenvoller Miene.

Ruth stemmte die Fäuste in die Seiten und bedachte die aus dem Gebäude rennenden Männer mit einem vorwurfsvollen Blick. »Also wirklich. Wo ist denn nur diese britische Höflichkeit geblieben, von der immer alle reden?«

»Nichts passiert. Alles in Ordnung«, antwortete Eli noch immer atemlos und wischte sich eine verirrte Haarsträhne aus der Stirn.

Eines war sicher: Die Kölner waren tausendmal freundlicher als diese hochglanzpolierten britischen Besatzer.

8 1312 TAGE

In der Nähe von Peschatka,
Weißrussland, 25. Februar 1946

Vorsichtig spähte Helmut zwischen den Stämmen des Birkenwäldchens hindurch und wagte dabei kaum zu blinzeln. Knapp dreißig Meter vor ihm, jenseits der baumfreien Linie, erhob sich der Grenzzaun. Dahinter lag Polen.

Er blies sich in die kalten Hände. Seit Stunden hockte er nun schon hier und beobachtete den unweit entfernt aufragenden Wachturm, auf dem er jedoch während der ganzen Zeit keinen einzigen Posten gesehen hatte. Unglaublich, waren die Polen tatsächlich so nachlässig?

Diesseits des Zauns erkannte Helmut Fußspuren im Schnee, zumindest die Russen kontrollierten ihren Teil des Grenzstreifens. Das erstaunte ihn nicht. Die Sowjets mochten oft versoffen und unflätig sein, doch beim Schutz ihrer Grenzen hatten sie anscheinend aus der Vergangenheit gelernt und zeigten eine beachtliche Gründlichkeit. Gut, dass er den Umweg nach Norden gewählt hatte, statt den Übertritt beim offiziellen Grenzposten in Brest zu wagen.

Ein weiterer Blick nach links und rechts. Dann einen Schritt vorwärts.

Der Schnee knirschte laut unter seinen Schuhen. Von der Bewegung aufgeschreckt, flatterte ein Käuzchen durch die kahlen Äste davon.

Helmut biss die Zähne zusammen. Eine Zaunüberquerung am helllichten Tag war riskant. In der verschneiten Landschaft fiel jede sich bewegende Gestalt sofort auf. Doch bei Nacht, wenn sich Eis an den Drahtmaschen bildete, wäre es noch gefährlicher, der Zaun war immerhin etwa vier Meter hoch.

Konzentriert suchte er den Boden vor sich nach Signaldrähten ab. Die drei vorherigen hatte er auch nur zufällig beim Heranschleichen bemerkt. Einer davon war auf Knöchelhöhe zwischen den Birkenstämmen gespannt gewesen. Zwischen Laub und Schnee kaum zu erkennen.

Als er den Rand des Wäldchens erreichte, hielt er inne. Es waren noch etwa zehn Schritte bis zum Zaun, und auf dem Weg dorthin wäre er auf der freien Fläche eine leichte Beute für jeden Scharfschützen. Als hätte er eine aufgemalte Zielscheibe auf dem Rücken.

Trotz der Kälte spürte Helmut, wie ihm der Schweiß über den Rücken rann. Er stieß einen lautlosen Fluch aus. Aufgeben war, verdammt noch mal, keine Option. Nicht jetzt. Nicht so kurz vor dem Ziel. Nicht nach all den Tagen auf der Flucht. Nach den Gefahren beim Aufspringen auf anfahrende Züge. Nach den einsamen Nächten in Ruinen, Kellerlöchern oder Ställen. Der Kälte und dem Hunger und der ständigen Angst, entdeckt zu werden.

Vor ihm lagen nur noch zehn Schritte auf russischem Boden. Am 23. Juli 1942 hatte er diesen damals nach seinem letzten Heimaturlaub betreten. Das war vor genau drei Jahren, sieben Monaten und zwei Tagen gewesen. Vor tausenddreihundertzwölf Tagen.

Hastig zog er die zuvor schon zurechtgerissenen Stoffstreifen aus der Hosentasche und wickelte sie sich um die Finger, bis diese dick gepolstert waren. Der Stoff stammte von dem Hemd, das er gestern von der Wäscheleine eines nahe gelegenen Bauernhofs gestohlen hatte.

Ein allerletzter Kontrollblick, bevor er aufs freie Feld hinaustrat. Dabei zählte er im Kopf die Schritte.

Dann stand er mit einem Mal vor dem Zaun. Unfassbar, der lang gehegte Traum von Freiheit war zum Greifen nahe. Wie oft hatte er diesen Moment in Gedanken durchlebt.

Kurz entschlossen griff er in die Maschen des Zauns und begann, sich hochzuhangeln. Kein leichtes Unterfangen, die Jahre in Gefangenschaft und die letzten Wochen der Flucht hatten ihn geschwächt, und die Zaunmaschen waren zu eng, als dass seine Füße gut Halt fanden. Mehrmals rutschte er ab, fiel zu Boden und musste von Neuem beginnen. Bald schon brannten die Muskeln in seinen Armen vor Anstrengung, sein Atem ging keuchend.

Nicht aufgeben. Nicht hinuntersehen und nicht an die Schmerzen denken. Weiter. Meter um Meter, immer weiter.

Doch ganz zuoberst warteten noch drei Reihen beidseitig überhängender Stacheldraht. Daran würde er sich Haut und Kleider zerfetzen, aber das nahm Helmut in Kauf. Ein geringer Preis für die Freiheit.

Er bot jedes noch verbleibende Quäntchen an Kraft auf und griff mit einer Hand nach einer Strebe des eisernen Zaunpfostens, um sich daran hochzuziehen. Im selben Moment merkte er, wie das Maschendrahtgeflecht nachgab und sich unter seinem Gewicht nach innen bog.

Um ein Haar verlor Helmut den Halt, klammerte sich im letzten Moment noch am Pfosten fest.

Was zum …?

Doch dann sah er genauer hin. Das Zaungeflecht. Es bestand aus mehreren, miteinander durch Drahtknoten an den Pfosten befestigten Teilstücken. Ob aus Nachlässigkeit beim Errichten oder wegen mangelnder Instandhaltung war der obere Teil an dieser Stelle nur mit einem dünnen Draht an den Pfosten gebunden gewesen. Dieser hatte Helmuts Gewicht jedoch nicht standgehalten.

Mit zwei Tritten löste er das Zaunstück so weit, dass er sich unter dem Stacheldraht durch die Lücke zwängen konnte.

Dann nur noch ein Sprung, und er war in Polen. So schnell er konnte, rannte er in den gegenüberliegenden Waldstreifen in Deckung und lehnte sich atemlos gegen einen Birkenstamm.

Pures Adrenalin prickelte auf Helmuts Haut, er fühlte seinen Puls an der Schläfe pochen. Trotzdem verbiss er sich nur mit größter Anstrengung ein lautes, befreiendes Auflachen. Er hatte es geschafft. Er war nicht mehr in Russland. Zum ersten Mal nach so langer Zeit.

Doch zugleich siegte die Vernunft über die Euphorie. Er musste weiter. Er war noch längst nicht in Sicherheit. Sogar ein Blinder hätte seinen Spuren im Schnee folgen können. Den Vorsprung auszunutzen war seine einzige Chance.

Ein letzter Blick zurück zum Zaun.

»Stój! Nie ruszaj się«, brüllte die junge Männerstimme im selben Moment direkt hinter ihm auf Polnisch, und Helmut erstarrte. Ein Gewehrlauf drückte gegen sein rechtes Schulterblatt.

Er kniff die Augen zusammen, versuchte mit aller Kraft, den aufkommenden Brechreiz zu unterdrücken. Die Enttäuschung, Panik und grenzenlose Wut in ihm. Sein Atem ging in Stößen.

Nein, er durfte nicht wieder in Gefangenschaft geraten, das würde er nicht ertragen. Nicht jetzt und niemals mehr. Er musste nach Hause. Nach Köln zu seiner Familie. Was sollte denn aus ihnen werden, jetzt, wo Vater nicht mehr lebte?

Langsam hob er die Hände. »Ich bin unbewaffnet«, sagte er und wagte einen Blick über die Schulter zurück. Sein Gehör hatte ihn nicht getäuscht, der Grenzer hinter ihm war noch blutjung, bestimmt nicht einmal zwanzig. Ein Bürschchen mit von der Kälte rot gebrannten Wangen und vor Verwunderung geweiteten Augen. Anscheinend hatte er die deutschen Worte erkannt. Ein Deutscher in fadenscheiniger, aber unverkennbar russischer

Kleidung passte jedoch kaum in sein Weltbild. Die Tatsache ließ ihn zögern.

Helmut erkannte seine Chance. Wenn er nur nicht so verdammt geschwächt wäre. Seine Arme zitterten allein schon vom Hochheben, seine Bewegungen waren langsam und unkoordiniert geworden.

Doch er presste die Lippen zusammen und holte tief Luft. Wenn nicht jetzt, dann nie mehr.

Es hatte wieder angefangen zu schneien. Wie aus der Ferne nahm er das Knistern der fallenden Schneeflocken wahr.

Mit einer einzigen Bewegung drehte er sich nach links, fasste dabei den Gewehrlauf und riss dem verdutzten Polen die Waffe aus der Hand.

Dessen Augen wurden noch größer, während er einen Schritt zurückwich.

Doch nicht weit genug, um dem Hieb auszuweichen, den Helmut ihm mit dem Gewehrkolben mitten ins Gesicht verpasste.

Mit einem dumpfen Grunzen ging der Grenzer zu Boden, wo er bewusstlos liegen blieb. Blut tropfte von seiner gebrochenen Nase in den Schnee.

Schwer atmend stützte sich Helmut auf dem Gewehr ab. Einen Moment lang wurde ihm vor Anstrengung schwarz vor Augen. Er torkelte, fiel auf die Knie, rappelte sich sogleich wieder auf. Er durfte keine Zeit verlieren.

So schnell es seine zitternden Hände erlaubten, riss er dem Polen die Stiefel von den Füßen und durchsuchte ihn nach Essen und Brauchbarem. Zu seiner Beute gehörten nebst dem Paar neuer Schuhe ein Klappmesser, eine Pistole mit Munition und ein halb voller Brotsack. Es musste sein Glückstag sein.

Der junge Pole röchelte, als Helmut ihn auf die Seite drehte, damit er nicht an seinem eigenen Blut erstickte. Er würde zwar mit Brummschädel, eisigen Füßen und einer schiefen Nase aufwachen, aber immerhin noch am Leben sein.

Ohne weiteres Zögern ging er los. Tiefer in den Wald hinein. In Richtung Süden. Dort, so wusste er, verlief die Bahnstrecke quer durch Polen bis zur Grenze nach Deutschland. Das Gewehr des polnischen Soldaten ließ er unterwegs in einem Gebüsch liegen.

Der Schnee fiel nun in dicken, weichen Flocken.

9 BRIEF I

Familie
Gottfried Wipf
Bellerivestrasse
Zürich
Schweiz

15. März 1946

Liebe Eltern,

hier endlich ein Lebenszeichen von mir.
Ich habe mich lange nicht gemeldet, bitte entschuldigt. Hier gibt es jedoch so viel zu tun, und die Zeit vergeht wie im Flug. Kaum zu glauben, dass meine Abreise aus der Schweiz nun schon mehr als einen Monat zurückliegt.

Wie geht es euch? Ich hoffe, ihr seid alle wohlauf. Bei mir ist alles in bester Ordnung, macht euch keine Sorgen. Ich weiß, ihr seid einmal mehr maßlos enttäuscht von mir, aber versucht bitte trotzdem, mich zu verstehen. Ich muss das hier einfach tun – für mich selbst, für mein Gewissen und Weltverständnis. Es mag egoistisch und respektlos klingen, aber was ich hier über mich, meine eigenen Grenzen und über Menschlichkeit lerne, ist mehr, als ich jemals daheim in der Schweiz hätte erfahren können.

Wie ich euch in meinem Abschiedsbrief im Februar berichtet habe, sind wir – meine fünf Kollegen und ich – im Auftrag der Schweizer Spende nach Deutschland geschickt worden, um ein

Hilfsprojekt aufzubauen. Die Arbeit ist hart, manchmal sogar aufreibend und entmutigend, aber zugleich auch erfüllend.
Wer es nicht mit eigenen Augen sieht, kann sich die Zerstörung gar nicht vorstellen, die der Krieg im ganzen Land verursacht hat. All das Elend, das wir nun tagtäglich antreffen: Selbst fast ein Jahr nach Kriegsende fehlt es in den zerstörten Städten an jeder Infrastruktur, es gibt vielerorts noch kaum offene Geschäfte, befahrbare Straßen, Wasser-, Gas- oder Elektroleitungen.
Einer der größten Mängel herrscht jedoch an nutzbarem Wohnraum, vor allem jetzt, wo täglich mehr Heimkehrer und Flüchtlinge aus dem Osten in die Stadtgebiete strömen. Die Lage ist so prekär, dass die Leute wie Vieh in kleinen, feuchten Kellerzimmern zusammengepfercht leben müssen. Manchmal teilen sich drei oder vier Menschen ein einziges Bett. Andere schlafen auf Tischen, Bänken oder auf dem nackten Boden und haben dabei meistens nicht einmal eine Decke.
Es ist nicht nur die Enge, die den Menschen zu schaffen macht, sondern vor allem die Hoffnungslosigkeit im Hinblick auf die Zukunft. Ich habe kürzlich ein Altersheim besucht, das den Namen jedoch nicht einmal ansatzweise verdient. Es ist ein Luftschutzbunker, in dem ungefähr neunzig alte Menschen in zwei Räumen mit jeweils drei übereinanderliegenden Reihen von Pritschen ausharren. Ohne Tageslicht und Frischluft. Ihr einziger Besitz sind die Kleider, die sie am Leib tragen.
Ja, die fehlende Bekleidung ist ein weiteres, großes Problem. Viele haben im Bombenhagel ihr ganzes Hab und Gut verloren. Anderen wurde das Wenige, das sie noch besaßen, auf ihrer Flucht aus dem Osten von den russischen Besatzern abgenommen. Auch was das betrifft, versuchen wir zu unterstützen und zu helfen, wo immer wir können. Trotzdem scheint es manchmal, als wären all unsere Bemühungen vergebens.
Doch unser Hilfsprojekt ist inzwischen auf unbestimmte Zeit

verlängert worden, ich bleibe also noch weiter in Deutschland. Die Hochzeit müssen wir somit verschieben. Ich weiß, wie viel Arbeit und Mühe euch die Vorbereitungen bereits gekostet haben, und es tut mir leid. Aber bitte versteht, dass mir meine Arbeit hier im Augenblick wichtiger ist.
An dieser Stelle eine große Bitte an dich, Mutter: Sammle die alten Kleider zusammen – auf dem Dachboden liegt noch eine ganze Truhe voll mit meinen Kinderkleidern – und schick sie der Schweizer Spende. Die Menschen hier brauchen wirklich alles, was wir entbehren können.

Ich melde mich bald wieder – versprochen.

Bis dahin liebe Grüße

Elvira

10 KÖLSCHE PÄNZ

Köln, Ende März 1946

Mit einem unsanften Ruck brachte Eli den Lastwagen mitten auf dem großflächigen Innenhof zum Stehen. An diese verflixten Bremsen konnte sie sich selbst nach fast einem Monat nicht gewöhnen.

»Du wirst immer besser«, meinte Paulchen neben ihr mit tapferer Miene und blies sich eine Haarsträhne aus dem Gesicht.

»Lügnerin. Ich habe gesehen, wie du dich mit der Hand an der Tür festgekrallt hast«, erwiderte Eli. Im selben Moment starb der Motor des Lasters knatternd ab.

Paulchen richtete sich die Barettmütze auf dem Kopf. »Nur weil ich dich gut leiden mag und du als Einzige von uns einen Führerschein hast, bedeutet das nicht, dass ich nicht auch an meinem Leben hänge.« Mit einem Augenzwinkern fügte sie hinzu: »Und bei deinen Fahrkünsten kann mir das keiner übel nehmen.«

»Na, hör mal«, rief Eli ihr gespielt brüskiert nach und musste dabei ein Auflachen unterdrücken. Sie wusste sehr wohl, dass sie keine besonders gute Autofahrerin war – nicht mit einem normalen Wagen und erst recht nicht mit einem der beiden klobigen, von der Stadt Köln für die Kinderspeisungen zur Verfügung gestellten Laster. Doch Paulchen war bereits ausgestiegen, und Eli sah die Kinder, die ihnen über den Spielplatz entgegenrannten.

Genau am 1. März, dem ersten Karnevalsfreitag nach dem Krieg, hatten sie mit den Speisungen in den Kindergärten der Stadt angefangen und sie dann nach und nach, in Zusammenarbeit mit den englischen Quäkern, auch auf Kinder, die nicht im Kindergartenalter waren, aber ebenso dringend Zusatznahrung benötigten, ausgedehnt.

Jeden Morgen beluden sie zusammen mit eigens dafür eingestellten lokalen Helfern die zwei Lastwagen mit Kisten voller Knäckebrot, Zwieback sowie hier und da etwas Dörrobst, Sardinen oder Schokolade. Dazu mehrere Thermophoren, gefüllt mit den vorbereiteten Zwischenmahlzeiten, die abwechselnd aus Zuckermilch, Ovomaltine, Erbsen- oder Linsenbrei und Mehlsuppe bestanden. Täglich einen halben Liter Zusatzmilch für Säuglinge und jeden zweiten Tag sechshundert Kalorien zusätzlich für die älteren Kinder.

Das Beladen der Laster mit den schweren Kisten und Thermophoren sowie das tägliche Zurücklegen von vielen Kilometern war eine Knochenarbeit. Elis Arbeit fing noch vor Sonnenaufgang an und endete meist spät in der Nacht, wenn sie sich nach den Speisungsfahrten noch um die Administration im Barackendorf kümmerte. Trotzdem hatte sich ihr Leben noch nie zuvor so erfüllt angefühlt. Endlich etwas wirklich Sinnvolles tun, genau wie Fräulein Schöni immer gesagt hatte. Das war um ein Vielfaches befriedigender, als die Tage mit Nebensächlichkeiten zu füllen. Wie etwa mit Vaters Buchhaltung, Mutters Gartenfesten oder den langweiligen Essen mit Werners Geschäftspartnern, bei denen Eli ohnehin nur zu lächeln, aber nichts zu sagen hatte.

Insgesamt belieferten sie abwechselnd über fünfzig Kindergärten auf der rechten und linken Rheinseite und Waisenhäuser wie dieses hier.

Schon von Weitem erkannte Eli die Vinzentinerin, die mit ihrer Cornette, der Flügelhaube aus weißem, gestärktem Leinen, auf sie zukam. Sie gehörte zu der Gruppe von Nonnen, die die Kinder hier betreuten.

»Guten Morgen, Schwester Herta. Die Kinder werden sich freuen, heute haben wir wieder etwas Schokolade dabei«, rief Eli, während sie die Lade herunterklappte und auf die Kisten zeigte. »Ist mit der letzten Lieferung angekommen.«

Ein Lächeln erhellte das Gesicht der Nonne. »Sie schickt wahrhaftig der Himmel. Gestern sind nämlich noch mehr Kinder aus dem Osten angekommen.« Sogleich wich das Lächeln einer sorgenvollen Miene.

Eli nickte wortlos und kletterte auf die Wagenlade. Sie hatte verstanden. Fast täglich kamen Kinder in der Stadt an, die während des Krieges im Zuge der Landverschickung evakuiert worden waren. Kleine, magere Gestalten, in deren blassen Gesichtchen oft kaum noch etwas Kindliches zu erkennen war. Viele von ihnen hatten ihre Eltern und Familien seit Jahren nicht mehr gesehen, wussten nicht einmal, ob diese überhaupt noch lebten. Die Wohlfahrtsvereine kümmerten sich um ihre Rückführung, damit die Kleinen, wenn möglich, mit ihren Verwandten zusammengeführt werden konnten. Eine Hoffnung, die oft genug nur eine solche blieb. Die Kölner Waisenhäuser waren überfüllt.

Zusammen mit Marie schleppte Eli zwei Thermophoren vom Laster in einen Raum mit behelfsmäßig getünchten Wänden und etwa zehn Tischen mit kleinen Stühlen darum.

Die Neuankömmlinge der Landverschickung waren sofort unter den übrigen Kindern zu erkennen: Während der Essensverteilung standen sie schweigend beisammen, ihre Augen waren groß und ernst, und sie hielten die verbeulten Emailletassen mit beiden Händen fest. So als hätten sie Angst, irgendjemand könnte sie ihnen wegnehmen.

Während Paulchen und Marie die Ovomaltine ausschenkten, verteilte Eli die Schokolade.

»Hier«, sagte sie zu einem etwa neunjährigen Mädchen und ihrem kleinen Bruder.

Der Junge schaute skeptisch auf die in farbiges Papier gewickelte Süßigkeit in seiner Hand und wusste anscheinend gar nicht, was er damit anfangen sollte. Viele der Kinder hatten noch nie zuvor Schokolade gesehen, geschweige denn gekostet.

Eli ging vor ihm in die Hocke. »Das ist Milchschokolade. Die schmeckt gut. Soll ich dir die Verpackung aufreißen?«

Doch die ältere Schwester schüttelte den Kopf. »Das mache ich.« Sie rutschte näher, wickelte die Schokolade aus und reichte sie ihrem Bruder. »Den Rest heben wir uns für später auf, ja? Mama und Papa sollen auch etwas davon haben, sobald wir sie wiederfinden«, erklärte sie in entschiedenem Tonfall und verknotete das übrige Stück in einem Taschentuch. Dann strich sie mit der Hand ein Haarbüschel ihres Brüderchens glatt und wischte ihm mit dem Daumen etwas Speichel vom Mundwinkel. Seine Augen begannen zu leuchten, als er die Schokolade im Mund zergehen ließ.

Eli sah zu der Vinzentinerin auf, die dabeistand und den Blick mit einem stummen, vielsagenden Kopfschütteln erwiderte.

Sogleich fühlte sie, wie sich ihr das Herz zusammenzog. Es waren Momente wie dieser, die ihr einmal mehr bewusst machten, wie privilegiert ihr eigenes Leben bisher gewesen war. Wie selbstverständlich ihr alles erschienen war und wie geradezu kleinlich sich ihre Alltagssorgen im Vergleich hierzu anfühlten. Diesen Kindern hatte der Krieg nicht nur die Eltern, sondern auch ihre Kindheit gestohlen. Und so war es vielen ergangen.

Sie strich dem Mädchen übers Haar und kniff den Jungen sanft in die Wange, bevor sie weiterging.

Während des Vorbereitungsseminars hatte man sie alle davor gewarnt, sich gefühlsmäßig zu sehr einzulassen.

Eli seufzte innerlich auf. Was die emotionale Abgrenzung betraf, versagte sie auf der ganzen Linie.

Es war früher Nachmittag, als sie zum Barackendorf am Venloer Wall zurückkehrten. Die Sonne schien, und nur wenige Wölkchen zierten den blauen Himmel. Es war der erste frühlingshafte Tag des Jahres nach einem schier endlos scheinenden Winter.

Eli konnte sich fast nicht mehr daran erinnern, wie Frühlingsluft überhaupt roch. Die vergangenen zwei Monate hatten an ihrer aller Kräfte gezehrt, und es war herrlich, die warmen Sonnenstrahlen auf dem Gesicht zu spüren.

Auch im Barackendorf hatte sich unterdessen einiges verändert: Langsam, aber stetig waren insgesamt elf größere und kleinere Holzhütten in Hufeisenform um einen weiten Platz aufgebaut worden. Inzwischen gab es eine voll funktionstüchtige Küche, wo sechs Helferinnen und Helfer die Mahlzeiten für die Speisungen in Arbeitsschichten vorbereiteten. Direkt daneben stand die große Wohn- und Bürobaracke, die als administratives Zentrum diente. Hier hatten sie neben Elis Büro einen Empfangsraum eingerichtet, der zugleich auch als Informationsstelle für die Leute diente, die Auskunft benötigten oder Hilfsgesuche stellten. Außerdem befanden sich in dieser Baracke die kleinen Schlafräume für Sonja, Paulchen, Eli und Ruth sowie ein Extrazimmer, in dem die Säuglinge gepflegt wurden und Ruth eine Mütterberatung durchführte. Angelo und Marie wohnten zwar noch immer bei den Quäkern, würden aber hinzukommen, sobald die Räumlichkeiten endgültig eingeteilt waren.

Ebenfalls in jeweils eigenen Baracken waren eine Nähstube – die war Paulchens Revier – sowie eine Werkstatt mit Schreinerei untergebracht. Zudem gab es ein Lager sowohl für die Lebensmittel als auch für das Material und das Feuerholz.

Eli parkte den Laster auf dem dafür vorgesehenen Platz hinter der Küchenbaracke. Sogleich waren drei Frauen und vier Jungen zur Stelle, um beim Ausladen der leeren Kisten und Thermophoren zu helfen. Gefolgt von einem schwanzwedelnden jungen Deutschen Schäferhund, der auf den Namen Hasso hörte. Ebenfalls ein Neuzugang im Barackendorf. Er war ihnen erst vor einer Woche aus der Schweiz zur Bewachung der Anlagen geschickt worden. Er sei eigens von der Polizei dafür abgerichtet worden, hatte es geheißen. Doch entweder war sich Hasso seiner Aufgabe nicht ganz bewusst, oder er war der verspielteste Wachhund, den die Welt je gesehen hatte, und die Kinder liebten ihn. Kein Wunder, denn wer konnte seinem treuherzigen Blick widerstehen?

»Tag, Fräulein Eli«, rief einer der Jungen und winkte ihr zu.

Sie erkannte Mattes sofort. Er und die Rasselbande seiner Freunde – allesamt Jungen aus den umliegenden Vierteln und etwa im selben Alter wie er – gehörten inoffiziell inzwischen schon fast zu den festen Mitarbeitern im Barackendorf. Für eine Tasse warmer Ovomaltine und etwas Suppe hatten sie seinerzeit bereits beim Aufbau der Hütten mit angepackt und gingen seither täglich bei kleineren Arbeiten in der Küche oder der Werkstatt zur Hand.

Mit einem sanften Klaps auf die Flanke begrüßte Eli Hasso und wandte dann den Blick zu Mattes. »Solltest du um diese Zeit nicht in der Schule sein?«

Der Junge war ihr inzwischen besonders ans Herz gewachsen. Auch er teilte das Schicksal so vieler anderer: Vater im Krieg gefallen, Mutter und Schwester im Bombenhagel getötet und der ältere Bruder vermisst. Trotzdem hatte er um jeden Preis in Köln bleiben wollen und war bei einer Bekannten seiner Mutter in Ehrenfeld untergekommen. Zusammen mit Ingeborg – so hieß die Bekannte – und ihren zwei Kindern wohnte er in einer winzigen Dachkammer.

Mattes war neugierig, neunmalklug, manchmal nervtötend und oft sogar vorlaut, wenn er die Bande seiner Kumpels wie ein Feldwebel anführte. Trotzdem konnte Eli ihm und seinem gewitzten Bengel-Lächeln einfach nicht widerstehen, und er spielte diesen Umstand sehr gekonnt aus.

Doch sosehr sie den Jungen mochte, umso mehr sorgte sie sich auch um ihn. Die meisten Kinder waren seit Monaten nicht mehr zur Schule gegangen. Im letzten Kriegsjahr hatte es vielerorts gar keinen Unterricht mehr gegeben, weil entweder die Räumlichkeiten zerstört oder die Lehrer eingezogen worden waren. Nach dem Krieg hingegen konnten viele Kinder vor allem während der kalten Jahreszeit oft nicht aus dem Haus, weil sie keine warme Kleidung oder Schuhe mehr besaßen.

Mattes schüttelte den Kopf und schlang die Arme um Hassos Hals, woraufhin dieser ihm das Gesicht ableckte. »Keine Schule heute. Der Herr Lehrer liegt mit Fieber im Bett.«

Eli verschränkte die Arme vor der Brust. »Soso, tut er das?« Sein Tonfall war viel zu gleichgültig gewesen. Sie glaubte ihm kein Wort.

Mit betroffener Miene richtete sich der Junge auf, machte große Augen und legte sich in einer theatralischen Geste die Hand aufs Herz. »Ehrenwort, so ist es, Fräulein. Ich schwöre bei der heiligen Ursula.« Ah, er war wirklich ein gekonnt dramatischer Schauspieler.

»Und du hast nicht stattdessen wieder die Trümmer eingestürzter Häuser durchwühlt und dir dabei die Hose aufgerissen?« Mit dem Kinn deutete Eli auf den fingerlangen Riss an seinem linken Hosenbein. Dabei unterdrückte sie nur mit Mühe ein Schmunzeln. Sein Streunen durch die Ruinen bereitete ihr oft die größte Sorge. In den Trümmern lagen noch unzählige scharfe Blindgänger, schwere Unfälle waren an der Tagesordnung.

Schlagartig fielen Mattes' Schultern in sich zusammen, und er stieß einen ergebenen Seufzer aus. »Das ist ungerecht. Warum soll ich zur Schule, wenn ich doch hier viel Nützlicheres lernen kann?«

»Schule ist wichtig im Leben, glaub ihr das ruhig, mein Junge«, sagte auf einmal eine weibliche Stimme hinter Eli.

Sie drehte sich um. Vor ihr stand eine blonde Frau in einem grau-gelb karierten Mantel und mit knallroten Lippen.

»Fien«, rief Eli. »Ich habe gar nicht mehr erwartet, dich hier zu sehen.« Sie trat näher und umarmte die Kölnerin ehrlich erfreut.

»Na ja, mir ist der Muckefuck ausgegangen, und da dachte ich mir, ich komme mal vorbei und schaue mir dieses Schweizer Dorf an, von dem auf einmal die ganze Stadt redet«, erklärte die Kölnerin unverblümt. Dabei strich sie sich über die Haarwelle am Scheitel.

»Schweizer Dorf? Nennt man das hier tatsächlich so?« Eli lachte. »Dann wird es aber höchste Zeit, dass du kommst. So kann ich dir bei der Gelegenheit auch gleich noch einen unserer tüchtigsten Mitarbeiter vorstellen.« Sie drehte sich um.

Nur um festzustellen, dass Mattes die Gunst der Stunde genutzt hatte, um sich aus dem Staub zu machen. Gerade noch sah sie ihn zusammen mit Hasso um die Ecke der Werkstattbaracke verschwinden. Dieser Schlingel …

»Er ist ausgebüxt.«

Fien ließ ein warm klingendes, glucksendes Lachen ertönen. »Ene eschte kölsche Jung, wat willste maache.«

Ihm den Hintern versohlen, genau das hätte Eli am liebsten gemacht, obwohl sie wusste, wie wenig es nützte. Bei der nächstbesten Gelegenheit würde Mattes wieder die Schule schwänzen und stattdessen mit seinen Kumpels die Trümmer nach Ess- und sonst wie Brauchbarem durchsuchen. Und wie immer würde Eli ihm nicht böse sein können, wenn er ihr mit stolzgeschwellter Brust zwei verbeulte Konservendosen oder ein paar verschrumpelte Äpfel in die Hand drückte, damit sie diese unter den Kindern verteilte.

»Komm, dann zeige ich dir eben unser Barackendorf.« Kurzerhand hakte sich Eli bei der Kölnerin unter und zog sie mit sich. »Gleich hier rechts ist die Baracke für die Essenausgabe. Um diese Zeit ist da immer viel los«, erklärte sie und bog um die Ecke der nächsten Holzhütte. Vor ihnen lag der großflächige Innenhof. Dieser war inzwischen von Unrat befreit, und die Kraterlöcher waren aufgefüllt worden. Aus den vier Himmelsrichtungen führte je ein Kiesweg zur Platzmitte hin, wo ein Fahnenmast mit dem rot-weißen Schweizer Kreuz am Wipfel stand. Eine Kinderschar rannte kreischend um den Mast herum und spielte Fangen. Vor dem Eingang zur Ausgabe-Baracke stand eine Schlange von Leuten. Hauptsächlich Frauen, darunter Schwangere und Mütter mit Kleinkindern im Arm. Der Geruch von warmer Mehlsuppe lag in der Luft, und aus der Werkstatt-Baracke war geschäftiges Hämmern zu hören.

»Wir haben ein Abkommen mit den Schreinerinnungen der Stadt Köln«, erklärte Eli. »Sie vermitteln uns zuverlässige Handwerker. Dafür beschaffen wir das Material und die Werkzeuge mittels Spenden. Dasselbe gilt für die Nähstube.«

Sie waren den Weg entlang bis zur äußersten Baracke gegangen. Bereits vor der Tür waren das Rattern von Nähmaschinen, geschäftige Frauenstimmen und ab und zu Gelächter zu hören.

»Guten Tag, die Damen«, begrüßte Eli die Gruppe von etwa fünfzehn Frauen und Mädchen, als sie eintraten. An einem Tisch am anderen Ende des Raums stand Paulchen zusammen mit einer älteren Dame über eine Stoffbahn mit aufgesteckten Schnittmustern gebeugt. »Hier arbeiten abwechselnd insgesamt neun ausgebildete Näherinnen und über ein Dutzend freiwillige Helferinnen unter der Leitung von Paulchen und Fachlehrerinnen der Kölner Berufsschule.«

Als sie ihren Namen hörte, sah Paulchen auf. Ihr Gesicht begann zu strahlen, sobald sie Fien erkannte. »Das wurde auch langsam Zeit.« Ohne Federlesens ging sie auf die Kölnerin zu, um sie zu begrüßen.

»Was wird denn hier genäht?«, wollte Fien wissen und schaute sich interessiert um.

»Komm, ich zeig's dir.« Völlig in ihrem Element führte Paulchen sie zu einem Regal an der Wand, wo verschiedene Stoffballen zur Weiterverarbeitung gestapelt waren. Darunter bunt gewebte und bedruckte Stoffe für Kinder- und Damenkleider, solche für Herrenhemden sowie schlichte weiße oder lilafarbene Stoffe für Nachthemden und Damenunterwäsche, aber auch Gaze für Windeln.

»Wenn immer möglich, entwerfen wir eigene Schnittmuster«, führte Paulchen mit sichtlichem Stolz aus. »Sobald alle Stoffe verarbeitet sind, wollen wir die Frauen und Mädchen beim Ausbessern und Umnähen alter Kleider anleiten. Es ist wichtig, dass sie die Möglichkeit dazu bekommen. Eine Hilfe zur Selbsthilfe sozusagen.« Die jungen Mädchen lernten hier zudem das rationelle Zuschneiden und Bearbeiten der Stoffe, was ihnen bei einer späteren Ausbildung zur Schneiderin angerechnet werden würde.

»Aber nun genug geredet. Wir haben zwar keinen Muckefuck, aber dafür ganz passablen Tee«, sagte Eli und trat vor Paulchen und Fien aus der Baracke. In verschwörerischem Tonfall fügte sie hinzu: »Und ich habe sogar noch etwas Kuchen übrig.«

Kurz darauf saßen sie auf einer Holzbank vor der Bürobaracke und genossen die Sonnenstrahlen. Die Teetassen waren allesamt angeschlagen, mehr als die Hälfte sogar rissig, genauso wie der Teller, auf dem sie sich ein trockenes Kuchenstück teilten. Doch das spielte keine Rolle.

»Jetzt verstehe ich, weshalb die Leute überall hierüber reden. Was ihr hier tut, ist viel wert.« Fien nickte und ließ den Blick über die Holzhütten und den freien Platz in der Mitte wandern.

Eli setzte ihre Tasse ab. »Ohne die Unterstützung von allen Seiten wäre das gar nicht möglich. Die Löhne der deutschen Helfer werden zum Beispiel vom Wohlfahrtsamt der Stadt bezahlt. Ebenso kommt dieses für die Transportkosten der Essensfahrten auf. Wir versuchen, einen Teil der Kosten mit dem Verkauf von Altmaterial wie Blechdosen und Papier zu decken. Doch wären da nicht noch zusätzliche Geldspenden, käme kaum genug zusammen.«

Paulchen nickte. »Aber immerhin tragen die Bemühungen allmählich Früchte. Das Hilfsprojekt ist auf unbestimmte Zeit verlängert worden. Das bedeutet, dass auch wir länger als die zuerst geplanten drei Monate hierbleiben.«

Die Nachricht war vor ein paar Wochen aus Bern gekommen, zu Elis großer Erleichterung. Allein der Gedanke, wieder nach Zürich zurückzukehren, hatte ihr schlaflose Nächte bereitet. Zurück in ihr altes Leben in selbstverständlichem Luxus und mit oberflächlichen Belanglosigkeiten. Zurück zu Werner …

In all den Wochen hatte sie weder von ihm noch von ihren Eltern etwas gehört oder gelesen. Nicht einmal das erwartete dreifache Donnerwetter von Vater war gekommen oder zumindest eine wütende Reaktion von Werner. Nichts. Rein gar nichts. Einzig ihre Mutter hätte sich, so die Meldung der *Schweizer Spende* in Bern auf ihre Anfrage hin, nach der korrekten Kontaktanschrift für die Weiterleitung der Post erkundigt.

Einerseits war Eli insgeheim enttäuscht. War sie ihrer Familie und Werner tatsächlich so wenig wert, dass diese sich anscheinend keinen Deut um sie scherten? Andererseits traute sie dem Frieden nicht. Trotzdem hatten sie die vergangenen Wochen hier in Köln verändert. So sehr, dass sie kaum ein schlechtes Gewissen verspürte, weil sie die im Mai geplante Hochzeit abgesagt hatte.

Gekreische und wüstes Kindergezeter rissen sie abrupt aus

den Gedanken, und sie sah auf. Gerade rechtzeitig, um die zwei kleinen Mädchen zu erkennen, die sich dort beim Fahnenmast gegenseitig an den Haaren zogen, während die restlichen Kinder johlend im Halbkreis um sie herumstanden.

Sofort stand Fien auf. »Keine Bange, das haben wir gleich.«

Mit bestimmtem Schritt ging sie auf die schreienden Kinder zu. »Na, na, na, was soll denn das?« Sie zog die Mädchen am Arm zurück und trennte so die Streithennen voneinander.

»Sie hat mich gebissen«, heulte das eine Kind mit hochrotem Kopf und völlig zerzaustem Haar.

»Gar nicht wahr. Du hast zuerst geschubst«, gab das andere Mädchen zurück und wischte sich mit dem Jäckchenärmel die Tränen von der Wange.

»Hab ich nicht!«

»Hast du wohl!«

»Genug jetzt«, rief Fien dazwischen und kniete sich vor den beiden Mädchen auf den Boden, ungeachtet dessen, dass dabei ihr Mantel schmutzig wurde. Auf Augenhöhe bedachte sie jedes der beiden Mädchen mit einem vorwurfsvollen Blick.

Augenblicklich verstummten die Kinder, senkten den Kopf und zogen mit vorgeschobenen Unterlippen Schnuten – eine eindrucksvoller als die andere.

»So ist's besser.« Mit einer theatralischen Geste zog Fien ein Taschentuch hervor. »Dann wollen wir erst mal den ganzen Mömmes wegwischen. Dat es ja söns kaum mit anzusehen.«

Einer der umstehenden Jungen kicherte, als die Kölnerin den Mädchen, einem nach dem anderen, die Nase putzte.

»Was haltet ihr davon, wenn wir zusammen ein Lied singen? Das ist doch viel lustiger, als sich zu streiten«, fragte Fien dann in die Runde.

Eines der beiden Mädchen machte eine skeptische Miene. »Was für ein Lied denn?«

»Kinderlieder sind aber langweilig«, meinte wiederum einer der umstehenden Jungen.

»Wer hat denn etwas von Kinderliedern gesagt?« Mit einem kecken Lächeln stand Fien wieder auf. »Wir brauchen aber noch ein paar Instrumente.«

Sie und Paulchen hatten die Szene bisher nur gespannt verfolgt, doch jetzt meldete sich Eli zu Wort: »Im Magazin haben wir noch leere Ovomaltinebüchsen, und in der Werkstatt gibt es bestimmt noch ein paar Holzreste. Die könnt ihr als Schlagzeug benutzen.«

Wie auf Kommando stoben die Kinder davon – eine Gruppe folgte Eli zum Magazin, der Rest rannte zur Werkstatt. Nach kurzer Zeit standen sie alle wieder rund um Fien, die Gesichter glänzend vor Erwartung.

»Wunderbar.« Fien klatschte begeistert in die Hände. Dann hieß sie die Kinder, sich in einer Reihe aufzustellen, erklärte jedem von ihnen, was es zu tun hatte: Die einen benutzten die Ovomaltine- und Alubüchsen als Trommeln, die anderen schlugen im Takt die Hölzchen zusammen.

Mit der erhobenen rechten Hand gab sie den Takt vor und begann zu singen:

»Wir machen Musik,
da geht euch der Hut hoch.
Wir machen Musik,
da geht euch der Bart ab.
Wir machen Musik,
bis jeder beschwingt singt:
do – re – mi – fa – so – la - ti – do.«

Ihre Stimme war melodisch und hell. Mit tanzenden Schritten führte sie die Kinderreihe quer über den Platz.

Der Text war so simpel, dass bald schon alle mitsangen und dazu inbrünstig trommelten und klopften – mehr oder minder im Takt. Egal, ihre Augen leuchteten vor Freude, während sie versuchten, Fiens Bewegungen nachzuahmen.

»*Wir machen Musik,*
da geht euch der Knopf auf.
Wir machen Musik,
da bleibt euch die Luft weg …«

Von dem Getöse angelockt, strömten die Leute aus den Baracken, blieben verwundert am Platzrand stehen. Einige von ihnen kannten den Liedtext des Schlagers von Ilse Werner sogar noch und sangen mit.

»Was ist denn hier los?« Mit gerunzelter Stirn trat Sonja heran.

»Das ist Fien. Unsere neue Kinderaufsicht«, erklärte Paulchen, während sie begeistert im Takt mitklatschte.

»Wir haben eine Kinderaufsicht?«

»Noch nicht«, ergänzte Eli. »Aber die Idee ist gut. So wären die Mütter entlastet, während sie am Empfang oder bei der Essensausgabe warten. Die Kinder hätten jemand, der auf sie achtgibt, und dabei trotzdem ihren Spaß.«

Inzwischen hatte Fien die Kinder rund um den Platz geführt, während eine beachtliche Menschenmenge am Rand stand und im Chor mitsang – ja, sogar Angelo mit seiner fleckigen Kochschürze:

»*Wir machen Musik, bis jeder beschwingt singt,*
wir machen Musik,
wir machen Musik,
wir machen Musik!«

Fien hob die Arme in die Höhe, zog den letzten Ton in die Länge. Ganz die Sängerin, kein Zweifel, und sie war wirklich ausgezeichnet. Mit einem Wink brachte sie das Lied zu Ende.

Tosender Applaus ertönte. Die Kinder hüpften vor Freude. Vergessen waren Streit und Tränen.

Und so kam es, dass Fien Beckers als neue Kinderaufsicht im

Schweizer Dorf angestellt wurde. Zwar ohne Bezahlung, dafür gegen eine tägliche warme Mahlzeit und obwohl sich Marie mit Inbrunst dagegen wehrte. »Sie ist eine Prostituierte«, empörte sie sich. »Wir können doch eine solche Person nicht mit Kindern arbeiten lassen.«

»Wie sich Fien ihren Lebensunterhalt außerhalb des Barackendorfs verdient, geht uns nicht das Geringste an«, erwiderte Sonja hingegen. »Viel wichtiger ist, dass sich die Kinder mit ihr wohlfühlen.«

Und die Kinder vergötterten sie vom ersten Tag an – sowohl Mädchen wie auch Jungen – und machten begeistert mit, wenn Fien ihnen Lieder und Tänze beibrachte.

Eli schmunzelte jedes Mal, wenn sie im Büro saß und die Kinder draußen »Frère Jacques« im Kanon singen hörte. Es erinnerte sie an zu Hause. Nicht, dass sie Heimweh gehabt hätte, dafür blieb ihr gar keine Zeit. Erst recht, als Sonja Anfang April für eine Woche im Auftrag der *Schweizer Spende* nach Bochum reisen musste und Eli vorübergehend die Leitung des Kölner Barackendorfs übertrug.

Wenn Vater und Mutter sie jetzt so sehen könnten. Sie, die behütete Tochter aus reichem Hause, deren aufregendste Beschäftigung bisher die Mithilfe bei der Organisation des alljährlichen Zunftballs gewesen war.

Nun saß sie hier. Inmitten einer Trümmerstadt, schuftete von früh bis spät, schleppte Kisten, Fässer und Thermophoren umher und wischte Kindern die Ovomaltine-Schnäuzchen sauber. Ihr Leben hatte sich noch nie zuvor so richtig und sinnvoll angefühlt. Fräulein Schöni wäre stolz auf sie.

Bis eines Tages der zerlumpte Fremde auftauchte.

11 HEIMKEHR

Deutz, 1. April 1946

Der Zug hielt mit quietschenden Bremsen an.

Wie auf ein stummes Kommando hin drängten die Leute aus dem Waggon, hinaus auf den Bahnsteig und schwemmten Helmut mit.

So viele Menschen. Er schwitzte. Mit beiden Händen hielt er das Bündel mit seinen Habseligkeiten an die Brust gepresst, während die Vorbeidrängenden ihn links und rechts anrempelten.

Endlich schaffte er es, sich durch eine Lücke zu drängen. Schwer atmend blieb er, an die Mauer vor dem Bahnhofsgebäude gelehnt, stehen. Herrgott, er war so einen Tumult nicht mehr gewohnt.

Die Sonne blendete ihn, er hob die Hand vor die Augen. Vor ihm lag der Rhein und auf der gegenüberliegenden Uferseite die Kölner Altstadt.

Langsam ließ sich Helmut zu Boden gleiten, schloss die Augen und atmete befreit aus. Zum ersten Mal seit so langer Zeit. Er hatte es geschafft. Er war zu Hause.

Immer wieder blinzelte er gegen das Sonnenlicht, um einen Blick hinüber auf die Altstadt zu werfen und ganz sicherzugehen, dass er nicht doch träumte. Der Anblick, auf den er so lange gehofft hatte und der ihm zugleich tief in die Brust fuhr. Die Reste der eingestürzten Brücken, die aus dem Fluss ragten. Dahinter die dunklen Türme des Doms inmitten einer Ruinenwüste.

Sein Köln – zerstört, zertrümmert und geschändet, aber trotzdem Heimat.

Helmut lehnte den Kopf gegen die Mauer. Wann hatte er eigentlich zum letzten Mal gebetet? Es war so lange her, dass ihm die richtigen Worte fehlten. Stattdessen flimmerten die Erinnerungen an die vergangenen Wochen wie ein Film durch seine Gedanken. Jetzt erst durfte er sie sich erlauben, ohne dass er die Hoffnung verlor.

Nach seiner Flucht in Moskau hatte er sich einen ganzen Tag lang in einem Abwasserkanal versteckt, aus Angst, sie würden vielleicht mit Hunden nach ihm suchen. Einen weiteren Tag hatte es gedauert, um die Kleider im steten Luftstrom eines Belüftungsschachts wieder einigermaßen zu trocknen.

Der Hunger trieb ihn schließlich hinaus. Nach mehreren Tagen des Herumirrens fand er endlich den Bahnhof Belorusskaja, von wo aus die Züge in Richtung Westen fuhren.

Es war nicht schwer, auf einen der langsam anfahrenden Waggons aufzuspringen. Die Schwierigkeit lag hingegen darin, nicht entdeckt zu werden und rechtzeitig in der Nähe von Siedlungen wieder abzuspringen. Dort hatte er sich oft tagelang in Ställen oder Kellern versteckt gehalten, um nicht zu erfrieren.

Irgendwann waren Hunger und Erschöpfung jedoch übermächtiger geworden als alle Vorsicht, und er hatte an die Türen geklopft und gebettelt. Auch wenn alles andere als fließend, kamen ihm seine Kenntnisse der Sprache dabei immerhin zugute. Aufgrund seiner Kleidung hielten ihn die Leute wohl für einen kriegsversehrten Irren. Entweder sie gaben ihm von dem Wenigen, das sie selbst hatten, oder sie jagten ihn davon.

Mit der Zeit wurde er sogar so verwegen und stahl ein neues Paar Hosen sowie eine Fellmütze von einer Wäscheleine.

Doch dann entdeckte ihn eine Militärpatrouille.

Schon bei dem puren Gedanken an diesen Moment konnte Helmut noch immer den Gestank seines eigenen Angstschweißes riechen.

Die Flucht vor der Patrouille. Die Holzkirche mit dem Kreuz auf dem Turm. Eine katholische Kirche mitten in Weißrussland.

Der unverhoffte Anblick war ihm wie ein Zeichen des Himmels erschienen. Mit letzter Kraft war er hineingetorkelt. Halb erfroren und erschöpft und bereit, sich seinem Schicksal zu ergeben.

Er konnte sich bis heute nicht erklären, warum der dortige Priester ihm, einem verdreckten Wildfremden, geholfen und ihn in einer Nische hinter dem Beichtstuhl versteckt hatte, während die Soldaten die Kirche durchsuchten. Derselbe Geistliche gab ihm auch in den folgenden drei Tagen zu essen, sorgte für neue Kleidung und organisierte das Versteck unter der Holzladung auf dem Ochsenkarren, der ihn bis in die Nähe der Grenze brachte.

Pater Wazlau – ihm verdankte Helmut sein Leben, den Namen würde er nie vergessen. Ebenso wenig wie den der polnischen Ärztin des Arbeitslagers Sikawa bei Łódz.

Ja, wenn er rückblickend darüber nachdachte, war die Hoffnung auf eine reibungslose Durchquerung Polens naiv und vermessen gewesen, denn selbstverständlich erwischten sie ihn. Fünf Tage nach seinem Grenzübertritt, unweit westlich von Warschau, während einer Zugkontrolle. Er war in einer Ecke eines halb leeren Kohlewagens eingeschlafen und hatte prompt den rechtzeitigen Absprung versäumt.

Während des anschließenden Verhörs auf dem Polizeiposten machte er sich gar nicht erst die Mühe zu lügen und breitete die ganze Wahrheit seiner Flucht vor den Beamten aus. Alles. Jedes noch so abscheuliche Detail. Er war am Ende seiner Kraft angelangt. Sollten sie ihn doch nach Russland zurückschicken. Dort würde er einen Weg finden, sich umzubringen, und dieser Gedanke ließ ihn völlig kalt.

Doch dann war er direkt nach Sikawa verfrachtet worden. Ein Lager, in dem vornehmlich Angehörige der lokal ansässigen deutschen Minderheit im Zuge der sogenannten »ethnischen Umsiedlung« interniert worden waren. Darunter befanden sich nebst männlichen Zwangsarbeitern auch Kinder, Frauen und Alte.

Von dem Lager selbst sah er jedoch nicht viel. Er musste einen wirklich miserablen Anblick geboten haben, sodass ihn die Lagerleitung sogleich nach Ankunft ins Lazarett einwies. Er hatte hohes Fieber, Wasser in den Beinen, litt an Mangelernährung und einer Lungenentzündung. Während der Fieberattacken marterten ihn immer wieder Albträume. Von dem kleinen Jungen mit den aschefarbenen Augen.

Fast zwei ganze Wochen lang lag Helmut auf der Krankenstation, bis er sich wieder einigermaßen erholt hatte. Maria Król war die Ärztin des polnischen Roten Kreuzes, die sich – egal, ob aus simplem Pflichtgefühl oder reiner Nächstenliebe – um ihn kümmerte. Sie war es auch gewesen, die seinen Namen auf die Liste des Krankentransports nach Deutschland setzte.

Von da an war alles geradezu lächerlich einfach gewesen: der dreitägige Krankentransport nach Frankfurt an der Oder, ein zweiwöchiger Quarantäneaufenthalt in Gronefelde. Und dann, vor zwei Tagen, endlich die schriftliche Demobilisierungsbescheinigung.

Instinktiv griff Helmut an seine Brusttasche, wo nebst dem alten, vergilbten Familienfoto jetzt auch der Zettel lag, der offiziell bestätigte, dass er nicht länger deutscher Wehrmachtsangehöriger und Kriegsgefangener der Sowjetunion war. Sein Brief in die Freiheit. In ein neues Leben.

Doch nun saß er hier, am Ziel seiner Reise, und konnte sich vor lauter Panik nicht bewegen. Erst jetzt bemerkte Helmut die Tränen, die ihm über die Wangen rannen.

Er hatte schon in Russland von der Zerstörung der deutschen Großstädte gehört und es auf seinem Weg von Frankfurt hierher mit eigenen Augen gesehen. Doch der Anblick Kölns …

Bitte, Herrgott, mach, dass sie es rechtzeitig aus der Stadt geschafft haben – Mutter, Hannelore und Mattes.

Mit der Hand wischte er sich übers Gesicht und hievte sich

dann langsam hoch. Mit einem Mal fühlte er sich wie ein alter Mann. Dann reihte er sich in die Menschenmenge ein, die über die Behelfsbrücke in die Stadt drängte.

Sein Pulsschlag beschleunigte sich, als er dem britischen Soldaten auf der anderen Flussseite seinen Entlassungsschein vorzeigte. Ein ins Fleisch übergegangener Instinkt der ständigen Alarmbereitschaft nach Gefangenschaft und Flucht.

Der Brite runzelte kurz die Stirn, als er den in Deutsch und Russisch verfassten Schrieb mit den Stempeln betrachtete. Doch dann reichte er ihn Helmut kommentarlos zurück, schob ihn weiter und brüllte: »Next!«

Wie in Trance wanderte Helmut durch die Straßen seiner Heimatstadt – oder vielmehr, was davon noch übrig war. Er fand sich nur mit Mühe zurecht, denn die gewohnten Orientierungspunkte waren auf einmal nicht mehr da. Immerhin der Dom stand noch. Alt, würdevoll, verletzt, aber ungebrochen. Das da drüben musste somit die Komödienstraße sein. Danach käme erst die Zeughaus-, dann die Friesenstraße.

Je weiter er den von Schuttbergen und Mauerskeletten gesäumten Wegen folgte, umso größer wurde die Angst in ihm. Vergebens suchte er unter den Vorbeigehenden bekannte Gesichter – Mutter, seine Geschwister, wenigstens irgendwelche Nachbarn.

Ihm entfuhr ein keuchendes Stöhnen, als er die altbekannte Hausnummer 46 an der Friesenstraße erreichte.

Die Frontmauer stand noch und mit ihr der Eingang zu Vaters Apotheke. Doch dahinter lag nur ein Berg aus Geröll und verkohlten Balken.

Helmut taumelte, klammerte sich haltsuchend am Türrahmen fest. Fort. Seine Familie. Sie waren alle fort.

»Geht es Ihnen nicht gut?«, hörte er einen Mann hinter sich sagen, fuhr herum und starrte in das fragende Gesicht eines älteren Herrn, den er nicht kannte.

Er schüttelte den Kopf, öffnete den Mund, um etwas zu sagen, fand jedoch keine Worte mehr. Hektisch griff er nach seinem Beutel und stolperte davon.

Weg. Nur weg.

Die erste Nacht in Köln verbrachte Helmut aus Angst vor Militärpolizeikontrollen in einem leeren, zur Hälfte eingestürzten Kohlenkeller. Allein. Nur mit seinen zerstörten Hoffnungen, seiner Wut und den Geistern, die ihn verfolgten und die er nicht mehr länger zurückhalten konnte.

Er wagte es nicht zu schreien. Stattdessen schlug er so lange auf die schwarz verstaubten Wände ein, bis seine Knöchel bluteten. Schweißgebadet und atemlos sank er dann zu Boden, schluchzte wie ein kleines Kind.

Irgendwann kurz vor Morgengrauen rollte er sich in einer Ecke zusammen, schreckte jedoch sogleich wieder auf, als draußen ein vorbeifahrender Lieferwagen hupte.

Zwei Tage lang irrte er durch die Stadt, auf der Suche nach irgendeinem Zeichen. Sei es auch ein noch so kleiner Hinweis über den Verbleib seiner Familie. Dabei klapperte er sämtliche Meldeämter ab, las jeden einzelnen Nachrichtenzettel auf den öffentlichen Brettern der Vermisstenmeldungen.

»Dreesen, Dreesen«, murmelte der hinter dem Tisch sitzende Mann, während sein Zeigefinger über die nie enden wollende Namensliste der dem Wohlfahrtsamt gemeldeten Personen fuhr.

Als er beim Buchstaben E angelangte, schüttelte er den Kopf. Dabei hoben sich seine Augenbrauen über den Rand der Hornbrille. »Tut mir leid. Ich habe niemanden mit diesem Familiennamen auf meiner Liste. Kann es sein, dass sich Ihre Mutter unter ihrem Ledigennamen eingetragen hat?«

»Nein.« Helmut kämpfte um Ruhe. Wenn er hier nicht fündig wurde, dann nirgendwo sonst. Sämtliche Einwohner Kölns hatten sich hier für die Lebensmittelkarten registrieren müssen. »Sehen Sie die Liste noch einmal durch. Bitte. Die Namen sind Else, Hannelore und Matthias Dreesen.«

Der Mann schnaufte und sandte ihm einen vorwurfsvollen Blick entgegen, beugte sich jedoch noch einmal über die Papiere. »Na schön. Vielleicht sind sie auch versehentlich unter den Vornamen gelistet. Das passiert leider immer wieder. Mal sehen … Hmm …«

Der Finger des Beamten fuhr erfolglos über die Buchstaben E und H.

Helmut presste die Lippen zusammen und hielt den Atem an.

»Oh, hier ist ein Mattes Dreesen, wohnhaft in der Friesenstraße Nummer 46«, rief der Mann.

Von einem Moment auf den nächsten fühlte es sich an, als lösten sich sämtliche Muskeln in Helmuts Körper zu Brei auf. »Mein Bruder. Das ist mein Bruder, Matthias Dreesen«, presste er hervor und stützte sich dabei mit der Hand am Tisch ab. »In der Friesenstraße 46 haben wir gewohnt. Aber da war ich schon. Dort ist nichts mehr.«

Der Mann nahm die Brille ab. »Dann kann ich Ihnen auch nicht weiterhelfen. Wie alt ist Ihr Bruder jetzt?«

Helmut kniff die Augen zusammen, versuchte, sich zu konzentrieren. »Vierzehn, sein Geburtstag war im November.«

»Noch schulpflichtig also, dann hat vielleicht das Fürsorgeamt mehr Informationen. Aber in dem momentanen Chaos mit den täglichen Zu- und Abwanderern kann ich Ihnen nichts versprechen. Alleinstehende Kinder dieses Alters schlüpfen leider oft durch sämtliche Erhebungsraster hindurch.« Er nickte mitfühlend. »Viel Glück.«

Helmut dankte und wandte sich zum Gehen. Immerhin ein Anhaltspunkt. Ein kleines Zeichen, dass wenigstens Mattes vielleicht noch lebte und sich irgendwo in der Stadt aufhielt. Der

Kleine war schon früher immer beneidenswert zäh und spitzfindig gewesen. Als Sechsjähriger war er einmal im Getümmel des Karnevalsumzugs verloren gegangen, und sie hatten ihn den ganzen Nachmittag lang verzweifelt gesucht. Bis sie ihn auf einem vorbeiziehenden Karren sahen, wo er winkend neben dem Karnevalsprinzen stand, damit ihn jeder – hoffentlich auch seine Familie – sehen konnte. Der Himmel möge es geben, dass es ihm auch dieses Mal gelungen war, sich durchzuschlagen. Irgendwie.

»Moment«, rief ihm der Beamte noch nach. »Da fällt mir ein … Es gibt ein neues Kinderhilfsprojekt der Schweizer. Ein Barackendorf, drüben beim Venloer Wall. Vielleicht versuchen Sie es dort auch. Schaden kann's nicht.«

Es war später Nachmittag, als Helmut schließlich den Venloer Wall erreichte. Auf der Fürsorge hatten sie ihm nicht weiterhelfen können, entsprechend gering war seine Hoffnung.

Er fand das besagte Barackendorf auf Anhieb, das Kindergeschnatter war schon von Weitem zu hören. Zögernd betrat er den Kiesweg, der von der Straße her quer über den Platz führte. In dessen Mitte stand ein Fahnenmast. Helmut blinzelte, als er den Blick zu der Flagge mit dem weißen Kreuz auf rotem Grund hob.

Im selben Moment umschwärmte ihn eine Horde kreischender Kinder, begleitet von einem Hund und zwei jungen Frauen – die eine blond, die andere brünett.

Sogleich blieb der Hund stehen, sträubte die Nackenhaare und zog knurrend die Lefzen hoch.

Die dunkelhaarige Frau rief die Kinderschar zurück, scharte sie hinter sich wie eine Glucke ihre Küken. Dann trat sie vor und legte dem Hund die Hand zwischen die Ohren. »Bleib, Hasso.« Unverwandt misstrauisch blickte sie Helmut an.

Das gewellte Haar reichte ihr bis zum Nacken und war auf den Seiten mit Kämmen befestigt. Dadurch wirkten ihre Augen beinahe mandelförmig, was wiederum perfekt zu ihrem ebenmäßigen Gesicht passte.

Sie trug einen beigen Einteiler mit einem Ledergürtel um die Taille. Auf beiden Oberarmen war der halbrunde Schriftzug *»Schweizer Spende«* aufgenäht.

»Kann ich Ihnen helfen?«, fragte sie. Eindeutig keine Deutsche, dafür sprach sie das CH eine Spur zu guttural aus.

Erst jetzt merkte Helmut, dass er sie anstarrte wie ein betäubtes Mondkalb. Rasch wandte er den Blick ab, fuhr sich mit der Hand durchs Haar. »Ich …«

Himmel, seine Kleidung war verdreckt, und er hatte sich seit Tagen nicht mehr gewaschen. Sie musste ihn für einen Landstreicher halten. »Mein Bruder. Ich suche meinen Bruder – Matthias Dreesen«, brachte er endlich heraus.

»Den Mattes?«, rief die blonde Frau und verriet sich dadurch als Ansässige. An einen der Jungen in der Horde gewandt sagte sie: »Tines, lauf und hol ihn doch mal, ja? Er ist drüben in der Küchenbaracke.« Der Kleine sprintete los.

In der Zwischenzeit trat die Mitarbeiterin der *Schweizer Spende* vor, der Hund wich ihr keinen Zentimeter von der Seite. »Und wer sind Sie, wenn ich fragen darf?« Dabei ließ ihn nicht aus den Augen.

Die Blonde stellte sich neben sie, während die Kinder hinter ihrem Rücken tuschelten und kicherten.

Helmut schluckte. Er hatte mit vielem gerechnet. Jedoch nicht damit, sich zwei Frauen, einer Schar Kinder und einem abgerichteten Hund gegenüberzusehen. »Mein Name ist …«

»Helmut?«

Die Stimme klang tiefer als in seiner Erinnerung. Er drehte sich um, und die Erleichterung presste ihm fast den Atem aus der Brust, als er seinen Bruder dort stehen sah. Mindestens zwei Köpfe größer geworden und am Leben.

12 GEWISSENSSCHULD

Köln – Venloer Wall, April 1946

Eli sah Mattes dem Fremden entgegenrennen.

Zwar konnte sie dessen Gesicht nicht erkennen, doch sie sah, wie er im selben Moment auf die Knie sackte. So, als wäre er endlich eine ungeheure Anspannung losgeworden. Sie konnte sogar sein heiseres Aufstöhnen hören, mit dem er Mattes in die Arme riss.

»Ich hab auf dich gewartet«, schluchzte der Junge an der Brust seines Bruders. »Mutti ist tot, Hanne auch, aber ich hab gewusst, dass du zurückkommst.«

»Scht, ganz ruhig. Es wird alles gut. Ich bin da. Wir sind jetzt zusammen, hörst du? Zusammen. Wie früher. Mensch, lass dich ansehen.« Der Ältere lachte und weinte zugleich, als er Mattes auf Armlänge von sich schob. »Du bist ja ein richtiger Riese geworden.«

Eli drehte sich zu den Kindern um, die hoffentlich nicht bemerkten, wie sehr sie selbst um Fassung rang. Wem würde so ein Wiedersehen nicht ans Herz gehen? »Kommt, lassen wir die beiden allein«, flüsterte sie den Kleinen zu und schob sie zusammen mit Fien sanft, aber bestimmt in Richtung Nähstube. Vielleicht hatte Paulchen etwas für die Kinder zu tun.

»Fräulein Eli«, hörte sie Mattes im selben Moment rufen.

Fien nickte ihr zu. »Ich mach das schon. Geh ruhig.«

Nach einem tiefen Luftholen zur Wappnung wandte sich Eli wieder um.

»Schauen Sie nur, Fräulein Eli.« Mattes wischte sich mit der Hand übers Gesicht und strahlte aus allen Poren. »Das ist mein

Bruder Helmut. Er ist zurückgekommen. Wie ich Ihnen gesagt hab.«

Sie lächelte. »Das freut mich.« Ihr Blick fiel auf das ausgemergelte Gesicht des Fremden. Tiefe, dunkle Ringe lagen unter seinen Augen. Selbst unter den wilden Bartstoppeln wirkten seine Wangen hohl. »Für euch beide«, beeilte sie sich hinzuzufügen. »Warum setzt ihr euch nicht in unseren Aufenthaltsraum? Ihr habt einander bestimmt viel zu erzählen, und ich sorge derweil dafür, dass Sie eine kräftige Suppe bekommen.«

»Gute Idee. Komm, gehen wir.« Ohne auf eine Antwort zu warten, zog Mattes seinen Bruder hoch. »Und wenn du gegessen hast, zeige ich dir alles hier.«

Die beiden Brüder saßen bereits am Tisch im hinteren Teil der Bürobaracke, als Eli mit einer Schüssel voll dampfender Mehlsuppe eintrat.

»Danach hab ich in allen Kellern nach Mutti gesucht«, hörte sie Mattes mit zitternder Stimme erzählen. Doch sobald er sie sah, brach er sofort ab und wischte sich mit dem Ärmel über die Wange. Zugleich sprang Helmut auf die Beine und stand stramm.

Gute Güte, fehlte nur noch, dass er salutierte. »Bleiben Sie ruhig sitzen.« Sie nickte beschwichtigend.

Ihr war sein gehetzter Blick vorhin nicht entgangen. Ebenso wenig wie der Sitzplatz, den er am Tisch gewählt hatte. Es war der unbequemste Platz direkt bei der Tür, jedoch der einzige, an dem er mit dem Rücken gegen die schützende Wand sitzen konnte.

»Danke«, sagte er, als sie den vollen Teller vor ihm hinstellte. Er sah sie kurz über den Tisch hinweg an, senkte jedoch die Augen sogleich wieder.

Inzwischen hatte er die gefütterte Jacke abgelegt. Darunter trug er ein grob gewebtes Hemd ohne Kragen, das ihm um den Oberkörper schlackerte, und die Manschetten waren abgewetzt und ausgefranst. Sein Haar war einst wahrscheinlich dicht und blond gewesen. Jetzt wirkte es zerzaust und strähnig.

Ohne ein weiteres Wort begann er zu essen, den Löffel in der Faust. Dabei sah Eli seine Hände und erschrak. Sie waren voller Schwielen an den Fingern, und an den geschwollenen Knöcheln klebte getrocknetes Blut.

»Ihre Hände sind verletzt«, rief sie.

Sofort zog er die linke Hand vom Tisch und wechselte mit der rechten die Haltung des Löffels, sodass die Verletzungen nicht mehr ganz so augenscheinlich waren. »Das ist nichts.« Dann fuhr er mit dem Essen fort und hörte erst auf, nachdem er auch das allerletzte Tröpfchen Suppe vom Teller geschabt hatte.

Derweil schenkte Eli ihm etwas gezuckerten Tee in eine Tasse ein und gab noch einen Schuss Kondensmilch dazu.

Vorsichtig blies er in den Tee und schloss genüsslich die Augen, während er daran nippte.

Mattes saß seinem Bruder gegenüber, wischte sich noch einmal trotzig die Tränen ab und starrte ihn dann nur fassungslos an. So hatte Eli den Jungen noch nie zuvor erlebt.

»Sie waren also an der Ostfront?«, versuchte sie, die unbequeme Stille mit Konversation zu füllen.

Helmut stellte die Tasse ab, hielt die Finger jedoch weiterhin um den Henkel gelegt und sagte, ohne aufzusehen: »Stalingrad. Dann Jelabuga.«

»Jelabuga? Ich wusste gar nicht, dass dort auch Kämpfe stattgefunden haben«, bemerkte Eli.

Er schüttelte den Kopf, dabei zogen sich seine Augenbrauen zusammen. »Das ist ein Kriegsgefangenenlager in Tatarstan.«

»Oh.« Gott, wie peinlich. Eli wäre am liebsten auf der Stelle im Boden versunken. Dabei wusste sie doch genau, was in Stalingrad geschehen war – die ganze Welt hatte von der ersten großen Niederlage Hitlers gegen Stalin gehört. Entsprechend hätte sie ihre Schlüsse daraus ziehen können. Aber nein, stattdessen sagte sie einmal mehr das Falsche zur falschen Zeit gegenüber der falschen Person. Einem ehemaligen Stalingrad-Kämpfer und Kriegsgefangenen. Sie hätte sich ohrfeigen können.

Angespannt lächelnd sagte sie: »Mattes, hilfst du mir bitte kurz?« Möglichst unauffällig zog sie den Jungen beiseite. »Wir sollten Ingeborg Bescheid geben. Ob sie überhaupt noch Platz für deinen Bruder hat?« Eli kannte Mattes' Gastmutter ebenfalls. Ihr Jüngster litt an Asthma, und sie kam deswegen öfter zu Ruth in die Mütterberatung.

Doch Mattes winkte sorglos ab. »Ach, Ingeborg hat bestimmt nichts dagegen.«

Das wären dann drei Kinder und zwei Erwachsene in einem Dachzimmer, das kaum größer als eine Besenkammer war. Wie sollte das gehen?

Rasch wandte sie den Blick zu dem Neuankömmling. Sie traute ihren Augen kaum, als sie ihn dort am Tisch sah. Er war eingeschlafen. Den Kopf auf den linken Arm gelehnt und die rechte Hand noch immer am Henkel der Tasse.

In Gedanken seufzte Eli auf. Somit hatte sich das Problem der Unterkunft zumindest für die erste Nacht von selbst erledigt. Denn wie hätte sie es über sich bringen sollen, Helmut aufzuwecken und fortzuschicken?

»Was hätte ich denn sonst tun sollen? Natürlich wollte Mattes ebenfalls hier übernachten«, flüsterte Eli am selben Abend Paulchen und Ruth zu, während sie im Türrahmen standen und die beiden dort einträchtig am Tisch schlafenden Brüder betrachteten. Sie hatte Helmut eine Decke über die Schultern gelegt und vorsichtig ein Kissen unter seine Wange geschoben, während Mattes es sich daneben auf zwei Stühlen bequem gemacht hatte.

Mit dem Zeigefinger am Mund schob Paulchen die Tür bis auf einen kleinen Spalt zu.

Da der übliche Esstisch besetzt war, hatten sie kurzerhand Elis Büro für das späte Abendessen umfunktioniert. Auf dem Sekretär lag Zwieback mit etwas Butter und Käse und dazu Tee. Gemäß Abkommen mit der *Schweizer Spende* wurde ihnen das Essen von der britischen Militärküche geliefert. Abgesehen von den Dosen mit dem gewöhnungsbedürftigen Corned Beef, konnten sie sich über die Mahlzeiten nicht beklagen.

»An deiner Stelle hätte ich genau dasselbe getan«, sagte Ruth mit einem überzeugten Tonfall, als sie auf der umgestülpten Kartoffelkiste Platz nahm.

Paulchen nickte und setzte sich auf den kleinen Holzschemel. »Nur jemand mit Eiszapfen in den Venen hätte nicht auch so gehandelt.«

Trotzdem hatte Eli noch immer Bedenken. »Aber wir wissen gar nichts von diesem Helmut. Er wagt es nicht einmal, einem in die Augen zu schauen. Was, wenn er ein Nazi ist? Oder noch schlimmer, ein Kriegsverbrecher?«

»Fien meinte, er sei zumindest sehr höflich«, meldete sich Paulchen leichthin zu Wort.

Auch Ruth brachte das Problem anscheinend nicht aus der Ruhe. »Du hast doch gesagt, er sei in Stalingrad gewesen und dann in Kriegsgefangenschaft geraten.« Dabei tunkte sie den Zwieback in ihren Tee. »Das heißt, er war mindestens drei Jahre lang in einem Gefangenenlager und zuvor in einer grässlichen Schlacht. Kein Wunder, dass er sich eigenartig benimmt.«

»Aber ich möchte trotzdem zu gerne wissen, wie er es überhaupt bis hierher zurückgeschafft hat«, ließ Eli nicht locker.

»Was spielt das für eine Rolle? Er ist da, Punkt. Ich freue mich jedenfalls für Mattes. Das arme Jungchen hat endlich etwas

Glück im Leben verdient.« Wie zur Bestätigung ihrer Worte schob sich Ruth den letzten Zwiebackbrocken in den Mund, spülte ihn mit dem Tee hinunter und stand auf.

»So. Zeit fürs Bett. Morgen bin ich mit der Speisungstour dran.« Bevor sie ging, legte sie die Hand auf Elis Schulter. »Mach dir keine Sorgen, Liebes. Wir sind ja auch noch da und haben wenn nötig ein Auge auf den Burschen.«

Manchmal beneidete Eli Ruth um ihren Pragmatismus. Sie selbst fand in dieser Nacht kaum Ruhe. Immer wieder schwirrten ihre Gedanken um Helmut. Normalerweise war sie jemand, der immer erst an das Gute in einem Menschen glauben wollte. Ruth und Paulchen hatten völlig recht: Helmut war höflich gewesen – eigenartig, aber höflich –, und es war absolut egal, wie er von Russland zurück nach Köln gekommen war. Aber warum war ihr der Mann dann einfach nicht geheuer?

Gegen halb drei Uhr in der Nacht stand sie auf und zog sich an. Wenn sie schon nicht schlafen konnte, dann konnte sie sich genauso gut auch um die Kontrolle der letzten Abrechnungen und Lagerbestände kümmern.

Mit ihrer Taschenlampe in der Hand schlich sie in ihr Büro und untersagte sich dabei strikt, einen Blick in den Aufenthaltsraum zu werfen.

Ruhe und Gelassenheit demonstrieren – jawohl. Irgendwie musste sie schließlich dieses Misstrauen loswerden.

Sie hatte gerade die erste Liste durchgearbeitet, als sie auf einmal ein Geräusch von draußen hörte. Es klang wie ein Schaben. So, als ob jemand mit Schuhen über Holz schlurfte.

Sofort spürte sie, wie sich ihr Magen zusammenzog. Trotz Polizeibewachung gab es immer wieder Diebstähle im Barackendorf. Erst vor ein paar Wochen hatte jemand die Holztür zum Magazin aufgebrochen, aus den Angeln gehoben und mitgenommen. Wahrscheinlich, um das Holz in einem Wärmeofen zu verfeuern, denn Briketts waren während der kalten Jahreszeit fast nur noch auf dem Schwarzmarkt zu finden.

Doch wo war Hasso? Warum schlug er nicht an?

Eli atmete ein paarmal tief ein und aus, um Mut zu fassen. Dann griff sie nach dem Brieföffner. Immerhin war der spitz, und etwas Besseres hatte sie auf die Schnelle nicht zur Hand.

Schritt für Schritt schlich sie zum Eingang, lauschte angestrengt auf jedes noch so kleine Geräusch.

Da, ein Schatten. Sofort duckte sie sich hinter die Kommode, die als Empfangsschalter diente, und deckte die Taschenlampe mit der Hand ab, damit der Lichtschein sie nicht verriet.

Die Scharniere der Eingangstür quietschten.

Sie spannte die Faust um den Griff des Brieföffners, biss die Zähne zusammen und zählte in Gedanken von drei rückwärts. Drei – zwei – eins …

Dann sprang sie auf, die Lampe in der einen Hand hoch erhoben, den Brieföffner in der anderen zur Verteidigung bereit, und schrie: »Stehen bleiben, ich bin bewaffnet!«

Die Gestalt wich zurück, hob die Hände vors Gesicht, weil das Licht sie blendete. »Warten Sie!«, ertönte die Männerstimme.

Er senkte die Hände, blinzelte. »Ich bin's nur.«

Eli stieß den Atem aus, als sie Helmut erkannte. »Was machen Sie denn hier?«

»Ich …«

»Ich habe Sie für einen Einbrecher gehalten«, fuhr sie ihn an. Dabei fiel ihr Blick auf Hasso, der mit einem Holzstock im Maul draußen vor der Tür stand und Helmut mit erwartungsvoll wedelndem Schwanz ansah. War das zu fassen?

Betreten schüttelte Helmut den Kopf und zeigte nach draußen. »Ich wollte Sie nicht erschrecken, ich habe nur …«

»Was ist denn hier los?« – »Ja, was soll denn das Geschrei? Ist etwas passiert?«

Schlaftrunken und mit Lockenwicklern im Haar kamen Ruth und Paulchen aus ihren Zimmern geeilt.

Erst jetzt bemerkte Eli, dass sie noch immer den Brieföffner in der Faust hielt, und ließ ihn eilig in der Kommode verschwinden, bevor sie sich zu ihren Arbeitskolleginnen umdrehte. »Alles in Ordnung, ich hatte nur ein Geräusch gehört. Geht wieder schlafen.«

»Bist du sicher? Du machst ein Gesicht, als hättest du ein Gespenst gesehen«, sagte Paulchen und legte den Kopf schief. »Warum bist du überhaupt schon angezogen?«

»Ich konnte nicht mehr schlafen und hab mich deshalb an die Arbeit gesetzt. Aber ja, mir geht es gut. Wirklich.«

Anscheinend zufrieden mit der Erklärung gähnte Paulchen. »Du arbeitest zu viel. Das habe ich dir schon öfter gesagt. Dann bis in ein paar Stunden.« Sie drehte sich um und tapste zusammen mit Ruth in ihre Zimmer zurück.

»Entschuldigen Sie. Es war wirklich nicht meine Absicht, Sie zu erschrecken«, hörte Eli Helmuts leise Stimme hinter sich und fuhr herum.

»Was hatten Sie denn da draußen zu suchen?«, fragte sie noch einmal mit strengem Tonfall.

»Ich …« Er brach ab, griff sich an den Nacken und wich dabei erneut ihrem Blick aus.

»Nun?«

Dann schloss er die Augen und stieß hörbar den Atem aus. »Ich habe draußen nach den Latrinen gesucht, um mich zu waschen.«

»Sie wollten sich waschen?«, krächzte Eli. Ihre eigene Stimme klang auf einmal hohl in ihren Ohren. Im selben Moment bemerkte sie sein feuchtes Haar und die noch immer nassen Flecken auf seinem Hemd. Sogar die blutigen Schrunden an seinen Händen waren abgeschrubbt. Und endlich verstand sie.

»Hier ist alles so sauber und riecht so gut, und ich wollte nicht …« Seine Stirn wölbte sich auf einmal wie bei einer schmerzhaften Erinnerung. Dann wischte er sich die Hände an den Hosen ab und sagte: »Ich werde Mattes aufwecken, dann gehen wir. Entschuldigen Sie die Unannehmlichkeiten.« Mit großen Schritten eilte er an ihr vorbei.

»Warten Sie.« Sie hob die Hand, ohne ihn jedoch zu berühren. Es kostete Eli viel Überwindung, als sie schließlich sagte: »Es tut mir leid.«

Er hielt inne, sah sie fragend an.

Sie fasste sich an die Stirn. »Ich gebe zu, ich habe wohl etwas überreagiert. Mir liegt viel an allem hier, wissen Sie, an den Kindern und an dem, was wir hier tun«, versuchte sie zu erklären, verlor jedoch prompt den Faden und gab händeringend auf. »Du meine Güte, zwei Fettnäpfchen in weniger als vierundzwanzig Stunden, das ist sogar für mich ein Rekord.«

Helmut krauste verwirrt die Stirn.

Doch Eli winkte mit einer fahrigen Geste ab. »Was ich sagen will, ist: Sie brauchen nicht sofort zu gehen. Haben Sie überhaupt irgendwo eine Bleibe?«

Seine Körperhaltung war auf einmal anders als noch bis vorhin, fiel ihr auf. Er hielt sich aufrecht und mit strafferen Schultern, wodurch er gleich viel größer wirkte.

»Wir werden bestimmt etwas finden. Sobald Mattes aufwacht, machen wir uns auf die Suche. Wenn Sie erlauben, werde ich jetzt nach meinem Bruder sehen.« Er nickte, drehte sich um und ging zurück in den Aufenthaltsraum, wo Mattes noch immer schlief.

Seine brüske Distanziertheit war deutlich spürbar gewesen. Eli presste die Lippen zusammen. Dann wandte sie den Blick zur Tür, wo sich Hasso inzwischen hingesetzt hatte, sie aus aufmerksamen Augen ansah und dazu winselte.

»Du denkst dir wahrscheinlich jetzt gerade auch deinen Teil

dabei, stimmt's?«, flüsterte sie ihm zu. »Du hast ja recht, nach meinem gedankenlosen Geplapper habe ich wohl wirklich keine andere Reaktion verdient.«

»Ich mache Ihnen einen Vorschlag«, sagte Eli später am Morgen, als Helmut und Mattes sich verabschieden wollten. »Es ist zwar eine absolute Ausnahme und gilt auch vorerst nur, bis meine Vorgesetzte wiederkommt. Aber im hinteren Teil der Materialbaracke ist noch Platz genug für zwei Pritschen. So hätten Sie und Mattes zumindest ein Dach über dem Kopf, bis sich etwas anderes findet.«

Schon wollte Helmut etwas erwidern, doch sie kam ihm zuvor. »Das sind keine Almosen, ich erwarte, dass Sie dafür im Barackendorf mit Hand anlegen. Zu tun gibt es hier immer mehr als genug.«

Noch während sie sprach, hoffte sie inständig, dass das Angebot ebenso ehrlich klang, wie es gemeint war. Es sollte nicht nur eine persönliche Wiedergutmachung für ihre Fauxpas sein, sondern ein dem Sinn der Sache dienendes Geschäft. In vier Tagen wäre Sonja wieder da. Bis dahin fände sich vielleicht eine andere Lösung.

Sie sah Helmut zögern und streckte ihm die Hand entgegen. »Einverstanden?«

Er schaute zu Mattes hinunter, der ihm mit einem breiten Grinsen zunickte. Dann blickte er mit undeutbarer Miene auf Elis Hand, ließ mehrere Atemzüge verstreichen, bevor er sie ergriff und sagte: »Also gut. Einverstanden.«

»Ich dachte, du traust ihm nicht?«, meinte Ruth, als Eli den Kollegen die Neuigkeit mitteilte.

»Genau darum. So wird sich zeigen, ob er zuverlässig ist oder nicht«, erklärte Eli und war insgeheim sehr zufrieden mit sich. Immerhin konnte eine zusätzliche Hand nicht schaden.

Und Helmut machte sich tatsächlich innerhalb kürzester Zeit

mehr als nützlich: Am ersten Tag ließ er sich von Mattes alles zeigen und half anschließend Angelo beim Auswaschen der über hundert Thermophoren.

Die deutschen Helfer aßen alle in einer eigenen Baracke. Am Abend entdeckte Eli ihn jedoch beim Einheizen der drei Feldküchen. Diese wurden jeweils schon am Vortag für das Kochen der Mahlzeiten am nächsten Morgen vorbereitet.

Sie traute ihren Augen kaum, als er auch am nächsten Morgen bei der Zubereitung der Ovomaltine mithalf. Dazu gehörten das mühsame Öffnen und gründliche Ausspülen der über tausendfünfhundert Dosen Kondensmilch, bevor diese mit dem Malzpulver vermischt und aufgekocht wurden. Danach folgten das Entfernen der Papieretiketten sowie das Reinigen und Trocknen für die Wiederverwertung der Dosen.

»Helmut ist zuletzt sogar Oberleutnant gewesen«, erklärte ihr Mattes am selben Mittag mit unverhohlenem Stolz.

Eli wusste zwar nur das Nötigste über militärische Laufbahnen, erst recht, was die Wehrmacht betraf, trotzdem staunte sie. Offizier wurde nicht ausschließlich, wer sich mit Adelstiteln oder einer Parteimitgliedschaft brüsten konnte. Ein solcher Rang forderte eine jahrelange Ausbildung sowie bestimmte Fähigkeiten und Charaktereigenschaften. Offizierstugenden nannte Vater diese immer, wenn er über Führungsqualitäten philosophierte.

Sagte das vielleicht sogar mehr über Helmut aus, als es auf den ersten Blick den Anschein hatte?

Allerdings … Hatten die grauenvollen Zeitungsberichte und Wochenschaubilder der letzten Jahre nicht bewiesen, dass Dienstgrade und viel gerühmte Tugenden keine Garanten für Menschlichkeit waren?

Mit Vehemenz schob Eli den Gedanken beiseite. Solche Überlegungen waren weder förderlich noch gut und entsprachen in keinster Weise der Order der *Schweizer Spende:*

Die Mitarbeitenden werden Verständnis dafür aufbringen, dass das Misstrauen, das im Krieg die Beziehungen zwischen den Völkern und Menschen vergiftet hat, noch nicht überall verschwunden ist. Sie tragen durch ihre persönliche Haltung aktiv dazu bei, dass der Geist, den die Schweizer Spende verkörpert, von den Siegern anerkannt werden kann.

So hieß es da, und sie erschrak, wie heimtückisch sich Misstrauen und Vorurteile in ihr eigenes Denken geschlichen hatten. Ausgerechnet sie, die sich immer für so liberal und weltoffen gehalten hatte und nach Köln gekommen war, um sich gegen ebendieses engstirnige Gedankengut ihrer Eltern aufzulehnen.

Energisch drückte sie den Datumsstempel auf den Lieferschein, steckte das Papierblatt in den Locher und schlug so heftig auf den Hebel, dass ihr Handballen danach prickelte. Wenigstens bei der Kontrolle der Eingänge und Ausgaben gab es kein Wenn und Aber, keine Grauschattierungen und keine heiklen Drahtseilakte zwischen Gewissen und Vorbehalten. Buchhaltung war logisch, konsequent und somit ein gefahrloses Terrain.

Eli warf einen kurzen Blick aus dem Fenster, als ein lauter Donnerschlag ertönte. Der Himmel war bewölkt, wahrscheinlich zog das erste Gewitter des Jahres auf. Hoffentlich brachte es keinen Hagel.

In gewohnt ordentlicher Manier übertrug sie die Angaben auf dem Lieferschein in ihre Übersicht, bevor sie den Zettel in dem Aktenordner mit der Aufschrift »Eingänge« ablegte.

Es war mitten am Nachmittag. Leises Stimmengewirr drang vom Empfangsraum in ihr Büro. Von draußen hörte sie das inzwischen schon vertraute Hämmern aus der Schreinerei.

Sie schaute auf ihre Armbanduhr. Halb vier. Bald sollten die Laster der Nachmittagsspeisung zurückkommen. Später müsste sie noch die vom Wohlfahrtsamt geschickten Listen der schwangeren Frauen prüfen, für die sie seit Anfang des Monats nun ebenfalls Zusatznahrung bereitstellten.

Das Poltern von eiligen Schritten im Empfangsraum riss Eli aus ihren Gedanken.

»Fräulein Eli«, brüllte die Jungenstimme. »Kommen Sie schnell. Der Mattes. Ein Blindgänger ist in die Luft gegangen!«

13 BESETZTE UND BESATZER

Am Venloer Wall, Anfang April 1946

Eli fühlte, wie die Panik sie wuchtartig überfiel, während sie zusammen mit dem schlaksigen Jungen, einem von Mattes' Freunden, zurück nach draußen rannte.

»Ruft die Feuerwehr und einen Krankenwagen«, rief sie Marie am Empfang noch kurz zu.

Helmut. Wo war Helmut? Er musste doch auch wissen, dass …

Sie entdeckte ihn in der Schreinerei. Riss ihn vom Tisch weg, auf dem er gerade an einer alten Holzkiste herumhantierte. »Mattes. Ein Blindgänger. Schnell!«

Er erstarrte einen Atemzug lang. Das Blut wich aus seinem Gesicht. Dann ließ er die Kiste fallen. »Wo?«

Gemeinsam rannten sie Mattes' Freund hinterher. Über die Straße, in einen Seitenweg und dann über einen Geröllhaufen der dunklen Rauchsäule entgegen.

Jemand musste die Feuerwehr bereits informiert haben, Eli hörte das laute Klingeln und Hupen der Löschwagen. In der Luft lag der beißende Gestank nach Salpetersäure und Schwarzpulver.

O Gott, der Donner, den sie gehört hatte. Das war eine Bombe gewesen.

Nicht Mattes. Bitte nicht den Jungen.

»Dort drüben ist es«, keuchte Mattes' Freund, sobald sie ein nur noch zur Hälfte aus Mauergerüsten bestehendes Gebäude erreichten.

Eli hustete. Vor lauter Staub und Rauch konnte sie kaum noch etwas erkennen.

»Mattes!« Helmuts Stimme überschlug sich, während er über die Trümmer der eingestürzten Hauswand kletterte. »Mattes!«

Von da an schien es Eli, als bewegte sich alles um sie herum nur noch im Zeitlupentempo: Sie sah die Feuerwehrleute herbeirennen und die Schläuche ansetzen. Die Männer riefen sich etwas zu, doch sie verstand ihre Worte nicht.

Wo war Helmut verschwunden?

Ihre Augen tränten. Sie stolperte über Geröll, fiel auf die Knie und rappelte sich wieder hoch. Staub knirschte zwischen ihren Zähnen.

Irgendwie hatte sie die Spitze des Trümmerhaufens erreicht. Der Rauchgestank schlug ihr nun noch stärker entgegen.

Durch die Schwaden sah Eli mehrere Leute – vier von Mattes' Freunden und Männer, die sie nicht kannte. Und Helmut. Mit dem Rücken zu ihr gewandt, beugte er sich über etwas, das wie ein Mauerblock aussah.

Langsam, ganz langsam richtete er sich auf und drehte sich um. Torkelte dabei. Er hielt den Kopf gebeugt. In seinen Armen lag ein lebloses Bündel Mensch.

»Mattes«, hörte sie sich flüstern, und mit einem Schlag richtete sich ihr Fokus wieder auf das Hier und Jetzt. Sie hörte die Rufe der Feuerwehrmänner, nahm sogar das Bröckeln der eingestürzten Mauerteile wahr. Endlich schaffte sie es auch wieder, ihre Glieder zu bewegen, und sie stolperte auf Helmut zu.

Dieser sackte auf einem Geröllbrocken nieder, wiegte seinen Bruder in den Armen, als wäre er ein Säugling.

Ihr Herz krampfte sich zusammen, als sie den Jungen sah. »Mattes! O Gott, Mattes!« An seiner Schläfe klaffte eine Wunde. Sein Gesicht war grau wie der Tod – ob vom Mörtelstaub oder weil er zu viel Blut verloren hatte, wusste Eli nicht.

Tränen verschleierten ihren Blick, sobald sie die Brüder erreichte und nach Mattes' schlaffer Hand griff. Sie war so kalt.

»Es tut mir leid. Es tut mir so unendlich leid«, schluchzte sie. Warum hatte er nicht auf sie gehört? Warum? Sie hatte ihm unzählige Male verboten, sich in den Trümmern herumzutreiben. Wäre sie doch nur strenger mit ihm gewesen. Dann wäre das hier nicht passiert und Mattes noch am …

»Er lebt«, hörte sie Helmuts heisere Stimme und hob den Blick. Mörtelstaub klebte ihm im Gesicht, und seine Pupillen waren noch immer vor Schreck geweitet, doch er lächelte.

Verständnislos starrte Eli ihn an. Wie …?

»Er hat einen ordentlichen Schlag auf den Kopf abbekommen und wahrscheinlich ein paar Verstauchungen, aber sein Puls ist regelmäßig«, erklärte Helmut, sah auf das Gesicht seines Bruders herunter und strich ihm vorsichtig einen Haarschopf aus der Stirn. »Er ist schon immer ein zäher Kerl gewesen.« Leiser Stolz und unendliche Erleichterung schwangen in seiner Stimme mit.

Von da an ging alles so schnell, dass sich Eli danach nicht mehr an sämtliche Details erinnern konnte: Ein Krankenwagen kam mit lautem Martinshorn angefahren. Vorsichtig nahmen die Sanitäter Helmut den Jungen ab und legten ihn auf die Bahre.

»Sie fahren mit. Ich sage im Barackendorf Bescheid und komme so schnell wie möglich nach«, sagte Eli zu Helmut und beobachtete, wie der Krankenwagen schließlich davonfuhr.

»Bist du sicher, dass ich nicht doch lieber mitkommen soll?«, meinte Paulchen wenig später mit sorgenvoller Miene, nachdem Eli die frohe Nachricht überbracht hatte und sich nun in ihrem Zimmer eilig das Gesicht wusch. Der ekelhafte Staub klebte überall – auf der Haut, in den Haaren und an den Kleidern.

Eli schüttelte den Kopf und trocknete sich die Wangen ab. »Mir ist lieber, du kümmerst dich um die Leute und beruhigst sie. Du, Ruth und die anderen, ihr müsst dafür sorgen, dass alles hier wie gewohnt weiterläuft.« In einer kurzen, vertraulichen

Geste drückte sie die Hand ihrer Freundin. »Ich bin so schnell wie möglich wieder da.«

Es war bereits dunkel, als Eli die Krankenanstalt Lindenburg erreichte. Auch wenn sie während des Krieges stark zerstört worden war, so war sie noch immer das größte der städtischen Nothospitäler sowie zugleich Universitätsklinik.

Mehrere Baracken dienten nun als Ersatz für die zu zwei Dritteln zertrümmerten Klinikstationen. Auf Rollbetten wurden die Kranken von Helfern und Krankenschwestern durch dachlose, zugige Gänge und den mit Geröllhaufen übersäten Innenhof von einer Station zur anderen geschoben. Ein noch bestehender, vierstöckiger Gebäudeteil mit imposanten Backsteinmauern ließ die einstige Größe der Klinikanlage erahnen.

Sie fand Mattes in einer der provisorisch als Kinderstation eingerichteten Baracken. Er lag im hintersten der in mehreren Reihen angeordneten Betten. Helmut saß neben ihm auf einem Stuhl. Seine rechte Hand lag auf Mattes' Kissen, er hielt den Kopf gegen die Wand gelehnt und die Augen geschlossen.

Leise trat Eli näher und beugte sich über den ebenfalls schlafenden Jungen. Er war immer noch bleich, seine Lippe dafür stark geschwollen und in stolzestem Veilchenblau blühend, und ein dicker Verband bedeckte fast die Hälfte seines Gesichts.

Sie zog die braune Papiertüte mit dem Brötchen und den Wurstscheiben darin aus ihrer Tasche, legte sie auf das kleine Tischchen neben dem Bett.

Im selben Moment hörte sie das erstickte Aufkeuchen, nahm die Bewegung neben sich wahr und wich instinktiv zurück. Gerade noch rechtzeitig, um zu sehen, wie Helmut mit dem Oberkörper vorschnellte. Die linke Hand schützend über die Brust seines Bruders gelegt, die rechte zum Faustschlag erhoben. Sein Gesicht eine Fratze mit weit aufgerissenen Augen und gebleckten Zähnen.

Eli entfuhr ein spitzer Schrei. Sie machte einen Schritt zurück, prallte dabei gegen einen leeren Infusionsständer, der scheppernd zu Boden fiel.

Das Geräusch schien Helmut aufzuwecken. Sein Blick klärte sich und zeigte Erkennen. Zugleich spiegelte sich in seinem Gesicht der Schock, während er die Faust sofort senkte und hinter dem Rücken versteckte.

Schon rannte eine Krankenschwester herbei. »Was ist passiert?«

Noch immer fassungslos raffte sich Eli so weit zusammen, dass sie zu einer Bewegung fähig war. Entschuldigend schüttelte sie den Kopf. »Tut mir leid, das war mein Fehler. Ich war wohl etwas ungeschickt.«

Ihr Blick fiel auf Helmut, der sie noch immer erschrocken anstarrte. »Fräulein Eli, ich …« Er holte Atem, presste jedoch stattdessen die Lippen zusammen, riss seine Jacke vom Stuhl und stampfte mit eiligen Schritten durch die Bettreihen davon.

»Na, da ist wohl auch noch jemand anders etwas durcheinander heut«, bemerkte die Krankenschwester mit einem Kopfschütteln. Ohne ein weiteres Wort stellte sie den Infusionsständer wieder auf und kontrollierte dann Mattes' Verbände.

»Wie geht es ihm?« Eli bemühte sich mit aller Kraft um Ruhe und hoffte, dass das Zittern in ihrer Stimme nicht zu sehr auffiel. Was war bloß eben in Helmut gefahren?

Die Schwester legte die Finger an Mattes' Handgelenk, um den Puls zu fühlen, und hielt einen Moment lang konzentriert inne, während sie auf ihre Armbanduhr schaute. »Er hat Glück gehabt. Eine Gehirnerschütterung und ein verstauchter Arm. In ein paar Tagen ist er wieder fit und kann mit seiner neuen Narbe am Kopf angeben.« Mit geübtem Griff zog sie dann das Bettlaken straff und richtete sich auf. »Das war ein Blindgänger, habe ich gehört.«

»Ja«, antwortete Eli und nahm Mattes' Hand.

»Als ob diese Kinder im Krieg nicht schon genug durchgemacht hätten«, meinte die Schwester ernst. »Die Amerikaner haben zumindest versucht, die Trümmer so weit wie möglich von scharfer Munition zu säubern. Bei den Engländern kommt es mir jedoch manchmal so vor, als wäre es ihnen völlig egal.« Damit ging sie zum nächsten ihrer kleinen Patienten.

Eli blieb noch so lange an Mattes' Bett sitzen, bis die Nachtschwester sie höflich, aber bestimmt zum Gehen aufforderte.

Es war schon nach elf Uhr abends. Mit eiligen Schritten marschierte sie durch die nächtlichen Ruinen in Richtung Westbahnhof. Seit sie hier in Köln lebte, trug Eli immer eine Taschenlampe mit sich. Die Straßenbeleuchtung war, wenn überhaupt, erst in wenigen Teilen der Stadt wiederhergestellt.

Sie hörte Schritte hinter sich, fuhr herum, sah jedoch nur nackte Steinhaufen. Ihre Nerven flatterten, sie war überreizt. Kein Wunder, nach einem Tag wie diesem.

In den letzten Wochen und Monaten hatte sie sich zwar an die manchmal fast gespenstisch anmutenden Lichter und die Stimmen gewöhnt, die im Dunkeln aus den Kellerwohnungen der Innenstadt drangen. Trotzdem blieben die Schatten zwischen den Häuserskeletten unheimlich, das Gefühl, dass jemand ihr folgte, war ständig da.

Geduckte Gestalten huschten umher – Schwarzhändler, Diebe, Bettler und Freier. Vor den Bunkerunterkünften standen die Frauen, die sich für ein paar Zigaretten oder etwas Essen verkauften.

Wenigstens blieb Fien das hier erspart, sie hatte immerhin den Schutz ihres eigenen, kleinen Zimmers.

Eli umfasste den Griff der Taschenlampe noch fester und ging weiter. Mied dabei die Seitenstraßen. Nur so schnell wie möglich ins Barackendorf kommen. Dort konnte sie in ihr Zimmer fliehen, die Tür hinter sich schließen und endlich wieder durchatmen.

Unterwegs wanderten ihre Gedanken jedoch immer wieder zurück zu Helmuts Reaktion. Sie sah sein wutzerfressenes Gesicht vor sich. Die zum Schlag bereite Faust.

Wie hatte Ruth gesagt? *»Er war mindestens drei Jahre lang in einem Gefangenenlager und zuvor in einer grässlichen Schlacht. Kein Wunder, dass er sich eigenartig benimmt.«* Ruth wusste gar nicht, wie recht sie damit hatte.

Umso mehr, als Helmut in dieser Nacht nicht ins Barackendorf zurückkam. Seit dem Nachmittag hatte ihn niemand mehr gesehen, und der Schlafplatz der beiden Brüder in der Materialbaracke blieb unberührt.

Insgeheim war Eli dankbar dafür. So konnte sie sich inzwischen um eine andere Sorge kümmern.

Am nächsten Morgen zog sie sich die Uniform an und richtete ihre Krawatte und Barettmütze mit besonderer Sorgfalt. Bevor sie das Zimmer verließ, steckte sie ihren Pass ein.

»Wo willst du denn hin?«, fragte Ruth erstaunt.

»Ich habe noch etwas zu erledigen. Bin so schnell wie möglich wieder da«, gab Eli kurz angebunden zurück. Nicht, weil sie vor ihrer Arbeitskollegin irgendwelche Geheimnisse hatte. Sondern, weil Ruth sie bestimmt davon abhalten würde, denn ihr Vorhaben überschritt ihre Befugnisse um Längen.

Jetzt nur keinen Rückzieher machen, sprach sie sich in Gedanken Mut zu, straffte die Schultern, ging über die Straße und schlug den Weg in Richtung Kaiser-Wilhelm-Ring ein.

»Ich muss dringend mit dem Stadtkommandanten sprechen«, sagte Eli dem britischen Offizier am Empfang der BAOR–Kommandantur und legte ihm ihren Pass vor.

Der Soldat hob nicht einmal den Blick, fuhr stattdessen ungerührt mit dem Abstempeln der Dokumente auf dem Stapel vor ihm fort. »Haben Sie einen Termin?«

Eli hob herausfordernd das Kinn. »Nein.«

Immerhin gönnte ihr der Brite nun einen vorwurfsvollen Blick über den Rand seiner Brillengläser. »Then you will have to wait.« – Dann werden Sie warten müssen.

»Dann warte ich eben.« Sie schob ihren Pass noch näher zu ihm hin.

Er stieß einen lang gezogenen Seufzer aus. »Well, well, eine Schweizerin. Natürlich, was sonst.« Dann trug er ihren Namen auf eine Liste ein, griff nach zwei grünen Zetteln, versah beide mit einem unleserlichen Gekritzel sowie jeweils einem Stempel und reichte ihr einen davon. Den zweiten heftete er mit einem Gummiband um ihren Pass, den er in die Schublade unter dem Tisch legte. »Dritter Stock, erster Gang links. Zimmer 301. Warten Sie dort, bis man Sie ruft. Den Pass bekommen Sie zurück, wenn Sie wieder gehen.«

Eli kannte den Weg, es war derselbe Raum, in den man sie auch damals bei ihrer Erstvorstellung geschickt hatte. Die lange Steintreppe. Sogar der Geruch war noch immer derselbe.

Das besagte Zimmer 301 war ein kahler Vorraum mit fünf Holzstühlen direkt bei der Eingangstür. Drüben am Tisch beim Fenster saß eine uniformierte weibliche Büroordonnanz an einer Schreibmaschine und sah nur kurz auf, als Eli näher trat und ihr den Zettel reichte.

»Sie werden warten müssen. Der Colonel ist sehr beschäftigt heute«, sagte sie und spitzte ihre rot geschminkten Lippen, ehe sie mit dem Tippen fortfuhr.

Mit kerzengeradem Rücken setzte sich Eli auf einen der Stühle. So schnell würden die Engländer sie nicht loswerden.

Drei Stunden später hatte sie insgesamt sieben Offiziere mit geschäftigem Gehabe eintreten und direkt ins Büro des Kommandanten hinein- und wieder herausgehen sehen. Nach einer weiteren Stunde stand sie auf, weil ihr die Beine vom langen Sitzen kribbelten und sie ihren Rücken kaum noch spürte.

»Sie wissen nicht zufällig, wie lange es noch dauert?«, wagte es Eli, die Ordonnanz zu fragen.

Diese machte eine Miene, die man mit viel gutem Willen als mitleidig hätte bezeichnen können. »Ich sagte ja bereits: Der Colonel ist sehr beschäftigt heute – very, very busy, indeed.«

Gegen Mittag brachte ein Soldat einen Rollwagen mit Essen – der Geruch von Hühnchen ließ einem den Magen knurren –, schob ihn vor Colonel Whites Büro, klopfte und öffnete die Tür.

Jetzt oder nie. Der Gedanke kam Eli wie aus heiterem Himmel. Bevor sich Anstand, Skrupel oder das schlechte Gewissen in ihr melden konnten, fuhr sie vom Stuhl auf und schlüpfte hinter dem Küchensoldaten hinein.

»Moment! Sie haben keinen Zutritt«, rief die Ordonnanz ihr nach.

Kurzerhand schlug Eli die Tür hinter dem Soldaten zu und lehnte sich mit dem Rücken dagegen. Im selben Moment wurde sie sich jedoch der Anwesenheit der uniformierten Männer dort am Tisch bewusst: Colonel White zusammen mit fünf Offizieren, die sofort alarmiert aufsprangen. Aber White hielt sie mit einem simplen Wink zurück. Der Küchensoldat indessen schien vor lauter Fassungslosigkeit zu keiner Bewegung mehr fähig zu sein und starrte sie nur an.

Wie eine Furie preschte die Büroordonnanz schließlich herein und packte Elis Arm mit beiden Händen. »Keinen Schritt weiter. Verzeihen Sie die Störung, Colonel. Ich sorge sofort dafür, dass diese Person entfernt wird.«

»Mein Name ist Elvira Wipf von der Delegation der *Schweizer Spende* hier in Köln«, rief Eli eilig. »Bitte, Colonel. Ich sitze schon den ganzen Morgen hier, um mit Ihnen zu sprechen. Wenn Sie mir nur zehn Minuten lang zuhören.«

»Das reicht.« Die Wangen der Britin hatten vor lauter Ärger inzwischen fast die Farbe ihres Lippenstifts angenommen. Mit aller Kraft zerrte sie an Elis Arm.

»Warten Sie, Margaret«, wandte der Stadtkommandant mit ruhiger, aber strenger Stimme ein. »Lassen Sie mich erst hören, was der ganze Tumult zu bedeuten hat.«

Eli riss den Arm los, zupfte ihre Uniformjacke zurecht und reckte sich zu ihrer vollen Größe. Wenigstens um den Schein zu wahren. Denn mit einem Mal fühlte sie sich längst nicht mehr so wagemutig wie noch bis eben.

Mit einem Nicken beorderte White die Ordonnanz hinaus und hieß den Soldaten, das Essen auf den Tisch zu stellen. »Nun, Miss … Wie war noch gleich der Name? Wipf, richtig?« Er lehnte sich in seinem Stuhl zurück und klopfte mit den Fingern seiner rechten Hand ungeduldig auf die Armlehne seines Stuhls. »Ich erinnere mich an Sie und Ihre Kollegen der *Swiss Donation*. Dann erklären Sie bitte, warum Sie mich in einer wichtigen Besprechung stören und dabei die ganze Kommandantur auf den Kopf stellen.«

14 VON BOMBEN UND DÄMONEN

Am Kaiser-Wilhelm-Ring, Anfang April 1946

Lieutenant Colonel John M. White war ein groß gewachsener Mann sehniger Statur mit einem schmalen Gesicht und buschigem Oberlippenbart.

Wie alle britischen Soldaten trug auch er die übliche Uniform, bestehend aus Hosen und einer taillenlangen Feldbluse aus schlammbraunem Wollstoff, dazu ein etwas helleres Hemd sowie Krawatte. Alles in allem eine schlichte Erscheinung. Einzig die farbigen Streifen seiner Dienstauszeichnungen sowie die Schulterklappen mit der rot-goldenen Krone neben dem goldenen Knoten wiesen ihn als höherstehenden Ranghalter aus.

Schon bei ihrem ersten Treffen vor ein paar Wochen hatte der Stadtkommandant einen beherrscht-distanzierten, jedoch zuvorkommenden Eindruck auf Eli gemacht. So, wie sie sich einen typischen Briten aus gehobenen Kreisen schon immer vorgestellt hatte. Dazu gehörte er zweifellos, denn er sprach perfektes King's English.

Eli hingegen brachte mit einem Mal kein Wort mehr heraus. Ihre Zunge schien wie am Gaumen festgeklebt. Und die mit Hühnerbrust belegten Brötchen auf dem Tisch rochen göttlich. Sie hatte den ganzen Tag lang noch nichts gegessen oder getrunken.

»Sie haben zehn Minuten verlangt. Die Zeit läuft.« White zog tadelnd die Augenbrauen zusammen.

»Es hat ihr ganz offensichtlich die Sprache verschlagen«, meldete sich einer der anderen Offiziere am Tisch zu Wort und lachte.

Die Stimme.

Sofort wandte Eli den Blick zu ihm. Da. Sie erkannte das Gesicht. Ein gut aussehendes Gesicht, zugegeben, mit scharf geschnittenen, fast schon aristokratisch strengen Zügen und Augen von der Farbe von geschliffenem Stahl, die jetzt spitzbübisch leuchteten. Und sein Grinsen. Es brachte ihr Gemüt in nur zwei Atemzügen zum Siedepunkt. Dieser arrogante Kerl.

»Sie«, rief sie empört und stemmte die Fäuste in die Hüften. »Sie haben mich neulich auf der Treppe angerempelt, ohne ein Wort der Entschuldigung. Ihretwegen bin ich um ein Haar gestürzt, Sie ungehobelter Mensch.«

Zufrieden sah sie ihn erst verwirrt die Stirn runzeln, dann vor Schreck die Augen aufreißen, sobald er sich erinnerte.

Doch bevor er etwas erwidern konnte, übernahm Colonel White erneut das Wort. »Wie mir scheint, sind Sie trotz allem zum Glück heil und gesund geblieben. Und zweifellos wird sich Captain Atkins für seine Verfehlung gebührend entschuldigen.« Mit einem stummen Befehl im Blick sah er den jungen Offizier an.

»Selbstverständlich«, beeilte sich dieser beizupflichten.

»Wenn Sie sich also bitte hinsetzen und endlich zum Punkt kommen könnten.« White legte die Hände auf den Tisch, sodass sich seine Fingerspitzen berührten, und sah Eli erwartungsvoll an.

Sie setzte sich, nahm das Glas Wasser, das einer der Männer ihr reichte, mit einem betont distinguierten Nicken an. Dann begann sie.

In kurzen Schilderungen erklärte Eli, was am Vortag geschehen war. »Wie Sie wissen, Colonel, gehen in unserem Barackendorf jeden Tag viele Leute ein und aus. Vor allem Kinder, Mütter und Schwangere. Während des Aufbaus haben wir um die Räumung in unserem Areal Sorge getragen. Doch nur ein paar Meter außerhalb liegt bereits die Gefahrenzone. Vor allem für die älteren Kinder, die oft in den Trümmern spielen«, schloss sie ihre Ausführung.

White hatte während ihrer Rede schweigend zugehört. Seine Stimme klang beinahe väterlich, als er sagte: »Ich verstehe Ihr Anliegen, und die Sorge um Ihre Schützlinge ist rühmenswert. Nur fürchte ich, dass ich Ihnen kaum weiterhelfen kann.«

»Bei allem Respekt, soweit ich weiß, sind es amerikanische und britische Flugzeuge gewesen, die Köln in Grund und Boden gebombt haben.« Mit Nachdruck tippte Eli mit dem Zeigefinger auf den Tisch. »Es ist somit unter anderem auch britische Munition – Ihre eigene Munition –, die hier die Gefahr darstellt. Ist es in Großbritannien und Amerika etwa nicht üblich, den Schlamassel aufzuräumen, den man hinterlassen hat?«

Mit dem letzten Satz hatte sie sich auf ein heikles Terrain begeben, und sie wurde sich dessen im selben Moment bewusst. Man konnte sich ständig darüber streiten, wer in diesem Krieg in Europa den größeren Schaden angerichtet hatte: diejenigen, die den Krieg angefangen, oder die, die ihn gewonnen hatten. Die Antwort lag in der Theorie stets im Auge des Betrachters, in der Praxis jedoch entschieden die Sieger.

In etwas beschwichtigenderem Tonfall fügte sie hinzu: »Was ich damit sagen will, ist … Wäre es nicht ein Zeichen an die Kölner Bevölkerung, wenn Sie als Vertreter der Besatzungsmacht für vermehrte Sicherheit sorgten, indem Sie die Blindgänger suchen und entschärfen ließen?«

Es folgte ein Moment der zähen Stille, in der man sogar ein Staubkorn hätte zu Boden fallen hören können. Keiner der Männer am Tisch machte eine Bewegung. Doch der junge Captain saß Eli direkt gegenüber, und sie konnte seinen Blick auf sich spüren. So deutlich, als würde er sie berühren.

Entschieden hielt sie den Kopf abgewandt. Was bildete sich der Kerl überhaupt ein?

Es schien eine Ewigkeit zu dauern, bis sich der Colonel endlich räusperte. »Noch einmal, Ihr Pflichtgefühl ist lobenswert, und glauben Sie mir, ich verstehe Ihre Sorgen und teile sie. Wirklich. Doch uns fehlen schlicht die Mittel für eine solche Säuberung«, sagte er. Sein Tonfall war ernst und gemessen.

»Das ist leider richtig«, meldete sich auf einmal Captain Atkins zu Wort und nickte formell. »Wenn ich mich vorstellen darf: Captain Trevor Atkins von der 14. Field Survey Squadron der Royal Engineers.«

Royal Engineers. Wie typisch britisch, fand Eli. Aber immerhin klang es so, als wüsste er tatsächlich, wovon er sprach, als er erklärte: »Das Problem liegt nicht in erster Linie beim Entschärfen, sondern beim Auffinden der Blindgänger.« Mit der rechten Hand zeichnete er den Fall einer Bombe in der Luft nach. »Je nach Einschlagwinkel kann sich so ein Geschoss bis zu sieben Meter in den Boden graben, ohne zu explodieren. Darüber kommen oft noch meterhohe Trümmer zu liegen. Unsere Sonden sind zwar bedeutend sensibler als noch vor dem Krieg, doch im besten Fall sind diese ungezündeten Bomben eher Zufallsfunde.« Echtes Bedauern lag in seiner Miene, als er seine Ausführung schloss.

Diese war deutlich und in ihrer Logik so bestechend gewesen, dass Eli kein weiteres Gegenargument mehr vorzubringen hatte. »Dann bleibt die Gefahr eines Unfalls wie dem von gestern bestehen, ohne dass irgendetwas dagegen unternommen werden kann?«, fragte sie und schaute in die Runde.

»Es tut mir sehr leid, Miss Wipf«, sagte der Stadtkommandant.

»Ja, mir auch.« Mit einem Ruck stand Eli auf, nickte Colonel White zu. »Entschuldigen Sie die Zeitverschwendung.«

Die Ordonnanz saß noch immer an ihrem Schreibtisch und warf ihr einen zutiefst beleidigten Blick zu, als sie das Büro verließ. Am liebsten hätte ihr Eli ihre Enttäuschung ins Gesicht geschrien – ihr und jedem einzelnen der Männer mit ihren maßgeschneiderten Uniformen in Whites Büro.

»Du hast es immerhin versucht«, sagte Fien, als Eli schließlich wieder im Schweizer Dorf ankam und jemanden brauchte, um sich die Enttäuschung von der Seele zu reden. Mit der Zeit hatte sie die Kölnerin noch mehr kennen- und schätzen gelernt. Fien war unkompliziert, direkt und ohne Vorurteile, und sie hatte ihre ganz eigene, weise Art, die Dinge zu betrachten.

Sie griff nach Elis Hand und drückte sie. »Wir haben hier in Köln ein Sprichwort.«

Eli sandte ihr einen zweifelnden Blick. »Nur eines?«

»Na ja, eines von vielen.« Fien gluckste. »Aber wenn wir etwas ohnehin nicht ändern können, dann sagen wir: Et kütt, wie et kütt. Das löst zwar das Problem nicht, aber man fühlt sich zumindest etwas besser.«

Sie saßen nebeneinander auf der Holzbank vor der Bürobaracke. Hasso schnarchte neben ihnen im Schatten. Ein laues Lüftchen versprach das endgültige Einziehen des Frühlings. Auch die Kinder schienen es zu spüren und tobten kreischend über den Platz, während sie Blindekuh spielten.

Zwar war Eli noch immer zum Schreien zumute, aber sie spürte, wie sich der Knoten in ihrem Magen tatsächlich allmählich löste. Es gab allerdings noch etwas anderes, das ihr auf dem Herzen lag. »Irgendwelche Neuigkeiten von Mattes?«

»Er soll in zwei Tagen aus dem Krankenhaus entlassen werden, hat Helmut gesagt.«

Helmut. Er war also schlussendlich doch zurückgekommen. Die Nachricht brachte gemischte Gefühle in Eli hervor. Einerseits freute sie sich für Mattes. Andererseits …

Der Vorfall im Krankenhaus hatte sie völlig überrumpelt. Wie sollte sie mit etwas umgehen, das sie weder kannte noch einschätzen konnte? Helmut war anders als die Männer, die sie sonst kannte. Vaters Launen konnte sie sofort durchschauen, und Werner … Nun, Werner war Anwalt und wusste somit genau, wann und wie er seine Emotionen wohldosiert darzustellen hatte, um den bestmöglichen Effekt zu erzielen.

»Was hältst du eigentlich von ihm? Von Helmut, meine ich.« Elis Frage hatte hoffentlich unverfänglich geklungen.

Doch Fien drehte sich sogleich zu ihr um, und ihre rechte Augenbraue fuhr in die Höhe. »Er ist ruhig, höflich und geschickt mit den Händen. Heute Morgen hat er ruck, zuck eine der Dachlatten an der Küchenbaracke repariert. Aber das ist nicht der Grund, weshalb du mich das fragst, oder?«

»Nicht direkt, nein«, gab Eli zu. Ertappt. Gute Güte, war sie wirklich so einfach zu durchschauen? Und wie sollte sie überhaupt erklären, was geschehen war? Sie wusste es ja selbst nicht genau.

»Gestern im Krankenhaus …«, fing sie zögernd an und schilderte Helmuts Reaktion in möglichst sachlichen Worten. »Er hat Fürchterliches erlebt, das ist mir bewusst.« Sie rang die Hände. »Aber du hättest den Ausdruck in seinen Augen sehen sollen. Es war, als hätte er mich zuerst gar nicht erkannt.«

»Das hat er vermutlich wirklich nicht«, sagte Fien völlig ruhig und zündete sich eine Zigarette an. »Männer, die aus dem Krieg zurückkehren, sind nicht mehr dieselben, die sie vorher waren. Sie bringen Dämonen mit, und die lassen sie nicht mehr los. Mein Vater hat im Großen Krieg gekämpft. Bei ihm habe ich es das erste Mal gesehen, obwohl der Krieg längst zu Ende war, als ich zur Welt gekommen bin.« Sie stieß den Rauch aus und blickte den Kringeln nach, die sich im Wind verfingen und dann verschwanden.

Hasso knurrte leise im Schlaf.

»Es waren keine äußerlichen Verletzungen, die Wunden lagen viel tiefer. Von einem Moment auf den anderen hat er sich zum Beispiel nicht mehr bewegt und nur noch mit geweiteten Augen ins Leere gestarrt. Als wäre er im Geiste irgendwo anders. Es hat oft Stunden gedauert, bis er wieder ansprechbar war. Später konnte er plötzlich das Geräusch von Regen nicht mehr ertragen. Das ging so weit, dass er sich manchmal sogar unter dem Esstisch in der Küche versteckt hat.«

Ihre Stimme war auf einmal leiser geworden. »Kriegsneurose haben sie das damals genannt, aber wirklich helfen konnte Vater niemand. Vielleicht war er auch einfach zu stolz, um überhaupt Hilfe anzunehmen, ich weiß es nicht. Ich war dreizehn, als er sich erschossen hat.«

»O mein Gott, Fien.« Jetzt war es an Eli, nach Fiens Hand zu greifen und sie festzuhalten. Wie unvorstellbar und entsetzlich allein der Gedanke war, ihren eigenen Vater auf diese Weise zu verlieren. Allen Streitigkeiten zum Trotz.

Die Kölnerin sah sie mit ernster Miene an. »Es ist wahrscheinlich das, was die Männer im Krieg erleben. All das Fürchterliche, das sie sehen und selbst tun. Die einen vergessen schneller als die anderen. Manche wiederum vergessen nie.«

»Hat dein Vater denn nie darüber gesprochen?«, fragte Eli sachte.

Mit einem leisen Zungenschnalzen drückte Fien die Zigarette aus. »Über einen verlorenen Krieg redet man nicht, daran hat sich bis heute nichts geändert. Aber vielleicht hast du recht, und für meinen Vater wäre es besser gewesen, wer weiß.«

Mit einer sanften, aber bestimmten Geste wand sie ihre Hand aus Elis Griff und strich sich den Rock glatt. »Aber was Helmut angeht … Ich glaube, wir müssen ihm Zeit lassen. Er ist ein anständiger Kerl, aber er muss erst wieder leben lernen, bevor er sich seinen Dämonen stellen kann.«

Mit einem Lächeln stand sie auf, winkte Eli zu, bevor sie in die Hände klatschte und rief: »Kommt her, Kinder, jetzt gibt's ein neues Lied.«

Eli blieb noch einen Moment auf der Bank sitzen und sah zu, wie sich die Kleinen mit erwartungsvollen Gesichtern um Fien scharten. Ihre Mütter warteten im Empfangsraum und vor der Essensausgabe oder arbeiteten selbst in der Küche oder der Näherei.

Ein Scheppern war aus der Küche zu hören, gefolgt von einem noch lauteren »Porca la miseria« von Angelo.

Eli beugte sich vor und kraulte gedankenverloren Hassos Nacken. Dabei fiel ihr Blick auf den kleinen farbigen Tupfer dort am Boden vor der Küchenbaracke. Grün mit einer zartgelben Blüte – eine kleine Primel.

Sie hörte das regelmäßige Hämmern aus der Schreinerei.

»Der Kuckuck und der Esel, die hatten einen Streit«, sangen die Kinder und hüpften fröhlich im Kreis.

Morgen kam Sonja endlich wieder zurück, heute Abend musste Eli somit den letzten Rapport nach Bern schreiben.

Ihr entfuhr ein leiser Seufzer, als sie aufstand. Der Rapport würde einmal mehr sehr lang ausfallen.

15 BRIEF II

Feldpost

Fräulein
Elvira Wipf
c/o Schweizer Spende
Verteilbüro
Bern

8. April 1946

Elvira,

ich weiß nicht, ob dich dieser Brief jemals erreichen wird. Man wollte mir bei der Schweizer Spende nur diese Anschrift geben, mit der kein vernünftiger Mensch etwas anfangen kann.

Was ist nur in dich gefahren, Elvira? Zuerst verschwindest du bei Nacht und Nebel weiß Gott wohin und versetzt uns alle in Aufruhr. Dann sagst du auch noch die Hochzeit ab. Was bezweckst du mit diesem kindischen Benehmen?

Sollte es dein Ziel sein, den Ruf der Familie zu ruinieren, dann gratuliere ich dir, denn du bist auf dem allerbesten Weg! Unsere eigene Tochter eine Ausreißerin … Doch nicht genug damit, dein Vater muss die Blamage nun sogar vor seinen Geschäftspartnern ertragen, wenn diese nach deinem Verbleiben fragen. Und was für ein Affront gegenüber Werner und dessen Eltern. Aber natürlich interessieren dich die Scherben nicht, die du durch deine egoistischen Abenteuer hinterlässt. Es ist dir egal, dass ich mich deinetwegen kaum noch aus dem Haus traue, aus Angst, jemand könnte sich nach dir erkundigen. Es kümmert dich nicht, was für deinen Vater und unsere Familie auf dem Spiel steht. Was soll ich den Leuten sagen? Welche Entschuldigung bringe ich gegenüber den eingeladenen Gästen vor? Etwa die Wahrheit, dass du dich von deiner eigenen Familie abgewendet hast? Dass du gedankenlos deine Zukunft und die deines Verlobten riskierst?

Das ist einmal mehr der Dank für alles, was dein Vater und ich für dich getan haben. Ich bin fassungslos …

Mutter

16 LEBEN LERNEN

Am Venloer Wall, 9. April 1946

Sachte strich Helmut ein letztes Mal mit den Fingern über die Holzleiste, bevor er das Schmirgelpapier auf den Werktisch legte und einen Schritt zurücktrat.

Er war zufrieden. Das Kinderbettchen war ihm gut gelungen. Dazu hatte er leere Lebensmittelkisten zerlegt, sämtliche Nägel und Klammern entfernt, dann das Holz sorgfältig gebürstet und geschrubbt und geschliffen, damit nicht einmal der kleinste Splitter die Kinderhaut verletzen konnte. Kopf- und Fußende bestanden aus Brettern, die Seiten waren jeweils mit Streben versehen.

Der Einfall dazu war ihm gekommen, als er die kleinen Kinder im Barackendorf auf am Boden gefalteten Decken den Mittagsschlaf hatte halten sehen. Leere Kisten waren hier zuhauf zu finden, und ihm selbst gab die Arbeit zumindest das Gefühl, endlich wieder etwas Nützliches zu tun.

Helmut liebte es, den Holzstaub an den Händen zu spüren, den Geruch von Leim, das vertraute, leise Knistern der Späne, wenn man mit dem Hobel über das Holz fuhr. Ihm war gar nicht bewusst gewesen, wie sehr er das alles vermisst hatte. Es erinnerte ihn an früher. An die Zeit, als Vater und er die Ruderboote gezimmert hatten. Jede freie Minute abends und an den Wochenenden. Oft hatten sie dabei Stunde um Stunde schweigend bei der Arbeit verbracht, jeder im stillen Bewusstsein der Gegenwart des anderen.

Er lächelte bei der Erinnerung. Manchmal war zwischen ihnen nur ein Blick nötig gewesen, um sich zu verstehen. Ja, Vater war sein Vorbild gewesen, sein Held, und Helmut würde den Tag nie vergessen, als Mutter ihm von dessen Tod geschrieben hatte. Ein Tod, ebenso sinnlos wie dieser ganze verdammte Krieg.

Mit einem Ruck wandte er sich vom Tisch ab, griff nach dem Besen und verbot sich, weiter über die Vergangenheit zu grübeln. Mattes hatte ihm von Mutter und Hannelore erzählt. Von der Bombennacht, als ihr Zuhause getroffen worden war und Hannelore dabei umkam, weil sie es nicht mehr rechtzeitig aus dem Haus geschafft hatten. Die süße, unschuldige Hanne, die davon träumte, Balletttänzerin zu werden. In dieser Nacht hatte Mutter ihr Lachen verloren. Fortan bestand für sie der einzige Überlebenssinn nur noch in ihrer Arbeit als Hebamme und dem Beschützen ihres Jüngsten, Mattes. Bis …

Nein. Nicht daran denken oder darüber sprechen. So war es einfacher.

Sorgfältig kehrte Helmut die Holzspäne zusammen und schaufelte sie in den dafür vorgesehenen Kessel. Sie ergaben idealen Zunder zum Anfeuern der Feldküchen.

Er hörte die sich nähernden Frauenstimmen schon von Weitem. Die eine erkannte er auf Anhieb – Fräulein Eli.

Sogleich ging sein Atem schneller.

Seit dem Vorfall im Krankenhaus war er ihr vor lauter Scham aus dem Weg gegangen. Sie musste ihn für ein Monster halten. Er hatte die Angst in ihren Augen gesehen – die Angst vor ihm. Der Gedanke war auch jetzt noch unerträglich.

In seiner Panik war er geflohen wie ein Hasenfuß. Nicht weit. Gerade mal bis zur gegenüberliegenden Straßenseite. Dort hatte er auf sie gewartet und war ihr heimlich nachgeschlichen. Die Stadt war bei Nacht nicht sicher für eine Frau, und er hätte es sich nie verziehen, wenn ihr etwas passiert wäre. Doch jetzt war Eli auf dem Weg hierher, und es gab für ihn keine Möglichkeit zur Flucht mehr. Er hätte sich längst bei ihr entschuldigen müssen. Nur wie?

Sein Blick fuhr durch den Raum. Alles ordentlich aufgeräumt und sauber. So früh am Morgen arbeitete außer ihm sonst niemand hier, der Schreiner mit seinen Gesellen kam meist erst gegen halb neun.

Wohin mit dem Besen? Hastig wischte Helmut die staubigen Hände an der Schürze ab.

Durch die offene Tür der Schreinerei sah er Eli näher kommen. Neben ihr eine Frau, die er noch nie zuvor gesehen hatte. Sie trug dieselbe Uniform wie Eli. Das musste also ihre Vorgesetzte sein.

Er bemühte sich um Haltung. Dabei erkannte er sein Spiegelbild in der Fensterscheibe. Ein bärtiges Gesicht umgeben von wirrem Haar starrte ihm entgegen. Verflucht, kein Wunder, dass sich Eli vor ihm fürchtete.

»Guten Morgen«, sagte die unbekannte Frau, als sie vor Eli eintrat. Sie war etwas älter, fast einen ganzen Kopf kleiner als Helmut und machte mit ihrem dunklen, zu einem Knoten am Hinterkopf gebundenen Haar einen zerbrechlichen Eindruck. Doch sie lächelte ihn freundlich an, und ihr Händedruck war erstaunlich kräftig.

»Mein Name ist Sonja Jeanneret. Sie sind also der Bruder von Mattes«, sagte sie und verschränkte die Hände hinter dem Rücken.

Im letzten Moment hielt sich Helmut vom Strammstehen ab. Alte Gewohnheiten wurde man nur mühsam los. Stattdessen nickte er. »Das ist richtig. Helmut ist mein Name – Helmut Dreesen.«

»Wie Eli mir berichtet hat, sind Sie erst seit Kurzem wieder in Köln.«

»Ich war vorher in russischer Kriegsgefangenschaft.« Helmut schluckte.

Ein ernster Ausdruck lag auf ihrem Gesicht, als sie ihn völlig unverwandt musterte. »Es freut mich für Sie und auch für Mattes, dass Sie es zurück in die Heimat geschafft haben.«

Es folgte ein scheinbar belangloses Hin und Her von Fragen und Antworten. Sie erkundigte sich nach seinen Einsätzen während des Krieges, nach seinem Alter und Dienstgrad. Ob noch andere Familienangehörige in der Region wohnten. Wie seine Pläne für die nähere Zukunft aussahen. Helmut machte sich nichts vor. Die Fragen dienten dazu, mehr über ihn herauszufinden und zu erkennen, ob seine Angaben mit denen, die er bei seiner Ankunft gemacht hatte, übereinstimmten.

Mit einem Mal beugte sie sich zur Seite und sah an ihm vorbei auf die Werkbank, wo das Kinderbettchen stand. »Haben Sie eben daran gearbeitet?«

»Ja, es ist gerade erst fertig geworden. Man könnte es noch lackieren, aber eigentlich gefällt es mir so, wie es ist.«

Interessiert ging Fräulein Jeanneret näher heran. »Woher haben Sie denn das Material?«

Er zeigte auf die Stapel leerer Lebensmittelkisten, die an der hinteren Wand der Schreinerei lagerten. »Das ist alles, was man dazu braucht. Das Prinzip ist simpel, und die einzelnen Teile lassen sich problemlos auseinander- und wieder zusammenbauen, was einen einfachen Transport ermöglicht«, erklärte er.

Nun trat auch Eli zum Tisch und betrachtete das Bettchen. Erst mit ungläubigem Blick, dann breitete sich ein Lächeln auf ihrem Gesicht aus. »Das ist großartig. Wir haben noch Gemüsesäcke. Daraus könnten wir Matratzen nähen.«

»Wie lange dauert die Arbeit an einem solchen Stück?«, fragte Fräulein Jeanneret.

Helmut überlegte. »Das Auseinandernehmen und Säubern der Kisten dauert am längsten, ist jedoch keine große Sache. Wenn eine mit den entsprechenden Maschinen ausgestattete Werkstatt dann das Zurechtsägen und Hobeln übernehmen könnte, ginge auch dieser Teil natürlich viel schneller. Das Zusammenfügen nach Plan am Schluss schafft ein geübter Schreiner an einem halben Arbeitstag. Alles in allem etwa anderthalb volle Tage, mit Aufteilung der Arbeitsschritte sogar noch weniger.«

Die Schweizerin nickte. »Sie kennen sich damit aus, wie es scheint.«

»Ich bin kein gelernter Handwerker, aber ich arbeite gerne mit den Händen und kann mit Werkzeug umgehen«, antwortete er.

Eine Zeit lang sah sie ihn prüfend an, ohne ein Wort zu sagen. Dann glitt ihr Blick zu dem Bettchen. Sie ließ die Finger der Länge nach über eine der Seitenstreben gleiten, bevor sie die Hand wegzog und sich zu Helmut umdrehte. »Ich biete Ihnen eine Anstellung hier im Barackendorf an. Sie stellen die Produktion weiterer solcher Kinderbettchen in Zusammenarbeit mit den Schreinern sicher und kümmern sich um anfallende Reparaturen an den Hütten. Können Sie das?«

»Ja, das kann ich«, antwortete Helmut bestimmt und ohne zu zögern.

»Sie verstehen sicher, dass wir Ihnen dafür im Moment keinen Lohn bezahlen können. Aber Sie und Mattes behalten Ihre Unterkunft hier und bekommen regelmäßige Mahlzeiten.«

»Das ist ein großzügiges Angebot, ich danke Ihnen.« In anerzogener Manier beugte er den Kopf.

Doch Fräulein Jeanneret fuhr mit ernster Stimme fort: »Damit wir uns recht verstehen, wir geben Ihnen hier keine Sonderbehandlung. Ich erwarte von Ihnen, dass auch Sie sich um Selbstversorgung bemühen und sich entsprechend auf den jeweiligen Ämtern melden. Dort bekommen Sie auch Ihre Lebensmittelkarten. Sie sind nun Mattes' gesetzlicher Vormund, er unterliegt somit Ihrer Verantwortung.«

Instinktiv reckte Helmut die Schultern. Die Frau mochte klein und fein wirken, aber, Herrgott, sie hatte ebenso viel Drill wie ein Bataillonskommandant. »Selbstverständlich, das ist mir bewusst.«

»Gut.« Sie reichte ihm die Hand. »Dann sind wir uns einig. Übrigens … Morgen erwarten wir eine Gruppe von Vertretern der Stadtbehörde, die sich vergewissern wollen, wie weit unser Projekt fortgeschritten ist.« Sie zeigte auf das Bettchen. »Bei der Gelegenheit werden wir ihnen auch Ihre Arbeit zeigen.« Mit einem kurzen Nicken wandte sie sich zum Gehen.

Eli folgte ihr, drehte sich jedoch an der Tür noch einmal um. Einen Moment lang blieb ihr Blick an seinem hängen. Ihre Augen waren von einem satten, warmen Moosbraun, stellte er verwundert fest. Die Farbe war ihm zuvor gar nicht aufgefallen.

Jetzt. Er sollte sich entschuldigen. Es war längst überfällig, und wenn nicht jetzt, wann dann? Er öffnete den Mund …

»Eli, kommst du?«

Der Moment verstrich ungenutzt. Doch Helmut hatte die kleine Andeutung eines Lächelns an ihren Lippen zucken sehen, bevor sie nach draußen verschwand.

Am Nachmittag desselben Tages wurde Mattes aus dem Krankenhaus entlassen. Noch etwas bleich um die Nase saß er auf seiner Schlafpritsche und schob schmollend die Unterlippe vor. Er beachtete nicht einmal Hasso, der vor ihm saß und ihn winselnd mit der Schnauze anstupste. »Warum darf ich denn jetzt nicht raus? Ich habe doch im Krankenhaus lange genug herumgelegen.«

»Weil mit einer Gehirnerschütterung nicht zu spaßen ist und der Arzt gesagt hat, dass du dich noch schonen sollst«, erwiderte Helmut, während er sich bemühte, in dem kleinen runden Spiegel zu erkennen, wo er den Seifenschaum hinschmierte.

Es hatte ihn einige Überwindung gekostet, den Schweizer

Koch um Rasierseife, Messer, Schere und Spiegel zu bitten. Aber es musste sein. Nicht nur, weil morgen der Besuch der Stadtbehörden anstand. Er konnte sich unmöglich mit solch einer Aufmachung bei den Ämtern zeigen. Schließlich hatte er sein Wort darauf gegeben.

Ein kleiner Anfang zurück zur Normalität, zurück in den Alltag eines normalen Menschen. Unglaublich, wie schwer ihm jedoch gerade solche alltäglichen Dinge fielen. Während seiner Dienstjahre waren ein ordentlicher Haarschnitt und eine tadellose Rasur Pflicht gewesen. Sogar in der Gefangenschaft hatte er versucht, sich, so gut es ging, um seine Erscheinung zu kümmern. Vor allem am Anfang und nachdem er den Entschluss zur Flucht gefasst hatte. Nicht als entflohener Gefangener aufzufallen, war schließlich Teil des Plans gewesen. Jetzt schien es jedoch, als hätte er auf der Flucht alles vergessen, und er stellte sich so ungeschickt an, als rasierte er sich zum allerersten Mal.

Mist, die Seife war ihm in die Nase geraten und brachte ihn zum Niesen. Dabei spritzte der Schaum auf den Spiegel, sodass er vor lauter Geschmier kaum noch etwas darin erkennen konnte.

»Esu weed dat nix«, meinte Mattes und legte zweifelnd die Stirn in Falten, während er ihn von der Pritsche aus beobachtete.

»Du sollst nicht immer Kölsch sprechen, das habe ich dir doch schon hundertmal gesagt«, schnaubte Helmut und warf dem Jüngeren im Spiegel einen entnervten Blick zu.

Mattes zuckte die Achseln und ließ sich rückwärts auf die Pritsche fallen. »Trotzdem wird das so nichts.«

Mit einem beleidigten Grunzen machte auch Hasso kehrt und trottete davon.

Helmut schloss die Augen. Jetzt bloß die Ruhe bewahren. Er wusste, in den Jahren ihrer Trennung war viel geschehen, alles – ihr ganzes Leben – war durch Krieg und Tod aus den Fugen geraten. Mattes hatte viel zu schnell selbstständig werden und sich fast ein ganzes Jahr lang nahezu allein durchschlagen müssen. Ein Glück, dass er Fräulein Eli gefunden hatte, die sich um ihn kümmerte. Dabei war er trotz allem immer noch ein Kind, für das er, Helmut, nun die Verantwortung trug.

Er setzte das Messer am linken Wangenknochen an und hielt den Atem an.

Weiß Gott, der kleine Klugscheißer machte es ihm aber manchmal wirklich nicht leicht. Einen Haufen Spunde zu befehligen war ein Klacks dagegen.

Langsam und konzentriert arbeitete er sich über die Gesichtshälfte bis zum Kiefer vor. Gut, dass er den Bart schon mit der Schere vorgestutzt hatte. Seine Hand zitterte vor lauter Anspannung, Schweißtropfen standen ihm auf der Stirn.

Es dauerte eine schiere Ewigkeit und kostete ihn drei blutende Schnitte, bis er endlich fertig war.

»Na, was sagst du jetzt?«, rief er seinem Bruder triumphierend über die Schulter zu und berührte die noch empfindliche Haut an seinem Gesicht. Es fühlte sich ungewohnt an. Verletzlich irgendwie. Und erst jetzt fiel ihm auf, wie hager er geworden war.

»Sieh an, sieh an, der Herr Dreesen von einer ganz neuen Seite«, neckte ihn Fien, als er am Abend mit seinem Bruder die Essensbaracke betrat. »Steht dir auf jeden Fall viel besser. Einen anständigen Haarschnitt kriegen wir auch noch irgendwann hin«, fügte sie mit einem Zwinkern hinzu und fuhr dann Mattes durchs Haar. »Und wie geht es unserem Trümmerhelden?«

Man sah Mattes an seinem Grinsen an, wie sehr er die Aufmerksamkeit genoss. Mit einer weltmännischen Geste zog er den Arm aus der Schlinge und setzte sich neben Fien auf die Holzbank. Dabei hob er den Kopf, damit auch jeder seine noch immer geschwollene Beule an der Stirn bewundern konnte. »Ach, das ist nur ein Kratzer. Ist schon fast wieder verheilt. Aber Helmut lässt mich trotzdem noch nicht nach draußen. Dafür hat er sich heute beim Rasieren dreimal geschnitten.«

Dieser Teufelsbraten.

»Hier.« Helmut hielt ihm den Teller mit Gerstensuppe hin, bevor er womöglich noch mehr ausplapperte. »Morgen gehst du wieder zur Schule.«

Als hätte man ihn in den Hintern gepikst, reckte Mattes den Kopf hoch. »Aber der Doktor hat doch gesagt …«

»Du willst raus, also kannst du auch zur Schule. Und jetzt ist Schluss.« Helmut setzte sich seinem Bruder gegenüber. Auftrag erteilt, Problem gelöst.

Dennoch konnte er sich nur mit Mühe ein Grinsen verkneifen, als er Mattes »Das ist aber nicht dasselbe« brummen hörte.

Dieser Bengel. Was das vorlaute Mundwerk anbelangte, so hatte er sich kein bisschen verändert, allen Bomben, aller Angst und Trauer der Vergangenheit zum Trotz. Kaum zu glauben und eigentlich ein Wunder.

Mattes war noch immer der Schlingel, der seine Welt schon früher lieber mit eigenen Augen entdeckt hatte, statt die Schulbank zu drücken. Der gleiche vorwitzige Kerl, der Hannelore die Haare ihrer Puppen mit Fischkleister zusammengeleimt hatte. Derselbe Schelm mit dem Zahnlückengrinsen und dem Funkeln in den Augen, der Helmut in den vergangenen Jahren auf einem vergilbten und zerschlissenen Foto am Leben erhalten hatte.

Dieses Funkeln war noch immer da, leuchtete im Dunkeln und tat der Seele gut. Sein kleiner Bruder. Alles, was ihm noch geblieben war. Mattes, die ewige Nervensäge mit dem Herz eines Bengalischen Tigers. Sie beide gegen den Rest der Welt.

Helmut tat, als wäre er voll und ganz auf das Schlürfen seiner Suppe konzentriert, streckte jedoch unter dem Tisch das Bein aus und stieß Mattes mit dem Fuß gegen das Knie. Einmal – zweimal – dreimal.

Das hatte er daheim beim Sonntagsessen am großen Tisch im Salon schon immer gemacht – sehr zu Mutters Ärger. Damals waren Mattes' Beine noch nicht lang genug gewesen, um sich zu revanchieren – sehr zu Helmuts Vergnügen.

Um ein Haar verschluckte er sich, als der Fußtritt sein Schienbein traf.

Über den Tisch hinweg hob er den Blick zu seinem Bruder, der ihn wiederum mit diebischer Freude angrinste.

Es war, als löste sich ein winziger Brocken tief in ihm, und er fühlte, wie das Lachen in seiner Brust zu brodeln begann. Zuerst nur als Glucksen. Dann immer lauter. Bis er und Mattes gemeinsam in ein befreiendes Gelächter ausbrachen. Die restlichen Leute am Tisch starrten sie nur verständnislos an. Doch das war völlig egal.

Man konnte die Aufregung im Barackendorf fast mit den Händen greifen, als am nächsten Morgen die Gesellschaft, bestehend aus rund dreißig Leuten aus Politik und Verwaltung, eintraf.

Helmut beobachtete die Delegation aus vorsichtiger Distanz. Der gesetzte ältere Mann mit Hut und Oberlippenbart war also Dr. Hermann Pünder, der neue Kölner Oberbürgermeister. Helmut hatte ihn noch nie zuvor gesehen. Er war erst nach Kriegsende von der britischen Besatzungsbehörde eingesetzt worden und gehörte der neuen Partei namens Christlich Demokratische Union an. Auch von dieser hatte Helmut zuvor noch nie gehört. Wie von so vielen anderen Neuerungen, die stattgefunden hatten, während er in Jelabuga hockte.

Doch nicht alle davon waren positiv. Im Gegenteil, was den unsäglichen Behördenmarathon betraf, den Helmut in den folgenden Tagen hinter sich bringen musste, so wünschte er die ganze Beamtenhorde mehr als einmal zum Teufel: Zuerst stundenlanges Warten auf dem Polizeirevier für die Beglaubigung seiner Demobilisierungsbescheinigung. Dann dasselbe noch einmal auf dem Standesamt für den Nachweis seiner Staatsangehörigkeit. Dem folgte die Anmeldung beim Wohnungsamt, bei der Krankenkasse, dem Arbeitsamt und dem Wohlfahrtsamt. Er konnte es kaum glauben, als er auf dem Ernährungsamt endlich die ersehnten Lebensmittelkarten ausgehändigt bekam.

In jeder freien Minute im Barackendorf entwarf er zusammen mit dem Schreiner Pläne für die Herstellung der Kinderbettchen. Ein Mitglied der Arbeiterwohlfahrt war am Besuchstag mit in der Delegation gewesen und hatte großen Gefallen an dem Projekt gefunden. Dank seiner Vermittlung konnten die zuvor bereits im Schweizer Dorf entnagelten und gesäuberten Bretter nun in einer ausgerüsteten Schreinerei mit den entsprechenden Maschinen gehobelt und zugeschnitten werden. Das Zusammenmontieren der einzelnen Teile wurde wiederum in der Werkstatt im Barackendorf erledigt. Mit diesem Ablauf produzierten sie schon kurz darauf drei Kinderbetten in zwei Tagen.

»Ausgezeichnet. Machen Sie weiter so«, lobte Fräulein Jeanneret, als Helmut sie an ihrem Arbeitstisch in der Administrationsbaracke über die Fortschritte in Kenntnis setzte.

Auch er war stolz. Auf sich selbst, auf Mattes und darauf, dass sie sich in den vergangenen Wochen wenigstens einen kleinen Schritt in eine normale Regelmäßigkeit erarbeitet hatten.

Obwohl er sich keinerlei Illusionen machte: Köln war zu einem Dschungel geworden, in dem sich jeder nur ums eigene Überleben sorgte. Ohne Geld waren auch die Lebensmittelmarken keinen Deut wert, und die immer noch geltende Reichsmark wollte keiner mehr haben.

Schweren Herzens hatte Helmut trotzdem einen von Mutters Goldringen gegen immerhin hundertneunzig Reichsmark eingetauscht. Das entsprach heutzutage in etwa dem Monatsgehalt eines niedrigen Finanzangestellten, hatte er von einem alten Bekannten Vaters erfahren. Nur dessen Fürsprache war es zu verdanken, dass er überhaupt einen solchen Sonderpreis für den Schmuck bekommen hatte. In Zeiten wie diesen erlebte der Kölsche Klüngel Hochkonjunktur.

Doch für nur ein Pfund Brot stand man in den wenigen Bäckereien der Stadt stundenlang an und ging schlussendlich oft sogar leer aus. Stattdessen blühte der Schwarzmarkt, dessen Währung waren amerikanische oder englische Zigaretten – Camel, Chesterfield oder Players Navy Cut. Eine Zigarette entsprach dem Wert von etwa zehn Mark. Demgegenüber kostete ein Pfund Butter zwanzig Zigaretten oder zweihundert Reichsmark. Mehr, als er für Mutters Goldring bekommen hatte.

Das Barackendorf mit seinem Innenhof war zu einem Stück heile Welt inmitten von Trümmern und finsterster Armut geworden. Und so erschreckend der Gedanke auch war, aber ohne die hiesigen Zusatzmahlzeiten könnten Mattes und er kaum überleben. Außer, sie verkauften nach und nach sämtlichen Familienschmuck.

Wie Mattes diesen durch Bomben- und Besatzungschaos gebracht hatte, war Helmut ohnehin ein Rätsel. Doch wenn er sich's recht überlegte, gab es kaum jemanden, dem er das eher zutraute. Der Teufelsbraten hatte es schließlich seinerzeit geschafft, einen Kanarienvogel, den er bei einer Wette gewonnen hatte, vier Monate lang in seinem Zimmer zu verstecken, ohne dass es irgendjemand merkte. Dank Mattes lag das Jutesäckchen mit weiteren vier Goldringen, drei Ketten, einer Brosche und einem Armband jetzt sicher unter der Holzdiele neben Helmuts Pritsche versteckt.

Beim Hinausgehen ließ er den Blick unauffällig durch den Büroraum wandern. Eli war nicht da. Seit ihre Vorgesetzte wieder die Leitung des Barackendorfs übernommen hatte, traf er sie ohnehin nur noch zufällig an, wenn sie gerade von einer Speisungstour zurückkam oder bei schönem Wetter zum Mittagessen draußen auf der Bank saß. Dann war sie jedoch nie allein, sondern entweder mit Fräulein Paulchen oder Fien zusammen. So hatte er noch immer keine Gelegenheit gefunden, sich bei ihr zu entschuldigen.

Ihr Tisch war zwar ordentlich aufgeräumt – etwas anderes hätte Helmut auch gewundert –, bot jedoch neben den Ablagefächern, der Schreibmaschine, den Büroutensilien und Papierbehältern kaum noch Platz. Sie hatte nicht einmal ein Schubladenschränkchen.

Augenblicklich begann eine Idee in seinem Kopf Gestalt anzunehmen, und seine Schritte wurden schneller. Es war eine gute Idee. Vielleicht – ja, vielleicht wäre das sogar wie eine Art Entschuldigung oder zumindest ein Anfang davon …

»Und? Was hältst du davon?«, fragte er Mattes am nächsten Tag, nachdem er ihm die Skizze auf dem zerknitterten Zettel erklärt hatte.

Es war noch nicht einmal sieben Uhr morgens an einem Werktag, und Helmut hatte den Jungen sogar früher als üblich von der Pritsche gescheucht und in die Werkstatt gezerrt, nur um ihm den Entwurf zu zeigen.

Hasso hockte daneben, die Ohren erwartungsvoll gespitzt.

»Ich muss zwar die genaue Höhe noch ausmessen, aber ich denke, drei Schubladen sollten Platz haben«, erklärte Helmut.

Mattes gähnte und rieb sich mit der Hand übers Gesicht. Sein Haar stand ihm in alle Himmelsrichtungen vom Kopf ab. »Wenn du meinst.«

Er saß auf einem Schemel neben der Werkbank und glotzte mit vom Schlaf noch verklebten Augen auf die Skizze. Seine Miene zeigte deutlich, dass es ihm nicht gleichgültiger sein könnte, ob darauf das Modell eines Schubladenkästchens gezeichnet war oder ein brütendes Huhn. »Warum machst du darum überhaupt so einen Aufstand?«

»Weil es Fräulein Eli gefallen soll«, gab Helmut ungeduldig zurück.

Wie zur Bestätigung ließ Hasso ein Grunzen vernehmen.

Wenigstens der Hund hörte ihm zu.

»Aber es ist ein Möbelstück.« Mattes schüttelte den Kopf.

»Natürlich, was denn sonst?«

Doch statt einer Antwort nahm der Jüngere den Zettel mit der Skizze auf und runzelte zweifelnd die Stirn.

»Was?« Am liebsten hätte Helmut seinen Bruder geschüttelt.

»Damit wirst du sie kaum beeindrucken können«, meinte Mattes dann ungerührt und legte die Skizze wieder auf den Tisch.

»Beeindrucken?«, echote Helmut und ärgerte sich im selben Moment, dass es so hektisch geklungen hatte. Nicht, dass Mattes womöglich noch auf völlig unsinnige Gedanken käme. »Ich will sie nicht beeindrucken, ich will mich …«

Doch er hielt mitten im Satz inne, sobald er das dunkle, immer lauter werdende Röhren von Motoren hörte. Schwere Motoren, wie die von Lastern. Militärlastwagen.

Er stieß sich vom Tisch ab und ging zur Tür.

Einen Augenblick lang spürte er, wie sich sein Magen instinktiv zusammenzog, als er den Militärjeep und die drei Laster dahinter näher kommen sah. Die aufgemalten Wappen auf der Seite der Motorhauben zeigten die englische Flagge.

Die Kolonne hielt direkt vor dem Barackendorf an. Sogleich sprangen Soldaten von den Wagen. Helmut zählte dreißig Mann. Ein weiterer Soldat stieg aus dem Jeep – ein Offizier, seine Haltung war unverkennbar.

Hasso zwängte sich an Helmuts Beinen nach vorn und begann zu knurren.

O ja, er konnte den Hund nur zu gut verstehen. Trotzdem hielt er das Tier am Halsband zurück. »Bleib.«

»Was wollen die denn hier?«, fragte Mattes und wirkte mit einem Mal hellwach.

Wahrscheinlich von dem Lärm der Lastwagen alarmiert, kamen die bereits arbeitenden Frauen und Mädchen aus der Küchenbaracke, ebenso wie die Schweizer Helferinnen.

Zusammen mit Fräulein Sonja und Paulchen ging Eli dem Offizier entgegen. Helmut sah die Verblüffung auf ihrem Gesicht. Sie hielt eine Sekunde lang inne, dann beschleunigte sich ihr Schritt.

Kannte sie den Soldaten etwa?

Der Brite setzte ein Lächeln auf, salutierte auf hochtrabende Art und sagte: »Captain Trevor Atkins of the 14th Field Royal Engineers Survey Squadron. At your service.«

Helmut wusste, es stand ihm nicht zu, sich einzumischen. Er hatte keinen Dienstrang und keine Offiziersprivilegien mehr. Trotzdem trat er aus der Hütte und erhob sich zu seiner vollen Größe.

At your service, hatte der Engländer gesagt. Zu Ihren Diensten. Lachhaft.

Es schien tatsächlich so, als würde Eli den Briten kennen, er reichte ihr sogar zuerst und vor Fräulein Sonja die Hand. Zwar konnte Helmut auf die Distanz nicht hören, was sie miteinander besprachen, doch er sah, wie sich Elis Gesicht aufhellte.

Ebenfalls entging ihm die Haltung des Offiziers ihr gegenüber nicht: Diese war zwar auf den ersten Anschein absolut korrekt und höflich distanziert, doch zugleich eine Spur zu breitbrüstig und zu pfauenhaft, selbst für einen Briten. Und sein Blick suchte immer wieder den ihren.

»Was bereden die da?«, flüsterte Mattes neben ihm.

»Ich weiß es nicht. Und es geht uns auch nichts an«, erwiderte

Helmut. Er drehte sich auf dem Absatz um und kehrte zurück in die Werkstatt. Seine Skizze lag immer noch dort auf dem Tisch. Ohne einen zweiten Blick darauf zu werfen, knüllte Helmut den Zettel zusammen und steckte ihn sich in die Hosentasche.

Mattes hatte recht, seine Idee würde Fräulein Eli nicht im Geringsten beeindrucken.

17 DER CAPTAIN

Am Venloer Wall, Anfang Mai 1946

Eli war sprachlos.

»Wie gesagt, wir können gegen die tiefer unter den Trümmern verborgenen Blindgänger im Moment nichts tun. Doch wir werden uns darum bemühen, dass zumindest die oberflächlich verstreuten Munitionsteile im Umkreis gefunden und entschärft werden«, erklärte Captain Atkins und befahl einen seiner Männer näher. »Lieutenant Woodgrove.«

Der Besagte trat sofort hinzu, salutierte kurz und breitete dann eine Karte auf der Motorhaube des Jeeps aus. »Wir haben den Umkreis in einem Radius von einem Kilometer in verschiedene Suchzonen eingeteilt«, sagte er und zeigte mit dem Finger auf die in roter Farbe markierten Quadrate auf der Karte.

»Wir werden uns von Zone zu Zone durcharbeiten«, führte Captain Atkins weiter aus. »Falls die örtliche Bevölkerung irgendwelche Informationen über gesichtete Explosionskörper hat, würde uns das natürlich Zeit ersparen. Es soll jedoch auf keinen Fall in eine allgemeine Suchaktion seitens der Leute ausarten. Dadurch bringen sie sich nur unnötig in Gefahr.«

Lieutenant Woodgrove deutete auf ein Papierbündel auf dem Rücksitz des Jeeps. »Wir haben bereits Flugblätter vorbereitet. Darauf stehen alle nötigen Anweisungen und Auskünfte. Je weiter diese gestreut werden, umso besser.«

»Mit unserem Kontakt zu den Leuten können wir bei der Verteilung helfen«, meldete sich Eli zu Wort, darum bemüht, ihre Begeisterung im Zaum zu halten. Ihr Vorsprechen beim Stadtkommandanten war also doch nicht vergebens gewesen. Sie konnte es noch immer kaum fassen.

Captain Atkins wandte ihr den Blick zu. Im Gegensatz zu ihren letzten Zusammentreffen in Colonel Whites Büro trug er nun, wie seine Männer ebenfalls, eine dunkle Barettmütze schräg auf dem Kopf. Daran war auf der Seite ein Abzeichen angebracht – ein Lorbeerring mit Krone und den Initialen GR in der Mitte, dem Monogramm des englischen Regenten, König George VI. Sein Lächeln war freundlich und ließ seine Züge auf der Stelle weicher erscheinen. »Das käme uns in der Tat sehr gelegen.«

Im selben Moment nahm Eli eine Bewegung aus den Augenwinkeln wahr und sah auf. Helmut stand dort vor dem Eingang zur Werkstatt, neben ihm erkannte sie Mattes und Hasso. Seit dem Unfall hatte der Hund einen Narren an dem Jungen gefressen und umgekehrt.

Mit gestrafften Schultern starrte Helmut den englischen Offizier an. Seine Miene war undurchdringlich. Nur ein winziger Muskel an seinem Kiefer zuckte. Mit einem Ruck drehte er sich schließlich um und stampfte zurück in die Werkstattbaracke.

Was war denn nun schon wieder in ihn gefahren?

»Selbstverständlich werden wir Sie so gut wie möglich unterstützen«, riss Sonjas entscheidungsgewohnte Stimme Eli aus ihren Gedanken. »Richten Sie Colonel White bitte unseren Dank aus.« Weder sein Rang noch die Anwesenheit der restlichen Soldaten schienen die Solothurnerin aus der Fassung zu bringen, als sie ihm die Hand reichte.

Die restlichen Details waren rasch entschieden: Während der Dauer der Operation, wie Captain Atkins es ausdrückte, würden er und seine Männer auf dem freien Feld direkt neben dem Schweizer Dorf Stellung beziehen. Ebenfalls sollte dort ein von einer Deutsch sprechenden Ansprechperson besetzter Meldeposten eingerichtet werden, wohin sich die Bevölkerung für Fragen oder Informationen wenden konnte.

Eli war fasziniert von der Gründlichkeit und Effizienz, mit der die Soldaten vorgingen. Innerhalb kürzester Zeit waren Zelte, Feldküche und Gerätschaften ausgeladen und das Zeltlager in einer Einzäunung aus Sandsäcken und Stacheldraht sowie einem Sicherheitsposten errichtet.

»Dieser Captain Atkins sieht wirklich stattlich aus. So autoritär und doch charmant«, wisperte Paulchen Eli zu und verdrehte schwärmend die Augen, während sie beim Beladen der Wagen für die Speisetouren mithalfen. »Ich mag diese Uniformen. Die machen wenigstens etwas her. Dagegen sehen die unserer Schweizer Soldaten wie mausgraue Nachthemden aus.«

Der Vergleich brachte Eli zum Kichern. Insgeheim musste sie der Freundin jedoch recht geben. Mit den Feldblusen, die bis zu den Oberschenkeln reichten, und dem klobigen Schnitt der Hosen glichen die Schweizer Uniformen eher denen der früheren Wehrmachtssoldaten. »Als wir uns neulich beim Stadtkommandanten vorstellen mussten, warst du aber längst nicht so begeistert.«

Mit einer Geste, als wollte sie eine lästige Fliege vertreiben, wischte Paulchen den Einwand beiseite. »Da hatte ich doch überhaupt keine Zeit, um sie mir genauer anzusehen.«

Aber längst nicht alle im Barackendorf waren von den neuen Nachbarn angetan.

»Die Anwesenheit der Engländer dient zweifellos einem guten Zweck, trotzdem macht sie unsere Arbeit nicht einfacher«, erklärte Sonja, nachdem sie alle fünf Mitglieder der Hilfsdelegation im Aufenthaltsraum zusammengerufen hatte.

»Ich glaube wirklich nicht, dass sie unsere Arbeitsabläufe in irgendeiner Weise einschränken. Sie sind doch gekommen, um zu helfen«, wandte Eli ein.

Sonja schüttelte den Kopf. Auf ihrer Stirn hatten sich zwei tiefe Falten gebildet. »Das empfinden die Kölner aber womöglich ganz anders. Wir dürfen nicht vergessen, die Engländer waren bis vor Kurzem noch ihre Feinde und sind jetzt ihre Besatzer. Eine halbe britische Kompanie plötzlich in der unmittelbaren Nachbarschaft zu haben, könnten viele hier im Viertel als Einschüchterung, wenn nicht sogar als offenen Angriff verstehen. Und im selben Zug gerät dadurch unsere eigene, neutrale Position ins Wanken.«

Eli erschrak. Damit erklärte sich Helmuts Reaktion von vorhin, und es fühlte sich an wie ein Schlag ins Gesicht. So weit hatte sie gar nicht gedacht. O Gott, dabei hatte sie sich wegen ihrer Unterredung mit Colonel White für so mutig und selbstlos gehalten und war insgeheim sogar stolz gewesen, als sie Sonja davon erzählte.

Sie musste bleich geworden sein, denn Sonja legte ihr beruhigend die Hand auf die Schulter. »Mach dir keine Vorwürfe, du hast es nur gut gemeint. Niemand konnte wissen, dass die Briten ihre Sondereinheit gleich hierherverlegen würden.«

An alle anderen gewandt sagte sie mit bestimmtem Tonfall: »Für uns heißt das jedoch, dass wir uns nun mehr denn je unparteiisch zeigen und wo immer möglich zwischen Besatzern und örtlicher Bevölkerung vermitteln müssen. In den ersten paar Tagen wird deshalb jemand von uns die Briten begleiten und den Anwohnern erklären, was vor sich geht. Es ist eine Gratwanderung, aber wir können es schaffen.«

Wie recht Sonja mit ihrer Einschätzung hatte, zeigte sich bereits am selben Tag: Gerade mal zwei Frauen trauten sich in Ruths Mütterberatung, das Empfangsbüro war verwaist, und auf dem Hof tummelte sich lediglich eine Handvoll Kinder.

Es war, als ob das gesamte Viertel rund um den Venloer Wall den Atem anhielte, während Captain Atkins und seine Männer am folgenden Tag mit ihrer Arbeit begannen und Eli sie begleitete.

Der erste Sektor lag in der Gegend jenseits der Venloer Straße, wo die Soldaten mit Schaufeln und Hacken sowie mit Metalldetektoren – langen Stäben, an deren Ende eine tellerförmige Platte angebracht war – und Strahlsonden anrückten.

»Ich bestehe darauf, dass Sie sich stets auf Sicherheitsdistanz halten, Miss Wipf«, sagte der Captain in einem Ton, der keine Widerrede duldete. Mit ausgestrecktem Arm deutete er auf die provisorische Absperrung aus weißen Stoffbändern entlang der Straße.

Im Gegensatz zum Vortag drückte seine Miene nun unmissverständlichen Ärger und Anspannung aus. Er war ohnehin alles andere als begeistert gewesen, als Sonja ihm am Vorabend eine Nachricht hatte überbringen lassen, worin sie sowohl die Absicht der Begleitung durch eine Vertretung der *Schweizer Spende* als auch den Grund dafür erklärte.

»Ich habe nichts anderes im Sinn, glauben Sie mir«, versicherte Eli eilig und stellte sich zu einer Gruppe von Frauen, die das Szenario mit kritischen Blicken beobachteten.

Mattes und seine Freunde hatten bereits gestern überall in der Gegend die Flugblätter verteilt. Auch Eli trug noch ein paar davon bei sich. »Haben Sie die Meldung schon gelesen? Das ganze Viertel soll auf Anordnung des Stadtkommandanten so weit wie möglich von Blindgängern gesäubert werden«, sagte sie lächelnd und drückte jeder der Frauen einen Zettel in die Hand. »Falls Sie irgendwelche Hinweise über nicht detonierte Munition haben, geben Sie beim britischen Informationsposten drüben am Venloer Wall Bescheid.«

»Wurde auch langsam Zeit, dass sich die Herrschaften darum kümmern«, meinte eine der Frauen. Die anderen nickten einvernehmlich.

»Geben Sie die Nachricht bitte weiter. Es ist wichtig, dass alle Anwohner informiert sind.« Eli verabschiedete sich und ging zum nächsten Grüppchen von Leuten.

»Haben Sie schon gehört …?« – »Auf Anordnung des Stadtkommandanten …«– »Informationen über Blindgänger jeder Art …« – »Bitte unbedingt weitersagen …« Gegen Abend wusste Eli kaum noch, wie oft sie das alles wiederholt hatte. Ihre Kehle war völlig ausgetrocknet.

Zum Glück trug sie heute nicht die Uniform, sondern den etwas leichteren Einteiler, doch auch der klebte ihr am Körper. Sie wischte sich mit dem Arm über das verschwitzte Gesicht. Die Temperaturen stiegen von Tag zu Tag, und es war heute schon so warm gewesen, dass auch die Soldaten ihre Feldblusen abgelegt und die Ärmel ihrer Hemden bis über die Ellbogen hochgekrempelt hatten.

»Haben Sie etwas gefunden?«, fragte sie Captain Atkins, als es dunkel wurde und die Soldaten ihre Geräte wieder auf den Lastwagen verluden.

»Nein.« Der Offizier sah sie an. Ein Schmunzeln zuckte an seiner Oberlippe. »Sehe ich da etwa eine Spur von Enttäuschung?« Mit Schwung hob er den Metalldetektor einem seiner Männer auf dem Laster entgegen.

Eli krauste verwirrt die Stirn, beeilte sich jedoch sofort mit der Antwort. »Wie? Oh. Nein. Ich meine … Dass Sie nichts gefunden haben, ist gut, oder?«

»Nun, das hängt wohl von der Sicht des Betrachters ab«, erklärte Atkins in lockerem Konversationston. »Für die Anwohner der besagten Zone ist es bestimmt gut, so besteht für sie keine unmittelbare Gefahr. Für den Sargmacher hingegen ist das eindeutig ein Verlustgeschäft.«

Seelenruhig krempelte er sich den Hemdärmel hinunter und machte eine Miene, als sinnierte er über seine Worte. »Andererseits gibt es für Sargmacher keine schlechteren Kunden als Bombenentschärfer. Von denen bleibt in der Regel selten genug übrig, dass sich ein Sarg überhaupt lohnt.«

Eli schnappte entsetzt nach Luft und starrte ihn an. Wie konnte er nur so leichthin über etwas so Tragisches sprechen? Sie taumelte, als sich die Welt auf einmal im Strudel zu drehen begann.

»Good heavens! Sie werden mir doch jetzt nicht etwa in Ohnmacht fallen, Miss Wipf?« Sofort trat der Captain neben sie, stützte sie am Arm ab. »Kommen Sie. Setzen Sie sich hin. Wasser! Bring mir jemand Wasser!«

»Es geht schon wieder, wirklich«, keuchte Eli, ließ sich aber dennoch zum Jeep führen und auf den Beifahrersitz setzen. Gierig trank sie das Wasser, das der Brite ihr in einer Feldflasche reichte. Es schmeckte schal, aber göttlich.

»Langsam. Kleine Schlucke.« Er zog ein Taschentuch hervor und tränkte es mit Wasser. »Hier. Legen Sie sich das in den Nacken. So ist's gut.« Die Stimme des Captains klang nun eine Nuance tiefer, und ein besorgter Unterton schwang darin mit, passend zu seiner Miene. »Bitte verzeihen Sie mir, ich hätte nicht so daherreden dürfen. Wir Sapper haben leider einen grässlichen Humor.«

»Sapper?« Sie schüttelte blinzelnd den Kopf. Wenigstens ebbte das Schwindelgefühl allmählich ab, auch wenn sich ihr Körper immer noch so anfühlte, als bestünde er aus Grießpudding.

»So werden die Royal Engineers genannt«, erklärte er und reichte ihr noch einmal die Feldflasche. »Besser?«

Eli nahm einen weiteren Schluck und wischte sich mit dem Handrücken über den Mund. »Besser. Danke.« Sie versuchte ein Lächeln, hielt sich jedoch sogleich die Hand auf den Bauch, als ihr Magen knurrte.

So laut, dass es auch der Captain hörte.

Er richtete sich auf, sah sie forschend an. »Haben Sie eigentlich heute schon etwas gegessen, Miss Wipf?«

Essen? Das hatte sie vor lauter Flugblätterverteilen und Mit-den-Leuten-Reden völlig vergessen. »Einen Kaffee am Morgen«, gab sie zu. »Mit etwas Milchpulver.« Das klang gehaltvoller.

Er stieß ein amüsiertes Schnauben aus. »Ich weiß, andere Länder, andere Sitten, trotzdem bin ich mir ziemlich sicher, dass auch in der Schweiz ein Kaffee nicht als Mahlzeit zählt. Dann wird es höchste Zeit, dass ich Sie zurückbringe.«

Ohne ein weiteres Wort schloss er die Beifahrertür, stieg am Steuer ein und rief Lieutenant Woodgrove ein paar letzte Anweisungen zu, bevor er losfuhr.

»Was hat Colonel White eigentlich dazu gebracht, seine Meinung zu ändern?«, fragte Eli, um das Schweigen während der Fahrt zu unterbrechen.

Der Brite hielt den Blick auch weiterhin nach vorn gerichtet. Doch selbst im Profil konnte sie die leichte Andeutung eines Grinsens an seinem Mundwinkel erkennen, als er sagte: »Ich nehme an, er war ziemlich beeindruckt. Das waren wir übrigens alle – einen Auftritt wie Ihren bekommt man nicht alle Tage zu sehen, und er war eine willkommene Abwechslung während einer nie enden wollenden Besprechung.« Geschickt wich er einem mitten auf der Straße klaffenden Krater aus.

»Oh.« Augenblicklich fühlte sie, wie ihr die Röte in die Wangen stieg. Nur gut, dass er es anscheinend nicht bemerkte.

Kurz darauf brachte Captain Atkins den Wagen vor dem Schweizer Dorf zum Stehen und half ihr sogar beim Aussteigen. Unglaublich, eine solche Aufmerksamkeit war Eli nicht einmal von zu Hause gewohnt.

Es war inzwischen schon nach neun Uhr abends, und im Schweizer Dorf war Ruhe eingekehrt. Nur in der Wohnbaracke war noch Licht in den Fenstern zu sehen.

Sie reichte dem Captain die Hand zum Abschied und wandte sich zum Gehen, als er sich jedoch räusperte und sagte: »Da fällt mir ein … Ich schulde Ihnen immer noch eine Entschuldigung für den kleinen Unfall seinerzeit im Hauptquartier.«

»Ach, das ist wirklich nicht …«, wollte Eli erwidern.

Doch er hob die Hand und unterbrach sie mit gespieltem Ernst. »Ich bitte Sie. Ich bin Brite, Entschuldigungen sind für uns eine Frage des persönlichen Wohlbefindens.« Die feinen Fältchen an seinen Augenwinkeln verrieten seinen Schalk. Sogleich wurde er aber wieder ernst, verschränkte die Hände hinter dem Rücken und sah sie unverwandt an. »Was halten Sie von einem Abendessen? Ich meine, einem richtigen Essen in einem Lokal. Mit Musik. Sie mögen doch Swing?«

Was hatte dieser Engländer bloß an sich, das sie ständig dermaßen aus der Fassung brachte?, fragte sich Eli. War es seine direkte Art? Sein so eigenartiger Charme und sein gewöhnungsbedürftiger Humor? Oder womöglich wirklich sein Aussehen? In Gedanken musste sie Paulchen einmal mehr recht geben, er sah wirklich blendend aus in Uniform. Und er war so völlig anders als Werner.

Einen Atemzug lang flackerte das schlechte Gewissen auf. Und die Erinnerung an Mutters Brief. *»Dir sind die Scherben egal, die du durch deine egoistischen Abenteuer hinterlässt«*, hatte sie geschrieben. Die Worte hatten ihre Wirkung nicht verfehlt und schmerzten noch immer.

Im selben Moment meldete sich jedoch der Trotz in ihr, und sie hörte sich sagen: »Ich liebe Swing.«

Captain Atkins strahlte. »Ausgezeichnet. Sagen wir also Samstagabend? Ich hole Sie um halb sieben Uhr hier ab.«

»Besser, ich warte beim Wachposten vor Ihrem Lager auf Sie«, erwiderte sie stattdessen. Es war klüger, Diskretion zu wahren. Sie hatte ihre Lektion inzwischen gelernt.

»Gut.« Er stieg in den Wagen und nickte ihr lächelnd zu, bevor er davonbrauste.

»War es sehr schlimm?«, fragte Paulchen mit mitleidiger Miene, sobald Eli das Zimmer betrat, das sie nun miteinander teilten, seit Marie und Angelo vorgestern ebenfalls ins Barackendorf gezogen waren. Die britischen Quäker hatten ihr Quartier gewechselt und somit endgültig keinen Platz mehr für die Schweizer übrig.

Mit einem Seufzer ließ Eli sich rückwärts aufs Bett fallen. »Sie haben nichts gefunden heute. Und Captain Atkins hat mich eingeladen.«

Paulchen stieß einen begeisterten Schrei aus und hopste auf Elis Bett. »Der schneidige Offizier?« Sie klatschte in die Hände. »Du musst mir alles erzählen. Bis ins kleinste Detail.«

Eli stützte sich auf den Ellbogen ab. »Da gibt es nicht viel zu erzählen. Er will sich dafür entschuldigen, dass er mich damals auf der Treppe beinahe umgestoßen hat. Aber ich werde ihm morgen eine Absage schicken.« Da waren sie wieder – Zweifel und schlechtes Gewissen. Sie hätte seine Einladung sogleich ablehnen sollen.

Mit dem zusätzlichen Bett und Paulchens Sachen war das Zimmer bis auf den letzten Zentimeter belegt. Es blieb gerade noch genügend Platz für einen Schrank, eine kleine Kommode sowie ein Tischchen in der Ecke neben dem Fenster, auf dem ein Waschbecken und ein kleiner Spiegel standen. Trotzdem hatten sie es sich so gemütlich wie nur möglich gemacht: Die Vorhänge aus rot-weiß karierten Stoffresten stammten aus Paulchens Nähstube, und an der Wand hingen Dutzende farbige Zeichnungen der Kinder.

»Du willst ihm einen Korb geben?« Ihre Miene drückte Verständnislosigkeit und leise Enttäuschung aus, als Paulchen sie ansah. »Aber warum denn?«

Mit einem Ruck stand Eli auf und ging zur Kommode, in der sie ihre persönlichen Sachen sowie einen kleinen Notvorrat an

Schokolade aufbewahrte. »Warum wohl? Wegen Werner natürlich.«

Sie riss das Aluminiumpapier auf, biss hinein und schloss die Augen. Zartbitterschokolade. Die mochte sie am liebsten. Herbsüßes Seelenfutter.

Doch die Ablenkung war nur von kurzer Dauer. Sie brauchte nicht einmal aufzusehen, um den Vorwurf in Paulchens Blick zu erahnen.

»Einen dämlicheren Grund habe ich noch nie gehört.« Mit vor der Brust verschränkten Armen saß die Freundin auf dem Bett.

»Werner ist mein Verlobter«, versuchte sich Eli zu verteidigen. »Ich kann nicht einfach mit einem anderen Mann ausgehen und so tun, als gäbe es ihn nicht.« Noch während sie die Worte aussprach, sträubte sich alles in ihr dagegen. Sie nahm noch einen Bissen Schokolade.

Paulchen runzelte die Stirn. »Hast du denn irgendwelche Absichten Captain Atkins gegenüber?«

»Natürlich nicht«, rief Eli entsetzt. Was für eine Frage.

»Wo liegt also das Problem?« Die Freundin rutschte an das Fußende des Bettes. »Es ist ein Abendessen, Eli. Vielleicht ein Tanz oder zwei. Ein paar Stunden ohne Trümmer. Ein paar Stunden durchatmen. Daran ist nichts Verwerfliches. Wir alle haben uns eine Pause verdient, wenn sie sich ergibt.« Ihre Stimme war sanft geworden, und im Schein des Karbidlämpchens funkelten ihre Augen warm, als sie ihr zuzwinkerte. »Erst recht, wenn es dabei um einen gut aussehenden britischen Offizier geht.«

Ohne mit der Wimper zu zucken, nahm sie Eli die Schokolade aus der Hand und biss selbst herzhaft hinein.

Der Anblick brachte Eli zum Lachen. Liebes, herzensgutes Paulchen. In einem Punkt hatte sie sogar recht, es wäre eine mehr als willkommene Abwechslung zum Alltag.

Wie von einem Magnet angezogen, fiel Elis Blick auf die unterste Schublade der Kommode. Dort unter der Winterdecke lag Mutters Brief. Sie hatte ihn mehrmals lesen müssen, weil sie zuerst gar nicht glauben konnte, was darin stand. Sie hatte mit vielem gerechnet: mit einem Schreiben von Vater, in dem er ihr die Leviten las und ihr mit Enterbung drohte, wenn sie nicht augenblicklich zurückkäme. Oder zumindest mit einer der üblichen Predigten – ja, sogar damit, dass Mutter ihrem Hang zu Dramatik nachgeben würde. Dagegen hatte sie sich während der vergangenen Wochen innerlich gewappnet, jedoch niemals mit solch haltlosen Vorwürfen gerechnet.

Es kümmerte sie nicht, was für Vater und die Familie auf dem Spiel stand? Was hatten Vater und die Familie denn überhaupt mit ihrem Fortgehen und der Absage der Hochzeit zu tun? Während Werner sich anscheinend nicht einmal dazu herabließ, auf die drei Briefe zu antworten, die sie ihm inzwischen geschrieben hatte. Seit sie Mutters Nachricht gelesen hatte, schwankte Eli darum konstant zwischen schockierter Kapitulation und sturem Trotz hin und her.

Erneut erschien das Gesicht des Captains in ihrer Erinnerung und brachte zugleich den Trotz auf Vormarsch.

»Also gut«, gab sich Eli geschlagen. »Hilfst du mir auszusuchen, was ich anziehen soll?« Sie legte die Hände an die Seiten und bewegte tänzelnd die Hüften. »Captain Atkins will mich in ein Tanzlokal ausführen.«

18 SWINGING

Bergisch Gladbach, Mai 1946

Bereits auf der Eingangstreppe waren das schrille Quietschen von Klarinetten und das Hämmern eines Schlagzeugs zu hören. Die riesigen Fenster des Backsteingebäudes waren durch Vorhänge abgedunkelt, die Saalbeleuchtung warf die Schatten tanzender Menschen darauf.

Eli konnte sich kaum an den vielen Leuten sattsehen, als sie den wuchtigen Bau mit den Dachgauben und den verglasten Rundbögen am Eingangsportal betrat.

Gelächter lag in der Luft, zusammen mit dem Geruch nach französischem Parfüm, Alkohol und Zigarettenrauch.

Geschickt lotste Captain Atkins sie durch die Menge zur Garderobe und nahm ihr den Mantel ab. Er war nicht der einzige anwesende Soldat, bemerkte Eli. Tatsächlich waren sogar die meisten männlichen Anwesenden in Uniform – ob britische, amerikanische oder sogar hier und da französische, die Mischung war bunt. Das Lokal musste weitum bekannt sein.

Sie hingegen fühlte sich mit einem Schlag in eine andere Welt versetzt. All die gut gekleideten Leute, die Damen geschminkt und mit Kleidern in hellen, fröhlichen Farben. Eli hatte fast vergessen, dass es so etwas überhaupt noch gab. Sie selbst trug ein schlichtes, knielanges Kleid aus bordeauxrotem Stoff mit Dreiviertelärmeln und einer schmal geschnittenen Taille. Das Beste, was ihr Kleiderschrank zu bieten gehabt hatte. Auf dem kurzen Weg vom Schweizer Dorf bis zum britischen Zeltlager war sie sich wie ein Paradiesvogel vorgekommen, hier fühlte sie sich jedoch im Vergleich eher wie ein Mauerblümchen.

»Gefällt es Ihnen hier?«, fragte Captain Atkins und beugte sich näher zu ihr.

»Sehr.« Eli lächelte ihn an.

»Warten Sie ab, bis Sie das Essen gekostet haben.« Er hielt ihr den Arm hin. »Shall we?«

Sie hakte sich bei ihm ein und ließ sich in einen Saal mit Reihen von runden Tischen führen. Spiegel an den Wänden ließen den Raum noch größer erscheinen, und die Kronleuchter hätten sogar Mutter vor Neid erblassen lassen.

Die Mehrheit der Plätze war bereits besetzt, aber ein Kellner begleitete sie zu einem Tisch in einer ruhigen Ecke, von wo aus sich dennoch der ganze Saal überblicken ließ. Auch hier war die Musik aus dem Tanzsaal noch immer zu hören, nur viel dezenter.

Fast ehrfürchtig fuhr Eli mit den Fingern über das makellos weiße Leinentischtuch. Die gefaltete Stoffserviette. Der Unterteller aus Porzellan – glänzend und ohne jeden Kratzer. Das Licht der Kerze ließ die geschliffenen Weingläser funkeln.

Der Kellner reichte ihr die Speisekarte. »Darf ich Ihnen die heutige Spezialität des Chefkochs empfehlen? Als Entree eine delikate Traubenpastete. Für den Hauptgang Roastbeef mit einer köstlichen Remoulade, dazu, wenn Sie möchten, Reis oder gebratene Kartoffeln. Und als Nachspeise schlage ich Ihnen unseren Quarkpudding vor«, sagte er auf Englisch, jedoch mit unüberhörbar deutschem Akzent.

Eli starrte ihn an. Roastbeef mit Remoulade? Quarkpudding?

Verstohlen wandte sie den Blick auf die Gäste rundum, auf deren Tellern sich die Köstlichkeiten häuften. Plaudernde, lachende Leute, die Wein tranken und den Abend genossen. Eine Szene, wie sie daheim in Zürich spielen könnte. In einer heilen Welt, die jedoch zugleich so völlig unwirklich und fehl am Platz wirkte. Die Trümmer von Köln lagen nur etwas mehr als eine halbe Stunde von hier entfernt.

»Eine Fleischbrühe mit Croutons für mich, bitte«, sagte Eli.

Captain Atkins hob erstaunt den Blick. »Sie sollten das Roastbeef kosten, es ist wirklich vorzüglich.«

Doch Eli winkte lächelnd, aber bestimmt ab. »Danke, eine Suppe reicht völlig.«

Einen Atemzug lang sah der Offizier sie reglos an. Dann klappte er die Speisekarte zu und reichte sie dem Kellner zurück. »Für mich dasselbe.« Dazu bestellte er noch eine Flasche Riesling.

Nahm er tatsächlich auch nur eine Suppe? Trotzdem ließ sich Eli die Verwunderung nicht anmerken.

»Auf einen Abend in charmanter Gesellschaft, Miss Wipf«, sagte er wenig später und hob ihr das gefüllte Weinglas entgegen.

Sie erwiderte das Prosit. »Eli – bitte, das klingt viel weniger förmlich.«

»Trevor, es ist mir ein Vergnügen. Steht Eli für Elisabeth?«, fragte er, wobei er das L mit seinem britischen Akzent viel runder betonte.

»Es ist die Kurzform für Elvira. Aber so nennen mich nur meine Eltern, wenn sie etwas an mir auszusetzen haben.« Sie hob entschuldigend die Schultern. »Was bei meinem Charakter allerdings des Öfteren der Fall ist.«

Er stieß ein amüsiertes Glucksen aus. »Das kann ich mir beim besten Willen kaum vorstellen.«

»Dass meine Eltern etwas an mir auszusetzen haben oder dass ich die meisten Leute mit meinen Ideen und Ansichten vor den Kopf stoße?« Sie nahm einen Schluck Wein und lehnte sich nach vorn. Auf diese Antwort war sie gespannt.

Doch im selben Moment erschien der Kellner mit der Suppe.

Sie war kräftig und schmeckte köstlich, die Croutons waren sogar noch mit etwas Knoblauch und Petersilie gewürzt.

»Mich hast du zumindest bis jetzt nicht sonderlich vor den Kopf gestoßen«, sagte Trevor auf einmal aus heiterem Himmel, wischte sich gelassen mit der Serviette den Mund ab und lehnte sich zurück.

Hatte er ihr da eben sogar noch spöttisch zugezwinkert? Wollte er sie etwa herausfordern?

In aller Seelenruhe löffelte Eli den letzten Tropfen Suppe aus und legte das Besteck dann ordentlich am Tellerrand ab. »Ach, wirklich nicht?«

»Ich bin mit drei Schwestern aufgewachsen, meine Toleranzgrenze liegt also ziemlich hoch.« Er schlug ein Bein über das andere und hob die Hand, um nach dem Kellner zu rufen. »Cognac oder lieber Portwein?«

»Cognac, bitte. Wie entschärft man eigentlich eine Bombe?«, fragte Eli leichthin, stützte das Kinn auf die Hand und sah den Briten mit unschuldiger Miene an.

Doch er war gut. Falls ihn die Frage verwirrte, so ließ er sich zumindest nichts anmerken.

»Das kommt darauf an, um was für eine Art von Sprengkörper es sich handelt«, erklärte er stattdessen, umfasste das dickbauchige Glas, das der Kellner vor ihn hingestellt hatte, mit der Hand, schwenkte es und roch an der goldbraunen Flüssigkeit darin.

Erst jetzt fiel Eli auf, wie lang und feingliedrig seine Finger waren. Fast wie die einer Frau.

Doch dann schilderte Trevor mit ruhiger, sachlicher Stimme den Unterschied zwischen Luftminen, Panzersprengbomben, Lufttorpedos, Großladungsbomben und noch vielen anderen Begriffen, die Eli gar nicht im Gedächtnis behalten konnte und wollte. Allein der Gedanke an all diese fürchterlichen Waffen war ihr unheimlich. Sie hatte schließlich tagtäglich vor Augen, was diese anrichten konnten.

Warum in aller Welt hatte sie ihn danach fragen müssen? Woher hätte sie andererseits wissen sollen, dass er sich überhaupt darauf einließ?

Er trank den letzten Cognactropfen aus und führte seine Erklärungen ungerührt fort. »Die Sprengkörper müssen meist direkt am Fundort entschärft werden. Ein Transport ist zu gefährlich.«

Zuerst mussten die Bomben vollständig freigelegt und der Zündmechanismus identifiziert werden. Danach folgte der gefährlichste Schritt mit der Entfernung des Zünders.

Spätestens an diesem Punkt gab sich Eli endgültig geschlagen und hob abwehrend die Hände. »Genug. Davon bekommt man ja Albträume.« Ihr war schon ganz mulmig geworden.

»Nicht doch, jetzt kommt der beste Teil.« Er setzte sich gerade hin und bog die Finger beider Hände, als würden sie ein Rohr umfassen. »Eine spezielle Klemme wird direkt am Zünder angebracht und damit das Gewinde gelöst. Langsam – ganz langsam.« Er verlieh seiner Stimme einen tiefen, dramatischen Unterton. »Manchmal klemmt es, und man muss es mit Hammer und Meißel aufzwängen. Wenn der Hammer auf den Meißel trifft, klingt es hohl, metallen und hallt einem im ganzen Körper nach.«

»Trevor, bitte …«, stöhnte Eli und stürzte den Cognac in einem Zug hinunter, bekam danach jedoch einen Moment lang kaum noch Luft, und ihre Kehle stand in Flammen.

»Wenn du Glück hast, hat der Zünder keine Ausbausperre.« Die Falten an seinen Augenwinkeln wurden immer tiefer, sein Tonfall blieb jedoch weiterhin todernst. »Wenn doch, bleiben dir noch etwa vier Sekunden, um die Leiter hochzuklettern und etwa fünfhundert Meter weit zu rennen, bevor das Ding hochgeht.«

Das bedeutete, dass … »O Gott im Himmel.«

Doch Trevor lehnte sich wieder zurück und machte eine wegwerfende Handbewegung. »Wenn nicht, dann schraubst du den Zünder vorsichtig heraus, entfernst die Schärfungsspindel and Bob's your uncle.«

Und Bob ist dein Onkel? Trotz ihrer Fassungslosigkeit runzelte Eli verwirrt die Stirn. »Ich kenne niemanden mit dem Namen Bob und erst recht nicht in meiner Verwandtschaft.« Wo lag da der Zusammenhang?

Der Brite sah sie fragend an. Auf einmal presste er bemüht seine Lippen zusammen, und seine Brust begann zu beben. Bis er schließlich in prustendes Gelächter ausbrach.

»Was ist denn daran so lustig?« Eli verstand die Welt nicht mehr.

»Du«, keuchte Trevor und wischte sich die Tränen von den Augen.

»Ich?« Da. Da war es wieder, dieses altbekannte Gefühl von Unzulänglichkeit, das auch Werner ihr immer zu spüren gab. Nur mit dem Unterschied, dass Werner sie wenigstens nicht auslachte.

Aus dem Tanzsaal waren die unverkennbaren Saxofon- und Posaunenstimmen von Glen Millers *In the Mood* zu hören.

»Weil du so erfrischend direkt und unverblümt bist«, brachte Trevor endlich hervor und bemühte sich erneut um Haltung. Er rückte den Stuhl näher zum Tisch und sah sie offen an. »Das meine ich ernst. Dein unerschütterlicher Enthusiasmus. Ich habe noch nie jemanden getroffen, der sich so für seine Überzeugung einsetzt.«

Wieder dieses freche Augenzwinkern, als er hinzufügte: »Außerdem hast du dich eben verblüffend gut gehalten. Die meisten Frauen wollen lieber nichts von unserer täglichen Arbeit wissen. Meine Schwester Margery läuft immer schreiend aus dem Zimmer, wenn ich davon erzähle.«

Eli war fassungslos. Hatte sie tatsächlich richtig gehört? Wenn ja, war es unglaublich – wirklich und wahrhaftig unglaublich. Vor ihr saß jemand, der sich nicht an ihrer Neugier zu stören schien. Im Gegenteil, das war eben das netteste Kompliment gewesen, das ihr jemals ein Mann gemacht hatte.

»Da wir euch während der Blindgängerräumung begleiten, wollte ich zumindest wissen, womit wir es zu tun haben«, versuchte sie, ihre Aufregung mit einem sachlichen Kommentar zu überspielen. Dazu gehörte auch, dass sie ihm kess Kontra gab. »Du hast mich schließlich geradezu herausgefordert.«

Ein spitzbübisches Grinsen machte sich auf seinem Gesicht breit. »Schuldig im Sinne der Anklage.«

Lauter Applaus und Begeisterungsrufe begleiteten ein mitreißendes Trompetensolo im Tanzsaal.

Trevor stand auf und griff nach Elis Hand. »Komm, lass uns tanzen.«

Sie ließ sich von ihm in den gegenüberliegenden Saal ziehen, der über eine weite, nach unten führende Treppe zu erreichen war. Das Licht war hier gedämpfter als oben im Speisesaal. Spotlampen beleuchteten die Tanzfläche und das Podest, auf dem eine zehnköpfige Band spielte.

Beim Eintreten verschlug es Eli schier den Atem vor Hitze sowie dem Geruch nach Rauch, Alkohol und Schweiß. All die vielen Menschen. Auf der Tanzfläche gab es kaum genug Platz. Viele standen auf der Treppe, rauchten, tranken und bewegten sich im Takt der Musik.

Das Hämmern des Schlagzeugs, das Dröhnen der Posaunen und Saxofone und dazu die volle, rauchige Stimme der blonden Sängerin.

Bevor Eli sichs versah, hatte Trevor sie bereits auf die Tanzfläche gezogen und wirbelte sie herum.

Er war ein guter Tänzer und riss sie mit. Sie spürte den Rhythmus bis tief in den Bauch hinein. Er versetzte einen wie von selbst in Bewegung, man konnte gar nicht anders.

Werner nannte das Dschungelmusik. Nie im Leben würde er sie in so ein Lokal führen, das war unter seinem Niveau.

Schon bald war alles rundum vergessen, und Eli genoss alle fünf Tänze – jeden einzelnen Moment.

Bis die Band schließlich einen langsameren Takt vorgab und das Lied *Sentimental Journey* anspielte.

Trevor beherrschte auch den langsamen Foxtrott in Perfektion.

»Entweder du bist ein Naturtalent, oder du wurdest zu Tanzstunden verdonnert«, witzelte Eli nach einer gekonnten Drehung.

Er schnalzte mit der Zunge und hob theatralisch die Augenbrauen, während er Eli herumschwang. »Zusammen mit meinen Schwestern. Drei Jahre lang einmal die Woche in Miss Verity Websters Tanzschule«, erklärte er. »Ein traumatisches Erlebnis für einen Vierzehnjährigen. Unsere Eltern waren in dieser Hinsicht jedoch gnadenlos.«

Eli kicherte. »Das klingt sehr elitär.«

»Ja, das gehört mit zu den Vor- und Nachteilen, in eine alteingesessene Familie in Yorkshire hineingeboren zu sein.« Er grinste verschwörerisch.

Schließlich war das Lied zu Ende, und er führte sie zu einem Tischchen im hinteren Teil des Tanzsaals. Dort war es ruhig genug, um sich zu unterhalten, ohne schreien zu müssen, auch wenn das Orchester spielte.

Bei einem erfrischenden Getränk aus Wasser und Ananassaft erzählte der Brite noch mehr von seiner Familie, seiner Heimat und seinem Leben. Nach dem College hatte er an der Universität von St. Andrews studiert, bevor er seine Ausbildung an der Royal Military Academy in Woolwich absolvierte. Kurz darauf war der

Krieg ausgebrochen. Eli staunte, als er all die Orte aufzählte, an denen er in den vergangenen sechs Jahren stationiert gewesen war: Ägypten, Libyen, Frankreich, Holland, Belgien, Italien und schließlich Deutschland.

Doch auch Trevor stellte ihr Fragen und hörte mit Interesse ihren Antworten zu. Eine ganz neue Erfahrung für Eli. Er lachte sogar, als sie ihm ein paar Episoden aus ihrer Zeit in der Privatschule erzählte. Zum Beispiel als sie sich eines Nachts hinausgeschlichen hatte, um die Mondfinsternis von einem nahen Hügel aus zu beobachten, dabei jedoch in einen Kuhfladen getreten war. Oder von all den heimlichen Vorbereitungen für ihre Abreise nach Köln und davon, wie Mutter einmal um ein Haar ihr geheimes Sammellager hinter dem Gestell mit den Marmeladengläsern im Keller entdeckt hätte.

Noch nie zuvor hatte sie sich so offen und vorbehaltlos mit einem Mann unterhalten können. Vor allem hatte sie noch nie zuvor einen Mann kennengelernt, der sie um ihre Meinung fragte und diese sogar akzeptierte. Werner hatte es immer nur gereicht, sie vor seinen Freunden und Bekannten zur Schau zu stellen wie eine lächelnde, hirnlose Puppe.

Trevors Charme hingegen wirkte unaufdringlich, und selbst an seinen tiefschwarzen Sapper-Humor konnte man sich gewöhnen.

Es war weit nach Mitternacht, als er den Jeep unweit der Einfahrt zum Schweizer Dorf entfernt anhielt und den Salut des diensthabenden Wachpostens vor dem Eingang zum Zeltlager erwiderte.

»Ich begleite dich noch hinüber«, sagte er, als er ihr die Wagentür aufhielt.

»Das ist nicht nötig, wirklich. Es sind ja bloß ein paar Schritte, und es ist Vollmond.« Selbst ohne das Licht der Scheinwerfer hätte sie seinen zweifelnden Gesichtsausdruck bemerkt. »Das war ein herrlicher Abend. Vielen Dank.« Sie reichte Trevor die Hand zum Abschied.

Er stieß einen resignierten Seufzer aus, nickte dann jedoch. »Ganz meinerseits. Auch wenn dir das Essen anscheinend nicht zugesagt hat.«

Sogleich schüttelte Eli den Kopf. »Oh, das Essen war köstlich. Es ist nur …« Sie suchte nach den richtigen Worten. Wie sollte sie ihm das nur erklären, ohne undankbar zu erscheinen? Es war einmal mehr eine Gratwanderung zwischen den Fronten. »Ich kann kein so fürstliches Essen genießen, wenn ich täglich Menschen sehe, die nicht wissen, wie sie ihre Kinder ernähren sollen. Es tut mir leid, doch ich hätte keinen einzigen Bissen hinunterbekommen.«

Seine Augen funkelten, als er nickte. »So etwas in der Art hatte ich mir gedacht. Miss Wipf und ihre Kölner Schäfchen.« Es lag keinerlei Vorwurf in seiner Stimme, einzig ein leicht neckender Unterton.

»Hast du etwa deshalb auch nur eine Suppe gegessen?«, fragte Eli einer plötzlichen Eingabe folgend und sah ihn forschend an.

»Ich bitte dich, für wie nobel hältst du mich?« Gespielt empört verschränkte er die Hände hinter dem Rücken. »Gutes Essen wird ohnehin viel zu hoch bewertet. Das nächste Mal werde ich mir jedoch vorher schon eine Notration besorgen.«

Eli unterdrückte ein Schmunzeln. »Gut, denn ich möchte auf keinen Fall, dass Sie meinetwegen verhungern, Captain Atkins.«

»Gott bewahre.«

»Gute Nacht.« Mit einem Lächeln wandte Eli sich zum Gehen, drehte sich jedoch nach zwei Schritten wieder um. »Da fällt mir ein: Wer ist denn nun eigentlich dieser Onkel Bob?«

Trevor stand noch immer da, in unbewegter, militärischer Haltung. Trotzdem sah sie, wie seine Mundwinkel zuckten.

Er räusperte sich, bevor er antwortete: »Diese Erklärung muss bis zum nächsten Mal warten. Gute Nacht, Eli.« Zum Abschied nickte er ihr zu.

Der Vorplatz lag verlassen und vom Mond erleuchtet vor ihr, während sie so leise wie möglich zur Wohnbaracke schlich. Sie zuckte zusammen, als sie ein Geräusch hinter sich hörte, und fuhr herum. Im selben Moment war da das unverkennbare Tapsen von Pfoten, und Eli erkannte Hasso, der sie mit feuchter Schnauze begrüßte.

»Du Schlawiner hast mich fast zu Tode erschreckt«, flüsterte Eli und grub die Finger in das dichte Nackenfell. Der Hund antwortete mit einem zufriedenen Hecheln.

Sanft, aber beharrlich stieß sie das Tier jedoch weg und schlüpfte durch die Tür hinein.

Inzwischen fand sie ihren Weg durch die Baracke blind. Ihre Hand lag bereits auf dem Türknauf zu ihrem Zimmer, als sie durch das Fenster eine Bewegung draußen wahrnahm.

Sie trat näher an die Glasscheibe, spähte hinaus und stutzte. Eine Gestalt trat aus einer der Baracken auf den Platz. Ein Mann. Er trug dunkle Hosen, ein weißes Unterhemd und darüber Hosenträger, Eli konnte ihn im Mondlicht deutlich erkennen, sah jedoch sein Gesicht nicht. In der Hand hielt er einen dicken, armlangen Knüppel.

Er sah nicht aus wie einer der üblichen Polizisten, die nachts in der Gegend patrouillierten. Ein Dieb? Sie sollte besser Sonja wecken.

Doch dann sah sie, wie Hasso, freudig mit dem Schwanz wedelnd, auf den Mann zutrottete.

Dieser kniete nieder, vergrub das Gesicht in Hassos Fell. Dann stand er wieder auf, klopfte sich mit der einen Hand auf den Oberschenkel, damit der Hund ihm folgte. In der anderen hielt er noch immer den Knüppel, schwang ihn sich jedoch lässig über die eine Schulter.

Gemeinsam mit Hasso sah Eli ihn die Baracken entlang über das Areal wandern. Langsam. Wachsam.

An der äußersten Baracke angekommen, drehte sich der Mann um. Der Mond beleuchtete sein Gesicht.

Sofort machte Eli einen Schritt zurück, damit er sie nicht sah.

Was machte Helmut um diese Nachtzeit denn da draußen?

TEIL 3

AUF TRÜMMERN GEBAUT

19 BRIEF III

Herrn
Werner Lüdi
Birchmattstr. 350
Zürich
Schweiz

15. Mai 1946

Lieber Werner,

ich hoffe, dieser Brief erreicht dich noch rechtzeitig zu deinem Geburtstag.

Herzlichen Glückwunsch! Auch wenn zwischen uns im Augenblick mehr als nur die Distanz liegt.

Mir ist bewusst, wie unerwartet die Ereignisse der letzten Monate für dich gewesen sein müssen – meine Abreise, die Absage der Hochzeit. Es war nie meine Absicht, dich zu verletzen, Werner. Ich habe in meinen Briefen mehrmals versucht, dir meine Beweggründe zu erklären: weil ich noch nicht bereit bin, einen so wichtigen Bund einzugehen, der fürs ganze Leben sein soll. Weil ich dir genau deshalb nichts vormachen und ehrlich zu dir sein will. Weil ich mit meiner Arbeit hier endlich etwas gefunden habe, das mich ausfüllt und einen Sinn ergibt. Manchmal wünschte ich, du und meine Eltern könnten sehen, wie es hier ist, dann würdet ihr mich vielleicht verstehen.

Für dich mögen es nur leere Worte sein, aber glaub mir, Werner, es ist besser so. Jetzt zu heiraten, hätte uns beide nur unglücklich gemacht. Ich wünsche dir im Leben alles Gute und viel Glück und Erfolg.

Elvira

20 MAUERN

Am Venloer Wall, Frühling 1946

Helmut hörte die Schreie. Sie waren ganz nah. Kinder und Frauen.

Sein eigenes Keuchen dröhnte ihm in den Ohren. Vormarsch bis zum Gehöft auf dem Hügel und Stellung beziehen, so hatte der Befehl seines Kommandanten gelautet.

Er fühlte das vertraute Gewicht seiner Pistole in der Hand, während er den Hügel hinaufrannte. Das hohe Gras streifte das Leder seiner Stiefel.

Die Schreie.

Er sah sich um. Wo waren die Männer seines Trupps?

Helmut rannte weiter. Der Hof lag nur noch wenige Meter vor ihm. Drei längliche Katen mit Bretterwänden und tief liegenden Strohdächern.

Die Explosion riss ihn von den Füßen, presste ihm den Atem aus der Brust. Der Geschmack von Rauch und Dreck im Mund, brennende Augen. Er konnte nichts mehr hören. Bleierne Dumpfheit um ihn herum.

Durch einen grauroten Schleier erkannte er seinen Kommandanten, der über ihm stand und irgendwem Befehle zubrüllte.

Aufstehen. Er musste aufstehen. Doch seine Arme und Beine waren auf einmal wie am Boden festgewachsen.

Dann war der Kommandant plötzlich verschwunden. Stattdessen prasselte Erde auf Helmut nieder. Ein Chaos aus Donner und dunklem, drohendem Wummern. Er fühlte den Boden unter den Mörsereinschlägen beben. Die Wucht der Druckwellen schien seinen Körper zu zermalmen. Das durchdringende Jaulen der Stalinorgeln ging durch Mark und Bein, und es hörte nicht mehr auf.

Lebendig begraben von Krieg und Dreck.

Nein! Ein stummer Schrei in seinem Kopf.

Etwas Nasses, Warmes traf ihn ins Gesicht, verklebte ihm die Augen.

Er bekam keine Luft mehr, blinzelte, schaffte es zumindest, den Kopf zu heben. Und er erkannte erst jetzt, dass über ihm keine Erde lag, sondern lauter blutende, zerfetzte Gliedmaßen. Direkt auf seiner Brust ruhte ein kleiner Körper. So klein, bleich und zerbrechlich, als wäre er aus Porzellan. Ein Junge.

Seine Augen hatten die Farbe von Asche und starrten ihn anklagend an.

Mit einem Schrei fuhr Helmut von der Pritsche auf und brauchte mehrere heisere Atemzüge, um zu realisieren, wo er sich befand.

Das Hemd klebte ihm auf der Haut. Die Luft in der Baracke war heiß und stickig. Mit zittrigen Händen fuhr er sich durchs Haar und über das verschwitzte Gesicht. Das Hämmern in seiner Brust beruhigte sich nur ganz allmählich.

Sein Blick wanderte zu dem schlafenden Jungen auf der Pritsche neben ihm. Mattes hatte zwar oft Mühe beim Einschlafen, aber sobald er schlief, weckten ihn keine zehn Lastwagen mehr.

Wenn nur diese Hitze nicht wäre. Er konnte hier drin kaum atmen.

Mit einem Ruck stand er auf und ging zur Tür. Er brauchte dringend frische Luft. Wie gewohnt langte er dabei nach dem Holzknüppel, der links neben dem Türrahmen angelehnt war.

Es war noch immer dunkel draußen. Nur der Mond leuchtete halb voll vom Himmel und legte einen silbernen Schein über die Baracken und den Platz davor.

Helmut atmete tief ein, schloss die Augen und genoss den kühlen Windhauch. Ah, was für eine Wohltat.

Er hörte das Tapsen von Hassos Pfoten hinter sich und lächelte, als die raue Zunge an seiner Hand leckte.

»Na, du Racker«, begrüßte er den Hund leise und klopfte ihm auf die Flanken.

Sogleich setzte sich dieser vor ihn hin und spitzte erwartungsvoll die Ohren.

Helmut wusste genau, was das zu bedeuten hatte. Inzwischen war es fast zu einer Art Ritual zwischen ihnen geworden. »Damit müssen wir noch warten. Wir wecken sonst alle auf«, erklärte er dem Hund und versteckte den Knüppel hinter seinem Rücken.

Doch Hasso schien anderer Meinung zu sein, ließ ein missbilligendes Schnauben ertönen und kratzte mit der rechten Pfote auf dem Boden.

»Jetzt bloß nicht vorlaut werden. Und schau nicht so, die Masche zieht bei mir nicht.« Helmut umfasste den Knüppel hinter dem Rücken mit beiden Händen und versuchte, seinen besten Oberleutnant-Tonfall beizubehalten.

Vergebens. Wie war es nur möglich, dass er einen ganzen Zug Soldaten mit eiserner Disziplin angeführt hatte und nun vor einem Hund klein beigab?

»Einmal nur, dann ist Schluss, verstanden?«

Wie auf Kommando sprang Hasso auf die Beine.

Helmut warf den Knüppel über den Platz, wo er nach ungefähr sechs Metern mit einem dumpfen Aufprall liegen blieb.

Sofort jagte Hasso los, rannte dem Knüppel hinterher. So schnell, dass er auf dem Boden ausrutschte, sobald er das Holzstück erreichte und anhalten wollte.

Als wäre er kaum größer als ein Zahnstocher, nahm er den Stecken zwischen die Zähne und brachte ihn Helmut mit stolz erhobener Rute zurück.

»Guter Hund. Jetzt ist aber genug.«

»Ach, dafür also der Knüppel«, ertönte die Frauenstimme mit dem inzwischen vertraut gewordenen schweizerischen Akzent hinter ihm.

Helmut fuhr herum, fühlte sich sogleich ertappt. »Fräulein Eli.«

Das offene Haar umrahmte ihr Gesicht, das im Mondlicht seltsam bleich wirkte. Sie hatte sich eine Decke um die Schultern gelegt. Darunter erkannte er einen gestreiften Schlafanzug, und ihre Füße steckten in Pantoffeln mit Plüschbommeln.

Sie strich sich eine Haarsträhne hinters Ohr und legte den Kopf schief, während sie ihn ansah. »Meine Erklärung ist, dass ich nicht schlafen kann, weil Paulchen wie ein Mähdrescher schnarcht. Was ist denn Ihre?«

»Ich …« Mist. Helmut fasste sich in den Nacken. Warum fehlten ihm in ihrer Gegenwart immer die Worte? »Es ist zu heiß in der Baracke.« Das entsprach wenigstens der Wahrheit.

Sie nickte verstehend, ging in die Hocke und knautschte Hassos Ohren. »Und du hast natürlich deinen Spaß dabei, stimmt's?«

Zur Antwort leckte der Hund ihr voller Hingabe das Gesicht ab. Lachend stieß sie seine Schnauze weg und stand auf. »Da wir beide nicht schlafen können, macht es Ihnen etwas aus, wenn ich Ihnen Gesellschaft leiste?«

Damit hatte Helmut nicht gerechnet. Verwundert sah er ihr nach, als sie sich auf die rechte Seite der Bank vor der Wohnbaracke setzte. Zögernd folgte er ihr, nahm neben ihr Platz. So weit entfernt, dass Hasso auf dem Boden zwischen ihnen niedersaß und den Kopf fragend von einem zum anderen wandte.

Eine Weile lang sagten weder Eli noch Helmut ein Wort. Irgendwo in den Trümmern balgten sich ein paar Katzen, und in den Bäumen hinter dem Schweizer Dorf schrie ein Käuzchen. Sonst herrschte Stille.

Insgeheim atmete Helmut erleichtert auf, als Eli schließlich anfing: »Die Sterne. Ich habe noch nie so viele davon gesehen wie hier in Köln.«

Er blickte zum Himmel hinauf. Sie hatte recht. »Das liegt daran, weil es in der Stadt dunkel ist«, erklärte er. »Am besten sieht man sie bei Neumond.«

»Das klingt, als wären Sie oft nachts draußen.«

Einen Moment lang presste Helmut die Lippen zusammen und senkte den Blick auf seine Hände. Manchmal glaubte er noch immer, die schwarzen Ränder von Dreck und Gewehrschmiere unter den Nägeln zu sehen. »Es kommt vor, dass ich nicht schlafen kann. Dann sitze ich hier und halte Wache.«

»Sie halten Wache? Dafür haben wir doch die Polizei.«

Er antwortete nicht darauf, wandte stattdessen den Blick geradeaus ins Leere. Wie sollte er ihr erklären, dass er nicht anders konnte? Es lag an diesem tief verwurzelten Pflichtgefühl nach all den Dienstjahren. Er hatte die Verantwortung für seine Männer in Stalingrad gehabt und versagt. Jetzt war er verantwortlich für Mattes, und es war seine Pflicht, seinen Bruder und ihr Zuhause zu beschützen, selbst wenn Letzteres nur vorübergehend war.

Nein, sie würde es nicht verstehen. Währenddessen verfolgten ihn die Toten noch immer unerbittlich in seinen Träumen.

»Wie haben Sie sich denn inzwischen hier eingelebt?«, unterbrach Eli nach einer Weile das Schweigen.

Helmut nickte. »Ich gewöhne mich langsam wieder daran.«

»Dann haben Sie auch schon Pläne für die Zukunft?«

»Ein paar.« Er rollte den Stiel des Holzknüppels über die rechte Handfläche. Zuallererst musste er eine bezahlte Arbeit finden, dann eine eigene Unterkunft für sich und Mattes. Dank seiner Arbeit in der Werkstatt hier im Schweizer Dorf hatte er Kontakt zu mehreren Schreinermeistern schmieden können. Einer von ihnen oder irgendein anderer Handwerker in der Stadt würde ihn womöglich als Handlanger aufnehmen. Helmut war nicht wählerisch, und zurzeit herrschte in Köln nach jedermann Nachfrage, der mit Hammer und Werkzeug umgehen konnte.

Es würde zwar nicht einfach werden und wahrscheinlich Jahre dauern, sofern er es überhaupt jemals schaffte. Aber sobald sie genügend Geld beiseitegelegt hatten, wollte Helmut das Elternhaus an der Friesenstraße wiederaufbauen. Vielleicht sogar mit der Apotheke, ihm fehlte nur noch ein Semester bis zum Abschluss in Pharmazie.

Diesen letzten Punkt hatte er jedoch zunächst ganz hintangestellt. Erst gab es viel Wichtigeres, an das er denken musste – Essen und ein Dach über dem Kopf für Mattes und sich selbst.

Trotzdem hatte er während der Behörden-Odyssee nach seiner Rückkehr auch Vaters Anwalt und langjährigen Freund Dr. Otto Wagner aufgesucht. Zum Glück wohnte das mittlerweile siebzigjährige Männlein mit dem schlohweißen Haarkranz und Monokel noch immer in seinem Haus an der Koblenzer Straße im südlichen Kölner Stadtteil Bayenthal.

Dr. Wagner hatte Helmut, gemäß Vaters Testament, zusammen mit Mattes als Erben des elterlichen Wohndomizils sowie der dazugehörigen Grundstücksparzelle an der Friesenstraße 46 beglaubigt. So war es nun auch auf dem Grundbuchamt eingetragen. Mattes und er waren somit stolze Besitzer des Schutthaufens, der einmal ihr Elternhaus gewesen war.

All das erzählte er ihr jedoch nur in Gedanken.

»Das freut mich«, sagte Fräulein Eli lächelnd. »Es ist gut, ein Ziel vor Augen zu haben.«

Die Worte klangen ehrlich und völlig harmlos, aber Helmut war der betrübte Schatten in ihrem Blick nicht entgangen. Die Art, wie sie die Lippen kurz zusammenpresste, um dann tief Luft zu holen.

Was sie wohl beschäftigte?, fragte er sich, rief sich jedoch im selben Moment zur Ordnung. Es ging ihn nichts an.

Wieder verfielen sie beide in Schweigen.

Auch Hasso empfand sie anscheinend als langweilige Gesellschaft. Er kratzte sich ausgiebig am Ohr und machte sich dann davon.

»Fräulein Eli, ich …«– »Ich sollte mich wohl …«, fingen sie gleichzeitig an und hielten ebenso abrupt wieder inne.

»Bitte, Sie zuerst«, sagte sie.

Helmut schluckte. Warum, zum Teufel, hatte er nicht einfach den Mund halten können? Vielleicht hatte sie den Vorfall auch schon längst vergessen.

Mit einem Ruck stand er auf, stand stramm und verschränkte die Hände hinter dem Rücken. Alte Gewohnheiten, aber so fiel es ihm leichter. »Ich wollte mich schon längst bei Ihnen entschuldigen«, fing er an.

Auf ihrem Gesicht spiegelte sich Erstaunen.

»Für den Vorfall damals im Krankenhaus. Bitte seien Sie versichert, dass ich in keinster Weise die Absicht hatte, Sie zu erschrecken oder zu verletzen. Es ist nur …« Er stockte. Es war, als würden ihm die Worte im Hals stecken bleiben. Heraus kam nur ein hilfloses Keuchen.

Helmut schloss die Augen, raffte alle noch verbliebene Beherrschung zusammen. Über die Jahre hinweg hatte er all die schrecklichen Erlebnisse hinter einer Mauer verbarrikadiert und diesen Wall von Tag zu Tag gekonnt verstärkt. Es war die einzige Möglichkeit gewesen, um nicht zu zerbrechen. Um die eigene Menschlichkeit nicht ganz zu verlieren. Doch die Mauer war dick geworden.

»Es ist alles gut«, hörte Helmut sie sagen.

Im nächsten Moment fühlte er die Berührung an seinem Oberarm und riss die Augen auf.

Fräulein Eli stand direkt vor ihm, sah ihn an. Ihre Hand lag auf seinem Arm – eine sanfte, warme Berührung.

Sie war fast genauso groß wie er, fiel ihm auf.

»Sie brauchen sich nicht zu entschuldigen. Ich weiß, dass Sie mir nichts tun wollten.« Ihr Blick war ernst. Im Mondschein schienen ihre Augen so dunkel wie zwei Kohlestücke.

Helmut stieß den Atem aus.

Ihre Hand lag noch immer auf seinem Arm. Ob sich ihr Haar tatsächlich so weich anfühlte, wie es schimmerte? Ein winziges Muttermal lag genau an der Grenze zwischen ihrer Nasenwurzel und dem Nasenrücken.

Sutura internasalis. Er hatte keine Ahnung, warum ihm der anatomische Begriff ausgerechnet jetzt wie aus heiterem Himmel in den Sinn kam. Er hatte seit Jahren nicht mehr daran gedacht, das gehörte noch zu seinem Leben vor dem Krieg.

Wie von weit her vernahm er das immer lauter werdende Hecheln eines herbeirennenden Hundes.

Eli hörte es auch, sah sich nach dem Tier um, trat dabei einen Schritt zurück und zog die Hand fort.

Helmut blinzelte verwirrt und spürte ganz kurz so etwas wie Bedauern.

Sogleich schob er den Gedanken fort, versuchte stattdessen, das lästige Pochen an seinen Halsschlagadern unter Kontrolle zu bringen.

Vor lauter Freude über die erneute Aufmerksamkeit kläffte Hasso und sprang zwischen Eli und Helmut umher.

»Wirst du wohl still sein«, zischte sie ihm zu.

Doch das Tier machte keinerlei Anstalten zu folgen.

»Lauf.« Kurzerhand warf Helmut den Knüppel über den Hof. Begeistert rannte Hasso hinterher.

»Das werde ich mir für die Zukunft merken.« Sie sah dem Hund schmunzelnd nach. Doch dann drehte sie sich erneut Helmut zu, und das Lächeln verschwand. »Was ich noch sagen wollte: Vielleicht halten Sie mich für anmaßend, und möglicherweise steht es mir wirklich nicht zu, ein solches Angebot zu machen. Was weiß ich als Schweizerin schon vom Krieg.«

In einer fast schon entschuldigenden Geste legte sie sich die Hände auf die Brust. »Sollten Sie aber irgendwann mit jemandem reden wollen, ich kann gut zuhören.« Sie zog die Decke enger um die Schultern, nickte ihm zu und ging dann ohne ein weiteres Wort in die Wohnbaracke zurück.

Helmut starrte die geschlossene Tür an, durch die sie eben verschwunden war.

Sollte er irgendwann reden wollen …

Ein bestimmt gut gemeintes Angebot, aber nichtsdestotrotz eines, das nur von jemandem kommen konnte, der nicht wusste, was es hieß, einen Krieg mitzuerleben. Niemand redete freiwillig darüber.

Kopfschüttelnd wandte er sich ab. Dabei fiel sein Blick auf den hellen Fleck, der dort unter der Sitzbank lag. Ein zur Hälfte zusammengeknülltes Stück Papier. Es musste Eli heruntergefallen sein.

Schon hob er die Hand, um an die Tür zu klopfen, hielt jedoch inne. Er würde damit alle aufwecken. Besser, er gab Eli den Zettel am Morgen zurück.

Es musste kurz vor Morgengrauen sein, als Helmut zurück zu seiner Pritsche schlich und sich hinlegte. Doch er fand endgültig keinen Schlaf mehr.

Mattes schnarchte leise neben ihm. Der Junge hatte wirklich einen beneidenswert tiefen Schlaf. Er selbst hingegen wälzte sich von einer Seite auf die andere. Immer wieder ertappte er sich dabei, wie seine Gedanken zurück zu der jungen Schweizerin schweiften. Das taten sie in letzter Zeit öfter, und er stellte sich vor, wie es wohl gewesen wäre, wären sie sich früher begegnet. Vor dem Krieg. Unter anderen Umständen.

Oh ja, er hätte ihr den Hof gemacht, nur ein kompletter Idiot oder ein Blinder ließ sich eine solche Frau entgehen. Sie war intelligent, kultiviert und hatte mehr Courage, als gut für sie war – du liebe Güte, sie hatte sich ihm mit einem Brieföffner in der Hand entgegengestellt. Noch dazu war sie bildhübsch.

Vor allem aber stand sie für ihre Überzeugung ein, und das mit schnörkelloser Offenheit. Helmut war noch nie zuvor einer Frau begegnet, die so rigoros und zugleich so warmherzig sein konnte. Und Mattes vergötterte sie. Das hatte er schon bei seiner Ankunft hier bemerkt, als fast jedes zweite Wort des Jungen »Fräulein Eli« gewesen war.

Mit einem leisen Schnauben warf sich Helmut erneut auf die andere Seite.

Fahles Tageslicht schimmerte durch das kleine Fenster der Baracke, von draußen war das melodiöse Lied einer Amsel zu hören.

Er würde sie in schöne Restaurants ausführen, mit ihr tanzen und spazieren gehen, den Rhein entlang oder in einem Park. Oder mit ihr das Theater besuchen, bestimmt mochte sie auch Kunst. Und er würde sie zum Lachen bringen. Ja, vor allem das, denn wenn sie lachte, dann strahlte ihr ganzes Gesicht.

Doch stattdessen war alles anders. Stattdessen war da dieser englische Offizier. Er hatte ihn und Eli neulich nachts gesehen.

Helmut erhob sich, riss die Tür zur Baracke auf, damit wenigstens etwas frische Luft hineinkam. Inzwischen wurde es schon Tag. Bald würde er Mattes wecken, damit der rechtzeitig zur Schule kam. Die Morgenluft war erfrischend, und er sog sie tief ein. Sie brachte seine Gedanken zur Ruhe.

Nein, er konnte es dem Engländer nicht einmal übel nehmen. An dessen Stelle würde er dasselbe tun. Nicht so überheblich allerdings und ohne das ganze Balzgehabe.

»Trottel, was grübelst du überhaupt darüber nach«, rügte Helmut sich selbst. Reine Zeitverschwendung war das, nichts weiter. Er war kein feiner englischer Offizier, sondern ein deutscher Niemand, der außer einem Trümmerhaufen nichts zu bieten hatte. Schluss, aus, Ende. Wozu sich noch länger darüber den Kopf zerbrechen?

Mit langen Schritten ging er zurück zu den Pritschen und riss Mattes aus den Federn. »Aufstehen, du Schlafmütze. Du musst zur Schule.«

Er schüttete etwas Wasser aus einem verbeulten Blechkrug in eine ebenso lädierte Schüssel, stellte sie seinem Bruder zum Waschen hin, bevor auch er sich das Gesicht wusch und die Zähne putzte. Dann steckte er die Brotscheibe, die er sich gestern vom Abendessen abgespart hatte, in Mattes' Jackentasche.

Zusammen gingen sie zur Küchenbaracke, wo ihnen der Koch Angelo nach einem fröhlich zugerufenen »Buongiorno« je eine Tasse Kaffee mit einem Tropfen Kondensmilch gab. Rundum wachte das Schweizer Dorf langsam auf. Die Fensterläden der Wohnbaracken wurden aufgeklappt, und Fräulein Jeanneret und zwei ihrer Mitarbeiterinnen traten heraus. Helmut erkannte Fräulein Marie, die Näherin. Wie immer waren ihre Lippen vor Strenge zusammengekniffen, und mit den dicken Brillengläsern wirkten ihre Augen unnatürlich groß.

Neben ihr ging die Säuglingsschwester, Fräulein Ruth. Obwohl er bisher nicht viel mit ihr zu schaffen gehabt hatte, schenkte sie ihm und Mattes immer ein freundliches Lächeln, wenn sich ihre Wege zufällig kreuzten.

Nur einen Augenblick später trat Eli heraus und schnallte sich den Gürtel um die Taille ihres Einteilers, während sie ein Gähnen unterdrückte.

»Los, du bist schon spät dran.« Sofort sprang Helmut auf die Beine und zog seinen Bruder hoch.

»Aber ich hab doch meinen Kaffee noch gar nicht fertig getrunken«, maulte der. Warum konnte sich der Kerl nicht etwas beeilen?

Wenig später standen sie beide vorn an der Straße, während Helmut Mattes' Aufzug kritisch musterte. »Menschenskind, stopf dir das Hemd ordentlich in die Hosen und halt dich gerade.« Das war ja nicht zum Mitansehen.

»Ich bin noch müde.« Mattes gähnte und verdrehte gequält die Augen, als Helmut ihm den Hemdkragen richtete. »Du bist schlimmer als Mutti, weißt du das eigentlich?«

»Und du bist frech wie eine Wanze.« Er verpasste ihm einen sanften Klaps auf die Wange. »Nun mach, dass du fortkommst. Und benimm dich anständig, hörst du?«

»Immer doch«, gab der Jüngere zurück und trottete davon.

Helmut sah ihm nach und konnte sich ein Schmunzeln nicht verkneifen. Dabei steckte er die Hände in die Hosentaschen und erschrak, als er das zerknüllte Papier darin fand. Herrgott, Fräulein Elis Zettel. Den hatte er völlig vergessen. Jetzt, bei Tageslicht, sah er jedoch, dass es sich um ein Telegramm handelte.

Sorgfältig versuchte er, das Papier auf seinem Oberschenkel glatt zu streichen. Er wollte es nicht lesen – wirklich nicht, die Mitteilung war schließlich privat. Trotzdem reichte ein darübergehuschter Blick, um die Nachricht zu erkennen. Sie war kurz und der despotische Tonfall der Worte so offensichtlich, als hätte der Absender sie laut ausgesprochen.

+++ *KOMM ZURÜCK. ICH VERZEIHE DIR – WERNER.* +++

21 KLEINE WUNDER

Köln, Frühling 1946

Eli traute ihren Augen nicht, als sie nach der Speisungstour zu ihrem Arbeitstisch zurückkehrte und das Telegramm dort liegen sah.

Sie war heute Morgen so gerädert aufgestanden, sie hatte gar nicht gemerkt, dass es nicht mehr in der Tasche ihrer Pyjamajacke steckte. Nicht genug damit, hatte, wer auch immer der Finder oder die Finderin des Zettels war, sogar versucht, ihn wieder zu glätten.

Himmelherrgott und Zwirn noch mal, statt ihn gestern Abend nur zu zerknüllen, hätte sie ihn besser gleich verbrennen sollen.

Voller Wut zerriss sie das Telegramm, schmiss die Papierfetzen in den Abfalleimer, wo sie hingehörten, und setzte sich an den Tisch. Nur mit Mühe schaffte es Eli dann, das Zittern ihrer Hände unter Kontrolle zu bringen.

Es ist alles gut. Nur die Ruhe. Konzentrieren.

Werner. Wie immer hatte er sich gar nicht erst mit Schnörkeln aufgehalten: Komm zurück. Ich verzeihe dir.

Selbst mit geschlossenen Augen sah sie die Worte vor sich, und die Arroganz dahinter brachte sie sofort wieder zur Weißglut. Nach all den Wochen ohne ein Lebenszeichen und den unbeantworteten Briefen verzieh er ihr? Wie überaus gnädig von ihm. Wahrscheinlich erwartete er ernsthaft, dass sie ihm vor lauter Dankbarkeit zu Füßen fiel. Noch immer konnte sich Eli nicht entscheiden, was sie härter traf: die Selbstgefälligkeit hinter den Worten oder die Tatsache, dass ihre Abreise bei ihrem angeblichen Verlobten nur eine solch armselige Reaktion auslöste. Warum hatte er überhaupt um ihre Hand angehalten, wenn ihn ihr Verbleiben anscheinend kaum interessierte?

Sie nahm den Stapel zu ordnender Inventurlisten, legte jeweils kleine Packen davon in den Locher und schlug mit aller Kraft auf den Hebel. Danach schmerzte zwar ihre Hand, aber immerhin fühlte sie sich ein wenig besser. So weit, dass sie beschloss, das Telegramm für den Moment zu ignorieren. In ein paar Tagen, mit einem kühlen Kopf, würde es ihr bestimmt leichter fallen, abzuwägen, was sie Werner antworten sollte.

Als sie wenig später aus der Baracke trat und das Blumenmeer auf den Fensterbänken sah, brachte sie sogar wieder ein Lächeln zustande.

Es waren allesamt Geschenke der Kölner, sowohl von Kindern als auch von den Erwachsenen – Ringelblumen, Vergissmeinnicht, Mohnblumen, Margeriten, Stiefmütterchen, Nelken und sogar ein paar korngelbe Tulpen. Ein herrliches Sammelsurium aus Formen und Farben. So viele, dass sogar Aluminiumdosen und Milchflaschen als Vasen herhalten mussten.

Sie betrachtete die Farbenpracht entlang den Barackenfassaden. Bienen summten emsig von Blüte zu Blüte. Es war früher Nachmittag, Fien saß mit einer Gruppe von fröhlich plappernden Kindern im Schatten und brachte ihnen neue Figuren im Fadenspiel bei. Vögel zwitscherten, und am Himmel war kein einziges Wölkchen zu sehen. Allein schon für dieses friedliche Gesamtbild hatten sich all die bisherigen Mühen gelohnt. Fast hätte man dabei vergessen können, wie die Welt außerhalb des Barackendorfs aussah.

Elis Blick wanderte über den Innenhof mit den umliegenden Holzhütten, dem Nähzimmer, der Küche und schließlich der Werkstatt. Ein verdächtig leises Hämmern war von dort zu hören. Heute war nur der Schreiner bei der Arbeit.

Helmut war ebenfalls nicht da, sie hatte ihn am Morgen direkt nach dem Frühstück zusammen mit ein paar Küchengehilfen in Richtung Stadtzentrum gehen sehen.

Sie ertappte sich oft dabei, wie sie ihn beobachtete. Fiens Erzählungen hatten Elis Ansichten über ihn verändert: Sein Verhalten stellte sie zwar noch immer vor ein Rätsel, und Eli machte sich nichts vor, sie würde nie ganz erfassen können, was in ihm vorging.

Nichtsdestotrotz war er nicht mehr nur der seltsame Fremde, der sich hinter einem Vorhang aus wirrem Haar versteckte. Er war tüchtig, zuverlässig und scheute sich nicht vor der Arbeit, daran ließ sich nicht rütteln. Doch vielmehr war es die Art und Weise, wie er sich um Mattes kümmerte, wie er mit ihm umging, die Eli immer wieder zum Staunen brachte.

Wie zum Beispiel heute Morgen. Sie hatte die beiden dort an der Straße stehen sehen. Es war rührend zu beobachten, wie sie sich mit ihren neuen Rollen arrangierten und sich damit zugleich gegenseitig stützten: vom Soldaten und Kriegsgefangenen zum Familienoberhaupt und Elternersatz – vom verwaisten Trümmerkind zum wiedergefundenen Bruder. Helmut nahm seine neue Verantwortung zweifellos sehr ernst.

Zudem hatte sie in den vergangenen Wochen eine Veränderung an ihm bemerkt. Oft musste man die Worte zwar noch immer fast aus ihm herauspressen, und manchmal war es, als weigerte sich irgendetwas tief in ihm, auszusprechen, was auch nur im Entferntesten mit seinen Kriegserlebnissen zu tun hatte.

Andererseits hatte es den Anschein, als würden ihm gerade solche prägenden Gewohnheiten aus seiner Vergangenheit die Sicherheit geben, an der er sich festhalten konnte. Zum Beispiel, wenn er völlig in sein Tun vertieft in der Werkstatt arbeitete. Wenn er mit seinem Bruder Mattes zusammen war, mit ihm nach dem Abendessen im Aufenthaltsraum die Mathematikaufgaben kontrollierte oder ihm unter Prusten und Fluchen hinter der Materialbaracke die Haare wusch. Oder wenn er in Soldatenmanier vor ihr stand, hoch aufgerichtet und mit gestrafften Schultern, streng diszipliniert wie der Oberleutnant der Wehrmacht, der er gewesen war. In solchen Situationen schien er ein völlig anderer Mensch zu sein und rang seltener um Worte.

Mit einem leisen Seufzer ging Eli wieder zurück an die Arbeit. Sie hatte Angelo versprochen, ihm später bei der Vorbereitung für die morgige Speisungstour zu helfen, da auch er heute, bis auf zwei Helferinnen, allein arbeitete.

Der Grund für die Abwesenheit der lokalen Arbeitskräfte hatte nichts mehr mit der Blindgänger-Entschärfungsaktion der englischen Besatzer zu tun. Dank dem Verteilen der Flugblätter und der Mund-zu-Mund-Information hatten sich die Bewohner der umliegenden Straßen zum Glück rasch an die Anwesenheit der Soldaten gewöhnt. Wenige Tage nach Beginn der Aktion waren die ersten Leute zum Informationsposten im Zeltlager gekommen und hatten durchaus hilfreiche Angaben über mögliche Einschlagtrichter von Blindgängern gemacht. Bisher konnten so schon zwei erfolgreiche Entschärfungen vorgenommen werden. Alles in allem eine sehr erfreuliche Bilanz.

Dieses Mal war es hingegen der Kölner Oberbürgermeister Hermann Pünder gewesen, der die Stadtbewohner zum freiwilligen Schutträumdienst aufgerufen hatte. Alle Erwachsenen sollten mindestens einen Tag lang den sogenannten Ehrendienst leisten. Ehemalige Mitglieder der NSDAP waren sogar dazu verpflichtet worden. Als Entgelt lockte ein Teller Suppe, und die Kölner folgten dem Aufruf in Scharen. Nach den verheerenden Kriegsjahren und dem Dasein inmitten der Zerstörung wollten die Leute endlich wieder in die Zukunft blicken, ihre Stadt wiederaufbauen, wieder leben. Und je schneller die Trümmer beseitigt waren, umso eher konnten sie damit beginnen.

Schon nachdem sich das Wetter gegen Ende März gebessert hatte, waren deshalb in der ganzen Stadt die Schmalspurgleise für die Loren zu sehen gewesen. Straße um Straße wurde so von den Mannschaften aus Freiwilligen entschuttet. Für die Großräumungen und Abbrucharbeiten wurden jedoch in Köln, im Gegensatz zu anderen deutschen Städten, lokale Baufirmen beauftragt.

Die gewaltige Menge an Geröll zu entfernen war eine Herkulesaufgabe und würde Jahre in Anspruch nehmen. Eli erinnerte sich: Bei dem Treffen der Hilfsdelegation mit der Stadtregierung im Februar hatte Dr. Pünder von einer geschätzten Gesamttrümmermenge von über fünfzig Millionen Kubikmetern gesprochen. Eine schier unvorstellbare Zahl. Kein Wunder, dass für die Räumung ein durchdachter Plan sowie ein koordiniertes Vorgehen unumgänglich waren.

Doch nicht nur dafür, auch für die Beseitigung des ganzen Schutts waren Pläne erstellt worden: Ein Teil davon sollte in Aufbereitungsanlagen zu Ziegelsplitt verarbeitet werden und schließlich beim Wiederaufbau als Baumaterial Verwendung finden. Der größte Anteil jedoch würde zu Trümmerbergen an der Grenze zur Innenstadt aufgeschüttet, um nach Abschluss der Arbeiten als Grünanlage zu dienen.

Aus den Trümmern des alten Kölns würden so Erholungsflächen für die neue Stadt entstehen. Ein beinahe schon philosophischer Gedanke, fand Eli.

Der Ehrendienst der Kölner sollte den ganzen Sommer über dauern, was in den folgenden Wochen eine deutliche Arbeitsverringerung im Schweizer Dorf nach sich zog. Zwar liefen die Kinderspeisungen weiter wie bisher, oft auch in Zusammenarbeit mit den englischen Quäkern. Mit dem mittlerweile perfekt eingespielten Team, bestehend aus vier Kölner Mitarbeiterinnen sowie Paulchen und Eli, ließ sich die Arbeit aber problemlos bewältigen. Inzwischen hatte das städtische Wohlfahrtsamt sogar zwei

Fahrer für die Lastwagen gefunden, sodass niemand mehr in den zweifelhaften Genuss von Elis Fahrkünsten zu kommen brauchte – sehr zu Paulchens Erleichterung.

Da die Begleitung der britischen Soldaten auf ihrer Entschärfungsoperation inzwischen ebenfalls nur noch selten nötig war, nutzten Sonja und Marie Anfang Juni die Gunst der Stunde für einen Urlaub in der Schweiz. Derweil übernahm Eli erneut die Verantwortung im Barackendorf. Sie und Paulchen würden sich anschließend ein paar freie Tage in Frankreich gönnen.

Trotzdem nutzten sie beide das schöne Wetter so oft wie möglich, um Köln zu durchstreifen – zumindest so gut es ging.

Die warmen Sonnenstrahlen vermochten das noch immer trostlose Stadtbild kaum zu mildern. Sie machten die vorherrschenden Gegensätze nur noch deutlicher. Immerhin fuhren inzwischen wieder ein paar Straßenbahnen, wenngleich nach keinem bestimmten Fahrplan und deshalb meistens bis zum Bersten gefüllt. Es gab auch schon wieder ein paar geöffnete Lokale und sogar ein Varietétheater sowie das Millowitsch-Theater an der Aachener Straße.

Vor allem jedoch fielen Eli die vielen Kriegsversehrten und Invaliden auf. Meistens noch jüngere Männer, denen ein Bein oder ein Arm fehlte. Sie saßen an den Straßenrändern, spielten Mundharmonika, Akkordeon oder Drehorgel, vor ihnen auf dem Boden ein Tellerchen mit ein paar Pfennigen darauf.

»Sieh dir das an. Da überkommt einen ein Schauder.« Paulchen stieß sie mit dem Ellbogen an und deutete mit einer Kopfbewegung auf die halb zerfetzten, aber immer noch leserlichen Plakate an einer Hausfassade.

»Nur der Kampf bis zum Sieg verbürgt unseren Kindern die Zukunft«, stand da in schwarzen Großbuchstaben. Der Hohn der Naziparolen inmitten der Zerstörung wirkte auf eine morbide Weise surreal.

Doch es gab auch kleine Wunder. Wie dasjenige, das sie eines Tages im Zentrum der nördlichen Kölner Altstadt fanden: eine kleine, komplett zerbombte Kirche, in deren Mitte nur noch eine einzige Säule übrig geblieben war. Daran angelehnt stand eine unbeschädigte steinerne Statue der Gottesmutter mit dem Jesuskind im Arm.

»Seid vorsichtig. Ihr kennt euch nicht genügend aus in der Stadt. Für zwei Frauen allein kann das gefährlich werden«, sagte Trevor mit zusammengezogenen Augenbrauen, als Eli ihm am folgenden Tag von ihrer Entdeckung erzählte.

Es war Mitte Juni und somit der letzte Tag der Blindgängerräumung. Bereits heute Abend würden die Briten das Feldlager neben dem Schweizer Dorf abbrechen, und das nicht nur, weil der Auftrag abgeschlossen war. Übermorgen wurde die Stadt Köln offiziell dem belgischen Militär übergeben, das die britischen Streitkräfte in ihrem Sektor unterstützte. Zwar hatte die Stadtkommandantur unter Colonel White auch danach weiterhin das Oberkommando, delegierte jedoch die wichtigsten Aufgaben an die Belgier. Diese hatten bereits im Mai ihre neue Garnison in der Etzelkaserne, einer ehemaligen Militärunterkunft der Wehrmacht, in Junkersdorf bezogen.

»Nichts, was Paulchen und ich tun, ist auch nur annähernd so gefährlich wie das, was du hier vorhast«, gab Eli zurück und deutete auf das Loch, das sich etwa dreißig Meter von ihnen entfernt im Boden auftat.

Trevors Männer hatten bereits einen Schacht gegraben und mit Holzbalken und Sandsäcken verstärkt, um das Einbrechen von Erde und Trümmerteilen zu vermeiden. Ein dreibeiniges Metallgestell mit einem Flaschenzug stand über der Öffnung bereit. Unten im Schacht, in etwa fünf Metern Tiefe, lag das riesige, tausendachthundert Kilo schwere Ungetüm, das Eli unweigerlich an einen dicken Thunfisch erinnerte.

Trotz des warmen Wetters fröstelte sie. »Und es gibt wirklich keine andere Möglichkeit, die Bombe zu entschärfen?«, fragte sie noch einmal hoffnungsvoll.

Trevors schüttelte gelassen den Kopf. »Wir haben versucht, darauf zu spucken, das hat aber nicht viel gebracht.«

Entnervt stieß sie den Atem aus. Konnte er denn nicht wenigstens in einem solchen Moment ernst bleiben?

Trevor und seine Männer wussten, was sie taten. Das hatten sie während der vergangenen Wochen zur Genüge bewiesen und eine stattliche Anzahl von insgesamt vier Blindgängern innerhalb der kontrollierten Planquadrate gefunden und entschärft. Das hier war Nummer fünf.

Er hätte ihr gegenüber jedoch nicht erwähnen sollen, dass es sich hierbei um eine Bombe mit einem berüchtigten 37D-Mk-IV-Zünder handelte. Nicht, dass Eli mit diesem Fachbegriff etwas hätte anfangen können. Weiß Gott, warum Trevor es trotzdem für nötig gehalten hatte, ihr die Gefahren bis ins Kleinste auszumalen. Womöglich, weil darüber zu sprechen und zu scherzen für ihn eine Art Teufelsaustreibung war, die dem Ganzen, wenngleich nicht den Respekt, doch zumindest den Schrecken dämpfte.

Bei dem 37er-Bolzenzünder handelte es sich somit um eines der perfidesten Zündsysteme, das die britische Rüstungsindustrie hervorgebracht hatte. Er war mit einem chemischen Langzeitzünder sowie einer Ausbausperre ausgestattet und deshalb umso gefährlicher. Beim Abwurf wurde durch die Drehung eines Propellers eine Bolzenspindel in eine mit Aceton gefüllte Ampulle getrieben und dadurch die Zündnadel freigelegt.

Die einzige Möglichkeit, einen solchen Sprengkörper zu entschärfen, bestand darin, eine sogenannte Raketenklemme an dem Zünder zu befestigen. Dieses eckig geformte Ding war mit zwei Kleinkaliber-Kartuschen versehen, die gleichzeitig aus Distanz gezündet wurden. Durch die daraus entstehende Zentrifugalkraft wurden im Idealfall sowohl die Bolzenspindel aus dem Gewinde gedreht als auch die Wirkung auf die Zündnadel gehemmt.

Doch die Klemme musste zuerst am Zünder befestigt werden, und niemand konnte wissen, in welchem Zustand sich der Zünder nach mehr als einem Jahr unter der Erde befand. Sicherheitshalber hatten die Briten deshalb die gesamte Gegend in einem Umkreis von fünfhundert Metern räumen lassen. Es war somit die größte – und zudem auch die gefährlichste – aller bisherigen Entschärfungsaktionen und Grund für Elis Anwesenheit.

Scheinbar seelenruhig streifte sich Trevor eine beigefarbene Überhose und eine ebensolche Jacke über.

»Das schützt doch niemals bei einer Explosion«, rief Eli entsetzt.

»Nein, aber gegen den Dreck.« Sein rechter Mundwinkel hob sich. Ganz kurz nur. »Du musst jetzt gehen, ich verstoße bereits gegen sämtliche Vorschriften, weil ich dich überhaupt bis hierhin vorgelassen habe. Lieutenant Woodgrove dort drüben zappelt schon ganz nervös, und wir wollen schließlich nicht, dass er einen bleibenden Tick kriegt.«

Tatsächlich wirkte der Besagte angespannter als sonst, und die Muskeln an seinem Kiefer mahlten ununterbrochen, als er vor seinen Vorgesetzten trat. »We are ready, Sir.«

»Gut, ich komme.« Trevor schnallte sich die untere Lasche seiner Schutzjacke fest und nickte.

An Eli gewandt sagte er dann: »Geh jetzt. Wir sehen uns später.« Er streifte ihren Arm mit seiner Hand, als er an ihr vorbeiging. Eine kurze Berührung ohne jeden Blickkontakt. Seine volle Konzentration lag bereits bei der Bombe dort drüben im Loch, Eli war inzwischen schon oft genug bei einer solchen Aktion dabei gewesen, um das zu erkennen.

»Sei vorsichtig«, sagte sie leise, während sie ihm nachsah.

»Miss Wipf?«

Sie drehte sich um und erkannte einen von Trevors Männern. Einen jungen Soldaten mit rostroten Haaren und einem Gesicht voller Sommersprossen namens Jimmy Pickering. Er war Eli in den vergangenen Wochen schon aufgefallen, denn er gehörte zu den Jüngsten in Trevors Trupp. Im Gegensatz zu den anderen glänzte in Jimmys Gesicht noch immer eine unschuldige Kindlichkeit.

»Der Captain hat mir aufgetragen, Sie hinter die Sicherheitsleine zu bringen«, erklärte Jimmy mit ernster Stimme.

»Gleich. Nur noch einen Moment.« Eli wandte den Blick ein letztes Mal zurück, dorthin, wo Trevor neben Lieutenant Woodgrove und einem weiteren Uniformierten stand.

»Wer ist das?«, fragte sie. Sie hatte den dritten Mann noch nie zuvor gesehen. Er mochte etwas älter als Trevor sein, das Haar an seiner Schläfe zeigte schon ein paar grau melierte Stellen. Wie an dem rot-blauen Streifen am Oberarm zu erkennen war, gehörte er ebenfalls zu den Royal Engineers. An seinem linken Jackenärmel trug er den roten Aufnäher mit einer goldenen Bombe und blauen Streifen, der ihn als Bombenspezialist auswies.

»Das ist Major Saunders von der 18. Kompanie.« Jimmys Stimme wurde zu einem ehrfürchtigen Flüstern. »Keiner hat so viel Munition entschärft wie er. Darunter auch ein paar wirklich kritische Fälle mit deutschen Zus-40-Ausbausprengfallen. Deshalb hat ihn der Captain als Unterstützung hinzugezogen.«

Schon wieder diese fachlichen Details, von denen Eli lieber gar nichts wissen wollte. Einmal mehr fragte sie sich, was Männer wie Trevor oder diesen Major Saunders dazu brachte, sich freiwillig solchen Gefahren auszusetzen. Und das in dem ständigen Bewusstsein, den Tag möglicherweise nicht zu überleben.

Allerdings … Dasselbe hatte in den vergangenen Jahren für

die Frontsoldaten aller am Krieg beteiligten Nationen gegolten. Was das anbelangte, machte das Schicksal keinerlei Unterschied.

»Dann hat er wohl viel Erfahrung«, sagte sie.

Jimmy nickte mit stolzgeschwellter Brust. »Er ist einer der Besten.« Doch dann runzelte er die Stirn. »Captain Atkins hat mich auch davor gewarnt, dass Sie bestimmt Zeit schinden werden. Ich muss Sie nun wirklich bitten, mit mir zu kommen, Miss Wipf.«

Wäre die Situation nicht so ernst gewesen, hätte Eli aufgelacht. Trevor kannte sie inzwischen besser als gedacht. Kaum zu glauben, wenn man sich an ihre allererste Begegnung erinnerte.

Seitdem hatten sie sich öfter verabredet – so diskret wie möglich natürlich –, und Eli genoss Trevors Aufmerksamkeit. Inzwischen wusste sie auch, was es mit dieser typisch britischen Redewendung »and Bob's your uncle« auf sich hatte. Anscheinend ging diese auf den einstigen britischen Premierminister Robert Gascoyne-Cecil, genannt Bob, zurück, der seinem Neffen aus Nepotismus eine hohe politische Stellung beschafft hatte. Seither wurde der Spruch verwendet, um darzustellen, wie einfach eine Aufgabe war, solange man eben einen Onkel wie Bob hatte. Nur die Briten konnten auf eine solche Idee kommen.

Entweder führte Trevor sie in eines dieser von den Besatzern eingerichteten Tanzlokale aus, oder er besuchte mit ihr ein Theater oder eine Filmvorführung im Union Theater in Nippes, einem der wenigen unbeschädigten Kinos der Stadt.

Es war jedes Mal wie ein Abtauchen in eine fast unwirklich scheinende Parallelwelt, die sich die Besatzer geschaffen hatten. Für Eli eine gewöhnungsbedürftige, jedoch zugegeben willkommene Abwechslung zu ihrem Alltag. Auch wenn sich ihr so die Kluft zwischen den beiden Welten oft genug mit aller Kaltblütigkeit offenbarte: Auf der einen Seite war da die trostlose Realität der deutschen Bevölkerung mit Armut, Hunger und bedingt von den Gesetzen des Schwarzmarkts. Der gegenüber gab es das im Vergleich geradezu luxuriöse Leben der Angehörigen der Siegermächte. Diese legten jedoch die Grenzen fest und diktierten die Bedingungen.

Trevor mochte zwar ihre Beweggründe nicht verstehen, doch er akzeptierte ihre Skrupel kommentarlos und verzichtete in ihrer Gegenwart sogar selbst auf opulente Bestellungen. Er hatte sogar so getan, als bemerkte er es nicht, als Eli kürzlich in einem Teehaus das ganze Konfekt auf dem Teller in eine Serviette eingeschlagen und in die Tasche gesteckt hatte, um es den Kindern im Barackendorf zu bringen.

Genau diese unkomplizierte Akzeptanz schätzte sie an ihm. Nebst seinem Charme, seinem Humor und Intellekt sowie der Tatsache, dass er ihr gegenüber in all den Wochen keinerlei Avancen zu machen gewagt hatte. Kein einziges Mal. Vor allem deshalb fühlte sie sich in seiner Gegenwart so wohl.

Ohne ein weiteres Wort folgte sie Jimmy hinter die Sicherheitslinie, wo die Schaulustigen bereits die Hälse reckten. Seit Beginn der Operation waren es immer mehr geworden. Hauptsächlich Männer, aber auch ein paar Frauen waren darunter.

»Ist bestimmt einer der ganz großen Klöpse«, meinte ein älterer Mann mit wissendem Nicken. »Vielleicht sogar eine dieser Erdbeben-Bomben.«

»Quatsch, die haben sie doch bloß für Brücken und so was eingesetzt. Die waren doch viel zu schwer für die Blechflieger der Tommys«, fachsimpelte ein anderer.

»Was sagen Sie denn dazu, Fräulein?«, wandte sich eine Frau mit Schürze und Kopftuch an Eli und stieß sie mit dem Ellbogen an. »Ist es wirklich eine der großen Bomben? Sie haben sie doch gesehen.«

Sogleich richteten sich sämtliche Augenpaare auf Eli. Sie räusperte sich. »Es ist der größte Explosionskörper, den ich bisher gesehen habe«, sagte sie. »Aber machen Sie sich keine Sorgen. Genau deshalb sind verschärfte Vorsichtsmaßnahmen getroffen worden. Der allgemeinen Sicherheit wegen.«

»Der allgemeinen Sicherheit wegen?« Der ältere Mann ließ ein kehliges Lachen ertönen. »Nix för unjot, Mamsell, ävver daröm hätten der Herrschaften sich fröher kümmern un net all ze Boden walzen sollen.« Er warf Eli einen herablassenden Blick zu.

Zustimmendes Brummen ertönte von den Umstehenden. »Recht hat er. Hätten sie nicht die ganze Stadt zerbombt, müssten die da jetzt auch nicht ins Loch klettern.« – »Stimmt, wer mit Hunden schläft, wacht mit Flöhen auf. Geschieht den Engländern ganz recht.« – »Die sollen ruhig für ihre Schulden geradestehen.«

Eli erschrak. Was war geschehen, dass sich die Stimmung der Leute innerhalb von Sekunden gewendet hatte und zu einer geradezu spürbaren Wand aus Ablehnung geworden war? Sie sah die Blicke. Die Mienen, in denen mit einem Mal unverhohlener Unmut und sogar offene Feindseligkeit zu lesen waren.

Ein Mann mit grauen Haarstoppeln und spitzer Nase trat so nahe an sie heran, dass sie den Tabakgestank in seinem Atem riechen konnte. »Sie sollten sich vorsehen, mit wem Sie sich mit denen da einlassen, Fräulein.«

Instinktiv machte Eli einen Schritt zurück.

Und ihr entfuhr ein Keuchen, als sie die ruhige, tragende Männerstimme neben sich hörte: »Mit wem sie sich einlässt, geht niemanden etwas an.«

Sie wandte den Blick und traute ihren Augen nicht. Helmut?

Mit sanftem, aber bestimmtem Griff an ihrem Arm zog er sie hinter sich, während er die Umstehenden, einen nach dem anderen, mit einem kühlen Blick herausforderte. »Ausgerechnet du redest von Geradestehen für Schulden, Drickes? Ernsthaft?«, richtete er sich schließlich direkt an einen der Männer. »Warst du nicht selbst sogar Ortsgruppenleiter und eifriger Parteigänger?«

Augenblicklich wich sämtliche Farbe aus dem Gesicht des Mannes, und er stammelte: »Das – das hat doch hiermit nicht das Geringste zu tun.«

»So? Waren es eigentlich zwei oder sogar drei jüdische Geschäfte, die du dir damals während der Zwangsarisierung unter den Nagel gerissen hast?«, fuhr Helmut gnadenlos fort.

Die Schultern des Mannes sackten in sich zusammen. Doch er hob den Kopf in einem letzten Aufbäumen von Trotz. »Damals hat das doch jeder gemacht. Sogar dein Vater.«

Mit zwei Schritten stand Helmut direkt vor ihm, bohrte den Blick in den des anderen, ohne ihn jedoch auch nur mit einem Finger zu berühren. »Wage es nicht, meinen Vater zu erwähnen. Er mag weiß Gott Fehler begangen haben, aber er hat sich wenigstens nicht nur hinter hochtrabenden, falschen Phrasen versteckt«, presste er durch die Zähne. »In diesem Krieg war niemand ohne Schuld – weder du noch ich noch die Engländer. Bist du aber wenigstens Manns genug, um für deine eigenen Schulden geradezustehen?«

»Ich …« Der Angesprochene schrumpfte zusehends in sich zusammen. Wie ein Ballon, dem die Luft ausging. Keiner der Umstehenden sagte mehr ein Wort.

Eli wagte kaum zu atmen. Sie starrte auf Helmuts Profil. Das wirre Haar hing ihm ins Gesicht. Noch nie zuvor hatte sie ihn so reden hören. So bestimmt und ohne zu zögern. So ganz anders als der wortkarge Heimkehrer, der im Barackendorf die Dachschindeln reparierte.

Es war, als stünde da ein völlig anderer Mann vor ihr. Und er hatte sich für sie eingesetzt, hatte sich schützend vor sie gestellt. Gegen seine eigenen Landsleute.

Im selben Moment ertönte ein kurzer, lauter Knall.

Eli zuckte zusammen und fuhr herum.

Um Himmels willen, Trevor. Vor lauter Aufregung hatte sie ihn und die Bombe ganz vergessen.

Sie sah eine feine Rauchwolke aus dem Schacht hochsteigen.

»Sieht aus, als hätten's die Engländer geschafft«, sagte eine der Frauen mit sachlichem Tonfall.

Kurz darauf erkannte Eli zwei Gestalten, und die Erleichterung ließ sie taumeln. Trevor. Er ging neben Major Saunders, der ihm auf die Schultern klopfte, und knöpfte sich noch im Gehen die Schutzjacke auf. Hinter ihnen waren seine Männer bereits dabei, die Bombe mit dem Flaschenzug aus der Grube zu hieven.

Sogleich trat Eli an die Sicherheitslinie, wo Jimmy noch immer in diskretem Abstand aufpasste, damit sie nicht etwa auf dumme Gedanken kam. Er nickte ihr breit grinsend zu. »Captain Atkins und Major Saunders gehören zu den Besten. Wie ich Ihnen gesagt habe.«

Schon machte sie sich daran, unter der Absperrung hindurchzuschlüpfen, als sie sich noch einmal umdrehte.

Sie erkannte die Leute von eben, darunter auch den Mann, mit dem Helmut vorhin aneinandergeraten war. Von Helmut war jedoch keine Spur mehr zu sehen.

22 BRIEF IV

Herrn
Werner Lüdi
Birchmattstr. 350
Zürich
Schweiz

17. Juni 1946

Werner,

deine Nachricht hat mir die Augen geöffnet. Wir beide sind zu verschieden, haben zu unterschiedliche Ansichten. Wir denken anders, fühlen anders, leben anders. Wie sollen wir unter diesen Voraussetzungen eine Zukunft haben?

Deshalb ist es besser, du und ich gehen künftig getrennte Wege und lösen die Verlobung auf. So brauchst du mir künftig auch nicht mehr zu verzeihen.

Ich wünsche dir alles Gute und dass du eine Frau findest, die besser zu dir passt, als ich es jemals getan hätte.

Leb wohl,

Elvira

23 GEWITTERTIERE

Köln, 6. Juli 1946

Hier. Wie abgemacht.« Mit ernster Miene reichte der Mann Helmut die braune Papiertüte.

Sogleich öffnete er sie und kontrollierte den Inhalt. Unter normalen Umständen wäre das unhöflich gewesen, doch heutzutage war jeder sich selbst der Nächste. Außerdem kannte er Schorsch, den Metzger, schon, seit sie beide noch Grünschnäbel und ihre Väter im selben Kegelverein gewesen waren.

Zwei in Wachspapier eingeschlagene Päckchen lagen in der Tüte und rochen göttlich nach Käse und gekochtem Schinken.

Helmut nickte.

»Gut, dann ist hier noch das Bare.« Schorsch leckte sich den Daumen ab und begann die Geldnoten in seiner Hand zu zählen. Zwei Fünfer- und vier Zehnernoten. »Wie vereinbart fünf Reichsmark die Stunde, das macht fünfzig. Nur weil du's bist.«

Wie typisch, dachte Helmut. Es sah Georg Kellerhoven, Erbe und Inhaber der einzigen übrig gebliebenen Fleischerei des Viertels, ähnlich, dass er ihm die Vorzugskonditionen ihres Geschäfts zum hundertsten Mal unter die Nase rieb. Schorsch war schon früher ein Aufschneider gewesen, daran hatten weder das Erwachsenwerden noch der Krieg etwas geändert. Aber er war einer der wenigen aus Helmuts einstigem Bekanntenkreis, der nicht gefallen oder noch immer in Kriegsgefangenschaft war. Und er war der Einzige, der ihm bereitwillig den fast vollen Stundenlohn eines qualifizierten Schreiners dafür zahlte, dass er ihm als Nebenverdienst eine neue Ladentheke zimmerte. Das machte Helmut nun seit einer Woche jeweils für ein paar Stunden am

Vormittag, sofern es ihm seine Aufgaben im Barackendorf erlaubten.

»Danke.« Rasch schob sich Helmut das Geld in die Hosentasche und reichte seinem Gegenüber die Hand. »Bis Montag.«

Mit einem Rucksack auf dem Rücken und der Papiertüte in der Hand verließ er den Laden. Etwas Kochschinken und Käse sowie fünfzig Reichsmark. Sein allererster Lohn.

Draußen stand die Sonne schon hoch, die Luft war dick vor Hitze. Der Sommer war bis jetzt viel zu trocken gewesen – entweder windig oder so brütend heiß wie in den letzten Tagen.

Entschlossenen Schrittes schlug Helmut nicht den Weg zum Barackendorf ein, sondern folgte stattdessen der Venloer Straße in Richtung Ehrenfeld.

Ein Windstoß blies ihm ins Gesicht. Er sah hinauf zu den schwarzen, schweren Gewitterwolken, die endlich Regen versprachen. In der Ferne rumpelte bereits der erste Donner. Die Luft roch nach Mörtelstaub und nach von der Sonne erwärmten Backsteinen. Das war der Geruch Kölns in diesen Tagen, während die Leute Ehrendienst leisteten, Straße um Straße vom Schutt befreiten und den Dreck von den wiederverwendbaren Backsteinen kratzten.

Doch bei dieser ungewöhnlichen Hitzewelle hielt sich kaum jemand freiwillig draußen auf. Wer konnte, war den hohen Temperaturen hinaus aufs Land oder an ein Gewässer entflohen. Der Großteil der Kölner jedoch harrte in den Kellerwohnungen aus, in denen es nun oft sogar angenehmer war als im Freien. Die Ruinen der Stadt boten kaum Schatten, und es gab auch nur noch wenige Baumalleen, die für etwas Kühlung hätten sorgen können.

Es war aber nicht nur die Hitze, die den Leuten zu schaffen machte. Seit Anfang des Monats waren die Lebensmittel erneut gekürzt worden. Allein die Fettrationen beliefen sich nun noch auf nur zweihundert Gramm gegenüber den vormaligen vierhundert für jeden Erwachsenen. Das machte pro Tag gerade mal sieben Gramm. Wer hatte so überhaupt noch genug Kraft, um sich zu bewegen?

Es dauerte nicht lange, bis Helmut die Straße mit den klobigen Hausreihen erreichte. Deren Fassaden waren zwar von Mörsereinschlägen verunstaltet, und in den oberen Stockwerken waren sämtliche Fensterscheiben zerbrochen, aber zumindest waren die Häuser noch bewohnbar.

Hier, in einer winzigen, zugigen Dachkammer, hatte Mutters Freundin Ingeborg zusammen mit ihren zwei Kindern Unterschlupf gefunden.

Die Holztreppe ächzte bei jedem Tritt. Ein paar der Stufen waren so schief, dass man leicht das Gleichgewicht verlieren konnte. Die Kammer war wohl einst ein Mehllager gewesen und nur durch eine dünne Wand und eine Tür vom Rest des Dachgeschosses abgetrennt.

Gott, was für eine Hitze hier oben direkt unter dem Dach herrschte.

Um zu Ingeborgs Tür zu gelangen, musste Helmut erst den ganzen übrigen Raum durchqueren, den sich fünf Ostflüchtlingsfamilien teilten. Er zählte acht Frauen, vier alte Männer und neun Kinder. Es waren sogar noch mehr seit seinem letzten Besuch. Hohlwangige Gesichter mit Augen, die vor Hunger stumpf geworden waren.

Helmut wandte den Blick ab, als er an den mit gespannten Wolltüchern abgetrennten Wohnabteilen vorbeiging. In jedem davon war gerade genug Platz für eine auf den Boden gelegte Matratze und die Rucksäcke, Koffer und Bündel mit den wenigen Habseligkeiten aus der Heimat darin. Es roch nach Fäkalien und ungewaschenen Körpern.

Augenblicklich flackerten Erinnerungen durch seinen Kopf.

Er ging schneller. Es war nur ein paar Monate her, dass er selbst unter ähnlichen Bedingungen gehaust hatte. Höllische Hitze im Sommer und Eiseskälte im Winter. In Jelabuga hatten sie jedoch in jeder Stube zumindest einen kleinen Holzofen gehabt, auch wenn der mehr rauchte als heizte. Hier gab es nichts dergleichen. Was würden die Leute im Winter machen?

Ein kleiner, nur mit einem dünnen Leibchen bekleideter Junge saß auf dem Boden vor Ingeborgs Tür. Eitergelber Schnodder tropfte ihm aus der Nase. Vor ihm lag eine leere Fadenspule aus Holz, die er über den Boden kullern ließ.

Genau in diesem Moment wummerte draußen erneut ein lauter Donner. Helmut fuhr zusammen, rang nach Atem. Es war, als ertönte das dunkle Grollen direkt neben ihm – über ihm – tief in ihm. So laut wie Artilleriegeschütze.

Er taumelte, griff mit der Hand nach dem Türknauf. Es dauerte ein paar Sekunden, bis sein Kopf sich wieder klärte. Sich an etwas Realem festzuhalten war das einzige Mittel, wenn die Erinnerungsfetzen kamen.

Das Kind auf dem Boden schaute ihn aus großen, fragenden Augen an.

Eilig klopfte er an die Tür. »Ingeborg, ich bin's. Helmut.«

Er hörte das metallene Klackern eines sich öffnenden Hängeschlosses. Dann das Ratschen einer Kette, bevor sich die Tür einen Spalt weit auftat und das Gesicht einer blonden Frau erschien.

»Schnell, komm rein«, wisperte sie, zog ihn am Arm hinein und schloss hinter ihm sogleich wieder ab. Seit die Ostflüchtlinge gekommen waren, tat sie das immer.

Wie jedes Mal, wenn er Ingeborgs Kammer betrat, überkam Helmut das Gefühl, als wäre er viel zu groß für den Raum. Nur ein Bett, eine kleine Kommode mit einem Waschbecken, ein Stuhl und ein winziger Holzkochofen in der Ecke fanden hier noch Platz.

»Entschuldige bitte die Unordnung. Du weißt ja, die Kinder …«, sagte Ingeborg, nahm das zum Trocknen aufgehängte Tuch von der Stuhllehne und bedeutete ihm, sich zu setzen. Sie selbst nahm auf einer improvisierten Sitzgelegenheit bestehend aus zwei übereinandergestapelten, mit einer Wolldecke überzogenen Koffern Platz.

Von den besagten Kindern hockte nur der Junge mit dem Rücken gegen die Wand gelehnt auf dem Bett und hielt ein Buch auf den Knien. Er hob kurz den Blick, bevor er die Nase wieder zwischen die Buchseiten senkte.

Sein Name war Klaus-Dieter, und er war fast vierzehn Jahre alt. Ein Alter, das man dem schmächtigen Jungen mit der dicken Hornbrille nicht ansah. Er war schon von Geburt an kränklich gewesen, war kurzsichtig, schielte und litt noch dazu unter Asthma.

Deshalb hatten seine Eltern keinen anderen Ausweg gesehen, als ihn während der vergangenen sechs Jahre – fast die Hälfte seines Lebens – bei seinen Großeltern in der Lüneburger Heide unterzubringen. In größtmöglicher Sicherheit vor irgendwelchen nationalsozialistischen Fanatikern, die den Kleinen in ihrem Rassenwahn womöglich als »lebensunwert« hätten abstempeln können. Gleichzeitig war sein Vater Otto, Ingeborgs Ehemann, zum Schutz der Familie der Partei beigetreten. Dabei war er sein Lebtag lang ein überzeugter Pazifist gewesen und hätte nicht einmal einer Fliege etwas zuleide tun können.

Doch gerade solche Menschen waren die leichtesten Opfer des Regimes gewesen. Niemand, der jemals mit Otto Odendahl zu tun gehabt hatte, zuallerletzt Helmut, glaubte an das Ammenmärchen, dass sich der in ganz Ehrenfeld bekannte Lehrer ein halbes Jahr vor Kriegsende selbst erhängt haben sollte.

Verwitwet und allein mit zwei Kindern hatte Ingeborg zuerst auf den Elternhof nach Lüneburg ziehen wollen. Doch die Eltern lebten inzwischen nicht mehr, und der Hof war nach Kriegsende von den Besatzern konfisziert worden.

»Wie geht es euch?«, fragte Helmut.

Ingeborg stützte die Hände auf den Knien ab und versuchte ein tapferes Lächeln. »Wir kommen ganz gut durch.«

Helmut wusste, dass das nicht stimmte. Er sah die dunklen Ringe unter ihren Augen. Falten auf der Stirn und in den Mundwinkeln verunstalteten ihr Gesicht. Er kannte Ingeborg schon, solange er denken konnte. Zusammen mit Mutter war er bereits als Kind oft in deren Haus zu Besuch gewesen, wenn die Frauen dort in der Küche gemeinsam jede zweite Woche Brot backten. Ingeborg hatte ihm dann immer eine kleine Semmel aus dem Restteig zugesteckt. Sie war sogar ein paar Jahre jünger als Mutter, wirkte jetzt jedoch wie eine alte Frau.

»Susanne hilft jetzt in der Küche im Hauptquartier der Belgier aus. Dort bekommt sie sogar zu essen«, fuhr Ingeborg fort. Ihr Blick fiel dabei auf ihre Hände. »Ich war erst nicht damit einverstanden. Aber Suse sagt, solange sie in der Küche bleibt, lassen die Soldaten sie in Ruh. Das ist schon viel wert.« Wie um sich selbst davon zu überzeugen, nickte sie.

»Ich habe euch etwas mitgebracht. Ist nicht viel, aber immerhin.« Damit reichte ihr Helmut die Papiertüte und nahm den Rucksack vom Rücken. »Hier. Das hilft Klaus-Dieter gegen sein Asthma.« Er fischte eine Knoblauchknolle und ein kleines Säckchen Kandiszucker aus dem Rucksack. Erstere hatte er dem Koch Angelo abgeluchst. Den Kandiszucker hingegen hatte ihm die alte Witwe Radicke, eine langjährige Nachbarin aus der Friesenstraße, zusammen mit zwei Eiern zugesteckt, dafür, dass er ihr einen Sack voll Kohlköpfe quer durch die Stadt bis nach Hause geschleppt hatte.

»Koche zwei Teile Knoblauch und ein Teil Kandiszucker mit etwas Wasser zu einem Sirup auf. In einem Glas aufbewahrt, hält er über längere Zeit. Gib dem Jungen zweimal täglich einen Esslöffel davon. Sobald ich welche finde, bringe ich dir ein paar Zwiebeln mit. Daraus kannst du ihm Brustwickel machen.«

Klaus-Dieter hatte das Buch inzwischen zur Seite gelegt, war langsam näher gerutscht und starrte mit großen Augen auf die Mitbringsel.

Wie bleich der Junge war. Helmut hörte seinen pfeifenden Atem. Das heranziehende Gewitter brachte hoffentlich endlich etwas Abkühlung. Der Kleine brauchte dringend frische, klare Luft, statt den ganzen Tag lang auf diesem staubigen Dachboden zu hocken.

»Das Essen ist doch für dich und Mattes.« Ingeborg schüttelte vehement den Kopf.

»Mit dem, was ich zusammenkratzen kann, und den Mahlzeiten im Barackendorf haben wir genug. Mach dir um uns keine Sorgen.« Helmut stand auf und setzte sich den Rucksack wieder auf den Rücken. Ingeborg hatte Mattes bei sich aufgenommen und sich um ihn gekümmert. Helmut sah es als seine Pflicht an, sich bei ihr zu revanchieren.

Doch er wünschte, er könnte mehr tun. Vor allem Klaus-Dieter benötigte dringend Mittel gegen sein Asthma. Medikamente waren allerdings nur schwer zu bekommen. Die Besatzer hatten sämtliche Vorräte beschlagnahmt, und es herrschte eine strikte Ausgabekontrolle. Wer von diesem Umstand profitierte, waren einmal mehr die Schwarzhändler, die sich vor allem an lebensnotwendigen Medikamenten wie Insulin eine goldene Nase verdienten.

Es war Nachmittag, als Helmut schließlich zurück zum Venloer Wall kam. Die Luft war noch schwüler geworden, und die Gewitterwolken hingen so tief, dass man meinte, sie mit den Fingern berühren zu können.

Es war eigenartig, das Barackendorf so still und fast verlassen zu sehen. Bis auf den Koch, Fräulein Sonja, Fräulein Ruth und er selbst war sonst niemand da. Normalerweise waren immerhin eine Handvoll Frauen oder Kinder auf dem Hof zu sehen. Fien arbeitete heute nicht, und Fräulein Paulchen und Eli waren vor zehn Tagen in den Urlaub in die Provence gefahren.

Das Schweizer Dorf schien der Hitze erlegen, wie der Rest der Stadt Köln. Einzig Hasso kam ihm hechelnd entgegen.

Helmut wischte sich mit einem Lappen über den verschwitzten Nacken und verscheuchte ein lästig surrendes Insekt von seinem Ohr. Die Einzigen, die trotz der drückenden Schwüle emsig herumschwirrten, waren die Schwärme von Gewittertierchen. Die Viecher waren überall, krabbelten über die Hüttenwände und durch Fenster und Türen, die jetzt tagsüber ständig offen standen, um für etwas Durchzug zu sorgen. In den Holzbaracken war es so stickig, dass Mattes und er ihre Schlafpritschen schon seit drei Nächten nach draußen auf den Innenhof schleppten. Dort war es nachts wenigstens einigermaßen erträglich.

Da. Ein Blitz zuckte am Himmel, sogleich gefolgt von einem dröhnenden Donner.

Sofort zog Hasso den Schwanz zwischen die Hinterläufe und verkroch sich unter die Sitzbank vor der Wohnbaracke.

»Du bist mir vielleicht ein schöner Wachhund. Hast sogar Angst vor Donner«, sagte Helmut. Trotzdem trat er näher, ging vor dem zitternden Hund in die Hocke und kraulte ihm den Kopf. Er konnte sehr gut nachvollziehen, wie sich das Tier fühlen musste, er kannte die bleierne Panik aus eigener Erfahrung. »Ist ja schon gut. Ganz ruhig. Mattes ist bald wieder da.« Der war mit einer der Speisungstouren unterwegs, die eigentlich längst wieder zurück sein sollte. Auf dem Platz hinter der Küche stand jedoch nur einer der beiden Lastwagen. Seltsam.

Er richtete sich auf. Genau in diesem Moment fühlte er den

Tropfen auf der Stirn. Dann noch einen. Kein Zweifel, bald würde das Gewitter losbrechen. Er konnte schon das Prickeln in der Luft spüren.

Zugleich hörte er das Brummen eines Lastwagenmotors. Auch Hasso spitzte die Ohren. Das Motorendröhnen wurde immer lauter. Kurz darauf ertönte das inzwischen vertraute dreifache Hupsignal.

Sofort sprang Hasso auf die Beine und rannte freudig kläffend auf den freien Kiesplatz hinter der Küchenbaracke, wo der Lastwagen zum Stehen kam.

Helmut folgte ihm. Nach den Speisungstouren war immer eine helfende Hand beim Abladen der Thermophoren nötig, und er hatte sonst nichts zu tun.

Doch er hielt mitten in der Bewegung inne, als er das Frauenlachen hörte. Eli?

Unsinn, sie und Paulchen kamen Mitte nächster Woche zurück, und heute war erst Samstag. Trotzdem wurden seine Schritte schneller, als er um die Hüttenecke trat.

Überglücklich tänzelte Hasso umher und jaulte den Lastwagen an.

Zuerst sah Helmut Mattes, der hinten von der Lade sprang und dann die Fallklappe öffnete. Als Nächstes hüpften die zwei jungen Helferinnen herunter. Fräulein Marie stieg auf der Beifahrerseite aus.

»Schau mal, wen wir unterwegs aufgeladen haben«, rief Mattes ihm zu.

Fräulein Paulchen streckte lachend den Kopf heraus. »Überraschung!«

Und hinter ihr stand Eli.

Einen kurzen Moment lang stockte Helmut der Atem. Sie trug ein schlichtes, kurzärmliges Kleid, dessen blassblaue Farbe den Bronzeschimmer ihrer Haut betonte. Sie hatte das Haar hochgesteckt. Ihre Wangen waren gerötet von der Hitze, während sie sich mit der Hand Luft zufächelte, doch ihre Augen strahlten.

Helmut konnte den Blick nicht von ihr losreißen, während Fräulein Sonja, der Koch Angelo und Fräulein Ruth an ihm vorbeieilten, um die beiden Heimkehrerinnen zu begrüßen.

»Was stehst du denn da herum? Komm, hilf uns lieber.« Mattes' vorwurfsvolle Stimme brachte ihn wieder zur Besinnung, und er schimpfte sich in Gedanken einen Volltrottel. Als hätte er noch nie zuvor eine Frau gesehen, Himmel noch mal!

»Und? Haben Sie uns vermisst?«, trällerte Fräulein Paulchen, als er ihr beim Heruntersteigen half.

»Also ich bin froh, dass Sie wieder da sind. Es war nämlich ganz schön langweilig hier«, antwortete Mattes an seiner Stelle und hievte einen Koffer von der Lade.

Paulchen gluckste vergnügt, wuschelte dem Jungen mit der Hand durchs Haar und zwinkerte ihm zu. »Sieh an, ein kleiner Charmeur. Wir sind auch tatsächlich nur deinetwegen früher zurückgekommen und nicht etwa, weil die Franzosen einen Bahnstreik geplant haben. Stimmt's, Eli?«

»Einzig deshalb.« Eli lachte, trat an den Rand der Lade und fasste an die seitliche Halterung, um in gewohnter Manier herunterzuklettern.

Sofort hob Helmut die Arme. »Ich helfe Ihnen.«

Sie sah ihn erstaunt an, zögerte jedoch nur einen kurzen Augenblick, bevor sie die Hand von der Halterung nahm und sich von ihm auffangen ließ.

Helmut hielt sie an der Taille fest, setzte sie sachte auf dem Boden ab und wurde sich im selben Moment der Nähe bewusst. Ihr Atem streifte sein Gesicht. Sie roch nach Veilchen und einem Hauch von Schweiß. Ihre Hände lagen auf seinen Oberarmen.

Sie sah ihn an. Warme, moosbraune Augen. Er erkannte sogar

die winzigen goldgelben Sprenkel darin, genauso wie die verwegenen Sommersprossen auf ihrem Nasenrücken.

Er schluckte. Ganz beiläufig merkte Helmut, dass seine Hände noch immer an Elis Taille lagen. Länger als nötig, doch es fühlte sich seltsam gut und richtig an, und es schien sie auch nicht zu stören.

»Danke«, flüsterte sie.

Ihre Lippen. Bestimmt waren sie weich und warm.

»Stets zu Diensten«, hörte Helmut sich sagen und hätte sich gleichzeitig am liebsten selbst geohrfeigt. Was, zum Geier, faselte er denn da?

Ein Regentropfen streifte erneut seine Wange. Und von einem Augenblick auf den anderen war es, als hätten sich sämtliche Himmelsschleusen geöffnet und die Sintflut losgelassen.

Helmut und Eli fuhren auseinander. Mit einem Schlag landete er wieder in der Realität, die sich gerade jetzt nass und hektisch zeigte, während alle zu den Baracken rannten.

»Schnell! Alle hinein«, rief Fräulein Sonja. »Die Lastwagen können warten.«

Kurz darauf fand Helmut sich zusammen mit Mattes, den zwei Helferinnen und dem Lastwagenfahrer im Aufenthaltsraum der Wohnbaracke wieder und fühlte sich ganz und gar fehl am Platz. Die deutschen Mitarbeiter hielten sich üblicherweise in der eigenen Essensbaracke auf.

»Kommt, wir gehen besser«, sagte er zu seinem Bruder und den anderen und wandte sich in Richtung Tür.

Doch noch bevor sie den Ausgang erreichten, hörte er Fräulein Sonja rufen: »Wo wollen Sie denn bei diesem Wetter hin?« Ohne auf eine Antwort zu warten, winkte sie sie zurück. »Setzt euch. Hier ist genug Platz.«

Ihr Blick fiel auf Hasso, der sich im allgemeinen Trubel ebenfalls hereingeschlichen hatte und klatschnass in einer Ecke saß.

Eine dunkle Dreckpfütze bildete sich rund um seine Pfoten, während der Hund mit Mitleid heischender, gerunzelter Stirn aufschaute und dabei die Ohren flach legte.

»Ja, auch für dich haben wir noch ein Plätzchen frei, du Schlawiner.« Sie lachte.

Fräulein Ruth verteilte derweil Tücher, mit denen sie sich abtrocknen konnten, der Koch Angelo brachte Brot, Wurst, etwas Käse und sogar ein kleines Glas Erdbeermarmelade. Dazu englischen Instantkaffee. »Es geht doch nichts über Café complet. Zur Feier des Tages«, sagte er und rieb sich die Hände.

»Was ist denn ein Café complet?«, wisperte Mattes Helmut zu.

Er hatte keine Ahnung. Das musste etwas Schweizerisches sein. Jedenfalls schienen ihm all die Köstlichkeiten auf dem Tisch wie ein Festessen.

Zusätzliche Stühle wurden aus dem anliegenden Büro hereingeschoben sowie ein paar Kisten, um Sitzgelegenheiten zu schaffen. Bald schon saßen sie alle in vereinter Runde um den Tisch herum. Morgen war Sonntag und somit auch im Barackendorf ein Ruhetag.

Der Regen prasselte auf das Dach. Ab und zu rumpelte ein Donner. Eli und Fräulein Paulchen gaben ihre Urlaubserlebnisse zum Besten. Irgendwann wechselten sie dabei aus Gewohnheit ins Schweizerdeutsche. Zwar verstand Helmut kaum etwas von dieser eigenartigen Sprache, Fräulein Paulchens groß aufgerissenen Augen und den überschwänglichen Gesten nach zu urteilen, hatten die beiden jedoch ein paar aufregende Abenteuer erlebt. Wenn er nur wüsste, was dieses »Äuä de scho« bedeuten sollte, das Fräulein Ruth immer sagte.

Bald schon verabschiedeten sich die beiden Helferinnen und der Fahrer.

»Ihr bleibt aber noch«, sagte Angelo zu Helmut, und das war keine Frage, sondern eine Aufforderung, als er ihm einen Schuss

Schnaps aus seinem Flachmann in den Kaffee kippte. »Echter Grappa aus dem Mendrisiotto. Es gibt nichts Besseres. Salute.« Augenzwinkernd prostete er ihm zu.

Helmut wusste nicht, wo dieses Mendrisiotto lag, aber der Schnaps war gut, und er war stark. So stark, dass er beim ersten Schluck nach Atem rang. Als Nächstes fühlte er die wohlige Wärme in den Magen sickern.

»Ich will auch kosten«, protestierte Mattes.

Helmut schüttelte den Kopf und stellte die Tasse zurück auf den Tisch. »Nichts da. Das Zeug ist viel zu stark für dich.« Er fühlte sich selbst nach ein paar Schlucken schon leicht benebelt. Es war Jahre her, seit er zuletzt Alkohol getrunken hatte, und auch früher waren es nur ein paar Gläser Kölsch ab und zu gewesen.

Zum Glück hatte jemand das Fenster geöffnet. Endlich ein kühler Luftzug. Draußen regnete es noch immer, wenn auch nicht mehr ganz so stark. Der Himmel war heller geworden, die Luft roch nach nasser Erde.

Helmut lehnte sich im Stuhl zurück und beobachtete die Runde. Es war das erste Mal, dass er die Schweizer Helfer in einer solch entspannten Atmosphäre erlebte. Sie lachten und scherzten. Alle, bis auf Fräulein Marie, die sich ohnehin kaum an dem Gespräch beteiligte. Ihre distanzierte Art war Helmut schon vorher aufgefallen. Er hatte sie in all den Wochen noch nie auch nur schmunzeln sehen.

Was jedoch die anderen betraf, tat es seiner Seele gut, zur Abwechslung etwas Fröhlichkeit zu beobachten. Unweigerlich wanderten Helmuts Gedanken zurück zu dem Besuch bei Ingeborg. Zu der staubigen Dachkammer und den Flüchtlingen. Zurück zu dem kleinen am Boden sitzenden Jungen und Klaus-Dieter. Was für ein Gegensatz zu der Welt hier im Barackendorf, wo alles sauber und ordentlich war und die Leute noch lachen konnten.

Allen Anstrengungen zum Trotz schweifte sein Blick immer

wieder zu Eli. Möglichst unauffällig natürlich. Der Urlaub hatte ihr gutgetan, sie wirkte ausgeruht und erholt, und ihre Haut hatte unter der französischen Sonne einen schimmernden Bronzeton angenommen.

Auch sie war Teil dieser Welt. Schön, herzlich, klug und für Helmut unerreichbar. Er machte sich nichts vor, jeder Gedanke an eine andere Realität war illusorisch. Trotzdem …

Er hatte sie vermisst, wenigstens so viel durfte er sich eingestehen. Doch dieser verfluchte Grappa im Kaffee war schuld, dass sich sein Kopf schwammig anfühlte und er die Szene von vorhin einfach nicht vergessen konnte. Dieser Moment des völligen Friedens, als er sie festgehalten hatte. Dass er überhaupt noch dazu in der Lage war, so zu empfinden, grenzte für ihn fast an ein Wunder.

Sie zu berühren. Allein bei dem Gedanken daran beschleunigte sich sein Puls. Mist, er hätte diesen verflixten Kaffee nicht trinken sollen.

Eli lachte laut auf, als Paulchen, wenn er es richtig verstand, davon erzählte, wie sie sich beinahe auf dem Markt von Sanary-sur-Mer verlaufen hatten.

Wie, um alles in der Welt, sollte Helmut es künftig schaffen, sie nicht zu beachten? Nicht daran zu denken, dass er sie vorhin, einem plötzlich aufkeimenden Instinkt folgend, am liebsten geküsst hätte. Vor allen. Ohne sich einen Deut darum zu scheren, ob es angebracht war oder nicht. Er war schließlich auch nur aus Fleisch und Blut.

Eilig biss er in sein Brotstück, stand auf und zog Mattes am Arm mit. »Es ist schon spät. Hasso sollte auch besser hinaus. Vielen Dank für das Essen und Gute Nacht.«

Der Hund hörte seinen Namen und sprang erwartungsvoll auf. Jetzt, nachdem das Gewitter vorbeigezogen war, konnte er es anscheinend kaum noch erwarten, nach draußen zu kommen.

Helmut nickte in die Runde, bevor er sich zum Gehen wandte, vermied es allerdings geflissentlich, Eli direkt anzusehen.

»Ich war aber noch gar nicht fertig mit Essen«, maulte Mattes, folgte ihm jedoch gehorsam, während der Hund an ihnen vorbei hinausschoss.

Endlich an der frischen Luft holte Helmut tief Atem und legte den Kopf in den Nacken. Der Regen war inzwischen in einen Schauer übergegangen. Er schloss die Augen, genoss das Gefühl der herabfallenden Tröpfchen im Gesicht.

»Und was machen wir jetzt? Es ist ja noch nicht einmal dunkel.« Mit vorwurfsvoller Miene verschränkte Mattes die Arme vor der Brust.

»Dir wird schon etwas einfallen, wie du mir auf die Nerven gehen kannst«, gab Helmut zurück und schloss die Baracke auf.

Doch wie es aussah, war der Jüngere nicht mit einem banalen Scherz zu besänftigen. Ganz im Gegenteil.

Mattes schmiss sich auf seine Pritsche. »Dabei war die Marmelade so lecker. Aber nein, der Herr Kloochdresser will ja nichts davon hören.«

»Kloochdresser?« Helmut traute seinen Ohren nicht. Hatte der Kleine ihn eben tatsächlich einen Klugscheißer genannt?

Ungerührt zuckte Mattes die Achseln. »Ist doch wahr.« Damit warf er sich auf die Seite und drehte ihm den Rücken zu.

»Soso.« Helmut setzte sich auf seine eigene Pritsche, ebenfalls mit dem Rücken zu seinem Bruder. »Und du bist ein elender Kühmbroder.«

Er grinste, sobald er das Knarzen hörte, als Mattes sich wieder umdrehte. Den Gegner mit den eigenen Waffen zu schlagen, war immer eine gute Taktik.

»Ich bin kein Nörgler«, tönte es prompt hinter ihm.

»Doch, das bist du.«

»Du dagegen benimmst dich manchmal richtig nuppich.«

Jetzt war es an Helmut, sich umzudrehen und seinen kleinen Bruder erstaunt anzusehen. »Wie meinst du das?«

Mattes schüttelte den Kopf. »Na ja, du bist eigenartig. Als wolltest du ständig vor irgendetwas davonlaufen, ohne überhaupt genau zu wissen, wovor.« Er runzelte trotzig die Stirn. »Und es ist ziemlich anstrengend, dir immer hinterherzurennen, lass dir das mal gesagt sein.«

Fassungslos starrte Helmut den Jüngeren an. Damit hatte er nicht gerechnet.

Mattes' Worte ließen ihn auch viel später nicht los, als es endlich dunkel geworden war und sie beide auf den Pritschen lagen. In der Baracke dieses Mal, denn das Gewitter hatte die Luft auf eine erträgliche Temperatur abgekühlt.

Es war eine Sache, vor der eigenen Vergangenheit, den eigenen Geistern und Ängsten zu fliehen. Es war jedoch eine ganz andere Angelegenheit, wenn er damit auch den Jungen beeinträchtigte. Darüber hatte er bisher nie nachgedacht. Unglaublich. Seit wann war der Knirps so weise geworden?

Der Regen prasselte leise auf das Holzdach.

Helmut gähnte und schloss die Augen. Der Schnaps hatte ihn müde gemacht.

Bis er ganz plötzlich aus einem tiefen, traumlosen Schlaf aufschreckte. Blinzelnd saß er auf, brauchte einen Moment, um sich zu orientieren.

Der Regen hatte aufgehört. Es war noch immer dunkel. Allzu lange konnte er nicht geschlafen haben.

Er lauschte angestrengt in die Nacht. Alles ruhig.

Trotzdem wurde Helmut das Gefühl nicht los, dass etwas nicht stimmte. Irgendetwas hatte ihn aufgeweckt, und der Krieg hatte ihn gelehrt, seinem Instinkt zu vertrauen.

Leise stand er auf und ging zur Tür, griff dabei wie gewohnt nach dem Knüppel, spähte nach draußen. Die Materialbaracke lag in der äußersten, nordwestlichen Ecke des Hufeisens. Von hier aus ließ sich der gesamte Innenhof überblicken.

Der Himmel war wolkenbedeckt. Erst konnte Helmut nur die Umrisse der Hütten erkennen, nach und nach gewöhnten sich seine Augen jedoch an die Dunkelheit.

Er spürte das warnende Kribbeln, noch bevor er die wispernden Stimmen hörte. Sie kamen von dort drüben, zu seiner Linken.

Dann sah er sie. Vielmehr den Schein ihrer winzigen Taschenlampen. Drei Männer mit einem Karren. Direkt vor der aufgebrochenen Tür zur Nähstube.

Wo trieb sich der nutzlose Wachhund bloß wieder herum, wenn man ihn brauchte?

Helmut hielt nur kurz inne. Umfasste den Knüppel mit beiden Händen, bevor er mit langen Schritten auf die Männer zuging.

»Halt! Was habt ihr Halunken hier verloren?«, rief er laut. Ein erschrecktes Käuzchen flatterte durch die Nacht.

»Verdammt. Schnell, weg hier«, hörte er einen der Männer rufen.

»Das würde euch so passen!« Mit hochgezogenem Knüppel rannte Helmut den Kerlen entgegen und schlug zu.

Den Ersten traf er an der Schulter, der Zweite jaulte vor Schmerz auf, als die Keule ihn am Rücken streifte. Der Dritte wich dem Schlag aus, warf sich mit der Schulter gegen Helmut. Der Stoß wuchtete ihn zu Boden. Der Aufprall presste ihm die Luft aus der Lunge. Schmerzende Lichtpunkte explodierten in seinem Kopf, als der Faustschlag ihn traf.

Gepresste Stimmen, eilige Schritte und das Knarzen eines Wagens.

Der Geschmack von Blut im Mund brachte Helmut augenblicklich wieder zu Bewusstsein. Er rappelte sich auf die Knie. Irgendwo neben ihm ging ein Licht an und warf einen gleißend hellen Streifen über den Innenhof. Helmut blinzelte geblendet, wandte den Blick ab und sah die Diebe im Dunkeln verschwinden. Fluchend setzte er ihnen nach. Mit dem Karren kämen sie nicht so schnell voran.

Doch die Mistkerle waren anscheinend zum selben Schluss gekommen und hatten das Gefährt mitten auf einer Seitenstraße stehen lassen. Darin lag noch ein in der Eile liegen gebliebener Ballen Hemdstoff.

Der Radau hatte nicht nur die Bewohner des Barackendorfs aus den Betten gejagt. In Unterhemden und eilig übergezogenen Hosen standen Angelo und ein paar Nachbarn mit Taschenlampen vorn an der Straße, als Helmut zurückkam.

»Sie sind entwischt. Drei Männer. Jedoch nicht aus dem Viertel«, presste er durch die zusammengebissenen Zähne und wischte sich mit der Hand über die aufgeplatzte Lippe.

Es war allein seine Schuld, er hätte diesen vermaledeiten Schnaps niemals trinken sollen.

Aber was machten die Frauen denn da drüben vor der Ausgabebaracke? Sie standen im Halbkreis um die am Boden knienden Eli und Mattes herum.

Als Helmut näher trat, sah er Hasso dort liegen.

24 MENSCH SEIN

Venloer Wall, 7. Juli 1946

Was ist mit ihm? Warum steht er nicht auf?«, hörte Helmut Mattes rufen.

Der Junge sah flehend zu Eli auf. Tränen liefen ihm über die Wangen.

Der Anblick ließ Helmut erstarren. Er hatte seinen Bruder in seinem Leben bisher nur zwei Mal weinen sehen. Einmal als kleines Kind, als er von einem Baum heruntergepurzelt war und sich den Arm gebrochen hatte. Das andere Mal vor ein paar Monaten bei ihrem Wiedersehen.

Sofort eilte Helmut näher, kniete sich nieder. Er spürte die Feuchte, die vom Boden durch den Stoff seiner Hose drang. Egal.

Vorsichtig berührte er Hassos Flanke. Der Hund winselte. Zugleich konnte Helmut das heftige Zittern seines Körpers spüren. Der Herzschlag raste.

»Licht. Ich brauche mehr Licht.«

Erst im Schein mehrerer Taschenlampen sah er das Blut und die tiefen Risse an Hassos Schulter und der Schnauze. Als hätte er den Prankenschlag eines Bären abbekommen. Oder den Hieb des mit Stacheldraht umwickelten Prügels, der einen Schritt entfernt auf dem Boden lag. Dabei hatte Hasso noch Glück gehabt. Nur ein paar Zentimeter weiter rechts, und die Dornen hätten die Halsschlagader getroffen.

Sachte untersuchte er den Hundekörper, so gut er konnte, ohne das Tier zu sehr zu bewegen, tastete die einzelnen Glieder ab, so ruhig wie möglich und mit geschlossenen Augen. Auf jedes noch so kleine Zucken achtend, das womöglich weitere innere Verletzungen oder Knochenbrüche verriet. Ein paar der Wunden waren so tief, dass sie genäht werden müssten.

Hasso hechelte, sein Puls war beschleunigt, und er versuchte immer wieder, den Kopf zu heben.

Konzentrier dich, Mann, konzentrier dich.

Wenn er doch nur mehr Erfahrung hätte. Er war kein Tierarzt. Er war in seinem früheren Leben bloß ein Pharmaziestudent im letzten Semester gewesen, verdammt.

»Wir müssen ihn hineinbringen und die Wunden säubern«, sagte Helmut. »Schnell. Ich brauche Desinfektionsmittel – Alkohol, Jodtinktur, was auch immer. Und Verbandszeug. Kennt jemand einen Tierarzt in der Nähe?«

Sofort meldete sich Ruth. »Wir haben Jod in unserer Hausapotheke.« Sie drehte sich um und eilte davon.

»Der alte Doktor Lemper an der Werderstraße lebt noch«, rief einer der Nachbarn.

Helmut nickte. »Dann hol ihn. Beeil dich. Und sag ihm, es handelt sich um oberflächliche bis mitteltiefe Schnitt- und Reißwunden bei einem sonst gesunden, jungen Rüden von ungefähr dreißig Kilo. Keine offensichtlichen Brüche oder inneren Verletzungen. Derweil müssen wir Hasso hineinbringen. Jemand soll eine Unterlage aus Zeitungen und Decken vorbereiten. Am besten auf einem Tisch. Dann brauchen wir abgekochtes Wasser, um die Wunden auszuwaschen.«

»Darum kümmern wir uns«, sagte Fräulein Sonja und zog Paulchen mit sich.

In befehlsgewohntem Ton gab Helmut weitere Anweisungen: »Mattes, du stellst dich auf die andere Seite und hilfst mir. Fräulein Eli, Sie halten Hassos Kopf. Auf mein Zeichen. Ein – zwei – drei. Hoch.«

Zusammen trugen sie den Hund in die Wohnbaracke und legten ihn auf den vorbereiteten Tisch im Aufenthaltsraum. Jetzt, im Lampenlicht, erkannte Helmut den vollen Umfang der Wunden, aus denen noch immer Blut sickerte. »Den Verbandsstoff. Schnell.«

»Hier, Jod, Watte und Mullbinden. Das ist alles, was wir an Vorrat haben.« Keuchend reichte Fräulein Ruth Helmut das braune Fläschchen.

Er öffnete es, stockte einen kurzen Moment lang mitten in der Bewegung, als ihm der typische Geruch in die Nase drang. Augenblicklich schwappten Erinnerungsfetzen durch seinen Kopf. Blut, Jod und verbranntes Fleisch – auf dem Hauptverbandsplatz im Südkessel von Stalingrad hatte man kaum etwas anderes gerochen.

Mit aller Kraft riss er sich zusammen, griff nach einer in Papier eingewickelten Mullbinde und der Watte. Fräulein Ruth hatte ganze zehn Päckchen davon gebracht. Diese wurden eigentlich für die Kinder und Säuglinge gebraucht.

Wer war nun wichtiger? Die Kinder oder Hasso?

»Wir benutzen die nur als Kompressen zur Blutstillung für die tieferen Wunden. Zum Auswaschen reichen saubere Stoffreste«, entschied er und drückte eine der Binden auf eine Wunde.

Hasso jaulte gequält auf, trat mit den Läufen ins Leere.

Mit etwas Glück brachte der Tierarzt zusätzlichen Verbandsstoff mit. Und hoffentlich Äther.

»Wird Hasso wieder gesund?«, fragte Mattes und presste störrisch tapfer die Lippen zusammen.

Fräulein Eli drückte ihm die Schulter. »Dein Bruder tut, was er kann.« Dann wandte sie den Blick zu Helmut und nickte bestätigend.

»Wir müssen versuchen, Hasso möglichst ruhigzustellen«, antwortete er ausflüchtend. Wenn der Tierarzt bald kam und sich die Wunden nicht infizierten, hatte Hasso vielleicht eine Chance. Energisch schob er den Gedanken an den verrosteten Stacheldraht und eine mögliche Blutvergiftung beiseite.

Mit der flachen Hand strich er dem Hund über die Brust. Der Herzschlag war noch immer unregelmäßig, der Puls wurde immer schwächer. Dennoch winselte Hasso leise.

»Sch, ist schon gut. Wir kümmern uns um dich. Du bist nicht allein«, flüsterte Helmut dem Hund beruhigend zu und kraulte ihm dabei den Kopf.

Es schien eine Ewigkeit zu dauern, bis Fräulein Sonja und Paulchen mit dem abgekochten Wasser zurückkamen. Fast zeitgleich mit dem Tierarzt.

Doktor Lemper erfasste die Lage sofort, krempelte die Hemdärmel zurück, rückte sich die Hornbrille auf der Nase zurecht und begann mit der Untersuchung. Währenddessen erläuterte ihm Helmut die bisher getroffenen Maßnahmen.

»Ausgezeichnet.« Der Arzt nickte. Aus seinem schwarzen Köfferchen kramte er eine siebartige Atemmaske sowie ein kleines, dunkelbraunes Fläschchen hervor, drückte es Helmut in die Hände und erklärte: »Die Wunden müssen genäht werden. Sie assistieren mir bei der Narkose.«

Es dauerte eine knappe Stunde, bis alles vorbei war und Hasso, noch immer betäubt, aber versorgt und verbunden, auf einer Decke am Boden lag.

Während Mattes und Eli neben dem Hund wachten, nahm Doktor Lemper Helmut beiseite. »Mehr kann ich nicht tun, mir fehlen die Medikamente«, erklärte er schlicht und krempelte sich die Hemdärmel wieder herunter. »Wir können nur hoffen, dass die Wunden nun von selbst heilen. Beobachten Sie das Tier, wechseln Sie die Verbände, und geben Sie ihm reichlich Wasser, sobald er aufwacht.«

»Aber was, wenn eine Entzündung eintritt? Wir haben hier weder Antibiotika noch fiebersenkende Mittel für Hunde.« Helmut sprach absichtlich leise, damit die anderen – vor allem Mattes – nichts hörten.

Zwei tiefe Furchen bildeten sich zwischen den Augenbrauen des Tierarztes, als er den Kopf schüttelte und sagte: »Es tut mir leid.« Eine simple Antwort, die dennoch alles erklärte. Medikamente waren überall Mangelware, und wenn, dann war die Verwendung für Menschen wichtiger als für Tiere.

Als der Arzt gegangen war, blieb Helmut noch einen Moment vor der Baracke stehen. Sein Blick haftete auf Mattes, der dort neben Hasso am Boden kauerte, die Hand sachte auf den Kopf des Hundes gelegt.

Herrgott, lass ihn durchkommen. Wenigstens dem Jungen zuliebe.

Die Diebe hatten ganze Arbeit geleistet und insgesamt neunzehn Stoffballen und an die zehn Kilo Wolle gestohlen. Ein tiefer Schlag für Fräulein Paulchen.

Helmut musste all seine Geduld aufbringen, um einem der drei gerufenen Polizeibeamten die Geschehnisse zu schildern.

»Und Sie sind sicher, dass es niemand aus dem Viertel gewesen sein kann?«, fragte der Beamte in der schlecht sitzenden Uniform und schaute von seinem Schreibblock hoch. Dasselbe hatte er nun schon fünf Mal gefragt. Wenn das eine Befragungstaktik sein sollte, dann war sie miserabel.

»Ganz sicher«, gab Helmut um Beherrschung ringend zurück. »Wären sie von hier gewesen, hätte ich die Kerle erkannt. Wie schon gesagt.«

Er hatte bereits eine genaue Personenbeschreibung abgegeben. Die Einbrecher waren nach einem sehr durchdachten Plan vorgegangen. Sie hatten genau gewusst, was es hier zu holen gab und, vor allem, wo sie es finden konnten. Außerdem war es ihnen sogar gelungen, Hasso außer Gefecht zu setzen, bevor der Alarm geben konnte. Es musste also jemand sein, der schon einmal hier im Barackendorf gewesen war, oder sie hatten einen Spitzel vor Ort.

Es wurde bereits Tag, als sich Helmut mit einem Aufstöhnen

auf eine Kiste neben der Tür der Materialbaracke fallen ließ. Er fühlte sich ausgelaugt und völlig erschlagen. Immerhin war Hasso inzwischen wieder aufgewacht und hatte sogar etwas von dem Futter gefressen, das Mattes ihm von Hand reichte.

Er beugte sich vor, stützte die Ellenbogen auf den Knien ab und massierte den schmerzenden Nacken.

Frische, klare Morgenluft drang durch die offene Tür herein. Was für eine Wohltat.

Die Vorkommnisse der vergangenen Nacht hatten in Windeseile im gesamten Viertel die Runde gemacht. Der Innenhof war voller Leute. Neugierige auf der Suche nach Klatsch mischten sich unter die Kinder und üblichen Antragsteller oder Informationssuchenden. Sie standen in Grüppchen beisammen, machten betroffene Gesichter und schüttelten die Köpfe. Helmut hörte ihr Gemurmel. Zum Glück war er in den Schutz der Baracke geflohen, bevor ihm irgendwer noch mehr Fragen stellen konnte.

»Hier sind Sie also. Kaffee?« Elis Stimme ließ ihn unvermittelt aufblicken.

Die Blechtasse, die sie ihm hinhielt, war verbeult und abgeschlagen, doch der Geruch nach frischem Kaffee war göttlich.

»Danke.«

Ohne auf eine Aufforderung zu warten, setzte sie sich neben ihn. Sie trug wieder ihren üblichen Einteiler und hatte die Ärmel bis über die Ellbogen hochgekrempelt. Im Schatten der Baracke wirkte die Haut ihrer Arme wie mit hellem Karamell überzogen.

Eine Weile lang saßen sie nur schweigend da und nippten an ihren Tassen.

»Wird Hasso es schaffen?«, fragte Eli auf einmal leise.

Helmut schüttelte den Kopf. »Ich weiß es nicht.« Wozu ihr etwas vormachen. Das Gefühl der Hilflosigkeit war niederschmetternd genug.

»Sie haben alles nur Mögliche getan.« Sie legte die Hand auf seinen Arm. Ganz kurz nur. Doch lange genug, um an der Stelle ein Prickeln auf Helmuts Haut zu hinterlassen.

Erneut verfielen sie in Schweigen. Keiner von ihnen schien die angemessenen Worte zu finden, um die Bestürzung und Fassungslosigkeit auszudrücken. Auch wenn Hasso nur ein Tier war, gehörte er, wie alle hier, zum Barackendorf am Venloer Wall, und er würde fehlen, sollte das Schlimmste eintreffen.

»Ich wusste gar nicht, dass Sie medizinische Erfahrung haben«, fand Eli als Erste die Sprache wieder, und sie klang ehrlich erstaunt.

Er winkte ab. »Ich habe vor dem Krieg Pharmazie studiert. Ist nicht weiter der Rede wert.«

Sie kniff die Augen zu Schlitzen zusammen. »Mir kommt allmählich der Verdacht, dass Sie mehr verstecken, als Sie offenbaren. Ich frage mich nur, warum?«

Ihm behagte die Wendung nicht, die das Gespräch nahm – o nein, die behagte ihm ganz und gar nicht. Eilig nahm er einen Schluck Kaffee und senkte den Kopf, damit sie sein Gesicht nicht sehen konnte. »Ich fürchte, Sie haben eine zu hohe Meinung von mir.«

»Und Sie stellen Ihr Licht gerne unter den Scheffel, wie es scheint.«

Helmut fluchte in Gedanken. Zu hoffen, sie könnte es bei einer simplen Annahme belassen, war Wunschdenken gewesen. Es gab rein gar nichts unter den Scheffel zu stellen. Sie hatte ja keine Ahnung. Wenn ihn ihre Nähe nur nicht dermaßen aus dem Konzept bringen würde.

»Lassen Sie's gut sein, Fräulein Eli«, stieß er leise hervor und umklammerte die Tasse mit den Händen. Der warnende Unterton schreckte sie hoffentlich ab.

Doch er hätte es besser wissen sollen, denn sie schüttelte sogleich den Kopf. »Aber Sie dürfen sich doch nicht unter Wert …«

»Womit soll ich denn prahlen?«, fuhr er sie an. »Etwa damit, dass ich all meine Zukunftspläne über den Haufen geworfen habe, um ein paar Irren zu folgen? Um fürs Vaterland zu kämpfen und zu töten?« Er schüttete den Tasseninhalt in hohem Bogen durch die Tür nach draußen.

»Wissen Sie, dass mir nur noch ein Semester bis zum Abschluss gefehlt hat? Nur noch ein einziges, lausiges Semester. Danach hätte ich das Staatsexamen machen und die Approbation beantragen können.« Zur Verdeutlichung seiner Worte streckte er den Zeigefinger der rechten Hand hoch. »Der Plan war, dass ich eines Tages Vaters Apotheke übernehme. So, wie es in unserer Familie schon seit vier Generationen Tradition war. Aber stattdessen habe ich mich freiwillig gemeldet. Ja, freiwillig, und ich bin sogar noch stolz darauf gewesen.« Er spie die Worte voller Ekel aus. »Soll ich mich etwa damit brüsten?«

Eli hatte seinem Ausbruch regungslos zugehört. Ihre Stimme klang völlig ruhig und sachlich, als sie nun sagte: »Was spricht dagegen, dass Sie Ihren Abschluss jetzt noch nachholen und die Familientradition weiterführen?«

Einen Moment lang starrte Helmut sie fassungslos an. Entweder sie hatte ihm überhaupt nicht zugehört, oder sie war nicht mehr ganz bei Trost. Sie konnte das doch unmöglich ernst meinen? Allein die Idee war wahnwitzig.

»Natürlich würde es nicht einfach werden, das gebe ich zu«, fuhr sie unbeirrt fort. »Aber Sie dürfen ein Talent wie das Ihre nicht einfach verschwenden, und sechs Monate sind eine absehbare Zeit. Wo ein Wille ist, ist auch ein Weg.«

Talent? Absehbare Zeit? Wo ein Wille war? In welcher Traumwelt hatte sie denn während der letzten Monate gelebt?

Helmuts Lachen klang sogar in seinen eigenen Ohren ungewohnt und voll hässlicher Bitterkeit. Er sprang auf die Beine, fuhr sich, um Beherrschung ringend, mit den Fingern durchs Haar.

»Meinen Sie wirklich, ich würde mich nicht lieber um mein Studium kümmern, als jede Gelegenheitsarbeit anzunehmen, die sich mir bietet? Aber ich habe nicht den Luxus einer Wahl – kaum einer hat das heutzutage hier in Köln. Ich muss mich um meinen Bruder kümmern. Darum, dass er ein Dach über dem Kopf hat und wenn immer möglich ohne Hunger schlafen geht.«

»Ich weiß, wie ernst Sie Ihre Verantwortung gegenüber Mattes nehmen. Das wollte ich mit meiner Bemerkung auch keineswegs …«

Doch Helmut ließ sie nicht zu Wort kommen, weitete die Arme stattdessen in einer allumfassenden Geste. »Die Stadt platzt fast aus allen Nähten mit all den Rückkehrern und Ostflüchtlingen. Haben Sie jemals gesehen, unter welchen Bedingungen die Leute leben?«

»Das habe ich sehr wohl«, erwiderte Eli noch immer gelassen.

»Dann können Sie sich vielleicht ausrechnen, was der Stadt blüht, sobald der Winter kommt. Vor allem, wenn es nirgends Medikamente gibt. Ja, das ist nämlich der Hauptgrund, weshalb Hasso es möglicherweise nicht schaffen wird.«

Er holte Atem, brachte so immerhin einen gemäßigteren Tonfall zustande. »Ein unterernährter Mensch ist umso anfälliger für Krankheiten. Und der Teufel soll mich holen, wenn ich zulasse, dass Mattes' Gesundheit und Zukunft nicht an erster Stelle stehen. Auch wenn ich dafür meinetwegen Scheiße schaufeln oder auf meinen Studientitel verzichten muss.« Den letzten Satz stieß er mit Inbrunst aus.

Seelenruhig stellte Eli ihre halb volle Kaffeetasse neben sich auf der Kiste ab, stand auf und wischte die Hände an den Oberschenkeln ab. Dann musterte sie ihn mit hochgezogenen Augenbrauen. »Sind Sie fertig? Gut, dann hören Sie jetzt mir zu.«

Rückblickend war sich Helmut nicht ganz über die Reaktion im Klaren, die er mit seiner Rede hatte bezwecken wollen. Dass sich ihm die Schweizerin anscheinend völlig unbeeindruckt entgegenstellte, hatte er jedoch mit Sicherheit nicht erwartet.

Mit einer knappen Geste warf sie das Haar über die Schultern zurück und stemmte dann sogar die Fäuste in die Hüften.

»Wissen Sie eigentlich, wie unglaublich frustrierend unsere Arbeit hier ist?«, fing sie an. »Dabei spreche ich nicht nur von dem ganzen Elend rundum, von der Zerstörung, den Flüchtlingen. Den Kriegsversehrten, denen Beine und Arme fehlen. Von den Kindern in den überfüllten Heimen, die sowohl ihre Eltern als auch ihr Zuhause verloren haben. Oder von den Müttern, die nicht wissen, was aus ihren Ehemännern geworden ist, und sich nun allein ums Überleben, die Finanzen und um Haus, Herd und Kinder kümmern müssen. Glauben Sie mir, es zerreißt uns allen jeden Tag von Neuem fast das Herz, weil alles, was wir tun, nur ein Tropfen auf den heißen Stein ist.«

Als spürte sie einen kalten Windzug am Nacken, hob sie die Achseln. »Das Frustrierendste überhaupt ist es jedoch, so vielen Menschen zu begegnen, die den Glauben an sich selbst und die eigenen Fähigkeiten verloren haben.«

»Was hat das eine mit dem anderen zu tun?«, blaffte Helmut und straffte instinktiv die Schultern. Wovon redete sie da überhaupt?

Doch Eli fuhr fort, ohne auf die Frage einzugehen. »Zweifellos haben diese Menschen Entsetzliches erlebt und verbarrikadieren sich gerade deshalb hinter einer Mauer aus Schweigen, Selbstvorwürfen und Zweifeln. Und manchmal auch hinter einem Vorhang aus wirrem Haar.«

Er öffnete den Mund, um ihr an den Kopf zu werfen, dass sie keine Ahnung hatte, weil sie nicht dabei gewesen war, und sich deshalb auch kein Urteil herausnehmen durfte. Außerdem lag sie mit ihrer Annahme völlig falsch. Er hatte weiß Gott Wichtigeres zu tun, als sich in Selbstvorwürfen zu zerfleischen.

Aber warum trafen ihn ihre Worte dann wie ein Faustschlag in die Magengrube, sodass er keinen Ton mehr über die Lippen brachte?

Elis Augen blieben auf seinem Gesicht ruhen, als sie sich leicht vorbeugte und ihm die leere Kaffeetasse aus der Hand nahm. Dabei streiften sich ihre Finger.

»Sie haben den Krieg, die Jahre im Gefangenenlager und die Flucht überstanden, Helmut. Vergessen Sie nicht, dass Sie alledem zum Trotz noch am Leben sind. Leben bedeutet auch Zukunft, und Sie bestimmen, wie diese aussehen soll – weder Hitler noch irgendwelche Doktrinen, nur Sie allein.«

Sie sammelte ihre eigene Tasse auf und wandte sich dann zum Gehen.

Ihm wurde erst zu spät bewusst, dass er den Gedanken in seinem Kopf laut aussprach, als er sich sagen hörte: »Würden Sie mir helfen, Fräulein Eli?«

Sie drehte sich mit einem fragenden Blick zu ihm um.

Mit den Fingern zupfte er an einem Haarbüschel an seiner Schläfe. »Mit dem Haareschneiden, meine ich. Natürlich nur, sofern Sie Zeit haben.«

Sie nickte. Dabei erhellte ein sanftes Lächeln ihr Gesicht. »Ich habe Zeit. Sagen wir heute Nachmittag? Ich bringe Schere und Handtuch, Sie besorgen ein Becken mit Wasser.«

Im Laufe des Morgens kamen immer mehr Kinder, die Hasso besuchen wollten. So viele, dass die Reihe vor dem Aufenthaltsraum bald schon aussah wie ein Pilgerzug. Sie brachten kleine Kränzchen aus Feldblumen und, wer konnte, sogar Verbandsmaterial aus der heimischen Hausapotheke.

Indes beobachtete Helmut den Hund über die nächsten Stunden, kontrollierte die Verbände und kochte Stoffreste als Ersatz aus.

Es lag vielleicht daran, dass er noch jung und sein Organismus widerstandsfähiger war, dass sich Hasso bis zum Mittag schon wieder aufrappeln wollte. Zwar schaffte er es noch nicht auf die Beine, aber sein Blick war klar, und er knurrte sogar mürrisch, als Helmut ihm den Fressnapf wegschob.

Immer wieder drifteten Helmuts Gedanken jedoch zu Eli. Welcher Teufel hatte ihn da nur geritten, als er sie gebeten hatte, ihm die Haare zu schneiden? Er hätte jeden anderen darum bitten können, seinetwegen sogar Mattes. Warum ausgerechnet sie?

»Warum zappelst du auf einmal so?« Mattes saß am Tisch in der Essensbaracke der Mitarbeiter, ließ den Löffel in den Teller mit der Fleischbrühe sinken und sah Helmut fragend an.

»Ich zapple nicht«, brummte er zurück und legte augenblicklich die Hand flach neben seinen Teller, damit die Finger mit dem Trommeln aufhörten. Verdammt, ertappt.

Das Becken und drei Wasserkrüge standen schon längst bereit, als Fräulein Eli, wie vereinbart, zur Materialbaracke kam. Über ihrem Arm lag ein Tuch, in der Hand trug sie ein kleines Emailbecken mit Schere, Kamm, Schaumpinsel und einem Rasiermesser darin.

»Ich habe mir gedacht, wenn wir schon dabei sind, machen wir doch gleich das komplette Programm«, erklärte sie auf seinen fragenden Blick hin. Als wäre es die natürlichste Sache der Welt.

Helmut schluckte. Es war Jahre her, seit er zuletzt zugelassen hatte, dass irgendjemand mit einem scharfen Messer an seiner Kehle hantierte. Während seines letzten Heimaturlaubs war das gewesen, bei dem Friseur an der Friesenstraße, nur ein paar Schritte von zu Hause entfernt. Seitdem hatte er niemandem mehr genug vertraut. Nicht einmal Karl Linnich. Auch daran war der Krieg schuld.

»Setzen Sie sich.« Mit einer einladenden Geste deutete Eli auf den alten Holzstuhl, dem die linke Rahmenstrebe der Rückenlehne fehlte.

Er gehorchte zögernd, setzte sich kerzengerade hin und wusste im ersten Moment nicht, wohin mit den Armen. Kurzerhand stützte er die Hände auf den Oberschenkeln ab.

Mit Schwung schüttelte sie das Handtuch aus und legte es ihm um den Hals. Ihre Bewegungen waren ruhig und gezielt, während sie mit dem Pinsel den Schaum aufrührte. Es schien, als hätte sie das schon mehrmals gemacht. Helmut atmete in Gedanken auf.

»Kopf zurück. So ist's gut.« Elis Gesicht war nun direkt über ihm, als sie den Schaum mit kreisenden Pinselstrichen auf seinem Kinn, den Wangen und dem Hals verteilte.

Ebenmäßige Züge und moosbraune Augen. Vor lauter Konzentration kräuselte sie die Nase. Eine einzelne Wimper hatte sich auf ihrer Wange verfangen. Sie musste den Morgen an ihrem Schreibtisch verbracht haben, an ihrem Kinn klebte, nur aus der Nähe zu erkennen, ein winziger, blauer Tintenklecks.

Der Schaum fühlte sich angenehm kühl und leicht prickelnd auf dem Gesicht an. Helmut roch Menthol. Vermutlich hatte sie die Seife von Angelo geliehen, der benutzte dieselbe.

Er spannte instinktiv die Muskeln an, als er sah, wie Eli das Messer aufklappte und damit näher kam.

»Bereit?«, fragte sie und hob dabei kurz den Blick zu ihm.

Ohne seine Antwort abzuwarten, setzte sie an seiner linken Wange an, drehte seinen Kopf leicht zur Seite und straffte die Haut an der Schläfe.

Helmut kniff angestrengt die Augen zusammen.

Es klang, als würde man mit einem Messer über Schmirgelpapier schaben. Jeden Moment erwartete er das scharfe Brennen eines Schnitts.

Doch das Brennen blieb aus. Stattdessen zog Eli die Klinge so sanft über seine Wange, dass er ihren Atem an der Stelle wie ein Kitzeln auf der Haut spürte.

»Sie können sich jetzt wieder entspannen«, hörte er ihre amüsierte Stimme über sich, öffnete die Augen und sah sie schmunzeln. Ihre Nasenflügel flatterten ganz leicht dabei.

Er hatte nie zuvor bemerkt, wie viele kleine Details und Nuancen in ihrem Gesicht verborgen waren. Die Lachfältchen an den Mundwinkeln zum Beispiel. Oder die winzige, gewölbte Narbe an ihrem Kinn, die sich zusammenzog, sobald sie sich wieder konzentriert der Rasur widmete.

Ihre Finger strichen behutsam über sein Gesicht. Helmut konnte sich nicht erinnern, wann jemand ihn zuletzt so berührt hatte – so leicht wie Schmetterlingsflügel und doch so intensiv spürbar.

Nach ein paar Zügen mit der Klinge waren beide Wangen freigeschabt. Mit erhobenem Messer wandte sich Eli an ihn. »Jetzt kommen Hals und Kehle an die Reihe. Fairerweise sollte ich Ihnen vielleicht sagen, dass mein Vater sich immer über diesen Teil beklagt hat.« Sie runzelte nachdenklich die Stirn. »Dabei habe ich ihn wirklich nur zwei Mal geschnitten. Aber das war ganz am Anfang und auch gar nicht tief.«

Helmut konnte nicht sagen, woran es lag, dass ihn ausgerechnet diese ironisch gesprochenen Worte beruhigten. Ohne zu zögern, legte er den Kopf noch weiter in den Nacken und ergab sich seinem Schicksal. Wenn er jetzt starb, hatte er zumindest die beste Rasur seines Lebens genossen.

Sie schnitt ihn kein einziges Mal. Auch nicht, als die Kinnkante und schließlich die Oberlippe an der Reihe waren.

Im Gegenteil, Helmut entfuhr ein genüsslicher Seufzer, sobald Eli ihm mit einem nassen Tuch die letzten Seifenreste vom Gesicht tupfte, um anschließend eine leicht brennende Flüssigkeit auf der Haut einzumassieren.

Er erkannte den herb-erdigen Duft nach Kiefern und Menthol sofort. Pitralon. Das Rasierwasser hatte zur Standardausrüstung fast eines jeden Wehrmachtssoldaten gehört. Wo hatte sie das nur her?

Doch er kam gar nicht dazu, weiter darüber nachzudenken, denn schon hieß Eli ihn, sich kopfüber nach vorn zu beugen.

»Ich kann mir die Haare selbst waschen. Wirklich«, versuchte er, sich zu wehren.

»Unsinn. Nase und Augen zu.«

Er hätte auf sie hören sollen, stellte er sogleich fest, als der Schwall ihn traf und ihm das Wasser in die Nase rann.

Mit kräftigen Fingern schrubbte Eli ihm so lange das Haar, bis seine Kopfhaut zu prickeln begann. Die Seife roch nach Bienenwachs, Honig und Lavendel und brannte höllisch in den Augen.

Gegen den folgenden Wasserschwall war er immerhin gewappnet. Nicht jedoch gegen das kräftige Trockenrubbeln danach. Wollte sie ihn etwa skalpieren?

»So«, sagte Eli, nahm Schere und Kamm. »Wie stellen Sie sich den neuen Haarschnitt denn in etwa vor? Eher klassisch wie Gary Cooper oder doch lieber mit einem Seitenscheitel, wie Errol Flynn ihn trägt?«

Helmut hatte nicht die blasseste Ahnung, von wem sie da redete. »Unkompliziert«, gab er zurück.

Sie nickte. »Also Gary Cooper.« Dann legte sie das Handtuch wie einen Mantel über ihn und fing an.

Ehe er sichs versah, lag ein Berg von Haarbüscheln in seinem Schoß, und es wurden immer mehr.

Lieber Gott, hatte dieser Gary Cooper überhaupt Haare auf dem Kopf?

Unweigerlich erinnerte er sich an die Entlausungsprozeduren in Jelabuga. Dabei waren ihnen die Haare gnadenlos zu Stoppeln abgeschoren worden, und niemanden hatte es gekümmert, ob die Klingen der Rasierapparate schartig waren und die Kopfhaut blutig rissen.

Mit aller Kraft zwang er die Bilder aus seinen Gedanken. Er war nicht mehr in Russland – nein, und Eli ging trotz allem ungleich sanfter vor. Helmut entspannte sich sogar so weit, dass er den Kopf vorlehnte, während sie ihm das Haar im Nacken schnitt.

Er hörte das Schnippen der Schere an seinem Ohr, spürte die feinen Härchen, die ihm am Kragen und auf der Nase juckten. Doch er beherrschte sich und blieb reglos sitzen. Vielleicht konnte er so den Moment noch eine Weile hinauszögern. Denn im Grunde war es ihm längst völlig egal, was für einen Haarschnitt sie ihm verpasste. Solange er nur hier sitzen bleiben und ihre Berührungen spüren konnte. Ihre Nähe, ihren Geruch, auf den sein Körper auf eine Art und Weise reagierte, die Helmut fast schon vergessen hatte. Es war so lange her …

Er war weiß Gott kein Heiliger und hatte seine Erfahrungen mit Frauen gemacht. Auch schon vor dem Krieg. Obwohl damals das Studium für ihn oberste Priorität gehabt hatte und er zu Mutters Leidwesen nichts von einer Verlobung mit der Tochter eines bekannten Bankiers an der Friesenstraße hatte wissen wollen.

Während seiner Dienstzeit waren da ein paar flüchtige Affären gewesen. Mit der hübschen, drallen Blondine in Den Haag zum Beispiel oder der Bäckerstochter in Berlin, kurz bevor der Marschbefehl nach Russland eingetroffen war. Allesamt jedoch nur Bedeutungslosigkeiten, die lediglich dazu dienten, sich selbst zu beweisen, dass man trotz des Krieges noch lebte.

Ein letztes Scherenschnipseln an einer widerspenstigen Strähne an der Stirn, dann blieb Eli vor ihm stehen, legte den Kopf schief und betrachtete ihn. »Fertig.« Ein zufriedenes Lächeln machte sich auf ihrem Gesicht breit.

Zögernd fuhr er sich mit der Hand über den Nacken, die rechte Schläfe und schließlich übers Gesicht. Es fühlte sich ungewohnt an. Ordentlich, glatt und sauber.

»Hier. Wie gefällt es Ihnen?« Eli hielt ihm einen runden Handspiegel vor.

Ungläubig starrte Helmut sein Spiegelbild an, fuhr sich durch das am Oberkopf etwas längere Haar, das in einer Welle seitlich abfiel und so den v-förmigen Ansatz an der Stirn betonte. Die Seiten waren deutlich kürzer. Jedoch nicht fast kahl, wie es beim typischen Stahlhelm-Haarschnitt der Wehrmachtssoldaten üblich gewesen war. Stattdessen wirkte sein Gesicht nun erstaunlich proportioniert – noch immer etwas mager zwar, aber wieder wie ein Mensch. Er erkannte sich selbst kaum wieder.

»Das ist …« Ihm fehlten die Worte. Er stand auf, trat vor die Tür, um sich bei Tageslicht noch besser betrachten zu können.

»Heißt das, Sie sind zufrieden damit?« Eli lachte, während sie hinter ihm zur Baracke heraustrat und das Handtuch ausschüttelte.

Helmut nickte noch immer fassungslos.

Im selben Moment erkannte er Mattes im Spiegelbild, der von der Bürobaracke dahergerannt kam, und drehte sich um.

»Sieh dir das an«, rief er dem Jungen zu und konnte sich ein Grinsen nicht verkneifen, als er dessen vor Staunen große Augen sah.

Glotzend blieb Mattes vor ihm stehen, in der Hand hielt er einen Briefumschlag.

»Was hast du da?«, fragte Helmut.

Erst jetzt schien der Junge sich wieder daran zu erinnern und schüttelte den Kopf. »Ein Telegramm. Ist eben für Fräulein Eli gekommen.«

»Nanu? Für mich?« Mit gerunzelter Stirn trat sie näher, nahm den Umschlag entgegen und riss ihn auf.

Noch während sie las, sah Helmut, wie sie erbleichte.

TEIL 4

SCHULDEN DER VERGANGENHEIT

25 KONSEQUENZEN

Köln, Juli 1946

Was meint Werner denn damit?«, fragte Paulchen am selben Abend, als sie in ihrem Zimmer waren, und starrte kopfschüttelnd auf das Telegramm.

Langsam setzte sich Eli auf den Rand ihres Betts. Auf einmal fühlte sie sich so unglaublich müde und erschöpft. Sämtliche Erinnerungen an die eben erst vergangenen Urlaubstage schienen plötzlich lange her. Werner hatte es geschafft, sie mit einer simplen Nachricht wieder zurück in die Realität zu holen.

+++ ÜBERLEG ES DIR GUT. DENK AN DIE KONSEQUENZEN. W. +++

So stand es in dem Telegramm. Acht Worte. Mehr hatte er dazu nicht gebraucht.

»Damit meint er, dass er die Auflösung der Verlobung nicht einfach so hinnimmt«, erklärte Eli leise.

Hier war sie also – die Reaktion, die sie zwar insgeheim längst erwartet hatte, die sie nun aber mit ungeahnter Wucht traf.

Als Anwalt wusste Werner genau, welchen Wortlaut er wählen musste, um mit minimalem Aufwand die maximale Wirkung zu erzielen. Niemand könnte ihm vorwerfen, dass es sich bei dieser schlichten Nachricht um eine Drohung handelte. Doch Eli wusste es besser, sie hatte die Warnung sehr wohl verstanden. Und sie kannte Werner. Auch bei seinen Rechtsfällen wusste er stets ganz genau, welche Fäden er ziehen musste, um seine Ziele zu erreichen. Und das tat er gekonnt und ohne Rücksicht auf Verluste.

Nicht umsonst war er so erfolgreich. Auf einmal fröstelte sie. Es war ein Fehler gewesen, sich in Sicherheit zu wiegen.

»Du hast die Verlobung aufgelöst?« Paulchen ließ das Telegramm sinken.

Eli nickte. In kurzen Worten fasste sie zusammen, was sie während der vergangenen Wochen und Monate für sich behalten hatte. Schließlich erzählte sie auch, wie sie Werner damals auf einem Silvesterball im Zürcher Hotel Dolder kennengelernt hatte. Von seinem unerwarteten Antrag und dem Jubel ihrer Eltern darüber. Von all ihren Zweifeln.

Es tat gut, das alles endlich mit jemandem zu teilen, selbst wenn Paulchen sie womöglich nicht verstand. Denn welche Frau mit gesundem Menschenverstand ließ sich eine so gute Partie durch die Finger gehen: einen gut aussehenden Ehemann, eine gesicherte Zukunft, eine angesehene soziale Stellung …

Wenn Eli es sich jedoch recht überlegte, hatte sie die Entscheidung darüber bereits mit ihrer Abreise nach Köln gefällt, die Endgültigkeit aber nicht wahrhaben wollen. Es war einfacher gewesen, sich hinter Feigheit zu verstecken, anstatt der Tatsache ins Auge zu blicken.

Paulchen hatte sich inzwischen vor Eli aufs Bett gesetzt, schweigend zugehört und nur ab und zu verständnisvoll genickt.

»Was wirst du denn jetzt tun?«, fragte sie und nahm ihre Hand.

»Ich werde ganz bestimmt nicht klein beigeben und mich einschüchtern lassen«, antwortete Eli im Brustton der Überzeugung und hob trotzig das Kinn. »Ich habe mir nichts vorzuwerfen. Ich war Werner gegenüber immer absolut ehrlich und habe ihn weder betrogen noch hintergangen.«

Paulchens Stimme wurde leiser, als sie sagte: »Du weißt, ich bin die Allerletzte, die dir irgendetwas vorwerfen würde, aber was ist mit Trevor?«

»Was soll mit ihm sein? Wir sind gute Freunde, weiter nichts.«

Worauf wollte Paulchen mit ihrer Frage hinaus? Trevor brachte sie mit seinem Humor zum Lachen. Er hörte ihr zu, akzeptierte ihre Ansichten und diskutierte mit ihr auf Augenhöhe. Und wenn er sie ausführte, erlaubte er Eli einen kurzen Ausflug in eine Welt jenseits von Trümmern und Elend.

Doch zugleich lebte er für die Armee und für seine Arbeit. Wie sie inzwischen wusste, waren die Aufgaben der Royal Engineers vielseitig. Dazu gehörte nicht nur das Entschärfen von Bomben, sondern auch das Erbauen von Brücken sowie das Konstruieren von Schächten, Tunneln und Staudämmen.

Das Motto, das auch auf den Ansteckern ihrer Mützen stand, war: Ubique. Quo Fas et Gloria Ducunt – Überall. Wohin Recht und Ruhm führen. Trevor hatte diesen Leitspruch mit Leib und Seele verinnerlicht. Einerseits bewunderte Eli ihn dafür. Doch andererseits fand sie dieses ganze militärische Brimborium viel zu übertrieben.

»Außerdem habe ich ihn seit Wochen nicht mehr gesehen. Seine Kompanie ist nach Bad Oeynhausen abkommandiert worden«, schloss sie.

Paulchen schüttelte ernst den Kopf. »Dummerchen, das meinte ich damit doch gar nicht. Ich frage mich, ob Werner wirklich keine Möglichkeit hat, herauszufinden, wo du bist und was du tust? Wenn er dir eine Affäre mit einem englischen Offizier anhängen könnte, würde das zumindest seinen Namen in der Öffentlichkeit retten. So, wie du es beschreibst, wäre er dazu imstande, und der Einfluss seiner Familie reicht weit genug.«

Sogleich presste Eli die Lippen zusammen. Paulchens Worte hallten wie ein Echo in ihren Gedanken nach und gaben all den Befürchtungen Zunder, die sie über Monate so erfolgreich verdrängt hatte. Die versprochene Diskretion der *Schweizer Spende* war ihr Schutzschild gewesen. Aber ja, Werners Einfluss und

Hartnäckigkeit könnten durchaus weit genug reichen, um sie zu finden, wenn er wollte.

Sie jedoch einer Affäre zu beschuldigen, nur um in den Augen der Öffentlichkeit den Stolz zu wahren …? Nein, das würde selbst er nicht wagen. Oder etwa doch?

Warum sah Eli ausgerechnet jetzt im Geiste Helmuts Gesicht vor sich?

Am nächsten Morgen schrieb sie Werner einen kurzen, aber prägnanten Brief, in dem sie ihm ihre Absichten noch einmal verdeutlichte. Sie würde ihn nicht heiraten. Auch unterschwellige Drohungen würden daran nichts ändern.

In den folgenden Wochen kam sie jedoch nicht mehr dazu, weiter darüber nachzugrübeln, und das nicht nur, weil die Arbeit sie bald wieder vollkommen einnahm.

Hasso schien sich prächtig zu erholen, stand am zweiten Morgen nach dem Unfall schon wieder auf – wankend zwar und mit vorsichtigen, steifen Bewegungen, aber er stand.

Am Tag danach entdeckte Helmut jedoch die ersten Schwellungen, die Wunden begannen zu eitern. Kurz darauf kam das Fieber.

Helmut und besonders Mattes kümmerten sich in dieser Zeit fast unermüdlich um den Hund. Reichten ihm immer wieder kleine Futterhappen und Wasser, wuschen die Wunden mit sterilisierten Lappen aus oder saßen einfach nur neben ihm, damit er sich nicht allein fühlte. Bis Hasso schließlich das Futter verweigerte, nur noch apathisch auf seiner Decke lag und sich kaum noch bewegte.

Er starb am 13. Juli, nachdem ihm Doktor Lemper ein Mittel verabreicht hatte, das ihn friedlich einschlafen ließ.

Zwei Tage später wurde Angelo aus heiterem Himmel und obwohl Sonja sogleich mehrere Telegramme an die verschiedensten Stellen schickte, um ihr Unverständnis auszudrücken, von der

Schweizer Spende aus Köln abgezogen und an einen neuen Einsatzort in Italien versetzt.

An seiner Stelle schickte die Kölner Arbeiterwohlfahrt einen lokalen Koch mit Gehilfen. Ersterer war ein auffallend schmächtiger Mann, der seine Körpergröße jedoch mit hochtrabenden Reden zu kompensieren versuchte. Nicht genug damit, dass er die zur Verfügung stehenden Lebensmittel jedes Mal mit einer herablassenden Grimasse quittierte. Er ließ auch keine Gelegenheit aus, um sich darüber zu beklagen, wie ungerecht die deutsche Bevölkerung behandelt wurde.

»Halt gefälligst die Klappe. Dein Palaver hat hier nichts zu suchen«, fuhr ihn Helmut eines Morgens in der Küchenbaracke an.

»Aha, schon wieder einer aus diesem roten Gesülze. Hast deinen Vaterlandsstolz wohl in der Latrine vergessen, wo du dich verkrochen hast, während deine Kameraden tapfer gekämpft haben, was?«, rief der Koch und entblößte dabei eine Reihe schiefer Vorderzähne.

Sofort trat Sonja dem Mann entgegen. »Das ist die letzte Warnung, Herr Unger. Ich dulde keine solche Reden.«

»Sie haben mir gar nichts zu befehlen. Sie sind ja nicht einmal von hier.« Mit angriffslustiger Miene trat er noch einen Schritt näher.

Helmut reagierte, bevor Eli seine Bewegung überhaupt richtig wahrnahm, stellte sich vor Sonja und sah von oben auf den Koch herab.

Dieser erbleichte. Helmut war beileibe kein Koloss, doch er hatte seit seiner Rückkehr zumindest ein paar Kilo zugenommen, und er überragte den anderen um mehr als einen Kopf. »Sag das noch einmal, wenn du dich traust. Aber außer dazu, euch wichtig zu nehmen, sind du und deinesgleichen ja ohnehin nicht zu gebrauchen. Solche wie du haben uns das alles hier doch überhaupt erst eingebrockt.«

Noch am selben Tag entließ Sonja den Koch fristlos. Der junge Gehilfe jedoch blieb freiwillig.

Die Ersatzköchin, die am darauffolgenden Morgen erschien, machte zwar einen deutlich besseren Eindruck, hielt sich aber weder an die ihr zugeteilten Arbeitsschichten noch an die Vorgaben bei der Zubereitung der Mahlzeiten. Entweder waren es zu viele Portionen oder viel zu wenige. Es war dennoch nicht ihre Schuld, dass sich ein paar Nächte später das Glyzerin unter einem der Kochkessel durch einen Funkensprung entzündete und die Küchenbaracke in Brand setzte.

Das Feuer sorgte für Panik, vor allem bestand die Angst, es könnte auf die nebenstehenden Baracken übergreifen. Nur dank der Geistesgegenwärtigkeit des Küchengehilfen und der herbeieilenden Nachbarn, die die Flammen mit Sand und nassen Decken eindämmten, bis die Feuerwehr eintraf, konnte das Schlimmste verhindert werden.

Bis auf ein paar Brandblasen gab es zum Glück keine Verletzungen. Die drei Kochkessel mit Glyzerin ließen sich ohne größere Kosten ersetzen. Der Schaden an der Küchenbaracke hingegen war so beträchtlich, dass die Kinderspeisung für zwei Wochen eingestellt werden musste.

Für Eli und ihre Kolleginnen stellte sich nun die Frage, was sie tun konnten, um die Zeit zu überbrücken. Mit dem Verteilen der Zusatznahrung für die Säuglinge allein waren sie selbst ohne Angelo nicht ausgelastet.

Kurzerhand schickte Sonja Marie und Ruth noch einmal für ein paar Tage zurück in die Schweiz. Derweil war es an Paulchen und Eli, sich zusammen mit den deutschen Helferinnen um die Abgabe der Zusatzportionen an Schonnahrung für die Säuglinge zu kümmern. Diese beinhaltete pro Kind fünfhundert bis siebenhundertfünfzig Gramm Milchpulver oder in besonders schweren Fällen und vom Arzt verordnet auch Schonnahrung wie Eledon-Buttermilch. Die Eltern konnten die Rationen entweder im Barackendorf oder an zwei bestimmten Abgabestellen, meist Schulen, auf der rechtsrheinischen Stadtseite abholen.

Unter Sonjas Initiative hatten sie zwar vor Kurzem ebenfalls angefangen, an Tuberkulose erkrankte oder körperlich behinderte Kinder mit Zusatzverpflegung zu versorgen. Doch auch diese Rationen wurden von den Müttern in der Regel einmal wöchentlich abgeholt.

Immerhin hatte Eli so Zeit für eine eingehende Kontrolle der Lagerbestände. Mit dem Bleistift zwischen den Zähnen verbrachte sie Stunden in der Lebensmittelbaracke und zählte die Waren: vier Kisten gedörrter Rüben zu je fünfhundert Kilo, zwanzig – vierzig – sechzig – siebenundsechzig Tafeln Speisefett, dreiunddreißig Säcke Hafermehl. Auf dem gegenüberliegenden Regal befanden sich die Kisten mit dem Volleipulver, dem Isomalt, den Gemüsekonserven und den kochfertigen Suppen. Davon waren noch mehr als genügend Kisten da. Sie bräuchten jedoch dringend Fleischkonserven und, nicht zu vergessen, einen Vorrat an Linsen, Bohnen und Dörrobst für den Winter.

Rasch kritzelte Eli eine Notiz auf ihre Liste. Die Bestellung nach Bern würde sie gleich heute Nachmittag erledigen. Ansonsten waren die Lebensmittel so weit aufgestockt.

Gerade als sie die Baracke verlassen wollte, fiel ihr Blick auf die zwei Zwanzig-Liter-Säcke, die dort in der Ecke neben der Tür standen. Sofort fühlte sie den Stich in der Brust. Hassos Trockenfutter.

Eigentlich hätte sie sich schon längst darum kümmern sollen, irgendjemand konnte die Tiernahrung bestimmt gebrauchen. Nach der ganzen Hektik der letzten Wochen hatte sie jedoch gar nicht mehr daran gedacht.

Mit einem Ruck wandte sich Eli ab, trat aus der Baracke und verschloss die Tür wie üblich mit Riegel und Hängeschloss. Nein, sie brachte es noch nicht übers Herz, das Futter wegzugeben.

Als Nächstes mussten die Vorräte der Hausapotheke kontrolliert werden. Diese befanden sich in einem abgeschlossenen Schrank in der Bürobaracke.

Eli seufzte, als sie die Bestände zählte und bemerkte, wie diese schon wieder geschrumpft waren. Es fehlte an der gesamten Ausrüstung – von Watte und Verbandpatronen über Vioform-Puder bis hin zu den Kohlekompressen und dem Wundalkohol.

Der Mangel an Medikamenten hatte in den letzten Wochen auch im Barackendorf ständig für Kopfzerbrechen gesorgt. Nicht nur mussten sämtliche bestellten Artikel erst mühsam in der Schweiz zusammengesucht werden. Der Versand nach Köln dauerte wiederum manchmal mehrere Wochen, und oft blieben die Kisten und Pakete bei der britischen Zollbehörde hängen oder wurden sogar beschlagnahmt.

In Gedanken versunken trat Eli vor die Tür und schaute zum verhangenen Himmel hinauf. Das Wetter war schon seit ein paar Tagen genauso trüb wie die Stimmung im Rest des Viertels am Venloer Wall. Als wäre die vorübergehende Leichtigkeit des Sommers endgültig verflogen.

Ein Hämmern ließ sie den Kopf wenden, und sie erkannte Helmut, der zusammen mit dem Schreiner die neuen Bretter an der Rückwand der Küchenbaracke anbrachte. Mit präzisen Schlägen trieb er die Nägel durchs Holz.

Ob es wohl irgendetwas gab, was dieser Mann nicht konnte? Was er nicht ohne zu überlegen tun würde, wenn es die Situation erforderte?

Eli hatte sich immer für jemanden mit guter Menschenkenntnis gehalten. Nie zuvor hatte sie sich jedoch so in jemandem getäuscht wie in Helmut.

Fien hatte recht gehabt, es war nur eine Frage der Zeit gewesen, bis er den Schatten Stück für Stück hinter sich ließ. Seine Reaktion bei Hassos Unfall war ein typisches Beispiel dafür gewesen. Er hatte ohne zu zögern und mit absoluter Selbstverständlichkeit und Souveränität gehandelt. Wie jemand, der genau wusste, was er tat, und dabei weder das Wenn noch das Aber infrage stellte. Weil es ihm am Herzen lag und er es nicht nötig hatte, sich dafür in den Mittelpunkt zu stellen. Das allein erstaunte Eli sogar mehr als die Tatsache, dass Helmut ein angehender Pharmazeut war.

Er stieg von der Leiter und hob das nächste Brett vom Stapel. Als er sich umdrehte, begegnete sein Blick Elis, und er hielt mitten in der Bewegung inne.

Seit sie ihm die Haare geschnitten hatte, hatte sie das Gefühl, als wäre hinter dem dichten Fransengewirr ein anderer Mensch zum Vorschein gekommen. Durch die Arbeit im Freien hatte sein Gesicht eine gesunde Farbe angenommen. Zwar waren die Ringe unter seinen Augen noch nicht ganz verschwunden, doch seine Wangen wirkten insgesamt voller, die Nase nicht mehr so markant und die Wölbung über seinen Augenhöhlen viel weicher.

Auch den schwarzen Strich um seine sonst wasserklaren Iriden hatte Eli erst an jenem Tag zum ersten Mal bemerkt. Seither schien es ihr, als könnte er bis tief in ihr Innerstes blicken, immer wenn er sie ansah. So wie jetzt.

Sie erschrak. Herrje, was stand sie auch da und starrte wie eine belämmerte Kuh.

Möglichst beiläufig winkte sie ihm zu und drehte sich dann auf dem Absatz um. Ihre Wangen glühten.

Alle waren erleichtert, als die Arbeiten an der Küchenbaracke fertig waren und der normale Tagesbetrieb endlich wieder aufgenommen werden konnte. Die vergangenen Wochen waren aufreibend gewesen. Vor allem für Eli. Seit seinem letzten Telegramm hatte sich Werner nicht mehr gemeldet, doch sie war wachsamer geworden. Sie schrieb sogar erneut an die *Schweizer*

Spende in Bern und bat um sofortige Mitteilung, sollte sich jemand nach ihr erkundigen.

Aber nichts geschah, und die Monate August und September gingen wie im Flug vorbei. Nicht zuletzt, weil sie von einschneidenden politischen Änderungen bestimmt waren: Als Ziel der von den britischen Besatzern initiierten sogenannten »Operation Marriage« wurden die beiden alten preußischen Provinzen Nordrhein, zu der auch die Stadt Köln gehörte, und Westfalen am 23. August zu einem neuen Bundesland mit dem Hauptort Düsseldorf zusammengeschlossen.

Bereits im vergangenen Sommer hatten Vertreter der von Briten und Amerikanern besetzten Gebiete über einen möglichen Zusammenschluss zu einem vereinigten Wirtschaftsgebiet diskutiert. Auf einer Konferenz Anfang September wurde die Schaffung erster Verwaltungsräte der sogenannten Bizone eingeleitet, die ihre Arbeit bereits bis Ende des Jahres aufnehmen sollten.

Ein pragmatischer Lösungsansatz für die akute Not in der Ernährungs- und Wirtschaftslage, fand Eli. Durch den Zusammenschluss konnten die wichtigen Industriegebiete des neuen Landes Nordrhein-Westfalen in der britischen sowie auch die großen Agrargebiete der amerikanischen Zone voneinander profitieren.

Mit dem Oktober kam, von einem Tag auf den anderen, der erste Frost. Ein paar Tage lang bedeckten Eiskristalle die Außenwände und Dächer der Baracken, während die Temperaturen auch tagsüber kaum über zwei Grad Celsius kletterten.

Als im Innern der Materialbaracke schließlich schon hauchdünne, fingerlange Eiszapfen von der Decke hingen, entschied Sonja, dass Helmut und Mattes in die Kammer im hinteren Teil der Ausgabebaracke umziehen sollten. Diese war zwar winzig, doch sie hatte zumindest ein kleines Fenster, und vom vorderen, geheizten Raum drang sogar etwas Wärme hinein.

Als Gegenleistung würde Helmut offiziell zweimal in der Woche die Nachtwache im Schweizer Dorf übernehmen. Zudem bekam er von der Arbeiterwohlfahrt zehn Mark für jede Nacht, die er Wache hielt. Ein willkommener Zusatzverdienst für Helmut, und die Wohlfahrt konnte sich die Einstellung eines weiteren Wachmanns sparen.

Selbst das harsche Wetter hielt die Mehrheit der Kölner am 13. Oktober nicht von der ersten Stadtratswahl nach dem Krieg ab. Mit dem neuen, nach englischem Vorbild eingeführten Wahlsystem erreichte die CDU das Stimmenmehr und zugleich die Mehrheit der Sitze, gefolgt von der SPD. Einige Leute hatten hingegen eine ganz eigene Meinung dazu. »Niemand von unserer Straße ist wählen gegangen«, sagte eine junge Frau in Ruths Mütterberatung und unterstrich ihre Worte mit einem energischen Nicken. »Die von der Stadtregierung sollen uns erst anständig zu essen geben, bevor sie mit Politik daherkommen.«

Nicht nur, was die Ernährungssituation anging, blickten die Kölner mit großer Sorge in die Zukunft: Im Zuge der von den Siegermächten geforderten Reparationen wurden im ganzen Ruhrgebiet Kohle- und Eisenindustrieanlagen demontiert. Erst kürzlich war in den Zeitungen von weiteren Betrieben der Region die Rede gewesen, die zur Ablieferung bestimmt und beschlagnahmt worden waren. Das Land sollte auf den wirtschaftlichen Stand der Jahre vor dem Krieg gedrosselt werden, so das Ziel.

Das Resultat daraus war eine Kohleknappheit, die sich vor allem jetzt, bei der plötzlich hereingebrochenen Kältewelle, bemerkbar machte. Und es war erst Oktober.

Indessen warteten die Kölner mit ebenso großem Bangen auf die von den Amerikanern versprochenen Nahrungsmittel. Ein angeblicher Streik der Frachtschiffarbeiter im Hafen von New York verzögerte die Lieferung jedoch auf unbestimmte Zeit. Ein weiterer Schlag vor allem für die Mütter. Deren Alltag bestand aus einem ununterbrochenen Rennen von einem Geschäft zum anderen, um ein Minimum an Lebensmitteln zu ergattern. Viele nahmen auch die langen Bahnfahrten aufs Land rund um Köln in Kauf, wo sie die abgeernteten Felder nach Kartoffeln absuchten. Bei den Bauern konnte man manchmal auch das eine oder andere Schmuckstück gegen etwas Wintergemüse eintauschen.

Zugleich kam es an den Bahnhöfen von Nippes und Bickendorf immer häufiger zu Diebstählen. Scharen von Kindern, aber auch Frauen und ältere Leute machten sich an den dort stehenden Kohlewaggons zu schaffen, obwohl darauf hohe Strafen standen. In den Schulen war es inzwischen gang und gäbe geworden, dass jeder Schüler ein Brikett mitbringen musste. Ein aus der Not heraus entstandenes Tauschgeschäft: Mit den Briketts konnte das Schulzimmer geheizt werden, und die Kinder bekamen dafür einen Teller warmer Suppe. Wer kein Brikett bringen konnte, blieb zu Hause.

Es war am 16. Oktober, kurz nach ein Uhr nachts, als die Urteilsvollstreckung des Nürnberger Prozesses gegen die Hauptkriegsverbrecher vollzogen wurde. Bereits am nächsten Morgen waren sämtliche Titelseiten der Zeitungen voll mit Artikeln darüber, und die Radiostationen berichteten von nichts anderem mehr.

Im Barackendorf stellte Sonja das kleine Radio auf die Kommode, die als Informationsschalter diente, sodass alle im Raum die Berichterstattung über die Ereignisse hören konnten.

Unauffällig ließ Eli den Blick über die Anwesenden schweifen. Es waren fast alle da – sowohl die deutschen Mitarbeiter als auch Paulchen und Ruth. Nur Marie fehlte. Sie interessiere sich nicht dafür, hatte sie gesagt und war direkt nach dem Frühstück in der Nähstube verschwunden.

Mit steinerner Miene und vor der Brust verschränkten Armen

stand Helmut neben Mattes und Fien ganz hinten an der Wand. Sein Blick fixierte einen Punkt am Boden, während die Stimme des Radiosprechers salbungsvoll aus dem Lautsprecher tönte.

Die Gesichter der anderen zeigten indessen das gesamte Spektrum von ernster Nachdenklichkeit bis hin zu unverhohlener Abscheu, während die Liste der Hingerichteten aufgezählt wurde. Darunter waren bekannte Namen wie Alfred Jodl, der ehemalige Chef des Wehrmachtführungsstabs, oder der Reichsaußenminister Joachim von Ribbentrop.

Ein Raunen ging durch den Raum, als die Bekanntmachung kam, dass der prominenteste der Verurteilten, der einstige Reichsmarschall Hermann Göring, seiner Strafe nur wenige Stunden vor der geplanten Vollstreckung durch Selbstmord mit einer Zyankalikapsel entgangen war.

Wortlos drehte sich Helmut um und verließ die Baracke.

Eli sah ihm durchs Fenster nach, als er in Richtung Werkstatt stampfte. Die Hände tief in den Hosentaschen vergraben und mit hochgezogenen Schultern.

»Was ist denn mit ihm?«, fragte sie Fien.

»Ich nehme an, es ist wegen Göring«, antwortete die Kölnerin ernst. »Der hat damals damit geprahlt, dass er die eingekesselten Soldaten in Stalingrad mit Tonnen von Lebensmitteln über eine Luftbrücke versorgen würde. In Wahrheit haben er und unser großartiger Führer die Männer dort einfach verhungern lassen.«

»Das ist grauenvoll.« Eli war schockiert.

Fien nickte. »Und doch hat Göring es geschafft, seiner gerechten Strafe zu entkommen. Für Helmut muss sich das anfühlen, als wären seine Kameraden damit ein zweites Mal gestorben.«

Eli blieb noch lange reglos dort am Fenster stehen, dachte über Fiens Worte nach und fragte sich zum wiederholten Mal, wo genau eigentlich die Grenze zwischen Schuldigen und Opfern lag.

26 BRIEF V

Familie
Gottfried Wipf
Bellerivestrasse
Zürich
Schweiz

14. Dezember 1946

Liebe Eltern,

ich hoffe, ihr seid wohlauf. Ihr werdet euch fragen, warum ich weiterhin schreibe, nachdem Mutter mir in ihrem Brief eure Meinung sehr deutlich mitgeteilt hat. Aber Weihnachten steht vor der Tür – die Zeit der Besinnung und der Nächstenliebe –, und ob ihr es glaubt oder nicht, ich denke oft an euch. Nicht, weil ich meinen Entschluss in irgendeiner Weise bereue. Sondern weil mir gerade in dieser Zeit einmal mehr bewusst wird, wie privilegiert das Leben in der Schweiz ist.

Hier in Deutschland hat uns der Winter fest im Griff, und die Temperaturen liegen bereits weit unter null. Die Menschen frieren. Und das, nachdem ihnen ohnehin kaum noch etwas geblieben ist. Viele wohnen in zugigen Löchern ohne Heizung, und die meisten von ihnen haben zu wenige Körperreserven, um den Temperaturen zu widerstehen. Man fragt sich wirklich, was schlimmer ist: der Hunger oder die Kälte?
Mir geht es jedoch so weit ganz gut, die Arbeit hält mich auf Trab. Jetzt, in der Vorweihnachtszeit, gibt es viel vorzubereiten: Jedes Kind der Speisungsaktion bekommt von uns einen bemal-

ten Becher, den wir mit Bonbons und Schokolade füllen. Ihr solltet das Leuchten und die Freude in den Augen der Kleinen sehen.

Für Heiligabend planen wir eine Weihnachtsfeier zusammen mit unseren deutschen Helfern und einigen Mitarbeitern der amtlichen Stellen, mit denen wir fast täglich zu tun haben. Natürlich können auch wir uns keine großen Sprünge erlauben, aber es geht hier auch nicht um ein üppiges Festessen oder eine reiche Bescherung. Sondern es soll ein friedvoller Abend in Gesellschaft werden, bei dem die Leute vielleicht für kurze Zeit ihren harten Alltag vergessen können.

So wünsche ich auch euch allen ein gesegnetes Weihnachtsfest und einen guten Rutsch ins neue Jahr.

Eure Eli

27 ADESTE FIDELES

Köln, 24. Dezember 1946

Eli steckte die Kerze in den kleinen, mit Erde gefüllten Aluminiumbecher und dekorierte noch etwas Moos und einen Tannenzweig darum herum. Fertig.

Zufrieden betrachtete sie ihr Werk. Zusammen mit Paulchen und Ruth hatten sie die Ausgabebaracke ausgeräumt und den Boden geschrubbt, bis die Holzbretter glänzten. Nun waren die vier Tischreihen mit Kerzen und Weihnachtsdekoration für die Gäste bereit. In der Ecke stand ein kleiner, mit Lametta, Papiersternen und gedörrten Apfelringen dekorierter Tannenbaum. Seit zwei Tagen hatten die Kinder der neu eingerichteten Tagesstätte Schneeflocken aus Scherenschnitten gebastelt. Diese hingen nun in allen Größen und Formen entlang den Wänden.

Heimelige Wärme strömte vom Gussofen her. Heute Abend sparten sie nicht an Kohlebriketts. Dafür hatten sie gemeinsam beschlossen, einen Teil der Rationen der kommenden Tage zu opfern.

Im ganzen Raum roch es nach Kerzenwachs, Apfelsinen, Gewürznelken und Lebkuchen. Herrlich. Seit ihrer Kindheit hatte sich Eli nicht mehr so auf eine Weihnachtsfeier gefreut.

Nicht nur die deutschen Mitarbeiter im Schweizer Dorf waren eingeladen, sondern auch Hans Dohrenbusch von der Arbeiterwohlfahrt und Hans Lötscher, der Delegierte der *Schweizer Spende* in der Region. Dazu kamen noch Mitarbeiter der verschiedenen Sozial- und Schulämter sowie der Familienfürsorge, des Jugend- und Gesundheitsamtes und natürlich die englischen Quäker.

Auf Sonjas Vorschlag hin hatte Eli sogar Trevor und Lieutenant Woodgrove eingeladen. Es sei schließlich Weihnachten und somit für alle Zeit, über Differenzen hinwegzusehen, hatte Sonja gemeint. Außerdem konnte man Captain Atkins und seine Männer nach den Wochen der Blindgängersäuberungen nun wirklich nicht mehr als Fremde bezeichnen.

Eli hatte Trevor daraufhin geschrieben, jedoch bisher noch keine Antwort erhalten. Sie bezweifelte, dass er überhaupt die Zeit dafür aufbringen konnte, sein neuer Einsatzort Bad Oeynhausen lag über zwei Stunden von Köln entfernt.

Die Temperaturen waren in den letzten Tagen bis auf minus fünfzehn Grad Celsius gesunken, und Schnee überzog die Trümmer Kölns mit einer weißen Decke. Eine Kälte, so sagten die Leute, wie sie seit Jahrzehnten nicht mehr über die Stadt hereingebrochen war.

Auch im Barackendorf bildeten sich Eisblumen an den Fenstern, und dicke Eiszapfen hingen von den Dächern. In den besonders eisigen Nächten lagen Eli und Paulchen in ihren Kleidern unter den Decken oder teilten sich sogar ein Bett, um sich gegenseitig zu wärmen.

Wie schlimm musste es jetzt wohl für all die Menschen in den feuchten Kellern sein? Die Kohlerationen waren ohnehin inzwischen mehr als knapp bemessen. Wer konnte, sparte so viel Körperwärme wie möglich und blieb im Bett liegen oder ging zumindest nicht aus dem Haus.

Umso mehr staunte Eli, dass die Eingeladenen einer nach dem anderen tatsächlich alle erschienen.

»Hast du ernsthaft gedacht, ich würde mir das hier entgehen lassen?«, fragte Fien und zog sich die Wollmütze vom Kopf. Ihre Wangen und die Nase waren vor Kälte gerötet, als sie Eli umarmte. »Frohe Weihnachten.«

Bald schon waren die Tische fast besetzt, und der Raum war

erfüllt von Gemurmel und Gelächter. Sie hatten jedem der Eingeladenen einen schönen Weihnachtsteller vorbereitet mit Nüssen, Apfelsinen, kleinen Lebkuchen und Zimtgebäck darauf.

Der Schein der Kerzen, die warme Atmosphäre im Raum und die vielen bekannten Gesichter – Eli hätte nirgendwo sonst lieber sein wollen. Sie konnte sich ein Schmunzeln nicht verkneifen, als sie Mattes sah, der dort neben seinem Bruder am Tisch saß und herzhaft in einen Lebkuchenstern biss. Der Junge war ohnehin in den letzten Wochen noch dünner geworden und wurde seinen bösen Husten einfach nicht los.

Sie wandte den Blick, als Paulchen sie mit dem Ellbogen anschubste. »Was ist?«

»Schau mal, wer da an der Tür steht.«

»Captain Atkins. Wie schön, dass Sie kommen konnten«, rief Sonja auf Englisch und ging ihm entgegen.

Rasch nahm Trevor Barettmütze und Handschuhe ab und nickte lächelnd. »Wie könnte ich eine so nette Einladung ablehnen. Lieutenant Woodgrove lässt sich jedoch dankend entschuldigen. Er hat gestern den wohlverdienten Heimaturlaub angetreten.«

»Den gönnen wir ihm natürlich von Herzen. Kommen Sie.« Sonja zog ihn am Arm herein und winkte Eli heran. »Kümmere du dich bitte um den Captain, sei so gut.«

»Miss Wipf. Es freut mich sehr, Sie wiederzusehen«, begrüßte Trevor sie mit seiner üblichen formvollendeten Höflichkeit, zwinkerte ihr jedoch heimlich zu.

An seinem langen, kakifarbenen Uniformmantel hing noch immer die Kälte. Er griff in dessen Innentasche und zog eine dunkle Flasche daraus hervor. »Ich habe mir erlaubt, ein kleines Gastgeschenk mitzubringen.«

»Oh, vielen Dank, wie nett.« Portwein, wie könnte es auch anders sein.

»Wie geht es dir?«, fragte er leise, während Eli ihm den Mantel abnahm. In seiner Stimme klang ein fast schon sorgenvoller Unterton mit, und sein Blick wanderte forschend über ihr Gesicht. »Du siehst müde aus.«

Sie lächelte. »Mir geht es gut. Wir hatten in der letzten Zeit viel zu tun.«

Er trat unauffällig näher. »Es tut mir leid, ich hätte mich bei dir melden sollen.«

»Du warst bestimmt sehr beschäftigt.« Eli winkte ab. Sie nahm es ihm wirklich nicht übel. Sie war selbst so sehr in die Arbeit versunken gewesen, dass sie gar nicht gemerkt hatte, wie die Zeit verflog.

»Umso mehr habe ich mich über deine Einladung gefreut«, raunte er ihr zu. Dabei leuchteten seine Augen im tiefsten Stahlblau. Seine Hand streifte kurz über ihre. Eine flüchtige Geste, nicht mehr.

»Gern geschehen. Aber nun setz dich erst einmal hin und wärm dich auf.« Sie griff nach seinem Arm und zog ihn mit sich zu den Tischen. »Bei der Gelegenheit kann ich dich gleich ein paar Leuten vorstellen. Das hier ist Mattes. Seinetwegen bin ich damals in eure Sitzung hineingeplatzt.«

Sie legte die Hand auf Trevors Arm und erklärte auf Deutsch. »Und das ist Captain Trevor Atkins von den britischen Royal Engineers. Er hat im vergangenen Sommer die Räumung der Blindgänger im Viertel befehligt.«

Sofort stand der Junge auf, sah den Briten mit kritischer Miene an, bevor er ihm die Hand entgegenstreckte und sagte: »How do you do? Das hab ich von den Amerikanern gelernt.«

Trevor erwiderte den Handschlag mit einem Lächeln. »Es freut mich, dass es dir wieder besser geht«, sagte er dann ebenfalls auf Deutsch.

Erstaunt sah Eli ihn an. Sie hatte gar nicht gewusst, dass Trevor Deutsch sprach, wenngleich sein Akzent unüberhörbar war.

Neben seinem Bruder hatte sich auch Helmut erhoben, langsamer zwar und mit gemessenen Bewegungen. Sein Blick war undefinierbar, während er Trevor musterte. Doch seine Schultern strafften sich, als er dessen Rangabzeichen auf der Uniform sah.

»Und das ist Mattes' Bruder«, stellte Eli ihn vor.

Einen Moment lang zögerte Helmut – gerade so lange, wie die Höflichkeit es erlaubte –, bevor er die Hand zum Gruß ausstreckte. »Dreesen. Helmut Dreesen.«

Falls Trevor das Zögern bemerkt hatte, so ließ er sich nichts anmerken. Stattdessen erwiderte er Helmuts Blick mit derselben distanzierten Höflichkeit. »Sehr erfreut, Sie kennenzulernen, Mr Dreesen.«

Die beiden Männer standen einander gegenüber. Sich gegenseitig abmessend. Stumm und ohne dass einer von beiden auch nur blinzelte.

Es war, als würde die Atmosphäre im Raum mit einem Mal um einige Grade erkalten, und Eli wurde sich ihres Fehlers sogleich bewusst. Einmal mehr zur falschen Zeit das Falsche gegenüber den falschen Leuten getan.

Selbstverständlich konnte sich Trevor ausmalen, dass er einem ehemaligen Wehrmachtssoldaten gegenüberstand. Für Helmut hingegen war der Brite bis vor Kurzem noch ein erklärter Feind gewesen. Gütiger Himmel, und sie in ihrer Blauäugigkeit tat, als wäre nichts gewesen.

Ein Glück, dass William Ashbury, der Leiter der britischen Quäker, seine Freude über die Anwesenheit eines Landsmanns genau in diesem Augenblick kundtat und Trevor an den nächsten Tisch zu den anderen englischen Gästen zog.

Innerlich atmete Eli auf.

»Die sind ziemlich eigenartig, diese Briten«, meinte Mattes mit nachdenklich gerunzelter Stirn. »Die Amis waren längst nichts so steif. Und sie hatten immer Kaugummi dabei.«

»Na ja, es sind nun mal zwei verschiedene Kulturen, und da gibt es natürlich Gegensätze«, erklärte Eli mit einem Seitenblick auf Helmut. Dieser hatte sich wieder abgewandt und knackte eine Walnuss, indem er sie mit dem bloßen Handballen auf dem Tisch zerquetschte.

»Genau so ist es.« Schmunzelnd trat Fien hinzu und hakte sich bei Eli ein. »Es ist wie mit den Schweizern und uns Deutschen. Wir sprechen zwar beide mehr oder weniger dieselbe Sprache, aber trotzdem gibt es auch zwischen uns Unterschiede.« Sie schnippte mit den Fingern, während sie sich zu Eli umdrehte. »Wie lautet noch gleich euer Ausdruck für Badeanzug?«

Eli lachte. »Badekleid.«

»Da siehst du's.« Fien beugte sich zu Mattes und zwinkerte ihm verschwörerisch zu, als sie sagte: »Ich habe sogar gehört, dass die Leute in der Schweiz Brotstücke in geschmolzenen Käse tunken und essen. Stell dir das mal vor.«

»Das stimmt. Wir nennen das Fondue.« Eli biss sich auf die Lippen, um nicht laut aufzulachen, als sie die Verständnislosigkeit in dem Gesicht des Jungen sah.

Doch er fing sich rasch wieder und schüttelte entschieden den Kopf. »Mag sein, dass auch die Schweizer etwas seltsam sind. Trotzdem kann ich Fräulein Eli und die anderen Mamsells viel besser leiden als die Briten.«

»Da bin ich aber froh.« Gerührt fuhr Eli Mattes durchs Haar. Der Schlingel wusste ganz genau, wie er einen um den Finger wickeln konnte.

Er drehte sich zu seinem Bruder um. »Du magst sie doch auch, nicht wahr, Helmut?«

Dieser erstarrte mitten in der Bewegung, nur die Muskeln an seinem Kiefer zuckten, bevor er sich langsam zu Eli wandte und den Kopf schüttelte. »Sie müssen meinen Bruder entschuldigen. Er faselt manchmal völlig wirres Zeug.«

Mit einem Klaps in den Nacken brachte er Mattes zum Schweigen, noch bevor dieser ein weiteres Wort sagen konnte. Dabei wich er jedoch gekonnt Elis Blick aus, sie hatte es sehr wohl bemerkt.

Der Rest des Abends verlief ruhig und harmonisch. Die Anwesenden schienen sich alle wohlzufühlen, plauderten, tauschten Lebkuchen gegen Zimtsterne aus und umgekehrt. Ein paar Frauen bastelten zusammen mit Sonja und Paulchen Strohsterne, die sie dann an den Weihnachtsbaum hängten. Währenddessen knackten die Männer Nüsse. Einer von ihnen winkte Trevor herbei und stieß sogar mit seiner Teetasse mit ihm an.

Es war kurz nach zehn Uhr abends, als die Quäker aufstanden und das Lied *Adeste Fideles* anstimmten. Auf einmal wurde es ganz still im Raum. Nur die Stimmen der Singenden waren zu hören, während alle andächtig lauschten.

Sie sangen weder auf Englisch noch auf Deutsch, sondern auf Latein.

Ein Schauer rieselte Eli über die Arme, als sich auf einmal nacheinander auch Fien und Ruth erhoben und in den Gesang mit einfielen. Der junge Sohn des Fürsorgeamts-Vorsitzenden zog seine Mundharmonika hervor und begleitete die Sänger.

Venite adoremus, venite adoremus, venite adoremus Dominum.

Eli war nie eine Kirchgängerin und auch nie besonders religiös gewesen. Trotzdem würde sie diesen Moment hier in der Holzbaracke am Venloer Wall, umgeben von Freunden und Bekannten, nie im Leben vergessen. Das hier fühlte sich so viel herzlicher und besinnlicher an als die Weihnachtsfeiern zu Hause, bei denen es im Grunde einzig um die Bescherung gegangen war.

Die gab es heute zwar auch, wenngleich in kleinem Rahmen. Mit der letzten Lieferung aus Bern waren immerhin genug Spenden angekommen, um jedem der Anwesenden ein kleines Weihnachtspaket zusammenzuschnüren. Meist gefüllt mit Kleinigkeiten – Lebensmitteln wie getrockneten Bohnen und Dörrfrüchten oder Wolle für ein Paar Socken, eine Mütze oder Handschuhe.

Für Mattes hingegen hatte Eli eigenhändig eine neue Mütze und ein Paar Fäustlinge gestrickt sowie einen Schal für Helmut. Zugegeben, Paulchen hatte ihr dabei geholfen, und die Maschen waren alles andere als regelmäßig, aber das Resultat ließ sich trotzdem sehen.

Fien und die meisten Gäste verabschiedeten sich gegen elf Uhr, denn sie wollten an den Christmetten teilnehmen, die in den wenigen noch benutzten Kirchen oder Gebetsräumen der Stadt abgehalten wurden.

»Das war ein sehr schöner Abend«, sagte Trevor und reichte Eli eine Tasse mit Zimt gewürztem Tee, der als Glühweinersatz herhalten musste.

Sie rutschte zur Seite, damit er sich neben sie an den Tisch setzen konnte. »Musst du wirklich heute wieder zurück nach Bad Oeynhausen? Bei dieser Kälte und den sicherlich vereisten Straßen?«, fragte sie.

Lächelnd nahm er einen Schluck Tee aus seiner Tasse. »Ich werde mindestens einen Monat lang in Köln bleiben. Man hat mich mit der Ausbildung neuer Rekruten betraut.« Mit spöttisch hochgezogenen Augenbrauen stieß er mit dem Knie gegen ihres. »Nur, damit du dir auch ja keine Sorgen zu machen brauchst.«

»Ich und mir Sorgen machen? Ich weiß gar nicht, was du damit meinst«, gab sie theatralisch entrüstet zurück. »Aber das trifft sich ausgezeichnet. So kannst du mir nämlich bei Gelegenheit erklären, wieso du so gut Deutsch sprichst und warum du mir nie ein Wort davon gesagt hast.«

Er ließ ein leises Glucksen ertönen, bevor er auf Deutsch sagte: »Was ist ein Mann ohne seine Geheimnisse?« Dann wechselte er jedoch sogleich wieder in seine Muttersprache. »Außerdem ist dein Englisch viel besser als mein seinerzeit nur widerwillig eingepauktes Deutsch. Ich fürchte, das hört man mir auch heute noch an.«

»Ich könnte dir Unterricht geben. Jeden Tag eine Stunde«, schlug Eli vor und kniff die Augen absichtlich zu einer lauernden Miene zusammen. »Als Strafe dafür, dass du mich über deine Sprachkünste im Dunkeln gelassen hast.«

»Good Lord, there's no need to over-egg the pudding, really.« Mit gespieltem Entsetzen schüttelte Trevor den Kopf.

Kein Grund, den Pudding zu übereiern? Das musste wieder eine dieser britischen Redewendungen sein. Wobei diese zumindest selbsterklärend war. Und sie hörte sich sogar so ulkig an, dass Eli kichern musste.

Doch sogleich rückte Trevor näher. Seine Stimme klang eine Oktave tiefer, als er sagte: »Aber wo wir gerade dabei sind … Ich würde in den nächsten Tagen gerne unter vier Augen mit dir reden. Vielleicht morgen?«

Eli nickte. »Morgen haben wir alle frei. Die anderen gehen schon früh in die Stadt zur Messe. Wie wär's, wenn du gegen Mittag kommst? Mit etwas Glück ist dann noch etwas Lebkuchen übrig.«

»Das klingt nach einem guten Plan.« Seine Hand streifte ihre Schulter, während er aufstand. »Es ist schon spät, ich sollte langsam gehen.«

Mit einem Augenzwinkern verabschiedete er sich von Eli, reichte Sonja die Hand und dankte ihr noch einmal für die Einladung.

Nachdenklich sah Eli ihm hinterher, als er sich Mantel und Barett anzog, ihr ein letztes Mal zuwinkte und dann nach draußen verschwand. Was mochte so wichtig sein, dass er allein mit ihr sprechen wollte?

Es war schon weit nach Mitternacht, als Eli und Paulchen die

Tür der Ausgabebaracke hinter sich abschlossen. Sonja, Marie und Ruth waren bereits vorausgegangen, nachdem sie zumindest das Nötigste aufgeräumt, den Ofen ausgemacht und auch die letzten Kerzen gelöscht hatten.

Die Nacht war sternenklar und klirrend kalt. Trotzdem atmete Eli tief ein und sah zu den Sternen hoch. Sie hatte wirklich noch nie zuvor so viele davon am Himmel gesehen wie hier in Köln.

»Nun mach schon, mir frieren gleich die Zehen ab«, beklagte sich Paulchen und stand schon zähneklappernd vor der Tür zur Wohnbaracke.

»Gleich. Nur einen Moment.« Eli schloss die Augen. Nach dem Abend inmitten der vielen Leute tat die Stille gut. Wenn sie sich konzentrierte, konnte sie sogar den Schnee knistern hören.

Leise, um die anderen nicht zu stören, schlichen sie hinein. Um ein Haar wären sie dabei über das kleine, in braunes Papier eingewickelte Päckchen gestolpert, das am Boden vor ihrer Zimmertür lag.

»Was ist denn das?« Paulchen beugte sich hinunter und hob das Päckchen auf. Ein Tannenzweig lag zusammen mit einem Zettel darauf. »Fräulein Eli« stand in geschwungenen Buchstaben auf dem Papier. »Für dich.«

»Nanu?« Eli war mehr als überrascht.

Auf dem Bett in ihrem Zimmer sitzend wickelte sie das Päckchen aus. Und sie traute ihren Augen nicht, als sie den Inhalt sah: eine Holzschatulle. Mit einem gewölbten Deckel, sodass sie wie eine kleine Truhe aussah. Schlicht und ohne Schnörkel, aber dennoch feinstens ausgearbeitet.

»Das ist wunderschön«, flüsterte Paulchen staunend.

Eli nickte. Mit dem Finger strich sie über den lackierten Deckel, über die säuberlich abgerundeten Kanten. Das Schloss öffnete sich mit einem leisen Klacken. Sie hob den Deckel. Sogleich schwebte ihr der Geruch nach Leim und Holzpolitur entgegen.

»Da ist ein Zettel.« Paulchen beugte sich vor. »Nun mach schon, spann mich nicht auf die Folter. Da steht bestimmt, von wem das Geschenk ist.«

Vorsichtig faltete Eli das Papierstück auf. In gleichmäßiger Handschrift standen drei Zeilen darauf geschrieben.

An diesem Ort war ich noch niemals:
Anders geht der Atem, blendender als die Sonne
Strahlt neben ihr ein Stern.

»Das ist ein Zitat von Franz Kafka«, sagte Eli und lächelte. Obwohl kein Name darunterstand, wusste sie genau, von wem das Geschenk war.

Am nächsten Morgen erwachte sie viel später als üblich.

Was für eine ungewohnte Stille rundum. Sie hatte nicht einmal gehört, wie Paulchen aufgestanden und zusammen mit den anderen zur Weihnachtsmesse gegangen war.

Rasch schlüpfte sie aus dem Bett und rieb sich fröstelnd die Arme. Bei der Kälte nützten sogar die Wollstrümpfe und die zwei Unterhemden nicht viel. Bloß schnell ein Paar Hosen und einen Wollpullover überziehen, dann war es hoffentlich weniger schlimm. Doch es stellte sich als wahre Herausforderung dar, sich gründlich zu waschen, wenn einem die Zähne klapperten. Das Wasser war so kalt, dass es auf der Haut brannte.

Bevor Eli aus dem Zimmer trat, fiel ihr Blick auf die Holzschatulle auf dem Tisch. Sachte, fast ehrfürchtig ließ sie die Finger über die polierten Kanten gleiten. Jetzt, bei Tageslicht, sah sie erst die winzigen, auf der Vorderseite eingeritzten Dekorationen. Eine Efeuranke, die sich rund um den Rand wand. So fein gearbeitet, dass man sogar die Zacken der einzelnen Pflanzenblätter deutlich erkennen konnte. Helmut musste tagelang daran gearbeitet haben.

Eine wohlige Wärme breitete sich in ihrem Bauch aus. Nie zuvor hatte ihr jemand ein so wertvolles Geschenk gemacht.

Ihre eigenen Schritte hallten, als sie aus dem Zimmer trat. Im Empfangsraum warf sie einen Blick durchs Fenster. Draußen kämpfte sich eine bleiche Sonne durch den Kältenebel. Das ganze Barackendorf lag verlassen da. Nicht einmal in der Werkstatt rührte sich etwas. Eli war allein.

Ganz allein.

Sie hauchte gegen die Fensterscheibe, wo ihr Atem sogleich eine beschlagene Fläche bildete. Mit der Fingerspitze zeichnete sie ein lachendes Gesicht auf die Scheibe und kicherte dabei. Sie konnte sich nicht mehr daran erinnern, wann sie zuletzt völlig allein irgendwo gewesen war.

Rasch legte sie ein Brikett mit ein paar Papierschnipseln als Zunder in den Ofen, wartete so lange, bis die Flämmchen an dem Kohlestück zu lecken begannen. Auf dem kleinen Herd im Aufenthaltsraum brühte Eli einen Tee auf, nahm einen Zwieback aus der Verpackung und setzte sich dann an ihren Schreibtisch.

Einen winzigen Augenblick lang kamen ihr Skrupel, die sie jedoch schnell wieder verbannte. Ohne ein weiteres Mal darüber nachzudenken, hob sie die Beine auf den Tisch, legte sie an den Knöcheln übereinander und kam sich herrlich verrucht dabei vor.

Was die anderen wohl sagen würden, wenn sie sie so sehen könnten? Oder Werner? Oder sogar Mutter? Ha, Letztere würde bestimmt sofort der Schlag treffen.

Vergnügt biss Eli ein Stück vom Zwieback ab, rekelte sich auf dem Stuhl und wackelte mit den in dicken Wollsocken steckenden Zehen. Es war so wohltuend, sich über einfache Dinge zu freuen.

Sie bemerkte die Gestalt am Fenster zuerst nur als Schatten aus den Augenwinkeln. Instinktiv drehte sie den Kopf und sah Trevor dort draußen stehen. Um Himmels willen.

Vor Schreck rutschte Eli beinah vom Stuhl, hielt sich gerade noch rechtzeitig am Tisch fest und stand auf.

Wie peinlich. Hoffentlich hatte er sie nicht gesehen. Was machte er überhaupt so früh hier?

»Ich dachte schon, es wäre niemand da«, sagte er, als sie ihm die Tür öffnete.

»Entschuldige, ich habe dich gar nicht kommen hören.« Mit einer fahrigen Geste schob sie die Teetasse sowie den angebissenen Zwieback samt Krümeln auf dem Tisch beiseite.

»So sieht es also im berühmten Schweizer Dorf aus.« Interessiert schaute Trevor sich um.

Eli räusperte sich. »Ich weiß, im Vergleich zu eurem Hauptquartier ist es mehr als bescheiden, aber wir haben hier alles, was wir für unsere Arbeit brauchen.« Sie schob einen zweiten Stuhl näher. »Mach es dir bequem. Ich kann dir Tee anbieten. Zwar keinen englischen, dafür aber wirklich exzellenten Schweizer Hagebutten-Beuteltee.«

Trevor war entweder ein Meister der Selbstdisziplin, oder aber es stimmte, was man über die typische »British countenance« sagte, denn er zwinkerte nicht einmal. Stattdessen setzte er sich hin, zog die Barettmütze vom Kopf und schob die Handschuhe hinein. »So verlockend das auch klingt, aber nein danke.« Mit der Hand fuhr er sich durchs Haar.

Nanu, das hatte sie ihn noch nie zuvor tun sehen. Wüsste Eli es nicht besser, hätte sie glatt annehmen können, er wäre nervös.

»Etwas anderes habe ich leider nicht«, beeilte sie sich zu sagen. »Vielleicht finde ich irgendwo noch …«

»Ich brauche nichts. Wirklich«, unterbrach Trevor sie. »Allerdings wäre ich furchtbar froh, wenn du dich setzen könntest, Eli.«

Erstaunt sah sie ihn an, setzte sich ihm jedoch ohne ein weiteres Wort gehorsam gegenüber. Warum war er denn auf einmal so ernst?

Er lehnte sich vor, stützte die Ellbogen auf den Oberschenkeln ab und rieb die Hände aneinander. »Ich habe dir gestern gesagt, dass ich mit dir unter vier Augen sprechen möchte.«

Sie nickte vorsichtig.

»Und zwar, weil mir in den vergangenen Wochen vieles bewusst geworden ist. Vor allem aber, als ich dich gestern wiedergesehen habe. Eli …« Er holte tief Atem, fasste nach ihrer Hand.

Es war diese kleine Geste, bei der ihr augenblicklich klar wurde, was er da vorhatte. Lieber Gott. Er konnte ihr doch nicht allen Ernstes eine Liebeserklärung machen? Nein, nein, nein. Damit wurde doch alles nur komplizierter, und er setzte ihre Freundschaft aufs Spiel.

»Wir kennen uns nun schon eine ganze Weile«, sagte er. »Und ich glaube, du weißt, dass ich mehr für dich empfinde als nur …«

»Fräulein Eli! Fräulein Eli!«, schallte Mattes' Stimme im gleichen Moment von draußen.

Eli sprang auf die Beine.

Nur einen Atemzug, bevor der Junge zur Tür hereinstürmte und hustend keuchte: »Fräulein Eli! Sie müssen sofort mitkommen. Ingeborgs Sohn, Klaus-Dieter. Er kriegt keine Luft mehr.«

28 ERKLÄRUNGEN

Köln, 25. Dezember 1946

Eli brauchte nicht einmal eine Minute, um in ihre Winterschuhe und den Mantel zu schlüpfen. Bevor sie aus dem Zimmer rannte, griff sie nach Mütze, Schal und den Handschuhen.

Eilig öffnete sie den Medikamentenschrank. Darin lag die Tasche mit der Notfallapotheke. Schon hatte sie die Hand danach ausgestreckt, als sie mitten in der Bewegung innehielt. Klaus-Dieter war Asthmatiker, und sie hatte keine Ahnung, welche Medikamente er benötigte.

Als hätte er ihre Gedanken erraten, rief Mattes: »Helmut hat gesagt, wir sollen, wenn möglich, Hustensaft mitbringen. Ich hab aber vergessen, wie der heißt.« Verzweifelt schüttelte er den Kopf. »Ephe… Epho…«

»Ephetonin«, rief Eli triumphierend und griff nach dem eckigen Fläschchen mit der bernsteinfarbenen Flüssigkeit darin. Eilig kritzelte sie noch eine Nachricht für Sonja, legte den Zettel auf ihren Arbeitstisch. Die Tasche mit der Notfallapotheke nahm sie trotzdem mit, sicher war sicher.

»Wir nehmen meinen Jeep. Damit sind wir schneller«, erklärte Trevor.

Sie schüttelte den Kopf. »Du musst nicht …«

Zur Antwort hielt er ihr bloß die Tür auf.

»Hat Ingeborg den Arzt schon rufen lassen?«, rief Eli Mattes zu.

»Sie hat doch nichts, womit sie den bezahlen könnte. Deshalb hat Helmut mich geschickt, um Sie zu holen«, brüllte Mattes vom Rücksitz und hielt sich gerade noch rechtzeitig fest, als der Wagen mit quietschenden Reifen anfuhr.

Eli entschied in Sekundenschnelle. »Bieg da vorn links ab und halte dann beim fünften Haus rechts«, wies sie Trevor an, sprang aus dem Wagen, noch bevor dieser völlig zum Stehen kam, und wäre um ein Haar auf der vereisten Straße ausgerutscht. Egal, sie brauchten einen Arzt, und sie kannte nur einen hier in Köln. Doktor Leers kümmerte sich auch um die besonders schweren Fälle im Barackendorf.

Ungeachtet der vor dem Eingang liegenden Schneehaufen eilte sie auf die einst wahrscheinlich schmucke Reihenhaushälfte zu, trommelte gegen die Tür. Inständig hoffend, dass jemand zu Hause war und sie nicht kostbare Zeit vergeudet hatten.

Doktor Bertram Leers war ein ruhiger, groß gewachsener Mann um die vierzig und gehörte zu den wenigen Menschen, denen die Gutherzigkeit mit unerschütterlichem Trotz ins Gesicht geschrieben stand. Er stellte keine weiteren Fragen, sondern griff nach seinem schwarzen, abgewetzten Arztkoffer, Mantel und Hut und folgte Eli zum Jeep.

Nach einer halsbrecherischen Fahrt über fast spiegelglatte Fahrwege hielt Trevor den Wagen vor der Reihe von Wohnhäusern mit trostlosen, verputzbedürftigen Fassaden an. Mattes sollte bei dem Fahrzeug bleiben und Wache halten.

Eli war bisher nur einmal im letzten Frühling kurz hier gewesen. Sie konnte sich jedoch nicht mehr an die ächzenden, unebenen Treppenstufen erinnern. Geschweige denn an die von Menschen überfüllte Dachkammer.

»Good gracious«, entfuhr es Trevor, und er hielt sich die Hand vor die Nase. Der Gestank, der ihnen trotz der eisigen Kälte entgegenschlug, raubte einem schier den Atem. Heiseres Kinderweinen, Stöhnen und röchelnde Hustengeräusche drangen aus den mit fadenscheinigen Decken abgetrennten Wohnbereichen.

Wie viele Menschen lebten hier auf engstem Raum?

»Halten Sie sich ein Taschentuch vors Gesicht, und fassen Sie nichts an. Das hier ist eine Brutstätte für alle möglichen ansteckenden Krankheiten«, flüsterte Doktor Leers ihnen zu, während sie durch die Reihen gingen.

Am anderen Ende des Raums öffnete sich die Tür zu Ingeborgs Kammer.

»Helmut. Wir sind so schnell wie möglich gekommen«, rief Eli ihm zu. »Ich habe den Hustensaft.« Sie reichte ihm das Fläschchen. Dabei erkannte sie seinen konsternierten Blick, als er Doktor Leers und Trevor hinter ihr sah.

»Wo ist der Junge?« Ohne auf eine Antwort zu warten, trat der Arzt hinein.

Bei der Gelegenheit erhaschte Eli einen kurzen Blick in die Kammer. Sie sah Ingeborg, die mit bleichem, angstvollem Gesicht hinter ihrem Sohn auf dem Bett saß und ihn zu stützen versuchte, während der Junge, die Augen weit aufgerissen, nach Atem rang. Er war kreidebleich, was das Blau seiner Lippen noch stärker betonte.

»Danke, dass Sie so schnell gekommen sind«, raunte Helmut ihr zu. »Aber der Arzt …«

»Um die Bezahlung kümmere ich mich«, gab sie leise, aber entschieden zurück. Für einen Krankenbesuch im Barackendorf verlangte Doktor Leers normalerweise zwanzig Reichsmark, also zwei Zigaretten. Eli hatte immer welche dabei, um die Lastwagenfahrer oder Lieferanten zu bezahlen.

»Ich brauche ein zweites Paar Hände«, rief der Arzt von drinnen.

Sie wunderte sich über den unerwarteten Ausdruck von Verärgerung, der flüchtig über Helmuts Züge glitt, bevor er sich umdrehte und zurück ins Zimmer ging.

Doch sie kam nicht dazu, weiter darüber nachzugrübeln, als sie den Blick so unauffällig wie möglich durch den Raum schweifen ließ. Seit ihrer Ankunft in Köln hatte Eli schon viel gesehen. Wo aber lag die Grenze des Erträglichen?

Die Menschen hier waren in einem desolaten Zustand: ausgemergelte Gestalten in zerrissenen Kleidern. Frauen und Alte. Nicht zu reden von den Kindern, von denen die meisten trotz Eiseskälte weder Strümpfe noch Schuhe trugen. Dort auf einer Kiste in der Ecke sah Eli ein braunhaariges Mädchen sitzen, dessen Zehen schon ganz blau gefroren waren. Der mickrige Rohrofen auf der anderen Seite des Raums bot kaum genug Wärme zum Kochen, geschweige denn zum Heizen.

Kurz entschlossen ging sie auf das Kind zu.

Trevor hielt sie am Arm zurück. »Du hast gehört, was der Arzt gesagt hat.«

Aber Eli löste sich aus seinem Griff. »Wir können die Leute doch nicht wie Aussätzige behandeln.«

Lächelnd trat sie vor das Mädchen und ging in die Hocke. »Guten Tag. Mein Name ist Eli, und wer bist du?«

Das Kind starrte sie mit weit aufgerissenen Augen an und schien sie dennoch gar nicht wahrzunehmen. Sie war vielleicht sieben oder acht Jahre alt. Im Arm hielt sie eine Stoffpuppe mit rostroten, aus Wollgarn geflochtenen Zöpfen und nur noch einem Knopfauge.

»Das ist aber eine hübsche Puppe«, versuchte Eli es noch einmal.

Hinter ihr hörte sie Trevors eindringliches Flüstern. »For heaven's sake, Eli, jetzt komm. Du kannst ihnen nicht allen helfen.«

Im gleichen Moment begann das Mädchen zu wimmern, zog die Knie eng an den Körper und versteckte das Gesicht zwischen den Armbeugen. So, als wollte sie sich ganz klein und unsichtbar machen.

»Es ist wegen der Uniform«, sagte eine Frau aus einem der Verschläge. »Sie kann nicht unterscheiden, ob's ein Russe oder sonst was ist. Sie sieht bloß einen Soldaten. Wie die, die ihre Mutter vergewaltigt, erschossen und dann im Straßengraben haben liegen lassen.« Ihre Stimme klang völlig nüchtern – beinahe schon stoisch –, und ihr Dialekt hatte einen eigenartig rollenden Klang. »Die Kleine hat wahrscheinlich alles mit angesehen. Jedenfalls ist noch kein einziges Wort über ihre Lippen gekommen, seit wir sie dort neben ihrer toten Mutter gefunden haben. Das war kurz nach Königsberg.«

Eli stand langsam auf. Ihr fehlten schlicht die Worte. Wenn sie doch nur etwas tun könnte. Irgendetwas.

Sie wandte den Blick zu Trevor. Auch er hatte die Frau verstanden, versteckte seine Betroffenheit jedoch hinter einer gestrafften, militärischen Haltung. Einzig das Flattern seiner Nasenflügel verriet ihn.

»Haben Sie vielleicht etwas zu essen?« Die Frau sah Eli an und streckte die hohle Hand aus.

»Nein, es tut mir leid, ich habe nichts dabei.« Wie aus heiterem Himmel fielen ihr die Weihnachtsessen zu Hause in Zürich ein, die auch trotz der Lebensmittelrationierung in den Kriegsjahren üppig genug gewesen waren, um etwa die Hälfte der Leute hier satt zu machen. Bei dem Gedanken daran wurde ihr übel.

Sie verteilte Traubenzucker an die Kinder, desinfizierte und verband mit Trevors Hilfe die Eiterfurunkel eines alten Mannes. Zwei Frauen klagten über starke Bauchschmerzen und Fieber. Mehr als Aspirin und tröstende Worte konnte Eli den beiden nicht geben. Hier brauchte es weit mehr als ein paar Tabletten.

»Kochen Sie etwas Wasser auf und fügen ein wenig Salz hinzu. Einen Teelöffel auf einen Liter. Der Junge soll den Dampf einatmen, das löst die Krämpfe«, sagte Doktor Leers, als er wenig später aus der Kammer trat und Ingeborg ein kleines Säckchen Kochsalz reichte.

»Wie geht es Klaus-Dieter?«, fragte Eli.

Ein winziges Lächeln stahl sich auf das Gesicht der Kölnerin. »Es geht ihm etwas besser. Dank dem Herrn Doktor und Helmut. Und auch dank Ihnen, Fräulein Eli.«

»Ich bin froh, dass wir noch rechtzeitig gekommen sind. Zum Glück hat uns Captain Atkins mit seinem Jeep gefahren.«

»Oh.« Erst jetzt schien Ingeborg den englischen Offizier überhaupt wahrzunehmen, und ihre Augen weiteten sich vor Staunen. Sie zögerte, als wüsste sie nicht recht, wie sie reagieren sollte, und starrte Trevor einen Moment lang nur an.

Dann wandte sie den Blick jedoch gleich wieder zu Helmut, der ein paar Schritte entfernt stand und mit dem Arzt sprach. »Er ist ein feiner Mensch, der Helmut«, sagte sie. »Ich weiß nicht, wo er die ganzen Lebensmittel auftreibt, aber ohne seine Hilfe wären wir wahrscheinlich schon längst verhungert. Schauen Sie nur, was er und Mattes uns heute wieder mitgebracht haben.« Aus der Tasche ihrer Schürze holte sie eine sorgsam zusammengefaltete Papierserviette hervor. Darin lagen ein paar Nüsse, drei Zimtsterne und drei der kleinen Lebkuchen vom gestrigen Weihnachtsfest.

So war das also. Eli versuchte, sich die Verwunderung nicht anmerken zu lassen, während sie in Helmuts Richtung sah.

Wobei … Eigentlich wunderte sie längst gar nichts mehr, was ihn anging. Dass er sich anscheinend trotz der eigenen schwierigen Lage um Ingeborg kümmerte und sogar von seinen Rationen für sie abzweigte, zeigte nur noch mehr, was für ein Mensch er war.

Sie wandte sich rasch ab, sobald ihr bewusst wurde, dass sie Helmut noch immer anstarrte. Dabei fiel ihr Blick auf Trevor. Warum musterte dieser sie auf einmal mit einer nachdenklichen Miene?

Zwei Stunden später standen sie unten auf der Straße. Doktor Leers hatte, seinem Eid folgend, auch den Großteil der Flüchtlinge im Dachgeschoss untersucht, und seine Miene war mit jedem Patienten düsterer geworden. Jetzt nahm er eine große, dunkle Flasche aus seinem Koffer und schüttete jedem von ihnen einen Schwall Flüssigkeit auf die Hände. »Reibt euch Hände und Unterarme damit ein«, wies er sie alle an.

Der Geruch von hochprozentigem Alkohol brannte Eli in der Nase.

»Ich werde das Gesundheitsamt und die Wohlfahrt über die Verhältnisse hier informieren. Es sind Behausungen wie diese, in denen Epidemien entstehen. Ich habe den Verdacht auf mindestens zwei Fälle von Fleckfieber und einen kleinen Jungen mit Diphtherie.«

Unauffällig warf Eli einen Seitenblick auf Helmut. Genau so hatte er es prophezeit.

Ernst umwölkte Doktor Leers' Stirn, während er den Korken zurück in die Flasche stöpselte und Trevor ansah. »Ich wäre Ihnen sehr verbunden, wenn Sie in Ihrem Hauptquartier Meldung über den Zustand hier machen könnten. Als Besatzungsmacht sollte es im Sinne der Briten sein, dafür Sorge zu tragen, dass sich Krankheiten nicht ausbreiten.«

Erst jetzt fiel Eli auf, dass sich Trevor vorhin vornehmlich im Hintergrund gehalten hatte. Wahrscheinlich bewusst, um die Leute nicht zu verunsichern. Die Reaktion des kleinen Mädchens auf seine Uniform war unerwartet und bestürzend gewesen. Bestimmt auch für ihn. Nun stand er jedoch wieder in üblicher militärischer Manier da und nickte kurz und knapp. »Natürlich, Sir. Das werde ich umgehend tun.«

Die Rückfahrt zum Haus des Arztes verlief in düsterem Schweigen. Helmut, Mattes und Eli hatten sich auf den Rücksitz gequetscht, während Doktor Leers vorn neben Trevor saß.

Als der Wagen vor der Reihenhaushälfte hielt, stieg Eli mit dem Arzt aus und steckte ihm so diskret wie möglich fünf Zigaretten zu. »Ich danke Ihnen für die Hilfe, und entschuldigen Sie noch einmal die abrupte Störung an einem Feiertag.«

»Ich weiß, es ist hart, das Elend mit anzusehen und nicht genug tun zu können. Sie haben sich dennoch gut gehalten«, sagte er, steckte die Zigaretten sofort in seine Manteltasche, reichte ihr die Hand und zog sie ein paar Schritte vom Wagen weg. »Eigentlich dürfte ich nicht mit Ihnen darüber reden, aber in Zeiten wie diesen heiligt der Zweck die Mittel. Vielleicht können Sie als Vertretung einer ausländischen Hilfsorganisation bei den Behörden sogar mehr erreichen als ich als Arzt.«

Seine Stimme war ruhig und sachlich, als er weiter erklärte: »Im Moment ist der junge Odendahl zwar stabil. Unter diesen Bedingungen ist es allerdings nur eine Frage der Zeit, bis sich ein solcher Anfall wiederholt. Möglicherweise sogar noch schlimmer. Mutter und Sohn brauchen dringend eine andere Unterkunft. Das ist das Einzige, was wir für die Familie tun können.«

Eli schluckte. Dasselbe war ihr ebenfalls durch den Kopf gegangen. Es jedoch nun noch einmal von jemand anderem zu hören, bekräftigte ihr Urteil noch. »Ich werde mit meiner Vorgesetzten darüber sprechen. Über die Familie Odendahl und auch über die Situation der anderen Leute da oben.«

Ein kurzer Händedruck zum gegenseitigen Dank, dann wandte sich der Arzt zum Gehen. Unter den gegebenen Umständen genügten simple Gesten, um sich zu verstehen.

»Wir gehen zu Fuß zurück«, sagte Helmut, als Eli zurückkam, und zerrte Mattes am Ärmel aus dem Jeep.

»Im Wagen ist doch genügend Platz«, protestierte sie. Aber die beiden Kölner hatten sich bereits umgedreht.

»Helmut. Was ist denn?«

Mit einem Ruck wandte Helmut sich erneut zu ihr um. »Was ist? Wollen Sie das wirklich wissen?« Seine Stimme war beherrscht ruhig, nur die streng zusammengekniffenen Augenbrauen verrieten seine Verärgerung. Mit dem Kinn deutete er auf das Haus des Arztes. »Wie viel haben Sie ihm eben bezahlt? Drei Zigaretten oder noch mehr? Für Sie mag das nicht viel sein, für unsereins ist das jedoch ein kleines Vermögen.« Er schüttelte den Kopf. »Halten Sie mich jetzt nicht für undankbar, Fräulein Eli, aber unser Stolz ist das Einzige, was uns noch geblieben ist, und Sie haben keine Ahnung, wie es sich anfühlt, wenn man andere für sich zahlen lassen muss.« Damit machte er wieder auf dem Absatz kehrt und ging neben Mattes mit in die Taschen gesteckten Händen die Ruinenreihe entlang davon.

»Gottfriedstutz nonemol«, entfuhr ihr der kurze Fluch auf Schweizerdeutsch, während sie zurück in den Wagen kletterte.

Reichte ihm die ganze Aufregung von heute denn noch nicht? Helmuts Stolz in Ehren. Sie wusste auch, dass er Trevor nicht leiden konnte. Aber das war kein Grund, sich so störrisch zu benehmen. Besetzte und Besatzer – sie hatte diese gegenseitigen Anfeindungen so satt. »Als hätten die Leute hier nichts Besseres zu tun«, stieß sie, um Beherrschung bemüht, hervor.

Trevor legte den ersten Gang ein und fuhr an. »Ja, sie sind etwas eigen, diese Kölner.«

»Nicht nur die Kölner. Wenn wir schon davon sprechen …« Richtig, wenn sie schon bei einem Rundumschlag war, hatte sie auch mit den Engländern noch ein Hühnchen zu rupfen. Angriffslustig verschränkte sie die Arme vor der Brust. »Die Soldaten am Empfang eures Hauptquartiers haben die Freundlichkeit ebenfalls nicht mit Löffeln gegessen. Wozu jedes Mal diese Bemerkungen gegenüber den Schweizern? Wenn dort alle Leute so behandelt werden, ist es ein Wunder, dass sich noch niemand beklagt hat.«

»Well«, erwiderte Trevor und sah sie kritisch an. »Was hast du denn anderes erwartet?«

Verständnislos schüttelte Eli den Kopf. Was sollte denn das nun wieder heißen?

Er räusperte sich kurz, bevor er weitersprach. »Nimm das bitte nicht persönlich, Eli. Aber du weißt doch bestimmt, dass die Schweiz bei den alliierten Streitkräften nicht gerade im besten Licht dasteht, oder?«

»Wie bitte?«, stieß sie hervor. Sie war so perplex, dass ihr in dem Moment keine klügere Frage einfiel.

Trevor musste die Fassungslosigkeit in ihrem Gesicht bemerkt haben, denn er warf ihr einen beinahe entschuldigenden Blick zu. »Wegen eurer Neutralität«, erklärte er schließlich schlicht und einfach. »Viele halten das entweder für einen Euphemismus für Feigheit oder für einen Deckmantel, unter dem die Schweizer sowohl mit Hitler als auch mit Mussolini kooperiert haben sollen.«

Der Motor des Jeeps rumpelte, als er den Gang wechselte. »Du musst zugeben, der Gedanke ist nicht ganz abwegig. Hitlers Feldzüge haben Geld gekostet, und die Schweiz hat genug Banken. Wie ist es sonst zu erklären, dass euer kleines Land nicht einfach überrannt worden ist wie zum Beispiel Holland oder Belgien?«

Mit einem Hupen scheuchte er eine Katze von der Straße. »Das ist jedenfalls der Grund, wenn auch meines Erachtens keine Entschuldigung, dafür, dass man sich euch gegenüber im Hauptquartier möglicherweise etwas ruppig benimmt. Alles in allem habt ihr mit uns Briten jedoch noch Glück. Die Amerikaner haben sämtliche Hilfeleistungen aus der Schweiz in ihrem Sektor kategorisch abgelehnt.«

Wie ist es sonst zu erklären, dass euer kleines Land nicht einfach überrannt worden ist? Die Worte hallten in Elis Kopf wider. Eine simple Frage, die über das Bild eines Landes entschied.

Sprachlos ließ sie die Arme sinken, wandte den Blick geradeaus. Die Idee, die Alliierten könnten die neutrale Schweiz einer Kollaboration mit Nazi-Deutschland bezichtigen, war ihr noch nie gekommen. Das erklärte jedoch das Verhalten der Briten.

Bis vor ein paar Monaten hätte sie allein die Möglichkeit der Behauptung schockiert und zutiefst gekränkt. Die Zeit hier in Köln hatte sie jedoch verändert, feinfühliger gemacht. Sie dachte längst nicht mehr nur in Schwarz oder Weiß. Dazwischen lagen unzählige Schattierungen.

So würden ihr die Erinnerungen an die letzten Tage im August 1939 auf ewig im Gedächtnis bleiben. Sie sah sich wieder zusammen mit den Eltern im Wohnzimmer vor dem Radio sitzen und dem Aufgebot der Grenzschutztruppen lauschen, nachdem sich die Spannungen zwischen Deutschland und Polen verschärft hatten und immer mehr deutsche Truppen an die Grenze im Osten verlegt worden waren.

Bei einem Angriff würden die Schweizer die eigenen Landesgrenzen bis zum Tod verteidigen, hieß es in der Ansprache. Achtzigtausend Schweizer Grenzsoldaten gegen die voll gerüstete Armee der Wehrmacht.

Sie konnte noch immer den lähmenden Schauer der Beklommenheit spüren, den die monoton klingende Stimme des Radiosprechers verursachte, der nur zwei Tage später Hitlers Worte verkündete: »Seit fünf Uhr fünfundvierzig wird zurückgeschossen.«

Von diesem Moment an war es gewesen, als hielte das gesamte Land den Atem an. Die Regierung in Bern sprach von Unabhängigkeit des Schweizer Volkes, von unabdingbarer Neutralität, die man notfalls mit Waffen zu verteidigen gedachte.

Um die Nerven zu beruhigen, trank Mutter derweil mehr Wermut als gewöhnlich, und Vater fluchte noch wüster als sonst. Dabei war die ganze darauf folgende Generalmobilmachung der Schweizer Armee nichts weiter als eine Farce, um den Leuten

Sand in die Augen zu streuen, sagte er und schlug mit der Faust auf den Tisch.

Tatsächlich redete damals niemand davon, dass es den Schweizern an jeglicher Vorbereitung und Nachschuborganisation fehlte. Es gab weder Benzin noch Ersatzreifen für die Militärfahrzeuge. Von einem seiner Bekannten hatte Vater sogar gehört, dass die Schweizer Luftwaffe mehrere Piloten wieder nach Hause schicken musste, weil nebst den uralten Blechvögeln nur eine Flotte von gerade mal achtzehn kriegstüchtigen Jagdflugzeugen zum Einsatz bereitstand. Währenddessen nannte der damalige Bundespräsident Etter den Anblick der Schweizer Armee »prachtvoll«.

Andererseits hatte die Regierung bereits Monate vor Kriegsausbruch Transportabkommen mit Deutschland, Frankreich, Holland und Italien geschlossen, um sich die Güterzufuhr von den Meereshäfen her zu sichern. Auch davon wusste Vater natürlich aus erster Hand, er hatte schließlich als Lebensmittelhändler direkt damit zu tun.

Die Lage änderte sich jedoch, nachdem Holland und Belgien fielen und die Wehrmacht in Frankreich einmarschierte. Auf einmal gab es keine Alternative mehr, außer mit dem Reich und mit Mussolini zu verhandeln.

»Militärisch kommen wir nicht weiter«, hatte Vater immer behauptet. »Also verteidigen wir uns wirtschaftlich.«

Damals hatte Eli den Sinn dahinter noch nicht gänzlich erfasst. Bis die ersten Gerüchte kursierten, wonach das Informationsministerium in Bern die Meldungen der Medien zensierte und die ausdrückliche Anweisung erließ, die militärische Leistung Deutschlands in Artikeln und Radiosendungen zu würdigen. Im selben Zug wurden die im Radio übertragenen Reden Churchills und de Gaulles gekürzt. Die Achsenmächte gnädig zu stimmen, schien der einzige noch begehbare Weg.

Das Ganze gipfelte kurz nach der Kapitulation Frankreichs in einer Rede des Bundesrats und damaligen Außenministers Marcel Pilet-Golaz. Elis ganze Familie hatte die Ansprache am Radio mitverfolgt, in der der Politiker auf einmal nicht mehr von Widerstand, Unabhängigkeit und bewaffneter Neutralität sprach, sondern davon, dass die Schweiz das neue Machtgefüge Europas akzeptieren müsse. Dass die Zeit für eine innere Wiedergeburt gekommen sei, bei der jeder Eidgenosse das Alte abzulegen und sich Neuem zu stellen habe.

Wenn Eli jetzt darüber nachdachte, hatte es damals beinahe wie eine Trotzreaktion gewirkt, als der Oberbefehlshaber der Schweizer Armee nur kurz nach dieser Rede den Rückzug der ersten Divisionen in die Alpen ankündigte.

»An sechs Tagen der Woche arbeiten die Schweizer für Hitler-Deutschland. Am siebten Tag beten sie für den Sieg der Alliierten«, murmelte sie gedankenverloren. So hatte einer der Gäste an Vaters Geburtstagsfeier gesagt. Es fühlte sich an, als wäre seither eine Ewigkeit vergangen. Die Worte bekamen jedoch einen immer tieferen Sinn.

»Beg your pardon?« Trevor runzelte verständnislos die Stirn.

Sie winkte ab. »Nichts. Ich habe bloß laut gedacht.«

Nur wenig später hielt der Jeep vor dem Barackendorf. Mit einem erleichterten Aufseufzen schaltete Trevor den Motor aus. »Ich gebe zu, mir sind fünf Bombenentschärfungen lieber als ein zweiter Tag wie dieser.«

»Tut mir leid für den ganzen Trubel«, sagte Eli. »Ich hatte mir den Tag ebenfalls etwas ruhiger vorgestellt.« Dabei hatte der Morgen doch so gut angefangen.

Zumindest bis zu dem Punkt, als Trevor ihre Hand genommen und davon zu sprechen angefangen hatte, wie viel er für sie empfand.

Einen Moment lang überkam sie ein schlechtes Gewissen. Sie

mochte ihn – ja, sie mochte ihn wirklich sehr, aber es war trotz allem nicht genug. »Was du heute Mittag gesagt hast, Trevor …«

Doch er hob die Hand, schüttelte den Kopf und schloss kurz die Augen, bevor er sagte: »Nicht weiter wichtig. Du hast mir die Antwort ohnehin schon gegeben.«

Hatte sie das? »Aber ich habe doch gar nichts …«

»Wie gesagt, es ist nicht wichtig. Warum lassen wir's nicht einfach gut sein?«, unterbrach Trevor sie erneut und tätschelte ihren Arm. »Es ist schon spät. Ich muss zurück zum Hauptquartier.«

»Du klingst nicht sehr überzeugend.« Sie kannte ihn ebenfalls gut genug, um die ungewohnt strengen Furchen auf seiner Stirn zu deuten.

Trevor beugte sich zu ihr herüber. Dabei lächelte er. Auch wenn das Lächeln seine Augen nicht erreichte. »Es ist alles in Ordnung, wirklich. Ich melde mich, sobald ich kann.«

»Versprochen?«

»Auf mein Ehrenwort.« Mit gespieltem Ernst legte er sich die rechte Hand aufs Herz und zwinkerte ihr spitzbübisch grinsend zu.

Doch im nächsten Moment fiel sein Blick auf das Grüppchen von Leuten, die eben aus der Straße zwischen den Ruinen heraustraten, und seine Miene verdunkelte sich erneut.

Eli erkannte Paulchen, Sonja und Ruth zusammen mit Helmut und Mattes. Sie mussten den beiden auf dem Heimweg begegnet sein.

Als sie ausgestiegen war, reckte Trevor noch einmal den Kopf aus dem Fenster. »Versuch wenigstens, nicht gleich die ganze Stadt auf einmal retten zu wollen, ja?«

»Ich werde mich bemühen.« Ihr gelang ein Schmunzeln.

In einem ruhigen, fast schon sachlichen Tonfall fragte er dann: »Hast du es ihm schon gesagt?«

»Wem was gesagt?« Sie schüttelte verständnislos den Kopf.

Er schnalzte leise mit der Zunge. »Komm schon, Eli. Du weißt genau, von wem ich rede.« Mit dem Kinn deutete er auf das näher kommende Grüppchen.

»Eli!«

Sie sah Paulchen, die ihr zuwinkte. Neben ihr ging Helmut. Auf diese Distanz konnte sie sein Gesicht hinter dem hochgeschlagenen Jackenkragen kaum erkennen. Trotzdem spürte sie seinen Blick auf sich. Wie immer, wenn er in der Nähe war. Und er trug den Schal, den sie ihm gestrickt hatte.

»Ich muss los.« Trevor streckte die Hand aus und strich mit einer flüchtigen Berührung über ihre Wange.

Sprachlos sah Eli ihm nach, bis der Jeep hinter einer Häuserecke verschwand.

In der Ausgabebaracke roch es noch immer nach Rauch und Kerzenwachs vom gestrigen Weihnachtsfest, als Eli am gleichen Abend eintrat.

Die Tische und Bänke standen noch genau so da, wie sie sie verlassen hatten. Nur die Wärme war verflogen. Fröstelnd zog sie den Mantel enger, ging zur Tür im hinteren Teil des Raums. Dort lag die Kammer, in die Helmut und Mattes vor Kurzem gezogen waren. Die Tür war geschlossen, doch Eli hörte die leisen Stimmen. Kurz entschlossen klopfte sie an. Die Stimmen verstummten.

Nur einen Herzschlag später öffnete Helmut die Tür. Seine Augen weiteten sich. »Fräulein Eli.«

»Guten Abend«, sagte sie und schluckte. Die sorgsam in Gedanken zurechtgelegte Rede war auf einmal wie weggeblasen. Verflixt, sie war doch sonst auch nicht ums Wort verlegen.

»Lass sie reinkommen«, rief Mattes von drinnen.

»Ich …« Sie schüttelte den Kopf. »Ich will nicht stören.«

»Tun Sie nicht.« Breit grinsend erschien Mattes' Gesicht neben der Schulter seines Bruders. Er wandte sich kurz ab, weil ein Hustenanfall ihm den Atem nahm.

Erneut verlor sie den Faden. Was hatte sie gleich noch sagen wollen? »Ich wollte mich bei Ihnen für das Geschenk bedanken. Die Schatulle ist wunderschön.«

»Oh.« Helmut senkte den Blick und fasste sich an den Nacken. »Gern geschehen.«

»Er hat sie auch wirklich eigenhändig geschnitzt«, fügte Mattes eifrig nickend hinzu.

»Mattes.« Die leise Warnung in Helmuts Stimme war nicht zu überhören.

»Stundenlang hat er daran gearbeitet, poliert und geschliffen. Jede noch so winzige Kante.«

»Geh wieder rein, Mattes.« Dieses Mal klang es noch schärfer.

Sogleich schnaufte der Junge auf und verdrehte die Augen. »Ich sag ja bloß.« Trotzdem gehorchte er.

»Entschuldigen Sie.« Helmut räusperte sich.

Sie winkte ab. Dann verfielen sie beide in Schweigen, während sich ihre Blicke begegneten.

Eli war nicht nur hergekommen, um ihm zu danken. Sie brauchte Gewissheit. Eine Bestätigung, dass Trevors Aussage nicht umsonst alles auf den Kopf stellte und gleichermaßen relativierte.

Sie sah Helmut in die Augen. In diesem Moment brauchte es keine Worte, um die Wahrheit zu erkennen. Helmut, der Wehrmachtsoffizier. Der Kriegsgefangene. Der Flüchtende. Der wortkarge Heimkehrer, fürsorgliche Bruder und zuverlässige Arbeiter. Der Mensch, der seine Verletzungen tief in sich vergrub. Der Mann.

Wie war es möglich, dass Trevor bemerkt hatte, was ihr in all den Monaten nicht bewusst geworden war? Dass sie mehr für Helmut empfand, als sie eigentlich durfte. Viel mehr.

Im selben Moment hustete Mattes erneut hinter der Tür, verscheuchte damit die Stille und brachte Elis Gedanken abrupt wieder zurück.

Sag doch etwas, du Huhn.

»Ich habe mich gefragt, ob Sie vielleicht irgendwann Zeit und Lust hätten, mir Köln zu zeigen«, platzte sie heraus und traute zugleich ihren eigenen Ohren kaum. Was machte sie da? Das durfte sie nicht, engere Beziehungen zu lokalen Mitarbeitern waren strikt untersagt, und sie riskierte damit ihre Arbeitsstelle. Doch im Grunde war das völlig nebensächlich.

Helmut sah sie an. Seine Miene zeigte eine Mischung aus Verblüffung und Unglauben.

»Nun ja, ich kenne die Stadt natürlich inzwischen auch«, beeilte sie sich zu erklären. »Aber ich möchte wissen, wie sie vorher ausgesehen hat. Vor dem Krieg.«

»Ich zeige sie Ihnen«, kam Helmuts Antwort ohne weiteres Zögern. War das tatsächlich der Anflug eines Lächelns, den sie da an seinen Lippen zucken sah? Es stand ihm gut.

»Ausgezeichnet. Ich freue mich darauf.« Es war eine simple Eingebung, als sie näher trat und ihn auf die Wange küsste. Ein absolut keuscher und züchtiger Kuss.

Doch Helmut erstarrte augenblicklich. Und er regte sich noch immer nicht, als Eli sich umdrehte und ging.

29 DER GERUCH VON KAMPFERÖL UND KAMILLE

Im Bergischen Land, 28. Dezember 1946

Die Kühe schauten Helmut gelangweilt wiederkäuend zu, während er den Mist auf den Schubkarren schaufelte.

Hier im Stall war es so warm, dass ihm der Schweiß unter dem Hemd über den Rücken rann. Die Muskeln an seinen Schultern brannten, und an den Handflächen hatten sich Blasen gebildet. Doch die Aussicht auf die vereinbarte Entlohnung ließ ihn die Schmerzen augenblicklich vergessen. Wenn er und Mattes es sich richtig einteilten, konnten sie das eine oder andere Pfund Kartoffeln sogar gegen ein paar Kohlebriketts eintauschen. Dazu die sechs Eier und der geräucherte Speck zusammen mit dem Brot und den zwei Steckrüben. Für den Bauern nichts weiter als Almosen, für Helmut zwei Wochen ohne größere Sorgen. Vor allem war er damit nicht allein von den Mahlzeitenzuschlägen im Barackendorf abhängig.

Er lud eine letzte Schaufel auf die volle Schubkarre. Ein Steg aus Holzbrettern führte direkt aus dem Stall über einen mit Schneematsch und Schlamm bedeckten Kehrplatz zu dem dampfenden Kuhmisthaufen.

Draußen schien die Sonne. Seit zwei Tagen waren die Temperaturen wieder angestiegen und lagen nun sogar über dem Nullpunkt. Wie Helmut hatten unzählige Kölner das milde Wetter genutzt, um in die ländlicheren Gegenden rund um die Stadt zu fahren, wo sie in den kleinen Dörfern oder bei Bauern vielleicht die letzten Habseligkeiten gegen Lebensmittel eintauschen konnten. Hamstern nannte man das. Wer nichts zu tauschen hatte, der bot die eigene Arbeitskraft an. Oder bettelte. Etwas, das Helmut niemals über sich und seinen Stolz bringen würde, solange er auch nur einen Arm heben konnte.

Mit einem Stoß leerte er die Karre aus, hielt einen Moment lang inne und dehnte seinen schmerzenden Rücken. Sein Blick glitt über die Hügellandschaft. Der Hof lag zwischen sanften Erhebungen eingebettet. Das grelle Weiß der Schneedecke rundum funkelte und blendete im Sonnenlicht.

Was für eine Idylle. So friedvoll und ruhig und schwer vorstellbar, wenn man in einer der zerstörten Städte lebte. Es schien, als hätte der Krieg hier nie existiert.

Mit zu Schlitzen zusammengekniffenen Augen sah Helmut zur Sonne hoch und machte sich sogleich wieder an die Arbeit. Es war schon fast Mittag, und er hatte mit dem Bauern vereinbart, dass er ihm noch den Zaun bei der Scheune reparierte. Es gab keine Zeit zu verlieren, er musste es heute wieder zurück nach Köln schaffen. Er ließ Mattes nicht gerne allein. Schon seit Weihnachten fühlte der sich nicht ganz wohl und brütete wahrscheinlich eine Erkältung aus. Aber um ehrlich zu sein, war sein Bruder nicht der einzige Grund für Helmuts Eile. Nein, seine Gedanken lagen woanders.

Nach fünf Karrenfuhren war der Stall fertig ausgemistet. Danach brauchte er noch einmal eine Stunde, um das frische Stroh zu verteilen und die Tränke zu reinigen. Eine weitere verbrachte er mit dem Nageln des Lattenzauns.

Die Frau des Bauern hatte die versprochenen Lebensmittel schon bereitgestellt und sogar noch eine Flasche frischer Milch dazugegeben. Ein seltener Glückstreffer, wahrhaftig. Viele Bauern sahen in den verzweifelten Städtern nur Ungeziefer und nutzten deren Lage schamlos aus. Auch Helmut hatte schon einmal einen ganzen Tag umsonst gearbeitet. Als er den Hofbesitzer hatte zur Rede stellen wollen, hetzte dieser sogar den Hund auf ihn.

Nach einem fast anderthalbstündigen Fußmarsch hatte er endlich wieder den kleinen Bahnsteig erreicht, auf dem es von Menschen mit prall gefüllten Rucksäcken, Koffern und Taschen nur so wimmelte. Sie alle drängten in den Zug, der in die Stadt fuhr. Nur die allerwenigsten ergatterten einen Sitzplatz, die meisten standen in den Gängen. Pechvögeln blieben nur die Trittbretter zwischen den Waggons, wo man es vor Kälte jedoch kaum aushielt.

Im vergangenen Herbst waren die Züge so voll gewesen, als würden sie von Horden wimmelnder Ameisen belagert. Die Leute hatten sich sogar an den Türstreben festgehalten oder waren auf die Waggondächer geklettert. Etwas, das bei den jetzigen Temperaturen keiner mehr wagte.

Es war kurz vor Mitternacht, als Helmut den Venloer Wall erreichte. Das Barackendorf lag still und schlafend da.

So leise wie möglich schloss er die Ausgabehütte auf, der Schlüssel lag wie immer in einem kleinen Spalt unter dem Fensterbrett. Ein zweiter Schlüssel, mit dem er und Mattes nachts abschlossen, hing an einem Nagel drinnen, direkt rechts neben der Tür.

Er presste stumm fluchend die Zähne zusammen, als das Türscharnier laut quietschte. Doch als er kurz darauf in die Kammer schlich, schlief Mattes so tief und fest, als könnte ihn nicht einmal ein Presslufthammer aufwecken.

Mit einem leisen Aufstöhnen ließ er den Rucksack von den Schultern gleiten. Seine Glieder rebellierten bei jeder Bewegung.

Vorsichtig trat er näher an die Pritsche heran, legte die Hand auf Mattes' Stirn. Etwas zu heiß, wie erwartet. Bereits am Morgen hatte der Junge erhöhte Temperatur gehabt und sich kaum aus dem Bett raffen können. Sein Atem ging immer noch leicht röchelnd, wie schon seit Tagen, und ab und zu verkrampfte sich seine Brust unter kurzen Spasmen. Der Husten wollte und wollte einfach nicht besser werden.

Trotzdem entspannte ein Lächeln Helmuts Gesicht, als er seinem Bruder die Decke bis zum Kinn hochzog und sie unter der Matratze feststeckte. Zwar hasste Mattes es, bemuttert zu werden, doch er würde ihm gleich morgen früh einen Brustwickel aus einer weich gekochten Kartoffel machen – egal ob mit oder ohne Gezeter.

Sorgsam ordnete er die neuen Vorräte anschließend im Regal hinter der Kammertür. Nach und nach hatte er ihnen ein paar behelfsmäßige Möbel gebaut, damit der Raum wenigstens nicht ganz so nackt aussah. Das Regal war ursprünglich einmal ein alter Bettrahmen gewesen, das Schränkchen für ihre wenigen Habseligkeiten hatte er aus einer Apfelsinenkiste gezimmert, und der wackelige Schemel dort zwischen den Pritschen hielt als Nachttisch her. Darauf stand eine kleine Petroleumlampe, so hatten sie sogar etwas Licht.

Danach streifte Helmut die Schuhe ab und machte sich nicht einmal die Mühe, die Kleider auszuziehen, bevor er unter die Decke kroch.

Morgen war Sonntag. Dann würde er mit Eli in die Stadt gehen. So hatten sie es vereinbart, vorausgesetzt, das Wetter hielt. Er wusste schon ganz genau, was er ihr zeigen wollte: Gürzenich, Alter Markt, natürlich Groß St. Martin – oder besser, was davon noch übrig war. Und er würde mit ihr an die Friesenstraße Nummer 46 gehen. Zu der Ruine des Hauses, in dem seine Familie gewohnt hatte und an dessen Außenmauer noch immer der Schriftzug von Vaters Apotheke hing.

Aus einem Grund, den er gar nicht recht benennen konnte, war es Helmut wichtig, ihr das zu zeigen. In Gedanken stellte er sich vor, wie er ihr die Fassade beschreiben würde. Das Innere der Apotheke mit den vom Alter und der Abnutzung dunkel gewordenen Holzschränken. Und mit dem Geruch nach Pfefferminz, Kampferöl und Bohnerwachs, an den er sich noch immer so deutlich erinnerte, als wäre es erst gestern gewesen, dass er Vater dort an der Theke beim Mischen der Arzneirezepturen beobachtet hatte.

Oder ihre Wohnung im Obergeschoss, mit der nach Süden gerichteten Fensterfront im Wohnzimmer, durch die die Sonnenstrahlen hineinfielen. Direkt auf Mutters Porzellansammlung in der Glasvitrine und die Ottomane im Rokokostil, die zwar furchtbar unbequem, aber Mutters ganzer Stolz gewesen war.

Ja, das alles würde er Eli zu beschreiben versuchen. Es gehörte zum hellen, heilen Teil seiner Vergangenheit. Ihr einen Einblick darin zu erlauben, war für ihn nicht nur Erinnerung, sondern zugleich eine Art Läuterung. Es nahm dem anderen, dem dunklen Teil den Schrecken und verweigerte den Dämonen die Macht darüber.

Eli. In Gedanken sah er wieder ihr von der Kälte gerötetes Gesicht vor sich. Ihre leuchtenden Augen. Die Art, wie ihre Finger mit den Knöpfen des Mantels spielten. Und er spürte wieder, wie sich ihre Locken auf der Haut angefühlt hatten, als sie ihn auf die Wange küsste. Mit der Erinnerung daran fiel Helmut in einen erschöpften Schlaf.

»Und du willst wirklich nicht mitkommen?«, fragte er Mattes am nächsten Morgen.

Der schüttelte bloß gähnend den Kopf und drehte sich auf die andere Seite. »Mag nicht.«

Er hatte noch immer leichtes Fieber und fühlte sich, wie er es ausdrückte, so schlapp wie ein zertretener Regenwurm.

»Na schön. Dann iss wenigstens das Stück Brot und trink die Milch. Die ist frisch.« Er hatte sie sogar vorhin in der Küchenbaracke aufgewärmt.

Mit strengem Blick blieb er so lange vor dem Bett stehen, bis Mattes sich aufsetzte und die Tasse nahm. Erst dann wandte er sich zu dem winzigen Spiegel an der Wand und fuhr sich mit Hand und Kamm durchs Haar. Ein vergeblicher Versuch, er würde nie so geschniegelt und gestriegelt aussehen wie der Engländer.

»Du magst sie also doch? Fräulein Eli meine ich«, hörte er den Jungen sagen.

Helmut hielt mitten in der Bewegung inne, drehte sich um. »Wie kommst du denn darauf?« Jetzt bloß nichts zugeben.

Mattes saß, in die Decke gehüllt, im Schneidersitz auf der Pritsche, lehnte mit dem Rücken gegen die Holzwand und zuckte die Schultern. »Weil du dich sonst nicht so herausputzen würdest.« Er nahm einen weiteren Schluck aus der Tasse.

»Quatsch, ich putze mich nicht heraus, ich kämme mich nur. Etwas, das dir übrigens zur Abwechslung auch nicht schaden würde«, gab er zurück und drehte seinem Bruder demonstrativ den Rücken zu. Fehlte nur noch, dass die Nervensäge die Wahrheit bemerkte.

»Schade. Ich glaube nämlich, dass sie dich ebenfalls mag.«

Nichts anmerken lassen. Ruhig bleiben. Gelassenheit zu demonstrieren war die beste Taktik. Selbst wenn der Puls auf einmal schneller ging.

»Ich bleibe nicht allzu lange weg«, erklärte Helmut stattdessen und wickelte sich den Schal um den Hals. »Du hältst dich warm und machst, wenn irgend möglich, keinen Blödsinn, ja? Iss dein Brot. Und heute Abend gibt es Kartoffeln.« Er wuschelte Mattes durchs Haar, bevor er das Zimmer verließ.

Zu seinem großen Erstaunen wartete Eli bereits draußen auf dem Hof. Sie trug eine Mütze aus rostfarbener Wolle, dazu passende Fäustlinge und einen dicken Mantel. Darunter dunkelbraune Hosen, deren Säume sie in die Wollsocken gestopft hatte, und ihre Füße steckten in robusten Wanderschuhen.

»Guten Morgen«, rief sie und winkte ihm zu. Sie blinzelte, als die Strahlen der winterlichen Morgensonne sie blendeten.

»Guten Morgen.« Mehr brachte Helmut nicht heraus. Er hätte stundenlang hier stehen und sie einfach nur ansehen können. Ob sie überhaupt eine Ahnung hatte, dass sie auf ihn wirkte wie ein Magnet, wenn er in ihrer Nähe war? Wenn sie nur wüsste, wie viel es ihn kostete, sich nichts davon anmerken zu lassen.

»Bereit? Ich habe auch einen kleinen Imbiss dabei.« Sie drehte sich halb zur Seite, damit er den Rucksack auf ihrem Rücken sehen konnte. »Etwas warmen Tee, Nüsse und gedörrte Apfelscheiben.« Erwartungsvoll schlug sie die Hände zusammen. »Wohin geht's zuerst?«

Helmut konnte nicht anders, als zu schmunzeln. So viel Unternehmungsgeist hatte er tatsächlich nicht erwartet. Und sie hatte sogar an einen Imbiss gedacht. Im selben Moment bemerkte er aus den Augenwinkeln eine Bewegung am Fenster der Ausgabebaracke.

Da. Er hatte den Haarschopf ganz genau gesehen. Mattes. Herrgott noch mal, konnte der Bengel denn nie Ruhe geben?

»Lassen Sie sich überraschen«, sagte er zu Eli und zog sie rasch am Ellbogen mit sich.

Zuerst brachte er sie in die nördliche Altstadt, zeigte ihr den Alten Markt und die Ruine von Groß St. Martin. Er beschrieb ihr den charakteristischen Vierungsturm, wie er ihn in Erinnerung hatte, mit den vier eleganten, quadratischen Ecktürmchen und der dreischiffigen Basilika. So gut er konnte, erzählte er ihr von dem Panorama, das sich einem früher unten an der Frankenwerft geboten hatte: Die mehrstöckigen Häuser mit den bunten Fassaden, die so eng aneinandergebaut gewesen waren, dass sie sich gegenseitig fast zu zerdrücken schienen. Die breite Promenade, wo einst die Straßenbahn fuhr, mit dem Schiffsanleger gleich gegenüber. Er beschrieb die engen Gassen der Altstadt, das Rathaus und das jüdische Viertel.

Das Erzählen tat Helmut gut. Während er sprach, war es fast, als läge Köln nicht in Trümmern vor ihnen. Als hätte er seine Heimatstadt nie richtig verlassen. Als wäre alles noch wie früher.

Eli hörte ihm zu, stellte nur ab und zu ein paar Fragen und legte schmunzelnd den Kopf schief, wenn er sich in besonders ausufernden Beschreibungen verlor.

Vor dem Dom setzten sie sich auf die Treppenstufen vor dem Nordturm. Die Sonne hatte den Schnee dort inzwischen schon fast vollständig wegschmelzen lassen. Sie teilten sich eine Tasse warmen Pfefferminztees und knabberten an den Nüssen und Apfelscheiben aus Elis Rucksack.

»Köln war eine sehr schöne Stadt«, sagte sie mit versonnenem Blick.

Helmut nickte. »Ja, das war sie.«

»Und Sie haben nie daran gedacht, von hier fortzugehen? Irgendwohin aufs Land? Mattes hat mir erzählt, Sie hätten Verwandte im Bergischen Land.«

»Eine Schwester unserer Mutter, das stimmt. Aber der Kontakt zu ihr ist schon lange abgebrochen.« Er kaute nachdenklich an einer getrockneten Apfelscheibe und genoss die anfängliche Säure, die sich dann in Süße wandelte und sich auf seiner Zunge ausbreitete. Er hatte ganz vergessen, wie das schmeckte. »Was das Fortgehen betrifft: Ich habe daran gedacht, ja. Doch wohin sollten wir gehen? Im Moment ist die Lage fast im ganzen Land gleich. Außerdem sind wir hier verwurzelt.« Für den letzten Satz wechselte er in den Dialekt: »Mer sin nu ens Kölsche. Mer jehöre heher.«

Eli ließ ein glucksendes Lachen ertönen. Dabei bildeten sich kleine Grübchen in ihren Wangen. Die waren Helmut noch nie aufgefallen, doch sie passten ausgezeichnet zu ihr. Er mochte es, wenn sie lachte. Auch an das warme Gefühl, das sich in seiner Brust ausbreitete, wenn er sie so fröhlich sah, könnte er sich gewöhnen.

»Kommen Sie.« Er stand auf, reichte ihr die Hand. »Ich will Ihnen noch etwas zeigen.«

Der Weg führte vom Dom fast geradeaus nach Westen – zuerst über die Komödien-, dann über die Zeughausstraße. Bis sie schließlich die noch stehende Hausmauer mit der Nummer 46 an der Friesenstraße erreichten.

»Die Apotheke gehört Ihrer Familie?«, rief Eli.

»Mein Urgroßvater hat sie seinerzeit gegründet. In diesem Haus sind Mattes, unsere Schwester Hannelore und ich geboren. Da oben, im zweiten Stock.« Helmut sah hinauf, wo noch der untere Rahmen des elterlichen Schlafzimmerfensters an einem Mauerrest hing.

Er holte tief Atem. Ganz allmählich begannen die Bilder in seinem Kopf wieder Form anzunehmen. Die Trümmer verschwanden, machten seinen Erinnerungen Platz.

Ohne zu zögern, kletterte er auf den Schutthaufen daneben und streckte mit einer einladenden Geste die Hand nach Eli aus. »Willkommen bei den Dreesens. Möchten Sie das Haus sehen?« Und er staunte über sich selbst, als er scherzend hinzufügte: »Stören Sie sich nicht an der Unordnung.«

Sie folgte ihm hinauf. »Dürfen wir das überhaupt?«

»Das will ich doch meinen«, gab er bestimmt zurück. »Gemäß Grundbuchregister bin ich schließlich der rechtmäßige Besitzer.«

Natürlich führte er sie nur gerade so weit, wie die Sicherheit es erlaubte. Der hintere Teil des Gebäudes glich einer verwüsteten Kraterlandschaft, und das Obergeschoss war von der Wucht einer Detonation einfach weggerissen worden. Nur der verkohlte Treppenansatz ragte noch in die Höhe wie die zynische Version einer Himmelsleiter.

»Gleich hier beim Eingang zur Apotheke war eine Empfangstheke. Mutter hat dort manchmal ausgeholfen. Entlang der Wände standen Schränke mit Hunderten von Schubladen. Als Kind habe ich immer versucht, deren kleine, weiße Schilder zu zählen.«

Helmut schluckte, bevor ihm die Wehmut die Kehle hochkriechen konnte. Doch er erzählte weiter. Beschrieb ihr Vaters Büro, die Treppe, deren sechste Stufe immer fürchterlich geknarzt hatte. Ihre Wohnung, die von einem Nebeneingang her direkt zu erreichen gewesen war.

Während er redete, zeichnete er mit den Händen die Details in der Luft nach, stieg über eingestürzte Balken und verkohlte Mauerreste. »Und hier oben war mein Zimmer. Gleich neben dem von Mattes. Das von Hannelore war am anderen Ende des Gangs.« Mit erhobenen Armen deutete er die Richtung an.

Dort, wo jetzt ein Krater klaffte, der so tief war, dass die Sonnenstrahlen nur eine Seite davon erreichten. Die andere Hälfte war noch immer mit einer Schneeschicht bedeckt. Mitten im Geröll ragte ein abgebrochener Holzmast hervor. Ein Stofffetzen hing noch immer daran. Zerrissen und völlig verblichen, sodass die Veilchenmotive darauf kaum noch zu erkennen waren. Der Vorhangstoff von Hannelores Himmelbett.

Langsam ließ Helmut die Arme sinken und hielt atemlos inne. Starrte auf den Fetzen, der dort im Wind flatterte. Augenblicklich roch er den Gestank von Rauch, Dreck und Schwarzpulver.

Vereiste, schneebedeckte Bombenkrater und rundum Trümmer. Der Tuchfetzen. So schmutzig grau wie das zerrissene Hemd, das er hochgehalten hatte, als sie sich in Stalingrad endlich den Sowjets ergaben. So bleich wie die gefrorenen Gesichter der Kameraden, die während des anschließenden Elendsmarschs vor Erschöpfung am Wegrand liegen blieben. Wer Glück hatte, wurde durch einen Kopfschuss erlöst, bevor er elend erfror. Die Kälte. Sie biss sich tief durch die Haut bis auf die Knochen.

»Geht es Ihnen nicht gut?«

Er fühlte die Hand an seinem Arm. Das sanfte Rütteln. Und er hörte Elis Stimme, die wie von weit her durch den Kältenebel drang. »Helmut. Was ist mit dir? So sag doch etwas.«

Es war die Berührung an seiner Wange, die ihn wieder zurückbrachte. Er taumelte.

»Vorsicht. Halt dich an mir fest«, rief sie und schlang stützend den Arm um seine Mitte.

Mit einem Schlag war sein Kopf wieder glasklar, und zugleich wurde er sich ihrer Nähe bewusst. Sie hielt ihn noch immer fest.

Sein Blick fing den ihren auf. Ihre Augen. Er könnte darin versinken, und es würde ihm nichts ausmachen. Wie von selbst legte sich seine Hand an ihr Gesicht.

Er wusste, dass er das nicht tun sollte. Es gab tausend Gründe dagegen und kaum welche dafür. Doch das war Helmut egal, als er sich vorlehnte und Eli küsste.

Ihre Lippen waren so warm und weich, wie er es sich vorgestellt hatte, und sie schmeckten nach Trost. Ihre Wange passte genau in seine Hand.

Sie wich nicht zurück. Stattdessen konnte er sie sogar leise seufzen hören, als seine Finger die Haut hinter ihrem Ohrläppchen streiften. Sie roch nach Kamille. Er fühlte ihren Atem auf seinem Gesicht, ihre Hände an seinem Rücken. Berührungen, die die Seele ertasteten und die Wunden darauf heilen konnten.

Vorn auf der Straße ratterte ein Laster vorbei. Irgendwo in der Nähe veranstalteten Kinder kreischend eine Schneeballschlacht, und eine Frau schimpfte, dass die Rasselbande an einem geheiligten Sonntag gefälligst Ruhe geben sollte.

Um sie herum ging das Leben allem zum Trotz weiter. Helmut wunderte sich, dass er sich nicht darum scherte, ob man sie hier, in aller Öffentlichkeit, sah. Er wollte nicht, dass dieser Moment vorüberging.

Obwohl, so zu denken war egoistisch, auch dessen war er sich bewusst. Eli riskierte dabei viel mehr als er. Trotzdem kostete es ihn alle Selbstdisziplin, die er aufbringen konnte, als er sich von ihr löste und seine Stirn auf die ihre legte. Nur noch einen kleinen Augenblick länger …

»Wir sollten das nicht tun. Wenn dich jemand erkennt. Du könntest Probleme bekommen«, flüsterte er heiser.

Sie schloss die Augen. »Ich weiß.« Ihre Stimme zitterte leicht. Doch sie wandte sich nicht ab, fasste stattdessen nach seiner Hand und hielt sie einen Moment lang fest gegen ihre Wange gedrückt.

Mit einem Ruck trat sie dann zurück, holte tief Atem. Ihre Miene wirkte auf einmal seltsam starr. »Es ist meine Schuld. Es tut mir leid. Ich muss gehen.«

Ohne ein weiteres Wort drehte sie sich um.

»Eli, warte doch«, rief er.

Aber stattdessen kletterte sie über den Trümmerhaufen zurück bis zur Straße. Dabei schlitterte sie einmal beinahe aus, fing sich jedoch gerade rechtzeitig wieder und ging mit gestrafftem Rücken weiter.

Helmut rannte ihr nach, bis er sie einholte. Den Rest des Weges legten sie schweigend zurück. Er hätte Eli nicht derart überrumpeln dürfen. Verdammt, er hatte sich zu sehr von den Emotionen seiner Erinnerungen übermannen lassen. Er war doch normalerweise viel beherrschter.

Er wagte einen verstohlenen Seitenblick, während sie nebeneinander hergingen, konnte ihren verschlossenen Gesichtsausdruck jedoch nicht deuten. Möglicherweise hatte er ihr Verhalten auch völlig falsch eingeschätzt und simple Hilfsbereitschaft für mehr gehalten, als es eigentlich war. Außerdem war da noch dieser Engländer. Was, wenn er sie nun endgültig abgeschreckt hatte?

Kurz vor dem Venloer Wall trat er so nahe neben sie, dass seine Hand die ihre streifte, ohne dass es auffiel. »Dann willst du also nicht mehr mit mir reden?«, fragte er leise.

»Ich habe schon zu viel gesagt«, flüsterte sie. »Das tue ich immer. Ich sage immer das Falsche zu den falschen Leuten im falschen Moment. Das ist sozusagen mein Markenzeichen.« Ungewohnte Verbitterung klang aus ihren Worten.

Helmut schüttelte verständnislos den Kopf. »Das ergibt überhaupt keinen Sinn. Ist es also wegen des Engländers?«

Sie blieb abrupt stehen, starrte ihn an. Dann packte Eli seinen Arm und zerrte ihn von der Straße hinter eine zur Hälfte eingestürzten Hausmauer. Dort, von Blicken geschützt, zog sie ihn am Jackenkragen näher und küsste ihn. Kurz, drängend und atemlos.

»Das hier hat nicht das Geringste mit Trevor oder meiner Arbeit zu tun. Ich hätte es jedoch nicht so weit kommen lassen sollen«, keuchte sie. Mit beiden Händen umfasste sie sein Gesicht und zwang ihn, sie anzusehen. »Denn es ist meine Schuld, dass ich viel zu viel für dich empfinde, Helmut Dreesen. Aber wir dürfen nicht. Es ist besser für uns beide, glaub mir.«

Dass sie viel zu viel für ihn empfand. Die Worte ließen ihn innerlich aufjubeln, fühlten sich jedoch zugleich an wie ein Faustschlag in die Magengrube.

»Etwa, weil ich Deutscher bin?«, stieß er hervor und konnte den bitteren Zynismus in seinem Tonfall nicht unterdrücken.

Doch sie schüttelte nur den Kopf. Ehrliches Bedauern war in ihrem Blick zu lesen, als sie sagte: »Weil auch ich eine Vergangenheit habe. Und weil da noch mein ehemaliger Verlobter Werner ist.«

Sie presste einen letzten Kuss auf Helmuts Lippen, bevor sie sich umdrehte und über die Straße zum Barackendorf eilte.

»Wie war's denn heute?«, fragte Mattes, als Helmut kurz darauf die kleine Kammer in der Ausgabebaracke betrat.

»Ganz in Ordnung«, gab er kurz angebunden zurück und wechselte sofort das Thema. »Hast du etwas gegessen?«

Mattes schüttelte den Kopf. »Keinen Hunger. War zu müde.« Er zog die Decke bis zum Kinn hoch und schloss die Augen, während ein erneuter Hustenkrampf seinen Körper durchschüttelte.

Helmut befühlte seine Stirn. Das Fieber machte ihm jedoch weniger Sorgen als die Tatsache, dass der Junge keinen Hunger mehr verspürte. Mit Mühe brachte er ihn dazu, eine Kartoffel zu essen, die er zuvor in der Küchenbaracke weich gekocht hatte. Morgen würde er Fräulein Sonja um ein fiebersenkendes Mittel aus der Hausapotheke und um etwas Hustensaft bitten.

Später spülte er wie immer die Teller sauber. Verstaute sie ordentlich im Regal und holte frisches Wasser. Wie üblich kontrollierte er dann den Ofen im Vorderraum und schloss dessen kleines Klapptürchen für die Nacht, damit keine Funken herausspringen konnten. Mit dem ausgefransten Tuch, das ihnen als Waschlappen diente, wusch er sich Gesicht und Arme, legte sich dann ins Bett. Alles wie immer.

Doch in dieser Nacht bekam er kein Auge zu. Zum wiederholten Mal ließ er die einzelnen Sequenzen des vergangenen Tages im Kopf Revue passieren. Vor allem die Momente dort in der Ruine seines Elternhauses. Jenen kurzen, süchtig machenden Augenblick, als er Eli geküsst hatte. Das Gefühl ihrer Lippen, ihre Berührungen.

Und dann ihre Reaktion.

Wie hatte sie gesagt? »Es ist meine Schuld, dass ich viel zu viel für dich empfinde, Helmut Dreesen.« Allein die Worte brachten die Wärme und das Licht zurück.

Doch Helmut hatte die Sorge so deutlich in ihrem Blick gesehen, dass er sie beinahe körperlich spüren konnte. Angst vor ihrem ehemaligen Verlobten. Vor diesem Werner.

Sogleich fiel ihm das Telegramm wieder ein, das er damals gefunden hatte. Der Name des Absenders: Werner. Zweifellos derselbe. Er konnte sich ebenfalls noch sehr gut an den Wortlaut und dessen arroganten Unterton erinnern.

Wie, um alles in der Welt, hatte sich Eli überhaupt mit einem solchen Kerl einlassen können?

Er zog die Decke bis unter die Nase, kniff die Augen fest zusammen und zwang das Bild von ihr mit einem anderen Mann aus seinem Kopf. Nicht, weil Werner ihm auch nur in irgendeiner Weise Angst einflößte. Er hatte das abgrundtief Böse miterlebt, das Menschen einander antun konnten. Es gab kaum noch etwas, vor dem er sich fürchtete.

Moment. Das stimmte nicht.

Mit einem heiseren Aufkeuchen riss Helmut die Augen wieder auf, starrte an die Decke, wo das Mondlicht einen hellen Streifen auf die Holzplatte malte.

Es gab zwei Dinge, die ihm sogar eine Heidenangst einjagten: Nicht ausreichend für Mattes sorgen zu können war das eine. Das andere war der bloße Gedanke daran, dass Eli irgendwann aus seinem Leben verschwinden könnte.

Weil er sie brauchte. Weil er sie liebte.

Da war es. Endlich eingestanden und zugegeben. Ja, er liebte sie, und für sie würde er es nicht nur mit Werner, sondern auch mit dem Rest der Welt aufnehmen. Doch er konnte nicht gegen einen Schatten ankämpfen. Mit dieser simplen Erkenntnis wurde ihm bewusst, wie sehr er sich getäuscht hatte. Denn auf einmal war rein gar nichts mehr so wie immer.

30 EIS IM KRUG, BLUT AUF DEM KISSEN

Köln, Jahreswechsel 1946/47

Nein, es war nichts mehr wie immer, denn Helmut dachte ständig an Eli und sorgte sich um Mattes. Trotzdem ging das alte Jahr so still und kalt, dass er gar nicht darüber nachdachte, wie sich sein erster Jahreswechsel in Freiheit überhaupt anfühlte.

In der letzten Dezemberwoche war die Versorgungslage in der Stadt noch prekärer geworden. Suppe aus Brennnesseln und gemahlenem Hühnerfutter gehörte zum Alltag. Die Menschen froren, hungerten und klauten, was immer sie zusammenraffen konnten. Erst recht, als sogar der Kölner Kardinal Josef Frings in seiner Silvesterpredigt den Mundraub für den Notbedarf erlaubte.

Ganze Kohlenzüge wurden von auf den Gleisen stehenden Menschentrauben zum Halten gebracht, während sich die Leute von allen Seiten auf die Waggons stürzten, um Taschen und Körbe mit den begehrten Briketts zu füllen. Kinder kletterten in waghalsigen Aktionen auf vorbeifahrende Kohlelaster und warfen dann den unten wartenden Müttern und Geschwistern die Beute zu. Szenen, die sich täglich überall in der Stadt wiederholten. Man nannte das »Fringsen«.

Mit der zweiten Januarwoche kam auch die Kälte zurück – noch viel unbarmherziger als zuvor: Die Temperaturen sanken bis auf zwanzig Grad unter null. Der Verkehr erlahmte tagelang wegen Glatteis auf den Straßen. Als der Rhein über mehrere Kilometer zufror, wurde auch die Versorgung über die Schiffswege unmöglich.

Die Kälte brachte sogar die Röhren der Wasserleitungen im Barackendorf zum Bersten. Mehr als einmal hatten sie in der Küche schon im Schein von Kerzen kochen müssen, weil der Strom ausgefallen war.

Dagegen wirkte die dünne Eisschicht geradezu lächerlich, die Helmut im Wasserkrug entdeckte, als er am Morgen nach einer Nachtwacheschicht in die Schlafkammer zurückkam.

Er biss die Zähne zusammen, während er das Eis mit den Händen durchdrückte und die Kälte augenblicklich wie Nadeln durch seine Haut drang. Rasch wusch er Gesicht und Hals und rieb sich so schnell wie möglich wieder trocken. Immerhin war die Müdigkeit im Nu verflogen.

Lautes Windheulen ließ ihn den Blick zum Fenster wenden. Das fahle Licht des frühen Morgens erhellte den Raum nur dürftig. Die Scheiben waren über und über mit Eisblumen bedeckt. Außer Schneegestöber und beißender Kälte gab es dort draußen ohnehin nichts mehr. In der Stadt starben wieder Menschen. Dieses Mal nicht wegen Krieg und Bomben, sondern weil sie erfroren.

Eigentlich hätte man annehmen können, dass sich bei einem solchen Wetter niemand nachts hinaustraute und es keine Bewachung des Barackendorfs brauchte. Doch die Verzweiflung der Leute schuf ihre eigenen Gesetze. Vergangene Nacht hatte Helmut schon wieder zwei Männer auf frischer Tat ertappt und verjagt. Die beiden hatten sich mit Brecheisen an den Brettern der Latrinenrückwand zu schaffen gemacht. Das war bereits der dritte Vorfall dieser Art innerhalb nur einer Woche. Die Holzlatten der Baracken waren ein begehrtes Brennmaterial für den Eigenbedarf oder ließen sich zu Wucherpreisen auf dem Schwarzmarkt verkaufen.

Mit einem unterdrückten Stöhnen dehnte er seinen verspannten Rücken und hörte es in den Gliedern knacken. Was gäbe er jetzt für ein warmes Bad. Oder wenigstens einen Kräutertee oder eine warme Suppe.

Helmut brauchte nicht einmal einen Blick ins Regal zu werfen, um zu wissen, wie die ernüchternde Tatsache aussah: Die Vorräte seiner letzten Hamsterfahrt waren nahezu aufgebraucht. Trotz aller Sparsamkeit blieben nur noch etwa ein Pfund Kartoffeln und eine halbe Steckrübe übrig.

Wenn sich das Wetter nur hoffentlich bald besserte, dann könnte er wieder los, um neue Lebensmittel zu beschaffen. Sich jetzt, bei dieser Witterung, auf den Weg zu machen, grenzte fast an Selbstmord. Ganz abgesehen davon, dass zurzeit kaum noch Züge fuhren.

Das hatten die Russen den Deutschen eindeutig voraus, dachte er zynisch. Deren Züge brachten solche Temperaturen noch längst nicht zum Stehen.

Sogleich durchfuhr Helmut ein Schaudern, und er rieb sich seine klammen Hände, um sie aufzuwärmen. Vergeblich. Im Zimmer war es so kalt, dass der eigene Atem als Dampfwolke vor dem Mund aufstieg.

Er wandte sich zu seinem Bruder um. Mattes lag zusammengekauert auf seiner Pritsche. Nur seine knochige, von der Kälte rot geränderte Nasenspitze schaute unter der Decke hervor.

Helmut fühlte schon wieder einen Stich im Magen. Wie mager der Junge geworden war. Die Wangen wirkten eingefallen, und die Augen lagen tief in den Höhlen. Zuletzt hatte er Mattes am Abend der Weihnachtsfeier richtig herzhaft essen sehen. Das war vor mehr als zwei Wochen gewesen.

Er trat näher, kniete neben Mattes' Pritsche nieder. »Aufwachen, du Schlafmütze, es ist schon spät. Du musst aufstehen.« Sachte rüttelte er an der Schulter des Jungen. Wegen der Kälte war die Schule zwar schon seit ein paar Tagen geschlossen, nichtsdestotrotz wollte er nicht, dass Mattes liegen blieb. Bewegung war die einzige Möglichkeit, um den Kreislauf anzukurbeln und sich wenigstens einigermaßen warm zu halten. Dasselbe hatte er damals auch seinen Männern immer gepredigt.

Zur Antwort bekam er nur ein heiseres Stöhnen.

»Komm schon, Mattes. Raus aus den Federn. Dann gehen wir in die Küche und holen uns etwas Suppe. Was hältst du davon?« Zugegeben, der Gedanke war nicht ganz uneigennützig. Die Küche war der wärmste Raum im gesamten Barackendorf und damit Versammlungsort für alle, die hier wohnten und arbeiteten. In den letzten Wochen hatte er Eli kaum zu Gesicht bekommen. Sie und die anderen Mitarbeiterinnen der Hilfsdelegation arbeiteten seit Kurzem noch enger mit den Institutionen für Wohlfahrt und Gesundheit zusammen und besuchten die besonders unterstützungsbedürftigen Familien persönlich in deren Zuhause – so auch Ingeborg und die restlichen Familien dort oben im Dachgeschoss. Das bedeutete für alle noch längere Abwesenheiten tagsüber, und sobald sie abends zurückkamen, zogen sich die Frauen meistens direkt in die Wohnbaracke zurück.

Die beste Gelegenheit, Eli anzutreffen, so hatte Helmut inzwischen herausgefunden, war frühmorgens, wenn sie mit Fräulein Paulchen die Wärme der Küche aufsuchte. Die ideale Möglichkeit, sie zu sehen und mit ihr zu sprechen, ohne dass irgendjemand Verdacht schöpfte.

Er zog Mattes die Decke vom Gesicht und erstarrte mitten in der Bewegung, als er das gerötete, von Fieberschweiß bedeckte Gesicht seines Bruders sah. Auf dem Kissen neben dessen Mund prangten unzählige rostrote Bluttupfen.

»Mattes«, krächzte Helmut.

Doch der Junge bewegte sich nicht.

»Hilfe! Ich brauche Hilfe«, brüllte Helmut und trat mit dem Fuß so heftig gegen die Tür der Wohnbaracke, dass die Scharniere knirschten.

Mattes lag in eine Decke gehüllt in seinen Armen und wirkte auf einmal so erschreckend leicht wie eine Feder. Sein Puls raste, und er glühte vor Fieber. Gott im Himmel, und er, Helmut, hatte nichts davon bemerkt.

Er sah den Schatten einer Bewegung jenseits des Fensters. Die Tür ging mit einem Ruck auf.

»Mattes hat hohes Fieber, seine Atmung ist flach, und er hat in der Nacht Blut gespuckt«, haspelte er Fräulein Sonja entgegen.

Sie schien die Lage mit einem Blick zu erfassen. »Kommen Sie.« Sofort zog sie ihn mit dem Jungen herein. »Bringen Sie ihn in Angelos altes Zimmer. Die erste Tür links im Gang.«

»Helmut?« Zwei Türen weiter hinten trat Eli aus ihrem Zimmer. Hinter ihr steckte Fräulein Paulchen den Kopf aus der Tür.

»Mattes ist krank«, sagte Fräulein Sonja knapp, während sie Helmut zu dem verlassenen Zimmer dirigierte, und rief mit befehlsgewohnter Stimme: »Holt Ruth her. Sie kennt sich am besten mit der Behandlung von Kindern aus. Und jemand soll Doktor Leers rufen. Beeilung.«

Dann ging alles so schnell, dass Helmut gar nicht bewusst wurde, was um ihn herum alles geschah: Irgendwoher zauberte Fräulein Sonja ein frisches Leintuch, spannte es über die gestreifte Matratze. »Legen Sie den Jungen hin. Vorsichtig. So ist's gut.«

»Hier.«

Helmut sah auf, begegnete Elis sorgenvollem Blick, während sie vorsichtig Mattes' Kopf anhob und ein frisch bezogenes Kissen darunterlegte.

Fräulein Ruth kam mit einem Becken voller nach Essig riechendem Wasser und mehreren Stofftüchern herein, befühlte kurz Mattes' Stirn sowie seinen Hals und nickte dann. »Machen Sie seinen Oberkörper frei. Wir müssen das Fieber senken.«

Helmut gehorchte ohne Widerrede. Körperwaschungen mit Essigwasser waren ein altbewährtes Hausmittel gegen Fieber.

Die Schweizerin wusste, was sie tat, das erkannte er an ihren gezielten Handgriffen, während sie Mattes erst den rechten Arm mit dem benetzten Tuch in zwei, drei Strichen vom Handgelenk in Richtung Körper abwusch. Dann folgten der Hals, die Schultern, Brust und Bauch und schließlich noch der linke Arm.

Anschließend deckte sie den Jungen sogleich wieder zu, damit der Körper nicht zu sehr abkühlte, schob jedoch seine Hosenbeine hoch, zog ihm die Socken aus und berührte seine Füße. Mit ernst zusammengezogenen Augenbrauen schüttelte sie den Kopf. »Die Füße sind zu kalt, um Wadenwickel zu machen.«

»Ich hole eine warme Wasserflasche«, rief Eli und eilte aus dem Zimmer.

An ihrer Stelle trat kurz darauf Doktor Leers herein. Er runzelte die Stirn und nickte Helmut zu, sobald er ihn wiedererkannte, richtete die Aufmerksamkeit jedoch sogleich auf Mattes.

»Er hat seit ungefähr zwei Wochen akuten Husten mit zeitweilig leichter Dyspnoe vor allem nachts. Es gab jedoch keine Hinweise auf Schmerzen im Brustbereich«, erklärte Helmut bemüht ruhig, zählte sämtliche nötigen Beobachtungen für die Anamnese auf und schloss mit: »Über Nacht ist das Fieber jedoch weiter gestiegen.« Er schluckte. »Heute Morgen habe ich Blut auf seinem Kissen gefunden.«

»War er öfter bei der Familie Odendahl im Dachstock zu Besuch?«, fragte der Arzt.

»Ja, sie sind alte Bekannte. Nach Kriegsende hat er sogar eine Zeit lang bei ihnen gewohnt«, gab Helmut pflichtschuldigst zurück.

Während der Untersuchung sagte der Arzt kein weiteres Wort. Das brauchte er auch nicht, Helmut besaß selbst genug Basiswissen in Allgemeinmedizin, um die Symptome einigermaßen treffsicher zuzuordnen. Fieber, Husten und Blut im Sputum – die Krankheitsbilder ließen nur eine Handvoll Diagnosen zu, und die waren ausnahmslos bedrohlich.

Doch Helmut weigerte sich, daran zu denken. Nicht, bis er die Bestätigung des Arztes hatte. Solange konnte er sich zumindest vormachen, dass er sich irrte.

Bitte, lieber Gott. Bitte nimm mir den Jungen nicht. Er hat doch nichts getan. Ein stummes Flehen, das in der Hilflosigkeit versiegte.

Als Doktor Leers schließlich zu ihm trat, stand Helmut stramm und verschränkte die Hände hinter dem Rücken. Ein Rückfall in alte Gewohnheiten. Völlig unsinnig, aber es fühlte sich dennoch an wie eine Wappnung.

»Ich brauche Ihnen nichts vorzumachen. Die Lage ist ernst. Sehr ernst«, sagte der Arzt.

Helmut nickte. »Ist es Pneumonie?«

Doktor Leers sah ihn an. »Ich habe ihm ein fiebersenkendes Mittel verabreicht. Aber er muss in ein Krankenhaus.«

»Was hat er?«

»Um eine eindeutige Diagnose zu stellen, braucht es zuerst genauere Untersuchungen. Bis dahin ist jedoch jeder unnötige Kontakt zu unterlassen, um eine mögliche Ansteckung zu vermeiden.«

Nichts als Ausflüchte. Helmut senkte die Stimme zu einem tiefen Grollen. »Was hat er?«

»Er kommt langsam wieder zu sich«, rief Fräulein Ruth. Tatsächlich war vom Bett her ein kehliges Stöhnen zu hören, dann ein erneutes Husten.

Sofort drehte sich Doktor Leers um und hob warnend die Hand. »Gehen Sie nicht zu nahe heran.«

An Helmut gewandt sagte er dann etwas leiser: »In einer normalen Welt würde ich Ihnen beipflichten. Eine Lungenentzündung erklärt das hohe Fieber. Unter Anbetracht der sich in der Stadt ausbreitenden Epidemie kann ich allerdings eine zusätzliche Komplikation nicht ausschließen. Leider besteht die Gefahr, dass Ihr Bruder an tuberkulöser Pneumonie erkrankt ist.«

31 WEISSE PEST

Am Venloer Wall, Januar 1947

Eli sah, wie Helmuts Gesicht vor Schock erstarrte, und fühlte zugleich ihren eigenen Herzschlag aussetzen. Sie hatte nicht lauschen wollen, hatte jedoch zufällig nahe genug gestanden, um Doktor Leers Worte zu hören.

Verdacht auf tuberkulöse Pneumonie.

Ihr Blick fiel auf den im Bett liegenden Mattes. Auf diesen bleichen, mageren Jungen, den sie seit ihrer Ankunft in Köln so sehr ins Herz geschlossen hatte, als wäre er ihr eigener kleiner Bruder. Großer Gott, Mattes.

»Wie schon gesagt, müssen im Krankenhaus noch weitere Abklärungen getroffen werden, bevor eine sichere Diagnose gestellt werden kann – Untersuchungen von Blut und Sputum sowie Röntgenbilder. Falls das Fieber bleibend sinkt, erhöht sich immerhin die Möglichkeit, dass es sich lediglich um das kleinere Übel einer Lungenentzündung handelt«, hörte sie den Arzt sagen. »Sie verstehen jedoch, dass ich alle nötigen Stellen informieren muss. Jetzt ist höchste Vorsicht geboten.«

Helmut fasste sich sogleich wieder und versteifte in militärischer Manier den Rücken. Sein Gesicht war gewollt ausdruckslos. Nur der Muskel an seinem Kiefer zuckte, bevor er nickte und sagte: »Selbstverständlich, Herr Doktor. Tun Sie, was Sie tun müssen.«

Danach ging alles sehr schnell: Der Arzt rief Sonja hinzu und erklärte ihr sowohl seinen Verdacht als auch die Auswirkungen, die sich daraus ergaben. Tuberkulose war hoch ansteckend und wurde direkt von der erkrankten Person durch Husten oder allein schon beim Sprechen auf andere übertragen. Dafür reichte bereits das Einatmen eines Erregers. Sie alle mussten sich daher einer Vorsorgeuntersuchung unterziehen. Am besten in der erst kürzlich neu eröffneten Krankenanstalt drüben im rechtsrheinischen Merheim. Dort wollte Doktor Leers auch Mattes einweisen lassen.

Wenn sie doch nur mit Helmut sprechen, ihm irgendwie beistehen könnte, wünschte sich Eli. Doch nach dem ersten Schreck setzte die allgemeine Hektik ein. Sämtliche Türen und Fenster der Wohnbaracke wurden aufgerissen, um für Durchzug zu sorgen. Ebenso in Mattes' und Helmuts Kammer in der Ausgabehütte. Die Decken auf ihren Pritschen mussten in kochend heißem Wasser gewaschen und Boden sowie Wände des Raums und der restlichen Baracke vollständig mit einer Essiglösung gereinigt werden.

Sie sah Helmut nur einmal ganz kurz. Als Ausrede hatte sie vorgebracht, Mattes etwas Honigmilch gegen den Husten bringen zu wollen. Er saß am Bett seines Bruders, hielt die Ellbogen auf die Knie gestemmt und die Stirn gegen die verschränken Hände gelehnt. Fast, als würde er beten.

Er hob sofort den Kopf, als sie eintrat, und stand auf.

»Ich wollte nicht stören. Hier ist nur etwas Milch mit Honig für Mattes«, erklärte sie.

Mit drei großen Schritten kam er auf sie zu, blieb jedoch in Distanz vor ihr stehen. »Du solltest nicht hier sein. Du könntest dich anstecken.« Damit streckte er die Hand nach dem Becher aus.

»Es ist doch noch gar nicht sicher, dass es wirklich Tuberkulose ist.« Eli schüttelte den Kopf. »Solange wir noch keine Gewissheit haben …«

»Du hast Doktor Leers gehört. Jeglicher Kontakt ist vorsichtshalber zu vermeiden«, fiel er ihr ins Wort.

Sie zuckte innerlich zusammen. Wie kühl und abweisend seine Stimme auf einmal klang. Dann drehte er sich auf dem Absatz um, ohne sie auch nur anzusehen, ging zurück zum Bett und setzte sich mit dem Rücken zu ihr neben Mattes.

Sachte, ganz sachte hob er den Kopf des Jungen und legte ihm den Becher an die Lippen. »Vorsichtig. Einen Schluck nach dem anderen. So ist´s gut«, hörte sie ihn flüstern.

Augenblicklich zog sich ihre Brust schmerzhaft zusammen. »Kann ich denn sonst gar nichts tun?«

»Es ist besser, du gehst jetzt«, sagte er über die Schulter hinweg und senkte den Kopf. Mit einem Mal veränderte sich seine Stimme – wurde sanfter. »Bitte, Eli. Ich will nicht, dass du eine Ansteckung riskierst. Mach es mir doch nicht noch schwerer. Dich ansehen, aber nicht berühren zu können, ist schon Tortur genug.«

Noch am Vormittag wurde Mattes von einem Wagen des Roten Kreuzes abgeholt. Helmut fuhr ebenfalls mit. Er würde sich als Erster untersuchen lassen. Eli und ihre Arbeitskolleginnen waren am Nachmittag an der Reihe. Die Kölner Tuberkulosefürsorge stellte dafür eigens einen Transport zur Verfügung – einen mit einer Plane überdachten Militärlaster.

Niemand von ihnen sagte ein Wort, während sie in dem rumpelnden Fahrzeug über die Rheinbrücke fuhren. Eli schlang sich das Halstuch noch enger um. Die Plane schützte kaum vor der Kälte, und sie fror so erbärmlich, dass ihre Zähne klapperten.

Man erwartete sie bereits in der Krankenanstalt, Doktor Leers musste die Dringlichkeit ihrer Fälle betont haben. Die zwei Krankenschwestern, die sie in den Untersuchungsraum begleiteten, trugen lange, weiße Kittel, Hauben und Mundschutz. Zwei anonyme, gesichtslose Gestalten.

Die Untersuchung selbst dauerte nicht lange: Ein Arzt horchte die Lungengeräusche ab, kontrollierte den Puls und ertastete die

Lymphknoten. Die erste Schwester entnahm die Blut- und Speichelprobe, während die zweite die Kanülen mit einem Namenszettel beschriftete. Zum Schluss folgte eine Röntgenaufnahme des Brustkorbs.

»Bis die Ergebnisse ausgewertet sind, wird es etwas dauern«, sagte die erste Schwester und wies sie in einen kahlen Raum, an dessen Wänden links und rechts je eine Reihe Holzstühle standen.

»Heute Morgen sind zwei Personen eingeliefert worden. Ein fünfzehnjähriger Junge und sein älterer Bruder – Matthias und Helmut Dreesen«, wandte sich Eli an die Schwester.

Diese schüttelte jedoch sogleich den Kopf. »Ich darf Ihnen keine Informationen über die Untersuchungen geben.« Schon zog sie die Tür zu.

»Warten Sie«, hielt Eli sie auf. »Können Sie mir wenigstens sagen, ob das Fieber des Jungen gesunken ist?«

Die Schwester zögerte. Ihre Augen waren von dem hellsten Blau, das Eli je gesehen hatte.

Bedauern lag in ihrem Blick, als sie erwiderte: »Es tut mir leid, das Fieber ist noch immer nicht verschwunden.«

Reglos starrte Eli auf die Tür, die sich leise schloss.

Das Warten schien endlos. Stunde über Stunde. Irgendwann brachte man ihnen wenigstens etwas Wasser.

Eli saß neben Paulchen und umklammerte deren Hand. Nie zuvor hatte sie sich so macht- und hilflos gefühlt. Wenn nichts gegen Mattes' Fieber half, erhärtete sich Doktor Leers Vermutung: Tuberkulöse Pneumonie – wie grässlich allein schon die Bezeichnung klang.

Man nannte Tuberkulose auch Schwindsucht, Weiße Pest oder die Krankheit der Armen. Dass sie vor keiner sozialen Schicht haltmachte, war längst bekannt. Doch nur wer genug finanzielle

Mittel aufbrachte, konnte sich die teuren Medikamente und monatelangen Aufenthalte in Heilanstalten leisten. So war die Lage vor dem Krieg gewesen. Jetzt waren viele der Heilanstalten zwar inzwischen öffentlich zugänglich, jedoch meist hoffnungslos überfüllt. Wer keinen Platz fand, siechte mit völlig unzureichender Behandlung in einer kalten Kellerwohnung dahin. Die explosionsartig gestiegenen Sterberaten der letzten Wochen allein in der Stadt Köln sprachen Bände.

Eli hatte sogar schon munkeln hören, dass die Leichenhallen nicht mehr genug Platz boten, um all die Toten aufzubewahren. Denn man konnte sie nicht einmal begraben, solange der Boden gefroren war. Mancherorts hatte man deshalb sogar begonnen, Grabgruben in die Erde zu sprengen.

Um Gottes willen. Vehement schob sie den Gedanken beiseite und biss knirschend die Zähne zusammen, als sie merkte, wie sehr sie zitterte.

»Was ist mit dir?«, fragte Paulchen mit sorgenvoller Miene. »Hast du etwa auch Fieber?«

Nein, es war kein Fieber. Nur das zehrende Bedürfnis, Helmut zu sehen. Ihn zu berühren. Seine Wärme zu spüren. Ihn zu trösten und sich von ihm trösten zu lassen. Es schien eine Ewigkeit her, seit jenem Tag dort in den Ruinen an der Friesenstraße Nummer 46. Eli zerriss es beinahe innerlich, wenn sie daran dachte, was er gerade durchmachte. Sie wusste, wie sehr er seinen Bruder liebte.

»Das kommt davon«, murmelte Marie auf einmal von der gegenüberstehenden Stuhlreihe her und starrte mit zusammengezogenen Augenbrauen auf die in ihrem Schoß übereinandergelegten Hände.

»Hast du etwas gesagt?« Paulchen beugte sich vor, um besser zu hören.

Marie sah auf. Mit einem Mal wirkte ihr Gesicht verändert. Wie das einer giftspeienden Viper. »Ja, das habe ich«, rief sie.

»Ich sagte, das kommt davon, dass wir diesem Deutschen und seinem Bruder Obdach gewährt haben.«

»Sei still, Marie. Hier ist weder der richtige Ort noch die rechte Zeit für solche Debatten.« Sonjas Stimme war ruhig, der warnende Unterton darin jedoch nicht zu überhören.

Aber Marie hob das Kinn trotzig noch höher. »Nein, ich habe lange genug geschwiegen. Anscheinend bin ich ohnehin die Einzige hier, die die Tatsachen erkennt. Nicht so wie ihr in eurem blinden Eifer.«

»Das reicht jetzt«, rief Sonja scharf dazwischen.

»Wir sind nach Köln gekommen, um den Leuten zu helfen«, fuhr Marie unbeirrt fort. »Und was machen die Deutschen? Sie konnten den Krieg nicht gewinnen, also schleppen sie uns stattdessen Krankheiten ins Haus. Das ist der Dank für unsere Hilfe. Sie waren Nazis, und sie bleiben Nazis. Etwas anderes kann man von denen nicht erwarten.«

Bevor sie überhaupt einen klaren Gedanken fassen konnte, warf sich Eli nach vorn und schlug Marie so fest ins Gesicht, dass ihre Handfläche brannte. »Halt den Mund! Was bist du nur für eine boshafte, kaltherzige Person, dass du so etwas sagen kannst? Mattes könnte sterben«, schrie sie sie an.

Sofort klammerten sich Paulchen und Ruth an ihr fest, zogen sie an den Schultern zurück, obwohl sie sich mit aller Kraft dagegen wehrte und sich loszureißen versuchte. »Schon seit wir hier angekommen sind, verbreitest du deine giftigen Reden. Zuerst gegen Fien und jetzt gegen Helmut«, spuckte sie Marie entgegen. »Wozu bist du überhaupt nach Deutschland gekommen, wenn du die Leute hier doch so sehr hasst?«

»Ich bin nur nicht so verklärt wie der Rest von euch«, gab Marie zurück und stand ebenfalls auf. Ihre Stimme klang schrill. Auf ihrer Wange bildete sich ein roter Abdruck, wo Elis Hand sie getroffen hatte.

»Genug!« Energisch schob sich Sonja dazwischen und drängte Eli mit erstaunlicher Kraft zurück. Dann ließ sie ihren vorwurfsvollen Blick von Marie zu Eli wandern. »Ich dulde weder Schmähreden noch Handgreiflichkeiten unter meinen Mitarbeitern, ihr solltet euch in Grund und Boden schämen. Alle beide. Ich verlange, dass ihr euch beruhigt und wie zivilisierte Menschen benehmt. Und den Vorfall besprechen wir, sobald wir wieder im Barackendorf sind. Verstanden?«

Elis Hals brannte vor all der Wut und Sorge, die sie am liebsten laut herausgeschrien hätte. Doch sie ließ sich von Paulchen zurück zum Stuhl ziehen.

Im selben Moment ging die Tür auf. Die Schwester mit den hellblauen Augen trat herein, dieses Mal ohne Mundschutz, und sagte lächelnd: »Sie können jetzt gehen.«

»Dann sind wir also wirklich nicht infiziert?«, fragte Paulchen, während sie in den Gang hinaustraten.

Die Schwester schüttelte den Kopf. »Die Untersuchungen Ihrer Proben zeigen im Moment zumindest keinerlei Anzeichen auf den Erreger, und die Röntgenbilder sind sauber. Ich empfehle Ihnen jedoch eine Nachuntersuchung in ein bis zwei Wochen.«

Was für eine Erleichterung. Einen kurzen Augenblick lang vergaß Eli sogar, was eben geschehen war.

»Da ist Helmut«, rief Ruth.

Eli fuhr herum, sah ihn dort im Gang auf einer Bank sitzen. Allein.

Er stand sofort auf, als er seinen Namen hörte, hielt dabei Schultern und Rücken gestrafft. Wie er es immer tat, um nach außen hin Haltung und Unnachgiebigkeit zu demonstrieren und gleichzeitig sich selbst und sein Inneres zu schützen. Ja, Eli hatte ihn durchschaut. Der Himmel allein wusste, wie viel es sie kostete, ihm nicht auf der Stelle entgegenzurennen.

»Was ist mit Mattes?« – »Wie geht es dem Jungen?«, fragten Paulchen und Ruth im Chor, noch bevor sie Helmut erreichten.

Er schüttelte den Kopf. »Ich warte noch auf den Arzt.«

»Gut«, sagte Sonja. »Dann warten wir mit Ihnen.« Damit setzte sie sich neben Helmut auf die Bank.

»Das ist wirklich nicht nötig«, erwiderte Helmut und wollte noch weiter ausholen.

Doch Sonja unterbrach ihn mit einem strengen Blick und den Worten: »Ich habe heute schon genug an menschlicher Uneinsichtigkeit erleben müssen, also stellen Sie sich nicht quer, junger Mann. Auch meine Geduld hat Grenzen.«

Die Fassungslosigkeit stand Helmut ins Gesicht geschrieben, aber er setzte sich gehorsam und ohne weiteren Kommentar neben Sonja.

Er fuhr jedoch sogleich wieder auf die Beine, als der Arzt erschien. Ein Mann gesetzten Alters mit ordentlich gestutztem Bart und Seitenscheitel. Er stellte sich ihnen ohne Umschweife als zuständiger Chefarzt der Pathologie vor und wollte Helmut beiseiteziehen.

»Ich habe keine Geheimnisse vor den anderen«, erklärte dieser jedoch und blieb stehen.

Der Arzt nahm die Brille ab und blickte forschend in die Runde. »Also gut«, sagte er dann. Seine Miene strahlte gemessene Ruhe und Erfahrung aus, als er weitersprach. »Kollege Leers meinte, Sie wären angehender Pharmazeut. Dann kann ich also ohne Umschweife mit Ihnen sprechen. Wir konnten eindeutige Tuberkelbazillen in den Speichelproben Ihres Bruders nachweisen, und das Röntgenbild deutet auf eine granulomatöse Entzündung in beiden Lungenflügeln hin.«

Es war, als täte sich vor Eli eine riesige Leere auf, die sie zu verschlucken drohte. Ihr Blick glitt zu Helmut. Er hielt sich noch immer eisern aufrecht, doch seine Miene sprach Bände.

»Das ist allerdings nur das sekundäre Problem«, sagte der Oberarzt mit leiser Stimme. »Unsere Mittel sind knapp. Wir warten sehnlichst auf eine Medikamentenlieferung aus der amerikanischen Zone, doch diese steckt seit zwei Wochen bei den britischen Zollbehörden fest. Da sich zurzeit alle möglichen Infektionskrankheiten ausbreiten, können wir Antibiotika deshalb vorerst nur noch Patienten mit guten bis sehr guten Genesungschancen verabreichen.«

»Und mein Bruder gehört nicht zu dieser Gruppe. Ist es das, was Sie damit sagen wollen?« Die Worte kamen gepresst, aber bemüht ruhig aus Helmuts Mund.

Eli sah, wie er um Beherrschung rang. Er hielt die Hände hinter dem Rücken zu Fäusten geballt. Die Knöchel traten weiß hervor. So unauffällig wie möglich trat sie neben ihn, streifte dabei sanft mit der Hand seinen Unterarm, bevor sie sich wieder zu Paulchen stellte.

Der Oberarzt hielt einen Moment lang inne. »Wir können leider nur hoffen, dass die Briten die Medikamentenlieferung bald freigeben. Bis dahin kann Ihr Bruder hier in der Isolierabteilung bleiben.«

»Das arme Jungchen«, flüsterte Ruth, sobald der Oberarzt gegangen war.

»Können wir denn sonst wirklich gar nichts tun?« Paulchens Stimme zitterte, in ihren Augen schwammen Tränen.

»Nicht ohne die nötigen Medikamente«, sagte Sonja pragmatisch und legte Helmut in einer schlichten Geste die Hand auf die Schulter.

Eli indessen war viel zu aufgewühlt, um einen klaren Gedanken zu fassen. Sie wünschte, diesen Tag hätte es nie gegeben. Sogar der Streit mit Marie war inzwischen völlig unwichtig geworden. Diese hielt sich ohnehin wohlweislich stumm im Hintergrund und saß dort an der äußersten Ecke der Sitzbank.

Als sie Helmuts Blick auf sich spürte, drehte sich Eli um. Er stand an der Wand gegenüber, sah sie an. Dabei ließ er den Schild aus Stand- und Wehrhaftigkeit einen Moment lang sinken. Nur ein winziges bisschen. Jedoch genug, damit Eli die Verletzlichkeit in seinen Augen sehen konnte.

Zwischen ihnen beiden lag nur die Breite des Gangs mit dem Bodenbelag aus hässlich grauem Linoleum.

Nur ein paar wenige, aber unüberbrückbare Schritte.

32 BEGEGNUNGEN

Köln – im Barackendorf am Venloer Wall, Januar 1947

Noch am selben Abend erhielt Eli eine Strafpredigt, wie sie noch nie zuvor eine bekommen hatte. Sonja zitierte sie dafür eigens in die Ausgabebaracke. Die war heute unbewohnt, Helmut hatte darauf bestanden, die Nacht im Krankenhaus zu verbringen, falls bei Mattes eine Änderung eintrat.

Mit streng gerunzelter Stirn stand ihr die Vorgesetzte gegenüber. »Ich bin maßlos enttäuscht von dir. Eine Arbeitskollegin zu schlagen. Um ein Haar hättet ihr euch sogar geprügelt.« Sonja schnalzte mit der Zunge. »Was, um alles in der Welt, ist bloß in dich gefahren? Ich toleriere keine Gewalt, das weißt du genau.«

Es gab keine Entschuldigung dafür, dass sie die Beherrschung verloren hatte, das wusste Eli sehr wohl. Doch leid tat es ihr nicht. Im Gegenteil, sie würde es jederzeit wieder tun. Niemand hatte das Recht, öffentlich über andere zu hetzen. Als ob sie nicht aus der jüngsten Vergangenheit gelernt hätten.

Sie ließ den Rüffel klaglos über sich ergehen und nahm zur Kenntnis, dass sie zur Strafe in den nächsten zwei Wochen die doppelte Schicht an Speisungstouren übernehmen sollte.

»Ich muss nur morgen Nachmittag freihaben«, sagte Eli. »Dafür verzichte ich auch auf die freien Tage in den nächsten zwei Wochen.«

»Meinetwegen. Das ist alles. Du kannst gehen.« Sonja stieß hörbar den Atem aus.

Elis Hand lag bereits am Türgriff, als sie ihre Vorgesetzte sagen hörte: »Noch etwas, Eli.«

Sie wandte sich um.

»Wegen der Medikamente für Mattes … Ich werde morgen früh eine Nachricht an die *Schweizer Spende* nach Bern schicken. Vielleicht kann von offizieller Seite etwas unternommen werden.«

»Das wäre wunderbar.« Eli nickte. Sie selbst hatte jedoch schon längst einen eigenen Plan.

Immerhin eine Genugtuung folgte für Eli am kommenden Morgen, als Sonja erneut alle Mitarbeiter zusammenrief, um ihnen mitzuteilen, dass Marie Köln bereits am selben Abend verlassen würde. Dafür nahm Eli die Doppelschicht gerne in Kauf.

In der Küchenbaracke traf sie auf Fien, die ihr stumm eine Tasse Kaffee reichte. Die Nachricht über die gestrigen Geschehnisse hatte längst auch unter den deutschen Mitarbeitern die Runde gemacht. Bestimmt wusste das ganze Viertel inzwischen Bescheid. Entsprechend bedrückt war die Stimmung überall.

Am Mittag schlang Eli sich in ihrem Zimmer den dicken Wollschal um den Hals und schlüpfte in den Uniformmantel der *Schweizer Spende*. Das machte die Mission offizieller, und sie selbst fühlte sich darin sicherer. Überzeugender. Der Pass lag griffbereit in ihrer Tasche.

Am Empfang der britischen Stadtkommandantur meldete sie sich wie üblich an und entgegnete den Blick des diensthabenden Offiziers mit einem ebenso kühlen Lächeln.

»Sie wollen mit Captain Atkins sprechen?« Der Brite runzelte verwundert die Stirn. »Der ist mit seiner Kompanie hinten auf dem Übungsgelände. Den Gang hinunter bis zum Pavillon, dann die Tür rechts auf den offenen Hof dahinter. Sie können es nicht verfehlen.« Mit dem Daumen deutete er über die Schulter in die besagte Richtung, während er ihr einen abgestempelten, roten Zettel reichte.

Das Übungsgelände bestand aus einem weitläufigen, von Erdhügeln, Holzwällen, Sandsäcken, Fallgruben und Schützengräben durchpflügten Landstück, auf dem rund zwei Dutzend junge Soldaten zu den gebrüllten Befehlen ihrer Vorgesetzten in voller Kampfmontur über Hindernisse kletterten oder unter Stacheldrahtfeldern hindurchrobbten.

»Ich suche Captain Trevor Atkins«, wandte sich Eli an den nächststehenden Soldaten – den zwei pfeilförmigen Linien an seinem Oberarm nach zu urteilen ein Offizier – und hielt ihm den roten Zettel vor die Nase.

Der Soldat würdigte den Zettel keines Blickes, sah sie stattdessen unverblümt an, zog geflissentlich grinsend den rechten Mundwinkel hoch und brüllte dann aus vollem Hals: »Atkins!«

Der Ruf wurde augenblicklich von einem anderen Soldaten weitergegeben. Dann vom nächsten. Und wieder von einem anderen. Man hätte meinen können, es wäre ein Echo.

Es dauerte nicht lange, bis Eli den Uniformierten sah, der mit ausholenden Schritten näher kam.

Trevors Augen wurden groß, als er sie erkannte, und er streifte lachend den Helm vom Kopf. Sein Gesicht war rot vor Kälte. »Eli? Was machst du denn hier?«

Doch er musste es in ihrem Blick gesehen haben, denn bevor sie überhaupt etwas sagen konnte, wurde seine Miene schlagartig ernst.

Sanft, aber unerbittlich schob er sie zurück in den Pavillon, den die Briten zur Offizierskantine umfunktioniert hatten. Schon kam ein Ordonnanz-Soldat herbeigerannt, um die Bestellung aufzunehmen.

Trevor drückte sie auf einen Stuhl, bestellte Tee für zwei Personen und setzte sich ihr gegenüber. »Was ist passiert?«

Eli hatte die ganze Nacht lang darüber gegrübelt, wie sie ihm die Bitte vorbringen sollte. Entgegen seinem Versprechen hatte Trevor sich seit dem Tag nach Weihnachten nicht mehr bei ihr gemeldet. Natürlich konnte er tatsächlich zu beschäftigt gewesen sein. Was aber, wenn sie ihn in seinem Stolz verletzt hatte und er sie deshalb nicht hatte sehen wollen?

Lange um den heißen Brei herumzureden machte jedoch weder Sinn noch blieb dafür Zeit. »Es geht um Mattes. Du erinnerst dich an ihn?«, fing sie an, erklärte in knappen Worten, was geschehen war, und vermied dabei jede noch so kleine Erwähnung von Helmut.

Trevor hörte ihr schweigend zu, sah nicht einmal auf, als die Ordonnanz den weißen Porzellanteekrug mit zwei Tassen auf den Tisch vor sie hinstellte.

Erst nachdem sie geendet hatte, lehnte er sich im Stuhl zurück und holte tief Atem. »Hast du überhaupt eine Ahnung, was du da von mir verlangst?«

»Ich weiß, ich habe dich verletzt, und das tut mir unendlich leid. Aber Mattes hat nicht das Geringste mit der Sache zwischen dir und mir zu tun.«

»Eli.«

Doch sie ließ ihn nicht zu Wort kommen. Er musste ihr zuhören. Mattes lief die Zeit davon. »Wir brauchen deine Hilfe. Wenn die britischen Zollbehörden die Medikamente nicht freigeben, dann könnte er …«

»Eli.« Er beugte sich vor, legte die Hand auf ihren Arm. Erst das brachte sie zum Schweigen.

Er nutzte die Gelegenheit sofort und sagte: »Hältst du mich wirklich für so armselig und meinst, ich würde dir meine Hilfe abschlagen, nur weil du mir einen Korb gegeben hast?« Er schnaubte empört.

Sie senkte den Blick. »Du hast dich nicht mehr gemeldet.«

»Weil mir die Rekruten da draußen das Leben schwer machen und mich rund um die Uhr auf Trab halten, als wäre ich ihr Kindermädchen.« Mit dem Kinn deutete er auf die Männer, die jetzt draußen in Reih und Glied standen. »Deshalb habe ich mich nicht bei dir gemeldet, Eli, aus keinem anderen Grund.«

Mit einem theatralischen Aufseufzen fügte er noch hinzu: »Natürlich hat mein Stolz drei Tage lang völlig in Trümmern gelegen. Aber ich bin nun mal ein Gentleman und damit in keinster Weise nachtragend.«

»Dann kannst du uns also helfen?«, ließ Eli nicht locker.

Sofort wurde Trevors Miene wieder ernst. Er goss zuerst Eli, dann sich selbst Tee ein, nahm einen Schluck aus der Tasse und lehnte sich wieder im Stuhl zurück, sein Blick hielt dabei dem ihren stand. »Man könnte mir Favoritismus vorwerfen, wenn ich das tue.«

»Du rettest damit Mattes möglicherweise das Leben. Ihm und vielen anderen«, wandte sie unerbittlich ein.

Er sah sie über den Rand seiner Tasse hinweg an. Dabei hob sich seine Augenbraue vorwurfsvoll in die Höhe. »Das ist ein ziemlich unfaires Argument.«

»Aber die Wahrheit.« Hastig kramte sie Zettel und Bleistift aus der Tasche, kritzelte den Namen der Krankenanstalt darauf und schob ihm den Zettel über den Tisch zu. »Bitte, Trevor.«

Hinter ihnen ging die Tür auf. Eisige Luft strömte von draußen herein und brachte einen jungen, pausbäckigen Soldaten mit sich. »Captain Atkins, Sir«, rief er und salutierte übereifrig. »Sie sollten besser kommen und nach dem Rechten sehen, Sir. Miller hat sich anscheinend die Nase gebrochen. Jedenfalls blutet er wie eine abgestochene Sau, Sir.« Im selben Moment wurde er Eli gewahr, erbleichte und fügte etwas leiser hinzu: »Nichts für ungut, Miss.«

»Ich komme gleich«, rief Trevor über die Schulter zurück und schloss, um Beherrschung bemüht, einen Moment lang die Augen, bevor er die Tasse wieder absetzte und murmelte: »Dem Himmel sei Dank haben wir den Krieg bereits gewonnen. Mit diesen Tölpeln wäre Britannien sonst verloren.«

Er erhob sich, nahm den Zettel und steckte ihn in seine Brusttasche. »Ich werde sehen, was ich tun kann, aber ich verspreche nichts.«

Eli stand ebenfalls auf. Vor lauter Dankbarkeit wäre sie ihm am liebsten um den Hals gefallen, doch sie hielt sich zurück. »Danke.«

Bevor er sich zum Gehen wandte, hielt er inne, sah sie an. Dann schüttelte er den Kopf. »Weiß dieser Helmut überhaupt, was für ein verdammtes Glück er hat?« Damit setzte er den Helm auf und ging.

Eigentlich hatte Eli nur kurz ins Barackendorf zurückgehen wollen, um sich umzuziehen, bevor sie nach Merheim fuhr. Doch sie bemerkte die Hektik sofort.

»Marie ist verschwunden, ohne sich zu verabschieden. Dabei hätte sie eigentlich noch die Speisungstour am Nachmittag begleiten sollen. Und jetzt sind auch noch drei der deutschen Helferinnen krank«, keuchte Ruth, während sie die Thermophore auf die Lade des Lasters hievte.

Kurz entschlossen packte Eli mit an, begleitete an Maries Stelle die Tour und kam erst wieder zurück, als es schon längst dunkel war.

»Mattes' Zustand ist unverändert«, sagte Sonja mit ernstem Gesicht, als sie beim späten Abendessen im Aufenthaltsraum versammelt saßen. Immerhin sie war zusammen mit einem Vertreter der Tuberkulosefürsorge nach Merheim gefahren, um nach dem Rechten zu sehen und Helmut etwas zu essen zu bringen.

Die fehlenden Hände machten sich auch in den folgenden Tagen bemerkbar, sodass alle im Barackendorf doppelt und dreifach mit anpacken mussten. Sogar Fien begleitete nun die Speisungstouren und Hausbesuche, und Eli ließ die Buchführung liegen, um stattdessen in der Nähstube auszuhelfen oder ihre Doppelschicht an Touren zu erledigen.

Ihr Alltag war so hektisch, dass sie es trotz der Kälte geradezu genoss, als sie eines Abends nach einem Hausbesuch zu Fuß zum Barackendorf zurückging.

Ah, diese herrliche Stille. Ausnahmsweise war es sogar windstill, und man hörte nicht einmal das übliche Heulen, wenn ein Luftzug durch die Ruinen pfiff.

Eli atmete langsam aus. Im Schein der Taschenlampe wirkte ihre Atemwolke fast wie echter Rauch.

Wie von selbst wanderten ihre Gedanken zu Helmut. Seit ihrer Untersuchung in Merheim vor fünf Tagen hatte sie ihn nicht mehr gesehen.

Er sei vorgestern kurz im Barackendorf vorbeigekommen, um seine geplanten Nachtwacheschichten neu zu organisieren und sich um einen Ersatz zu kümmern. Sie war jedoch auf einer Speisungstour gewesen und hatte ihn verpasst.

Trotzdem lächelte sie in der Dunkelheit. Es sah ihm ähnlich, dass er trotz all seiner Sorgen noch an seine Pflichten dachte.

Eine eingestürzte Mauer blockierte Eli den Weg, und sie wechselte die Straßenseite. Da vorn konnte sie in der Dunkelheit bereits die Umrisse des Brückenpfeilers am Westbahnhof erahnen. Bis zum Venloer Wall war es nicht mehr weit.

Wie es Helmut wohl ging? Sie vermisste ihn. Seine Stimme. Seine bloße Anwesenheit.

»Well, well, well. Wen haben wir denn da?«, ertönte die alkoholschwere Männerstimme auf einmal zu Elis Linken.

Sie wich sofort zurück, richtete die Taschenlampe in die Richtung, aus der die Stimme gekommen war, und erkannte die Uniform. Ein englischer Soldat.

Den zweiten Mann bemerkte sie hingegen erst, als der sie von hinten packte.

33 DER MANN, DER KINDERBETTCHEN BAUT

Köln – in der Nähe des Westbahnhofs,
Ende Januar 1947

Eli wollte schreien, doch der Kerl presste ihr die Hand auf den Mund.

Sie versuchte, sich in seinem Griff zu wehren, wand sich verzweifelt, schlug die Fingernägel in seine Hand.

Er lachte nur. »Mais non, Minette. Kein Grund, gleich die Krallen auszufahren. Mein Freund und ich wollen nur etwas Spaß haben«, keuchte er ihr in gutturalem Französisch ins Ohr. Mit dem anderen Arm hielt er ihren Brustkorb fest umklammert.

»Sie ist eine kleine Wilde.« Der Brite kam näher. »Das mag ich.«

Ihre Taschenlampe war zu Boden gefallen, beleuchtete sein Gesicht, das aussah wie eine unheimliche Fratze. Sein Lächeln entblößte zwei Reihen makelloser Zähne, während er so dicht vor Eli stand, dass sie den Alkohol in seinem Atem riechen konnte.

Ekel drückte ihr die Kehle zusammen.

»Dann wollen wir doch mal sehen, was sich unter diesen dicken Kleiderschichten verbirgt.« Er streckte die Hand aus, begann, ihren Mantel aufzuknöpfen.

Mit aller Kraft trat Eli nach ihm, versuchte, ihm ins Gesicht zu schlagen. Aber er wich mühelos aus.

»Ça suffit. Das langweilt mich«, knurrte der Mann hinter Eli und riss sie mit einem Ruck herum, sodass sie direkt vor einer Hauswand zum Stehen kam, presste ihre Brust mit seinem Gewicht dagegen.

Die kalte Mauer scheuerte schmerzhaft gegen Elis Wange. Immerhin war ihr Mund jetzt frei. Sie schrie, so laut sie konnte.

»Willst du wohl damit aufhören.« Sogleich stopfte ihr der Brite einen Lappen in den Mund.

Sie würgte, wimmerte und schrie gegen den Knebel an. Gierige Hände zerrten den Mantel hoch, begrabschten ihren Hintern und machten sich am Hosenbund zu schaffen.

Anstrengung und Panik raubten Eli den Atem. Vor ihren Augen verschwamm alles in Dunkelheit und Tränen. Blutrauschen in den Ohren. Die eigenen Schreie hallten in ihrem Kopf wider.

Sie fühlte den plötzlichen Ruck, als das Gewicht des Mannes hinter ihr abfiel und die tastenden Hände verschwanden. Ihre Beine gaben nach, sie sank die Hausmauer entlang nieder. Dann hörte sie ein dumpfes Aufklatschen. Ein Stöhnen, gefolgt von einem Ächzen.

Angeekelt spuckte Eli den Lappen aus, holte befreit Luft. Erst dann wagte sie einen Blick über die Schulter und blinzelte. Ihr Verstand begriff nicht. Der Lichtstrahl der Taschenlampe. Drei schemenhafte Gestalten. Einer davon lag stöhnend am Boden.

Harsches Keuchen. Ein dumpfer Aufschlag.

Eli sah eine weitere Gestalt zu Boden sinken.

Dann hörte sie die Stimme. Helmuts Stimme. »Eli! Bist du verletzt?« Im nächsten Moment war er bei ihr, riss sie in die Arme.

»Ich – ich glaube nicht.« Mehr brachte sie nicht hervor, während sie das Gesicht an seiner Brust versteckte und sich an ihm festklammerte.

Vorsichtig half er ihr auf. »Wir müssen hier weg, bevor die Kerle wieder auf die Beine kommen. Kannst du gehen?«

Ihr gelang ein Nicken. Stolpernd ließ sie sich mitziehen. Erst als sie den Westbahnhof hinter sich gelassen hatten und Helmut anscheinend sicher war, dass niemand sie verfolgte, führte er Eli in eine windgeschützte Ecke eines Innenhofs. Dort zog er sie atemlos an sich.

»Dir fehlt wirklich nichts?« Mit fahrigen Händen tastete er ihr Gesicht ab, ihre Schultern, hielt sie dann in seinen Armen und ließ sie nicht mehr los. »Als Fräulein Paulchen mir vorhin gesagt hat, du hättest zu Fuß zurückgehen wollen, ist mir fast das Herz stehen geblieben. Ich bin sofort los, um dir entgegenzukommen.«

Sachte hob er ihr Gesicht an. »Tu das nie wieder, Eli, versprich es mir.« Auch wenn sie seine Miene im Halbdunkel kaum erkennen konnte, spürte sie deutlich die Sorge darin.

»Versprochen.« Sofort verbarg sie das Gesicht wieder in den Falten seiner Jacke. Sie konnte das Trommeln seines Herzens hören. Jenes stetige, verlässliche Klopfen, das ihre Gedanken allmählich wieder beruhigte. Erst nach und nach wurde ihr bewusst, was genau geschehen war.

»Das waren ein britischer und ein belgischer Soldat«, flüsterte sie.

Helmut strich ihr tröstend übers Haar. Seine Stimme klang ruhig und völlig sachlich, als er sagte: »Eine Uniform verleiht Macht und bringt oft genug das Widerwärtigste in einem Menschen hervor. Egal, unter welcher Flagge sie getragen wird.«

Ein Brite und ein Belgier. Die, die von sich behaupteten, sie wären die Befreier gewesen. Im Vorbereitungsseminar hatte man sie vor Übergriffen gewarnt, die leider seitens Militärpersonal in sämtlichen Besatzungszonen immer wieder vorkamen. Die Tatsache brachte ihr bereits lädiertes Weltbild einmal mehr ins Wanken. Über Gut und Böse entschied nicht die Nationalität, sondern der Mensch dahinter. Dazwischen lagen die Opfer, die sich nicht wehren konnten und über die niemand sprach, weil die Scham zu groß war. Ein Schauder durchfuhr sie.

Helmut bemerkte es sofort. »Du frierst. Ich bringe dich zurück zum Barackendorf.« Schon wollte er sich von ihr lösen.

Doch sie klammerte sich an ihm fest. »Warte. Einen Moment noch.« Nur noch einen kurzen Augenblick länger seine Nähe spüren – sich beschützt und sicher fühlen und die grässliche Welt da draußen vergessen.

Im selben Atemzug fuhr sie alarmiert auf. »Die Soldaten können dich anzeigen. Was, wenn sie das tun?«

»Die Kerle sind zu betrunken, um sich morgen überhaupt noch an irgendetwas zu erinnern. Außerdem war es dunkel. Mach dir keine Sorgen.«

Aber sie war alles andere als beruhigt. »Wie kommt es überhaupt, dass du hier bist und nicht im Krankenhaus? Ist etwas mit Mattes?«

Seine Fingerspitzen waren erstaunlich warm, als er über ihre Stirn strich. »Im Gegenteil. Ich wollte zur Abwechslung gute Nachrichten überbringen«, sagte er. Sie hörte es seiner Stimme an, dass er lächelte. »Die Medikamentenlieferung ist endlich angekommen. Sie haben Mattes heute Nachmittag die erste Dosis Penizillin und Streptomycin verabreicht.«

»Wo hast du denn bloß so lange gesteckt? Wir haben uns schon Sorgen gemacht«, rief Paulchen und kam ihr mit offenen Armen und gefolgt von Sonja und Ruth entgegen, sobald Eli die Wohnbaracke betrat. Ihre Augen weiteten sich vor Schreck. »Und was ist mit deiner Wange? Die ist ja ganz wund geschürft.«

Eli winkte mit einer wegwerfenden Geste ab. »Ach, das. Ich bin ausgerutscht und hingefallen. Alles halb so schlimm, wirklich.« Rasch drehte sie sich um. »Ich will nur kurz Mantel und Schuhe ausziehen. Habt ihr schon gegessen? Ich habe einen Bärenhunger.« Damit ging sie zu ihrem Zimmer. Hoffentlich bemerkte niemand, wie ihre Hände zitterten. Sie musste sich waschen, musste den Gestank nach Alkohol und grabschenden Händen loswerden. Dann würde sie sich besser fühlen, und alles wäre wieder in Ordnung. Niemand brauchte davon zu erfahren. Sie hätte ohnehin niemals auf die Idee kommen sollen, allein im Dunkeln nach Hause zu gehen. Es war ihre eigene Schuld. Sie hätte es besser wissen müssen.

Als sie nur wenig später in den Aufenthaltsraum zurückkam, hörte sie gerade noch, wie Helmut die Neuigkeiten auch den anderen mitteilte. Die Erleichterung war so riesig, dass Sonja ihn zur Feier des Tages kurzerhand zum Abendessen einlud. Wenn er heute schon allein in der kalten Ausgabebaracke schlafen musste, so sollte er das wenigstens mit vollem Bauch tun, meinte sie.

Es war den guten Nachrichten und dem allgemeinen Hunger zu verdanken, dass während des Essens niemand mehr Eli oder ihrer aufgeschürften Wange Beachtung schenkte. So brauchte sie wenigstens keine weiteren Erklärungen abzugeben. Es kostete sie ohnehin schon genug Kraft, die Taubheit und den Schock zu verbergen.

Am Tisch sitzend knabberte sie pflichtschuldig an ihrem Butterbrot und tat, als wäre nichts geschehen. Sie lachte sogar mit den anderen mit, als Ruth ein Tropfen Erdbeermarmelade in den Kaffee plumpste.

In Gedanken hörte sie jedoch noch immer die Stimmen der beiden Männer. Spürte ihre Hände. Den Ekel und die Panik.

Eilig stellte Eli die Tasse ab, weil ihre Hand so sehr zitterte, dass sie um ein Haar etwas Kaffee verschüttet hätte.

Sie hob den Kopf und begegnete Helmuts Blick, der sie beobachtete. Immerhin gelang ihr ein Lächeln. Sie hatte gar nicht gewusst, dass sie so gut schauspielern konnte.

Später in ihrem Zimmer stellte sie sich schlafend, lauschte Paulchens regelmäßig werdenden Atemzügen. Leise schlüpfte Eli dann aus dem Bett, häufte ein paar Kissen unter die Decke, damit es den Anschein hatte, als läge tatsächlich jemand da. Bei dieser

Kälte schliefen Paulchen und sie in ihren Kleidern, sie brauchte sich also nicht einmal mehr anzuziehen. Bevor sie das Zimmer verließ, nahm sie Schal und Mantel, schlich auf Zehenspitzen hinaus.

Sobald ihr jedoch draußen die Kälte der Nacht mit Unbarmherzigkeit entgegenschlug, hielt sie einen Moment lang inne. Was machte sie eigentlich hier? War sie noch ganz bei Trost, dass sie freiwillig riskierte, entdeckt und auf direktem Weg nach Zürich zurückgeschickt zu werden? Und noch dazu nach einem Erlebnis wie dem von eben.

Die Antwort hatte rein gar nichts mehr mit Verstand oder Logik zu tun. Sondern einzig mit diesem dringenden Bedürfnis nach Nähe zu dem Mann, der Kinderbettchen aus Lattenkisten baute. Der sich trotz der eigenen misslichen Lage um eine andere Familie kümmerte, weil er es für seine Pflicht hielt. Der aufopfernd einen Hund versorgte, wohl wissend, dass es so gut wie hoffnungslos war. Der Mann, dessen bloße Anwesenheit sie schon beruhigte, weil er, wie kein anderer, ihr das Gefühl von Sicherheit und Vertrauen vermittelte.

Der Außenschlüssel lag wie immer im Spalt unter dem Fensterbrett. Die Scharniere quietschten, als Eli die Tür öffnete und eintrat. Im Rohrofen direkt neben der Ausgabetheke flackerte ein Feuer. Seine Wärme verdrängte die Kälte.

Dann sah sie Helmut. Er stand ein paar Schritte von der Tür entfernt, seinen Knüppel – zur Verteidigung bereit – in den Händen.

Sobald er sie erkannte, ließ er den Holzprügel fallen, kam auf sie zu. »Eli.« Seine Stimme war ein heiseres Flüstern.

Mehr brauchte sie nicht zu hören, bevor sie ihm entgegeneilte. Er fing sie auf, küsste sie, umfing sie mit seiner Umarmung. Wie ein warmer Schutzschild gegen alle Kälte der Welt.

34 FRIEDEN

In der Ausgabebaracke des Schweizer Dorfs, Ende Januar 1947

Ihr Kuss war atemlos. Helmut erwiderte ihn mit demselben Hunger. Die Haut an ihrem Hals – Gott, sie roch so gut.

Mit fahrigen Fingern knöpfte sie ihren Mantel auf, streifte ihn von den Schultern. Trotz der dicken Winterkleidung konnte er ihre Rundungen ertasten: die Hüften, die Taille, die kleine Einbuchtung unter ihren Rippen.

Ihre Hände fanden den Weg unter seinen Wollpullover und das Unterhemd. Er stieß den Atem aus, als sie die nackte Haut an seinem Bauch berührte. Das Prickeln rieselte durch seinen ganzen Körper.

»Willst du das wirklich?«, keuchte er gegen ihre Lippen und verfluchte sich zugleich für den Anflug von Ritterlichkeit und dessen völlig beschissenen Zeitpunkt. Als ob er sich jetzt überhaupt noch zurückhalten könnte, er hatte noch nie eine Frau so sehr gewollt wie Eli.

Doch gerade deshalb musste er ihr diese letzte Möglichkeit geben. Der Schock über das Erlebte war noch frisch. Er kannte die Zeichen, er hatte sie auf ihrem Gesicht gesehen, obwohl sie sie erstaunlich geschickt kaschierte. Würde er ihr die Wahl nicht lassen, wäre er keinen Deut besser als die Mistkerle, die sie angegriffen hatten.

Ihr Atem ging in Stößen, während sie ihn ansah. Einen schier nie enden wollenden Moment lang. Dann trat sie langsam zurück, zog sich den gestrickten Pullover über den Kopf und zerrte das Hemd darunter aus den Hosen. So blieb sie vor Helmut stehen, knetete die Säume der viel zu langen Ärmel in den Händen. Im Schein des Ofenfeuers wirkten ihre Augen groß und glänzend. Das offene Haar schmiegte sich um ihre Wangen, fiel in Wellen bis zum Halsansatz. Eine Locke lag direkt auf der Kuhle beim Schlüsselbein.

Helmut schluckte. Er hatte noch nie etwas Schöneres gesehen. Und sie hatte ihm die Antwort gegeben.

Er brauchte nur eine einzige Bewegung, um seinen eigenen Pullover loszuwerden und Eli an sich zu ziehen. Hastig. Fiebrig. Mund auf Mund.

Es war kalt im Raum, doch das spielte keine Rolle. Helmuts Hände und Lippen fanden den Weg auch trotz der Kleider, während er mit Eli zu Boden sank. Dort, direkt neben dem Ofen unter dem Tisch der Ausgabetheke. Wo es am wärmsten war und die Hinterwand der Theke vor der Zugluft schützte.

Er hätte ihr einen bequemeren Ort gewünscht. Mit einem richtigen Bett und sauberen, weichen Laken. In einem echten Zimmer, in seinem eigenen Haus. Alles, was er ihr nicht bieten konnte. Trotzdem war Eli zu ihm gekommen, lag hier in seinen Armen und wimmerte leise, während er seine Finger unter dem Hemd über ihre Brüste, über den Bauch und den Nabel kreisen ließ und ihr dann vorsichtig die Hose hinunterschob. Er küsste die sanfte Rundung ihrer Hüfte, schmeckte das Salz auf ihrer Haut.

Ja, sie hätte so viel mehr verdient. Und doch sah sie ihn unerschrocken an, sobald er sich auf sie legte. Ihre Wangen waren gerötet und die Lippen geschwollen. Er würde sich nie an diesem Anblick sattsehen können.

Wortlos legte Eli die Hand an sein Gesicht. Ihre Augen weiteten sich, als er vorstieß, doch sie hielt den Blick aufrecht. Ließ nicht los. Ein stummes Versprechen.

Helmut wollte daran glauben. An die Wärme, die sich auf einmal tief in seinem Bauch und seiner Brust ausbreitete, die die Narben auf Haut und Seele glättete und ein völlig neues Gefühl von Hoffnung mit sich schwemmte. Ihre Lippen. Sie hatten den Geschmack von Leben, und er trank gierig davon.

Ihm entfuhr ein kehliges Keuchen, als er ihr Erzittern spürte. Er griff nach ihrer Hand, sah das atemlose Staunen in ihrem Gesicht. Seine starke, tapfere Eli. Sein Licht. Seine Verheißung von Frieden.

Und er staunte, wie simpel und gewaltig zugleich es sich anfühlte, als er selbst den Höhepunkt erreichte und die Mauer tief in seinem Innern brach.

In Helmuts Bettdecke und Elis Mantel gehüllt und gegen die Rückwand der Theke gelehnt, lagen sie dann vor dem Ofen, genossen die letzte Spur von Wärme.

Wie seltsam, dass sich seine ganze Welt auf diesen einen, von rötlichem Glutschein erhellten Raum reduzieren konnte, wunderte sich Helmut.

Das Zitat von Franz Kafka, das er Eli in die Schatulle gelegt hatte, fiel ihm wieder ein.

An diesem Ort war ich noch niemals:
Anders geht der Atem, blendender als die Sonne
Strahlt neben ihr ein Stern.

Eli lag, den Kopf an seine Schulter geschmiegt, neben ihm. Ihre Finger spielten mit den Härchen auf seinem Handrücken. Bei ihrem Anblick fühlte er, wie sich erneut die Wärme in der Brust ausbreitete.

Sachte küsste er ihren Scheitel, schlang den Arm noch enger um sie und holte tief Atem. »Erinnerst du dich?«, flüsterte er. »Vor ein paar Monaten hast du mir angeboten zuzuhören, sollte ich mit jemandem reden wollen.« Er erschrak im selben Moment. Was, zum Teufel, machte er da?

Eli hob sofort den Kopf und drehte sich zu ihm um.

Wie sehr er dieses Gesicht liebte. Ihre Augen und ihr Lächeln. Nein, sie durfte die Wahrheit nicht kennen. Sie würde ihn hassen, ihn schlimmstenfalls nur noch als einen Verbrecher ansehen. Wollte er das wirklich riskieren?

Schuldete er ihr andererseits nicht die Wahrheit, gerade weil er sie liebte? Vielleicht könnte sie ihn dann besser verstehen, seine Reaktionen begreifen. Er vertraute ihr doch. Wenn nicht ihr, wem dann?

Zugleich war es aber so viel einfacher, zu schweigen. Irgendwann würde er bestimmt vergessen können, und niemanden brauchte es mehr zu kümmern.

Doch zu spät. Sie hatte sich bereits hingesetzt und nickte nun ernst. »Ich erinnere mich. Das Angebot steht immer noch.«

Er fuhr sich mit beiden Händen durchs Haar. Er war ein Idiot – ein elender, schwachsinniger Idiot. Warum hatte er nicht einfach den Mund halten können? Tief in seinen Gedanken hörte er die Geister der Vergangenheit schon hämisch wispern. Das hatte er nun davon, dass er die Mauer hatte brechen lassen.

»Helmut?«

Energisch schüttelte er den Kopf. »Nein. Nein, es geht nicht.« Die Kälte kam schleichend zurück, er konnte es fühlen.

Schon wollte er aufstehen. Aber sie griff nach seinem Arm, hielt ihn mit dieser simplen Geste zurück. »Ich bin hier. Und ich gehe nicht weg, was auch immer du erzählst«, sagte sie sanft.

Er wollte ihr so gerne glauben.

»Warte.« Rasch stand sie auf, ging zum Ofen und legte ein zweites Kohlebrikett sowie Zunder nach. Sogleich setzte sie sich wieder neben Helmut, nahm seine Hand, verschränkte ihre Finger mit seinen. Eine warme, vertrauliche Berührung.

Helmut schloss die Augen, versuchte, den Atem zu kontrollieren. Einatmen – Ausatmen. Einatmen – Ausatmen. Es tat gut, Elis Nähe zu spüren, es verankerte ihn im Hier und Jetzt.

»Ich habe damals …«, fing er an und kam sogleich ins Stocken. Wo sollte er anfangen? Wo enden? »Ich habe damals fest daran geglaubt, das Richtige zu tun, indem ich mich freiwillig gemeldet habe. Nicht wegen Hitler, sondern weil ich stolz darauf war, dem Vaterland zu dienen. Ich wollte endlich etwas bewirken. Etwas erleben. Teil von etwas Großem sein.« Er lachte freudlos auf. Zu Anfang war es das auch wirklich gewesen: das große Abenteuer in der Reihe seiner Wehrmachtskameraden.

Dank Vaters Einfluss erhielt er sogleich den Rang eines Offiziersanwärters. Sein Enthusiasmus blieb auch seinen Vorgesetzten nicht verborgen. Innerhalb von nur einem Jahr wurde er zum Leutnant befördert.

»Und ich war so stolz darauf. Mein Leben schien perfekt zu verlaufen. Ich war sowohl bei meinen Vorgesetzten als auch den Untergebenen angesehen, und unser Bataillon lag in Den Haag. Bis auf ein paar Scharmützel mit dem lokalen Widerstand haben wir kaum gewusst, was Krieg überhaupt bedeutet. Doch dann sind wir als Nachschub der 371. Infanteriedivision unterstellt worden.«

Der Anfang war ihm erstaunlich leichtgefallen. Jetzt, beim letzten Satz, spürte er jedoch sogleich wieder, wie sich seine Brust verengte.

Vorsichtig jedes Wort abmessend, erzählte er von der Fahrt in Güterzügen durch Polen und wie er mit seiner Kompanie Ende Juli 1942 die Grenze zu Russland übertrat, um in Richtung Südosten auf den Rest der Division zu stoßen. Diese hatte sich als Teil der Heeresgruppe Süd bereits vor einem Monat bei Kramatorsk, in der Ukraine, versammelt.

Er räusperte sich, als seine Stimme zu versagen drohte.

Sie waren gerade rechtzeitig eingetroffen, um als Unterstützung der SS-Truppen bei einer Säuberungsaktion im Sal-Tal eingesetzt zu werden. Der befehlshabende Sturmbannführer wollte ein Exempel statuieren, weil niemand die hochrangigen Sowjetkommissare verriet, die sich angeblich hier unter der örtlichen Bevölkerung versteckten.

»Wir sollten alle männlichen Personen über zwölf Jahre zu einem öffentlichen Verhör auf dem Dorfplatz zusammentreiben. So lautete der Befehl, und so haben wir es gemacht«, flüsterte Helmut. »Aber statt sie zu befragen, haben sie sie einfach erschossen. Alle. Ausnahmslos. Und meine Männer und ich haben zugesehen, ohne etwas dagegen tun zu können.«

Er hörte, wie Eli neben ihm aufkeuchte, ihre Hand zuckte zusammen, doch er wagte nicht, sie anzusehen.

Mit tonloser Stimme fuhr er fort. In seiner Erinnerung sah er wieder den nicht enden wollenden Zug aus Lastern, Motorrädern und Panzerfahrzeugen vor sich, die immer weiter auf dem Vormarsch nach Osten waren. Die Siedlungen, die das Pech hatten, auf ihrem Weg zu liegen, gingen in Flammen auf. Die Befehle waren unmissverständlich: Das Land sollte brennen und damit jeder Widerstand zermürbt werden.

Zu dem Zeitpunkt waren Helmut schon längst erste Zweifel gekommen. Doch noch trieb ihn der Zusammenhalt seiner Männer voran und stimmte ihn trotz allem zuversichtlich. Bis zu dem Tag, als sie die kleine Bauernsiedlung in der Nähe von Yasyrev erreichten.

»Der Vormarsch war so zügig, dass wir an manchen Tagen bis zu fünfzig, sechzig Kilometer zurücklegten. Aber es gab keinen einheitlichen Frontverband. Unser Pionierbataillon preschte mit den motorisierten Truppen voran, während die Infanterie sich sputen musste, um uns zu folgen. Dabei kam es immer wieder vor, dass versprengte russische Verbände durch uns von ihren Einheiten getrennt wurden. Sie haben sich in den Getreidefeldern versteckt und aus dem Hinterhalt auf uns geschossen. Als wären wir Blechenten an einer Jahrmarktsschießbude.«

Die Gefallenen wurden an Ort und Stelle begraben. Man brauchte nur den Kreuzen zu folgen, um die Vormarschtruppen zu finden. Bis es Helmuts Kommandant zu bunt wurde und er befahl, Stellung bei dem Gehöft auf einem nahe gelegenen Hügel zu beziehen. Ein fataler Fehlentscheid.

Helmut fuhr sich mit dem Handrücken über die Lippen. Er hatte wieder den Gestank von Rauch und Schießpulver in der Nase, sah den grasbewachsenen Hügel vor sich, auf dem die drei Katen mit den tief liegenden Strohdächern standen.

»Die Bewohner waren nicht geflüchtet, sondern hatten sich in einem nahe gelegenen Erdloch versteckt. Vier Frauen, ein alter Mann und drei Kinder.« Der kleine Junge mit den Augen von der Farbe erkalteter Asche.

»Wahrscheinlich fühlten sie sich sicher genug. Zwei russische Artillerieeinheiten lagen ganz in der Nähe. Deren Späher hatten uns natürlich schon von Weitem kommen sehen und den Brunnen mit einem Schafkadaver vergiftet.«

Er musste ein paarmal tief Luft holen, bevor er weitersprechen konnte. Neben ihm rutschte Eli noch näher, legte den Kopf auf seine Schulter. Es war beruhigend, die Wärme ihres Körpers zu spüren.

»Mein Kommandant hat jedoch bei seiner Entscheidung die Geländegegebenheiten rundum nicht bedacht. Ein erhöhter Standort ist zwar gut zu verteidigen, solange der Feind zu sehen ist. Liegt der aber in den umliegenden Birkenwäldern versteckt und hat zudem schwere Artillerie zur Verfügung, wird die Position schnell zur Falle.« Und so war es dann auch. Sie gerieten von zwei Seiten unter heftigen Beschuss. Wobei die Russen ständig die Stellung wechselten und so ein Ausfallen praktisch unmöglich machten.

Das penetrante Heulen der Katjuschas betäubte alle Sinne. Was blieb, war das Hoffen auf ein Morgen.

Sie verschanzten sich indessen, so gut es ging, an der Flanke des Hügels, um wenigstens kein direktes Ziel zu bieten, bis die Verstärkung kam. Bald schon wurde Helmut auch klar, weshalb der Kommandant befohlen hatte, die acht Zivilisten mitzunehmen.

»Er war der felsenfesten Überzeugung, dass sie zu den Partisanen gehörten und genau wüssten, wo sich die angreifenden Einheiten aufhielten. Und er hat mich beauftragt, das herauszufinden«, keuchte er und zog die Beine an den Körper. Plötzlich fror er erbärmlich. »Wenn nötig mit Exekution.«

Er sah Hauptmann Leschborn vor sich. Den groß gewachsenen Mann mit der stets preußisch-strengen Haltung, der genau dieselbe Achtung von seinen Untergebenen erwartete, wie er sie gegenüber dem Führer demonstrierte. Ein Schrapnellsplitter hatte sich vor einer Stunde in seinen Oberarm gebohrt. Er trug den blutigen Verband mit einem Stolz, als wäre er eine Auszeichnung.

»Ich habe ihm meine Meinung gesagt und dass das doch ein völlig sinnloses Unterfangen sei. Woher sollten ein paar russische Bauern auch irgendetwas über Kampfverbände wissen. Sie wurden ja gerade von den eigenen Leuten beschossen. Und wir hatten doch mehr als genug andere Probleme.« Helmut schüttelte den Kopf. »Das Einzige, was Leschborn mir darauf geantwortet hat, war: Sie wissen, welche Strafe auf Befehlsverweigerung steht, Dreesen. Falls nötig, werde ich Sie eigenhändig erschießen.«

Natürlich hatten die Bauern nichts gewusst.

Erst jetzt merkte Helmut, dass ihm die Tränen über die Wangen rannen. Er verbarg das Gesicht in den Händen.

Das Schluchzen kam unerwartet und haltlos. »Ich habe es getan, Eli. Gott vergib mir, ich habe den alten Mann erschossen. Einen wehrlosen Alten. Weil ich zu feige war.« Und dafür gab es keine Vergebung, ebenso fehlte jeglicher Sinn darin. Eine Viertelstunde später schlug eine Rakete direkt in ihren Unterstand ein und tötete sowohl die Zivilisten als auch fünf von Helmuts Männern.

»Ich habe die Leiche des Jungen am selben Abend gefunden, nachdem die Verstärkung endlich eingetroffen war und die Russen das Weite gesucht hatten. Seitdem sehe ich immer dieses kleine, bleiche Gesicht vor mir. Die aschgrauen Augen mit dem anklagenden Ausdruck. Und was ich auch tue, ich werde die Erinnerung einfach nicht los.«

Schweigend nahm Eli ihn in die Arme, wiegte ihn wie ein kleines Kind, ließ ihn weinen. So lange, bis seine Tränen versiegten. Als ob sie wüsste, dass simple Berührungen mehr Trost geben konnten als alle Worte.

Danach fiel es Helmut leichter, über die folgenden Ereignisse zu sprechen. Über das Vorrücken der Heeresgruppe Süd über den Don und weiter bis nach Stalingrad, dessen Eroberung für Hitler den größten Schlag gegen seinen Feind darstellte. Über den Schock der deutschen Soldaten, als sie sich plötzlich mit einer völlig neuen Art des Kampfes um Straßen, Häuser und sogar einzelne Stockwerke konfrontiert sahen. Sie kannten den Blitzkrieg, den raschen Vormarsch auf offenem Feld unter Mitbeteiligung großer Kampfverbände und gleichzeitiger Operationen von Luftwaffe, Panzer- und Infanterieeinheiten. Den Rattenkrieg, bei dem sich die Schlacht auf ein Treppenhaus reduzieren konnte, der jedoch zugleich um ein Vielfaches brutaler war, lernten sie jetzt erst kennen.

Er erzählte von den russischen Großangriffen, die Mitte Oktober anfingen und fast einen ganzen Monat lang andauerten. Von der Gnadenlosigkeit der sowjetischen Vorgesetzten und Kommissare, die ihre eigenen Männer immer und immer wieder gegen die deutschen Stellungsfeuer hetzten. Wer sich weigerte oder aus den Reihen brach, wurde augenblicklich erschossen.

Und er schämte sich nicht für seine Tränen, unter denen er von der immer größer werdenden Hoffnungslosigkeit der Männer berichtete, nachdem ein gewaltiger sowjetischer Vorstoß die deutsche Rückflanke durchstieß und sie alle einkesselte. Die gesamte 6. Armee – dreihunderttausend Mann.

Der Großangriff begann während eines Schneesturms in der Nacht des 19. Novembers 1942, dieses Datum würde Helmut nie vergessen. Es war die Nacht, in der es Stahl und Feuer vom Himmel regnete und sich in einer kilometerlangen Feuerwalze von Osten nach Westen über die deutschen Stellungen ergoss. Eine Hölle, die das letzte bisschen Glauben an Gott und die Menschlichkeit zu stinkender Asche versengte.

Von da an war das Ende nur noch eine Frage der Zeit gewesen. Es fehlte den deutschen Truppen an allem: Winterkleidung, Verpflegung, Treibstoff, Nachschub. Jeder Versuch, die Verteidigungslinie zu halten oder gar auszubauen, misslang unter dem gegnerischen Trommelfeuer. Eine Zeit lang blieb ihnen immerhin noch der Zugriff auf die beiden Flugplätze. Der Materialverlust durch die russische Flak wurde aber bald zu groß. Die Oberste Heeresleitung versprach ihnen Versorgung und Hilfe, die nie kam. Währenddessen stapelten sie die steif gefrorenen Toten entlang der Straßen und auf den Feldern. Tagelang. Wochenlang.

An Weihnachten zündeten sie Kerzen auf ihren Stahlhelmen an, schlürften eine wässerige Suppe aus ausgekochten Pferdehufen. Der Dreck daraus knirschte noch Tage später zwischen den Zähnen.

Die Frontlinien dezimierten sich indessen immer mehr, während Helmuts Männer einer nach dem anderen erfroren. Das

Ende war längst schon nicht mehr abzuwenden. Doch Hitler verbot die Kapitulation.

Wahrscheinlich um ihn zum Durchhalten zu animieren, beförderte Hauptmann Leschborn Helmut am 25. Januar zum Oberleutnant.

»Drei Tage später habe ich meine befehligte Stellung den Russen ergeben. In diesem ganzen verfluchten Krieg war das wahrscheinlich das Vernünftigste, was ich getan habe. Von meinem Zug waren insgesamt noch neun Mann am Leben. Fünf davon sind auf dem anschließenden Marsch und dem Transport nach Jelabuga gestorben. Die anderen in Gefangenschaft. Ich bin als Einziger übrig geblieben«, schloss er seine Erzählung mit heiserer Stimme.

Erst jetzt wagte er es, den Blick zu Eli zu heben. Sie hatte die ganze Zeit über nur schweigend zugehört und ihn kein einziges Mal unterbrochen.

Was sie wohl jetzt von ihm dachte? Ekelte er sie an, oder hatte sie womöglich sogar Angst vor ihm? Könnte sie überhaupt jemals verstehen?

Das Brikett war inzwischen ebenfalls zu Glut geworden. Ein rötlicher Schein erfüllte die kleine Nische unter der Ausgabetheke und zeichnete weiche Schatten in Elis Gesicht.

Tränen schwammen in ihren Augen. Sogleich fühlte sich Helmut noch scheußlicher.

Doch dann erhob sie sich auf die Knie, nahm sein Gesicht zwischen die Hände und sagte: »Du hast überlebt. Das ist alles, was zählt.« Und sie küsste ihn. So lange und innig, als wollte sie damit alle Erinnerungen aus seinem Gedächtnis verbannen. Dann rutschte sie auf seinen Schoß, presste sich an ihn, zog dabei die Decke über sie beide. Wie einen schützenden Kokon, in dem nur noch sie und er existierten.

Zwei Paar Lippen. Zwei Körper. Zwei Menschen.

Endlich Frieden.

Am nächsten Morgen erwachte Helmut, als eine Hand sachte über sein Kinn streichelte. Sogleich kehrte die Erinnerung an die vergangene Nacht zurück. In sehr lebhaften Farben.

Er atmete tief ein und streckte sich, bevor er den Arm um Eli legte und die Augen aufschlug. Er fühlte sich so zufrieden wie schon lange nicht mehr.

Zaghaftes Morgenlicht erfüllte den Raum.

Eli sah lächelnd auf ihn herunter. Ihr Haar hatte sich über Nacht in eine Flut von Wellen verwandelt.

»Guten Morgen«, flüsterte sie und tupfte mit dem Zeigefinger auf seine Nasenspitze. »Ich muss gehen, bevor Paulchen aufwacht.«

Doch Helmut zog sie an sich. »Bleib noch. Nur fünf Minuten.«

»Sie geben ein sehr schlechtes Beispiel ab, Herr Dreesen«, gluckste sie.

Er schnalzte mit der Zunge. »Nein, ich setze Prioritäten. Das ist ein Unterschied. Außerdem … Wer kann es einem Mann verdenken, dass er nicht genug bekommt, nachdem er vom Apfel der Versuchung gekostet hat?« Mit einem leisen Knurren küsste er ihren Hals. Schnaubte jedoch missmutig auf, als sie sich geschickt aus seiner Umarmung wand.

»So verführerisch der Gedanke auch sein mag. Es ist schon spät.« Rasch schlüpfte Eli in ihren Pullover, stopfte das Hemd in die Hose und hüpfte auf einem Bein, während sie den ersten Schuh anzog.

Widerwillig folgte Helmut ihrem Beispiel und stand ebenfalls auf. Dabei wanderte sein Blick immer wieder forschend zu Eli. Etwas in ihrem Gesicht war anders, stellte er fest. Ein Schimmer lag auf einmal auf ihren Wangen, und ihre Augen leuchteten. Gut. Sie schien den Schock des Angriffs besser zu überwinden als erhofft.

An der Tür hielt er sie noch ein letztes Mal zurück, umfasste ihre Taille mit seinem Arm und raunte: »Ich fahre heute noch ins Krankenhaus, um nach Mattes zu sehen. Am Abend bin ich wieder da.«

»Ich komme, sobald ich kann.« Ein flüchtiger Kuss, bevor sie hinaus in die Kälte schlüpfte.

Die Köchin war schon an der Arbeit, als Helmut eine Stunde später die Küchenbaracke betrat.

Sein Magen knurrte. Trotzdem aß er sein Brotstück so langsam wie möglich und nippte bloß am Kaffee. Wenn er genug Zeit schindete, konnte er Eli vielleicht noch einmal sehen, ehe er sich auf den Weg nach Merheim machte.

Er brauchte gar nicht allzu lange zu warten, bis sie neben Fräulein Sonja, Paulchen und Fräulein Ruth eintrat.

Es folgte ein kurzer Austausch von Nettigkeiten: Er solle Mattes einen herzlichen Gruß von ihnen allen ausrichten. Das arme Jungchen, Gott sei Dank waren die Medikamente endlich da, und sie kämen ihn bald besuchen.

Hier und da ein Blick. Ein wissendes Lächeln. Dann ein unauffälliges Berühren der Hände im Vorbeigehen, sobald die Frauen die Baracke verließen.

Helmut folgte ihnen in gebührendem Abstand und schlug dann den Weg zur Straße ein.

Es war eisig kalt heute Morgen. Er zog den Schal höher und steckte die Hände in die Hosentaschen.

Der herankommende schwarze Wagen fiel ihm schon von Weitem auf. Kein Wunder, in Köln verkehrten entweder Militär- oder Ladefahrzeuge, aber kaum Personenwagen, und schon gar nicht so edle.

Im Vorbeigehen sah er drei Männer sowie einen Fahrer darin sitzen. Alle drei trugen feine Wollmäntel und Hüte. Zwei von ihnen waren schon etwas älter, mit grau melierten Schnäuzern und vor Ernst dunklen Gesichtern. Der Dritte war etwas jünger – um die vierzig vielleicht, er saß vorn auf dem Beifahrersitz.

Dann wandte Helmut den Blick wieder geradeaus. Wenn er sich beeilte, wäre er umso schneller wieder zurück.

Heute Abend. Allein bei dem Gedanken weitete sich seine Brust. Sie hatte sich für ihn entschieden. Nicht für den Engländer, sondern für ihn. Es war ein guter Tag.

35 WAHRHEITEN

Im Schweizer Dorf von Köln, Ende Januar 1947

Nanu? Das ist doch der Herr Generalkonsul von Weiss?«, rief Paulchen erstaunt und blieb stehen.

Eli wandte den Blick ebenfalls zur Straße. Tatsächlich. Sie erkannte den Mann mit dem rundlichen Gesicht sofort, als er aus dem Wagen stieg.

Sonja runzelte die Stirn. »Ich wusste gar nicht, dass er heute hierherkommen wollte.«

Und es schien sogar ein offizieller Besuch zu sein, er hatte eine Entourage von zwei weiteren Männern dabei, die nun auf der anderen Seite ausstiegen.

»Wer sind denn die anderen beiden?«, fragte Ruth. »Die sehen aus, als wären sie nicht von hier.«

Eli sah genauer hin und fühlte im selben Moment, wie ihr das Blut in die Beine sackte und sämtliche Glücksgefühle mit einem Schlag wie Seifenblasen zerplatzten.

Hastig wandte sie den Blick in die Richtung, in der Helmut verschwunden war. Dem Himmel sei Dank, er war schon außer Sichtweite.

Ihre eigene Stimme klang fremd, als sie sagte: »Das sind mein Vater und Werner.«

Sie hatten sie gefunden.

Wie betäubt sah Eli zu, wie der Generalkonsul auf Sonja zuging und ihr mit betrübter Miene die Hand reichte. »Liebes Fräulein Jeanneret. Es tut mir leid, so unangemeldet bei Ihnen hereinzuplatzen. Ich fürchte jedoch, es geht um ein äußert heikles Problem, das die beiden Herren hier den ganzen weiten Weg von Zürich zu uns nach Köln geführt hat. Darf ich vorstellen: Herr Gottfried Wipf sowie sein Schwiegersohn in spe und Anwalt Werner Lüdi.«

Schwiegersohn in spe? Eli starrte Werner an. Sogleich begann es in ihr zu brodeln. Warum tat er das? Warum konnte er ihre Ablehnung nicht einfach hinnehmen?

Doch er war anscheinend sogar zu pikiert, um sie auch nur eines Blickes zu würdigen.

Vater begrüßte zunächst Sonja, dann erst wandte er sich Eli zu, gönnte ihr zumindest ein kurzes, distanziertes Nicken. »Elvira.«

»Vater.«

Der Generalkonsul räusperte sich und sagte etwas leiser an Sonja gewandt: »Wie Sie sehen, würden die Herren gern eine familiäre Angelegenheit mit Ihrer Mitarbeiterin besprechen.«

»Das wäre reine Zeitverschwendung. Ich habe den Herren nichts zu sagen«, erwiderte Eli und hob trotzig das Kinn.

»Oh doch. Das hast du sehr wohl, Elvira«, fuhr Vater sie an, ergänzte jedoch in etwas beherrschterem Tonfall an Sonja gewandt: »Wenn Sie uns vielleicht einen Raum zur Verfügung stellen könnten, wo ich in Ruhe mit meiner Tochter reden kann?«

Sonja überließ ihnen den Aufenthaltsraum und zog sich dann mit dem Herrn Generalkonsul diskret in ihr Büro zurück.

Sogleich setzte sich Werner an den Tisch, schlug in einer weltmännischen Geste die Beine übereinander und steckte sich eine Zigarette an. Vater indessen knöpfte den Mantel auf, legte seinen Hut auf den Tisch und ließ sich tief aufatmend an der gegenüberliegenden Tischseite auf der Sitzbank nieder.

Er wirkte um Jahre gealtert, fiel Eli auf. Sein Haar war schütterer und grauer geworden, und ohne seine sonst stets energisch gestrafften Schultern schien er auf einmal viel kleiner.

»Setz dich bitte hin, Elvira«, sagte Vater leise.

Sie schüttelte den Kopf, blieb an der Wand neben der Tür stehen und verschränkte die Arme vor der Brust. »Ich stehe lieber.«

Er winkte ab. »Wie du willst.«

Sogleich horchte Eli auf. Es sah ihrem Vater gar nicht ähnlich, klein beizugeben. »Wie habt ihr mich hier gefunden?«, fragte sie dann ohne Umschweife und wandte sich direkt an Werner. »Ich habe unsere Verlobung aufgelöst, zwischen uns gibt es nichts mehr zu klären.«

Werner stieß den Rauch in einer dichten Qualmwolke aus und ließ die Asche auf den Boden fallen, während er sie ansah. Dieses markante Gesicht mit der Einbuchtung am Kinn. Die etwas zu lange Nase. Die kühlen Augen, die sie nun mit unverhohlener Überlegenheit musterten. Wie hatte sie ihn jemals auch nur annähernd attraktiv finden können?

»Nur die Ruhe, meine Liebe, nur die Ruhe«, sagte er in einem so gütigen Tonfall, als redete er mit einem Kind. »Was deine erste Frage betrifft: Du solltest mich wirklich besser kennen. Es hat mich nicht einmal einen Monat an Nachforschungen gekostet, um herauszufinden, wo du bist. Überleg doch. Wie hätte ich dir sonst die Telegramme schicken können? Dass wir erst jetzt kommen, liegt nur an der Unzulänglichkeit der britischen Besatzungsbehörde. Aber mein Vater kennt den Herrn Generalkonsul von Weiss. Das hat die leidige Angelegenheit mit dem Einreisevisum endlich beschleunigt.«

Ein siedend heißer Schauer durchfuhr sie. Die Telegramme. Natürlich. Sie waren direkt an sie als Empfängerin gerichtet gewesen, nicht an die *Schweizer Spende*. Warum war ihr das nicht sofort aufgefallen?

»Was das andere betrifft«, fuhr Werner unverwandt fort. »Da muss ich dir leider widersprechen. Denn in der Zwischenzeit haben sich die Umstände leicht verändert, und es gibt sehr wohl noch einiges zwischen uns zu klären.« Sein rechter Mundwinkel zuckte. Er drehte sich zu Elis Vater um. »Oder sollte ich es besser anders formulieren? Sagen wir also, die Geschäftsbeziehungen zwischen deinem Vater und mir sind noch enger geworden.«

Welche Geschäftsbeziehungen?

»Du kommst jetzt mit zurück nach Zürich, wo du Werner wie geplant heiraten wirst, Elvira. Punkt und Schluss«, rief Vater und schlug die flache Hand auf den Tisch. »Wenn du ihm schon dein ganzes Guthaben und dein Erbe übertragen hast, soll das Geld wenigstens in der Familie bleiben.«

Wovon redete er da? Nebst einem Sparkonto besaß sie nur ein Vermögenskonto, dessen Betrag ihr nach einer Heirat als Vorerbe zustand. Das restliche Familienkapital fiel ihr als Alleinerbin erst nach Vaters Ableben, abzüglich der testamentarisch vereinbarten Witwenrente für Mutter, zu.

Demonstrativ schüttelte Eli den Kopf. »Ich habe Werner gar nichts übertragen, und ich werde auch nicht mit zurück nach Zürich kommen.«

»Ah, ah, ah, in diesem Punkt muss ich dich leider erneut korrigieren.« Werner knöpfte seinen Mantel auf, zog ein der Länge nach zusammengefaltetes Dokument aus der Innentasche hervor und legte es mitten auf den Tisch. »Über dein Eigengut hättest du nach unserer Heirat ohnehin nur mit meiner Zustimmung verfügen können. Mit diesem Dokument hast du mir jedoch auch ohne Eheversprechen alle Rechte darauf übertragen.«

Fassungslos starrte Eli auf das Dokument vor ihr auf dem Tisch. Darauf stand in fetten Großbuchstaben das Wort VERMÖGENSÜBERTRAGUNGSVERTRAG.

»Schau es dir ruhig an.« Werner lehnte sich vor, blätterte die Seite um. »Hier, auf der zweiten Seite, steht deine Unterschrift. Siehst du?«

»Aber wie …?«, stammelte sie. Bis es ihr plötzlich wieder einfiel. Der Tag von Vaters Geburtstagsfest. Der himmelblaue Volkswagen. »Du hast gesagt, es wäre der Antrag für den Fahrzeugausweis.«

Einen Atemzug lang machte er einen fast zerknirschten Eindruck. »Ja, ich gebe zu, es war vielleicht nicht die allerfeinste Art und Weise. Doch du solltest eigentlich wissen, dass man nichts unterschreibt, bevor man das Kleingedruckte gelesen hat.«

»Du hast mich hintergangen.« Sie zitterte. Vor Wut und Bestürzung und weil das alles einfach nicht wahr sein durfte. Nein, es musste ein Albtraum sein, und gleich würde sie aufwachen.

»Nicht doch.« Werner machte eine übertrieben betroffene Miene. »Nennen wir es lieber ›Auf Nummer sicher gehen‹. Immerhin bekommt dein Vater als Gegenleistung lebenslangen kostenfreien Rechtsbeistand für alle seine Geschäfte. Das steht übrigens ebenfalls im Vertrag.«

Es fühlte sich an, als würde man ihr den Boden unter den Füßen wegziehen. Mit aller Kraft rang Eli um Beherrschung, ballte stattdessen die Hände zu Fäusten. Das waren also die Konsequenzen, von denen Werner in seinem Telegramm gesprochen hatte. Gott, und sie war so blauäugig gewesen und hatte nichts von alldem geahnt. »Warum tust du das? Was versprichst du dir davon, außer dem Geld und meinem lebenslangen Ekel vor dir?«, spuckte sie ihm entgegen.

Er hingegen zuckte nur die Achseln. »Mach dir keine Illusionen, gute Partien gibt es viele. Allerdings sind längst nicht alle so nett anzusehen wie du.«

»Das reicht«, brüllte Vater und fuhr so jäh auf, dass sich der Tisch dabei ein Stück weiter nach vorn verrückte. »Ich erlaube nicht, dass du so mit meiner Tochter redest.«

Dieses Mal war es Eli, die ihn zurückhielt, und es kostete sie eine schier unmenschliche Kraft, ihrer Stimme einen neutralen Tonfall aufzuzwingen, als sie sagte: »Ich möchte gerne mit meinem Vater unter vier Augen sprechen.«

»Aber natürlich.« Mit Schwung stand Werner auf. »Lasst euch ruhig Zeit. Ich werde derweil deine Sachen packen lassen«, meinte er großzügig und steckte den Vertrag wieder ein, bevor er sich zur Tür wandte und ihr lässig zuzwinkerte. »Wie gesagt: Lieber auf Nummer sicher gehen.«

Sie wandte den Kopf ab, konzentrierte sich, so fest sie konnte, auf den Bildkalender an der Wand, auf dem eine Aquarellzeichnung des Matterhorns zu sehen war. Bis endlich die Tür zufiel.

»Ich werde ihn nicht heiraten«, sagte sie dann. Zuerst leise. Schließlich mit mehr Inbrunst. Dazu stemmte sie die Hände auf den Tisch und beugte sich herausfordernd zu ihrem Vater. »Ich werde dieses Scheusal niemals heiraten, hörst du? Ich nehme mir einen eigenen Anwalt. Es gibt bestimmt eine Möglichkeit, wie dieser Vertrag für nichtig erklärt werden kann.«

»Glaubst du, das hätte ich nicht bereits versucht?« Langsam setzte sich Vater wieder hin und fuhr sich mit der Hand übers Gesicht, bevor er ungewohnt sanft sagte: »Es nützt nichts, Elvira. Wir können keinen anderen Anwalt hinzuziehen.«

»Warum nicht?«, fragte sie fordernd.

Sein Blick wirkte glasig, während er auf seine Hände starrte. »Weil Werner zu viel weiß.«

»Er weiß zu viel wovon? Verdammt, Vater, jetzt rede endlich mit mir!« Sie schlug die Faust auf den Tisch.

»Von meinen Geschäften«, gab er forsch zurück. »Er weiß zu viel von meinen Geschäften während des Kriegs. Reicht dir das als Antwort?«

»Nein, das reicht mir nicht. Um was für Geschäfte handelte es sich?«, schrie sie ihn an. Sie hatte eine Ahnung, einen leisen Verdacht. Sie sah es daran, wie Vater sich die Hände knetete. Daran, wie er die Lippen zusammenpresste. Doch das allein genügte nicht. Sie wollte es aus seinem Mund hören. Die ganze Wahrheit, so abscheulich sie sein mochte.

»Vater!«

Mit einem Ruck hob er den Kopf. »Was willst du denn hören, he?«, zischte er gerade so laut, dass man seine Worte nicht von draußen hören konnte. »Jeder, der auch nur einen Funken Geschäftssinn hat, hat doch vom Krieg profitiert. Wer sich einen Heiligenschein aufsetzt, ist ein verdammter Lügner. Ja, ich habe ein paar vermögenden NSDAP-Mitgliedern geholfen, ihr Geld sicher zu investieren, und dafür den einen oder anderen Schulterklaps erhalten.«

Eli sog scharf die Luft ein, funkelte ihren Vater an. »Du hast Nazi-Geld gewaschen?« Allein schon das auszusprechen verursachte ihr Brechreiz. Noch schlimmer: Nach und nach wurde ihr das gesamte Ausmaß der Angelegenheit bewusst.

»Hast du eine Ahnung, wie viele das damals getan haben?«, blaffte er zurück.

»Aber dir ist Werner auf die Spur gekommen.«

Vater schnaubte unwirsch auf. »Nur durch einen dummen Zufall, ich lasse mich schließlich nicht einfach so übertölpeln. Aber woher sollte ich wissen, dass einer meiner Mittelsmänner ebenfalls zu seinen Klienten gehört und er somit Zugang zu allen möglichen Dokumenten hat? Seither lässt er mich damit nicht mehr in Ruhe.«

Nun ergab plötzlich alles einen Sinn. »Deshalb sollte ich ihn also heiraten. Als Schwiegersohn hättest du ihn zumindest unter Kontrolle gehabt.«

»Du hättest es weiß Gott schlechter treffen können«, sagte er mit einem schlichten Achselzucken. »Doch mit dieser Vermögensübertragung ändert sich jetzt natürlich alles.«

Eli presste die Augen zusammen. Auf einmal fühlte sie sich, als wäre die Welt um sie herum ein Strudel, dessen Sog sie herumwirbelte. Wie ein winziges, hilfloses Staubkorn. Es war alles nur ein abgekartetes Spiel aus Erpressung und Gier: Vater, ein Geldwäscher – Werner, ein geldgieriger Erpresser. Und sie – sie war das Faustpfand.

Trotzdem konnte sie rein gar nichts dagegen tun, wollte sie Vater nicht ins Gefängnis bringen oder ihre Familie in den Ruin treiben.

Helmut.

Sie hätte schreien mögen und fühlte zugleich, wie tief in ihrer Brust etwas zerriss. Der Schmerz brachte sie beinahe zum Taumeln.

Wie betäubt stand Eli wenig später vor der Wohnbaracke und sah zu, wie der Chauffeur und Werner ihre Koffer ins Auto verluden. Alles hatte nicht Platz. Den Rest würden sie ihr nachschicken, hatte Sonja gemeint.

Elis Uniform lag drinnen auf ihrem alten Bett.

Er würde sich bei der *Schweizer Spende* um einen schnellstmöglichen Ersatz für Fräulein Wipf einsetzen, und er bedaure die Umstände zutiefst, versicherte Generalkonsul von Weiss. Familiäre Angelegenheiten hätten jedoch verständlicherweise Priorität.

Natürlich wusste er nichts von der Wahrheit. Was Werner ihnen allen wohl als Erklärung geliefert hatte?

Sie umarmte Sonja und Ruth zum Abschied, drückte Fien fest an sich. Paulchen weinte.

»Bitte lass Trevor wissen, dass ich zurück nach Zürich gefahren bin«, flüsterte Eli der Freundin zu. »Und kümmere dich für mich um Mattes, ja?«

Paulchen nickte schluchzend.

»Und sag Helmut, dass es mir leidtut und dass ich ihn liebe.« Dann drehte sich Eli um und stieg in den Wagen. Sie brachte es nicht über sich, noch einmal zurückzuschauen.

***

Es war noch nicht einmal dunkel, als Helmut die Straße überquerte, die zum Barackendorf führte. Es war tatsächlich ein guter Tag gewesen. Mattes hatte den zweiten Medikamentenzyklus erhalten und sprach gut darauf an. Das Fieber war zum ersten Mal seit Wochen vollständig gesunken.

Zwar machte Helmut sich nichts vor, das war erst der Anfang einer monatelang dauernden Behandlung. Noch war nicht einmal sicher, wie lange der Junge überhaupt in der Merheimer Krankenanstalt bleiben konnte. Möglicherweise würden sie ihn irgendwann in eine Lungenheilanstalt einweisen. So eine wie das Waldkrankenhaus in Rosbach. Das gehörte weitum zu den bekanntesten Sanatorien, lag jedoch über eine Stunde Fahrt von Köln entfernt.

So weit wollte Helmut aber noch gar nicht denken. Ein Problem nach dem anderen. Solange Eli bei ihm war, konnte er alles schaffen.

Mit entschlossenen Schritten überquerte er den Hof, stieß schwungvoll die Tür zur Ausgabebaracke auf. Er wollte sich nur noch kurz waschen, bevor er seine Suppe in der Küchenbaracke holte.

Er hielt mitten in der Bewegung inne, als er Fräulein Paulchen dort neben der Theke sitzen sah. Sie hatte geweint, ihre Augen waren geschwollen.

»Es ist wegen Eli«, sagte sie und rang bemüht um Fassung. »Werner und ihr Vater haben sie heute Morgen abgeholt.«

Und Helmuts neue, friedliche Welt brach mit einem Schlag in sich zusammen.

36 EINE LISTE VOLLER NAMEN

Ennetbürgen am Vierwaldstättersee, 5. Februar 1947

Mit einem Schlag waren die Zeit unwichtig und ihr Körper und ihr ganzes Dasein zu einem willenlosen Etwas geworden.

Reglos saß Eli in einen Wollschal gehüllt auf der Terrasse der vierstöckigen Landvilla der Familie Lüdi. Vor ihr lag der Vierwaldstättersee, still und von feinen Nebelschwaden umwölkt. Am gegenüberliegenden Seeufer erhoben sich die schneebedeckten Berggrate des Rigi und der Hochflue. Selbst im Winter ein Panorama wie aus dem Bilderbuch. Doch sie hatte keinen Blick für die Schönheit der Landschaft.

Sie konnte sich kaum noch an die Rückfahrt nach Zürich erinnern. Nur daran, dass sie während der ganzen zwei Tage kein einziges Wort gesprochen hatte. Es gab nichts mehr zu sagen, es hörte ihr ohnehin niemand zu.

Dann das Wiedersehen mit Mutter und deren üblicher, vorwurfsvoller Blick. Sogar ihr eigenes Zimmer war Eli auf einmal kalt und fremd erschienen.

Sie hatte nur eine Nacht darin verbracht. Bereits am Morgen danach verfrachtete Werner sie hierher nach Ennetbürgen in die Innerschweiz, wo sie bis zur Hochzeit bleiben sollte und wo Werners Mutter auf sie aufpasste.

Es würde nur eine kurze, standesamtliche Angelegenheit werden, hatte er gemeint. Wozu unter diesen Umständen das Geld für eine richtige Hochzeit verschwenden. Dass sich die behördlich festgelegte Frist von mindestens zehn Tagen zwischen Aufgebot und Eheschließung allem Einfluss zum Trotz nicht umgehen ließ, hatte ihn fuchsteufelswild gemacht und Eli zumindest eine kleine Erheiterung geboten. Die einzige, seit sie in diesem Käfig saß.

Zugegeben, es war eine prachtvolle Villa, im typischen Innerschweizer Baustil gehalten und mit jedem nur erdenklichen Komfort ausgestattet. Eli hatte sogar ein eigenes Dienstmädchen, eine junge, unablässig plappernde Französin namens Ninette. Nichtsdestotrotz war es nur ein Gefängnis. Immerhin war Werner sogleich wieder zurück nach Zürich gefahren, und sie würde ihn erst kurz vor der Hochzeit wiedersehen.

Es hatte erneut angefangen zu schneien.

Teilnahmslos sah Eli den Flocken zu, die leise auf die Holzplanken der Terrasse fielen. Ein paar von ihnen landeten auf den Falten des Schals, wo sie einen Atemzug lang liegen blieben, ehe sie zu winzigen Wassertropfen zerschmolzen. Den Schal hatte Paulchen ihr zu Weihnachten geschenkt. Ob Helmut seinen auch noch trug und vielleicht ab und zu an sie dachte?

Sie zuckte zusammen, sobald sie Ninettes erschrockene Stimme hinter sich hörte. »Mon Dieu, Mademoiselle. Wollen Sie sich hier draußen etwa den Tod holen?«

Wie eine aufgeregte Schwalbe flatterte sie herbei, bugsierte Eli unerbittlich ins warme Zimmer zurück und schüttelte vorwurfsvoll den Kopf. »Was machen Sie denn für ein Gesicht? Diese dunklen Ringe unter den Augen. Dabei sollten Sie doch strahlen wie jede andere Braut.«

»Lass gut sein, Ninette.« Ohne Widerstand ließ sich Eli zum Frisiertisch führen und auf den Hocker davor setzen.

Sie erschrak tatsächlich, als sie sich im Spiegel sah. Nicht einmal in den arbeitsreichsten Wochen im Schweizer Dorf hatte sie so elend ausgesehen: Die Augen waren stumpf, das Gesicht farblos, und das Haar hing ihr in wirren Strähnen herunter.

»Madame lässt Ihnen übrigens ausrichten, dass sie nach Luzern gefahren ist, um ein paar Besorgungen zu machen. Aber ich werde mich natürlich um Sie kümmern«, plapperte Ninette munter drauflos, während sie Eli das Haar bürstete.

Zweifellos. Zusammen mit der Haushälterin, dem Koch und dem restlichen halben Dutzend Bediensteten, die sie hier bewachten.

Trotzdem horchte Eli auf. Es war das erste Mal seit fünf Tagen, dass Werners Mutter sie allein im Haus ließ. Der bloße Gedanke war eine Erleichterung, bis jetzt hatte sie nicht einmal ohne Frau Lüdis Anwesenheit im Salon sitzen dürfen. Doch sie ließ sich nichts anmerken.

Da sie nicht antwortete, fuhr das Dienstmädchen unbeirrt fort: »Was halten Sie davon, wenn ich den Kamin in der Bibliothek einheize? Es täte Ihnen gut, wenn Sie eine Weile aus dem Zimmer hier herauskämen.« Wie um ihre Worte zu bekräftigen, legte sie die Hand auf Elis Schulter.

Was für ein plumper Versuch. Natürlich würde irgendwer auch dort ein Auge auf sie haben, da machte sie sich nichts vor. Aber es wäre zumindest eine Abwechslung. Eli konnte die eierschalenfarbenen Wände ihres Zimmers kaum noch ertragen.

Die Bibliothek der Villa Lüdi war so riesig, wie man sie sich eher in einem alten Schloss vorstellte. Entlang der deckenhohen Bücherregale waren sogar Leitern angebracht, die sich mit Rollen hin und her schieben ließen. Vor dem Kamin stand ein wuchtiger Ledersessel, der dazu einlud, sich hineinfallen zu lassen, daneben eine Leselampe und ein alter Tisch aus dunkelbraunem Mahagoniholz.

Eli legte ihren Wollschal auf den Tisch und ging ehrfürchtig an den Regalreihen entlang. Die Büchersammlung war exquisit, reichte von den alten griechischen Literaten über Ovid zu wertvollen Sondereditionen der Werke Shakespeares bis hin zu den Klassikern von Schiller und Goethe.

Wären die Umstände anders gewesen, hätte sie sich in diesem Raum wie im Paradies gefühlt.

Nach langer Überlegung griff sie nach einer in Leder gebundenen Ausgabe von Tolstois *Anna Karenina*.

Wie versprochen hatte Ninette inzwischen den Kamin angefacht und ihr eine Tasse Kräutertee gebracht. Trotzdem schlang Eli sich fröstelnd die Arme um den Oberkörper.

Besser den Schal wieder anziehen, bis sich der Raum erwärmte.

Nanu? Eine der Maschen war anscheinend an einem hervorstehenden Holzsplitter hängen geblieben.

Sofort legte Eli das Buch auf den Tisch und kniete zu Boden, um das Garn zu lösen, tastete dabei vorsichtig unter die Tischkante. Hoffentlich war der Wollfaden nicht zerrissen.

Aber sie konnte keinen Splitter entdecken. Eigenartig. Stattdessen war da etwas Festes. Eine Art winziger Riegel. Direkt in der Ecke zwischen der Tischplatte und dem seitlichen Schubladenfach. So klein, dass man ihn nur bei genauerem Hinsehen erkennen konnte.

Eli zog die Lampe näher, um besser sehen zu können, rutschte auf den Knien unter den Tisch. Dieses Ding musste doch irgendwie zu lösen sein. Solange nur bitte, bitte der Schal nicht kaputtging.

Mit einem leisen Klicken legte sich der Haken um, gab den Schal frei. Löste jedoch gleichzeig ein Schiebefach, das sich nun unter der Tischplatte mit einem kaum hörbaren Geräusch öffnete.

Ein Geheimfach?

Eli zögerte. Mit einem Mal ging ihr Puls schneller.

Eilig rutschte sie unter dem Tisch hervor und verharrte. Ihr Herz hämmerte. Sie sollte besser zurück in ihr Zimmer gehen. Was, wenn sie sich hiermit in noch größere Schwierigkeiten manövrierte?

Doch prompt war sie wieder da – ihre Neugier. Verführerisch flüsternd und lockend, und Eli konnte fühlen, wie die lähmende Apathie wenigstens ein Stück weit von ihr glitt. Ja, sie konnte sogar das erwartungsvolle Kribbeln in sich spüren.

Sie warf einen Blick zur offen stehenden Eingangstür. Lauschte.

Es war niemand zu sehen oder zu hören.

Mit zusammengebissenen Zähnen zählte Eli von drei rückwärts – drei – zwei – eins –, bevor sie in das Seitenfach griff. Darin lagen ein Stapel einzelner Papierblätter und ein Heftordner.

Sie hielt den Atem an, während sie die Dokumente herauszog und das Fach sogleich wieder schloss. Der Riegel rastete erneut klickend ein.

»Elvira?«

Die Stimme von Werners Mutter, o Gott.

Hastig schob sie Blätter und Heftordner unter ihren Pullover, stand auf.

»Hier bin ich.« In Windeseile griff sie nach dem Buch, warf sich den Schal über die Schultern und setzte sich in den Sessel.

Ruhig atmen – ganz ruhig, obwohl ihr Herz so laut trommelte, dass es im ganzen Raum zu hören sein musste.

»Was tust du da?«

Eli sah von ihrem Buch auf, nickte der matronenhaften Frau an der Tür höflich zu. »Ninette war so lieb und hat den Kamin angefacht.«

Werners Mutter legte die Stirn in Falten. »Warum gehst du nicht in dein Zimmer und machst dich frisch. Wir essen in einer Stunde.« Das war keine Frage, sondern eine unmissverständliche Aufforderung.

Eli stand auf, legte das Buch zurück auf den Tisch und hielt dabei möglichst unauffällig die Dokumente unter dem Pullover fest. »Wie Sie meinen, Frau Lüdi.«

Nie zuvor war ihr der Weg über die Treppe in den dritten Stock so unendlich lang erschienen. In ihrem Zimmer versteckte sie die Unterlagen eilig hinter dem Kleiderschrank.

Erst als sie viel später, nach dem Abendessen, zurückkam, stemmte sie sicherheitshalber den Stuhl gegen die Zimmertür und zog die Dokumente hinter dem Schrank hervor.

Wahrscheinlich machte sie zu viel Aufhebens um nichts, und es handelte sich nur um ein paar alte Zettel, die irgendjemand dort vergessen hatte.

Doch die Papiere waren alles andere als alt, stellte Eli sogleich fest. Im Gegenteil, das oberste Dokument war eine Seite der *Neuen Zürcher Zeitung* vom 21. Februar 1946. Darauf war ein großer, zweispaltiger Artikel über einen gewissen Hauptmann André Béguin zu lesen. Dieser war vom Zürcher Divisionsgericht wegen Betrugs, Bestechung und »unsoldatlichen« Verhaltens während seiner Zeit als Kommandant des Interniertenstraflagers Wauwilermoos zu dreieinhalb Jahren Zuchthaus, Degradierung und Ausschluss aus der Armee verurteilt worden.

Eli runzelte die Stirn. Was war an diesem Artikel so besonders, dass man ihn in einem Geheimfach aufhob?

Sie schlug den Heftordner auf. Auch in diesem lagen Zeitungsartikel. Alle fein säuberlich ausgeschnitten und nach Datum geordnet. In jedem Artikel war von einer anderen Person die Rede: Da war zum Beispiel ein ehemaliger Doktor der Jurisprudenz an der Universität Zürich namens Robert Tobler, der 1940 wegen eines illegalen Grenzübertritts nach Deutschland verhaftet worden war.

Oder ein gewisser Walter Adolf Jöhr, der 1933 ebenfalls an der Universität Zürich in Rechtswissenschaften promoviert hatte. Genauso wie Wolf Wirz oder Werner Kägi.

Wer waren diese Männer?

Dabei fiel Eli ein: Hatte Werner nicht an derselben Hochschule studiert? Wenn sie die Jahrgänge verglich, dürfte der eine oder andere der Männer sogar sein Kommilitone gewesen sein.

Sie blätterte weiter. Dabei fiel ihr ein Zettel in den Schoß. Ein Flugblatt. Ganz in Rot mit einem weißen Kreuz, dessen Schenkel, anders als bei der üblichen Schweizer Flagge, bis zum Rand verliefen. Quer darüber stand in schwarzen Lettern: Wir säubern – stimmt Nationale Front.

Sofort ließ Eli das Flugblatt fallen. Die Nationale Front war eine der einflussreichsten nationalsozialistischen Parteien der Schweiz gewesen und inzwischen bundespolizeilich verboten. So hatte sie zumindest angenommen.

Dann fand sie die Namenslisten. Diese datierten bis ins Jahr 1938 zurück. Darauf waren die Namen der höchsten Parteiführung der Nationalen Front sowie der Nachfolgeorganisation namens »Eidgenössische Sammlung« und der angegliederten frontistischen Gruppierungen in jedem Kanton gelistet – in Zürich, Luzern, Schaffhausen, Bern und sogar im Französisch sprechenden Neuchâtel. Eli hatte gar nicht gewusst, dass es so viele davon gab.

Robert Tobler. Wolf Wirz. Werner Kägi. André Béguin. Sie alle standen auf der Liste, fungierten zum Teil sogar als Parteiführer.

Und ihr stockte der Atem, als sie den einen Namen unter der Parteisektion Zürich erkannte: Werner Lüdi – Parteisekretär. Seit dem Jahr 1943.

Zuerst weigerte sich ihr Verstand, den Zusammenhang zu erkennen. Werner als Mitglied einer nationalsozialistischen Partei?

Doch dann sah sie die Fotografien: Werner in einem grauen, uniformartigen Aufzug im Kreis anderer Männer, die sie nicht kannte. Alle mit dem rechten Arm hoch erhoben. Auf der Rückseite stand von Hand geschrieben: München 1944, Heimkehr ins Reich.

Auf einem anderen Bild sah man ihn neben einem Mann am

Tisch sitzen. Lächelnd. Den Hemdkragen leger geöffnet. Eine Zigarette in der Hand und vor sich ein Bierglas. An der Wand im Hintergrund hing eine Flagge. Die Schenkel des weißen Kreuzes verliefen bis ganz zum Rand.

Schaffhausen 1946, Wir geben nicht auf!, stand auf der Rückseite geschrieben.

Ein eisiger Schauer rieselte Eli über den Rücken. Mit fahrigen Fingern blätterte sie durch die Namenslisten. Die jüngste war mit 6. Januar 1947 datiert. Werners Name war noch immer darauf.

Langsam ließ sie die Dokumente sinken. Mit einem Mal war sie ganz ruhig und gefasst. Es gab nur eines, was sie tun konnte, doch ihr rannte die Zeit davon. In fünf Tagen sollte sie ihn heiraten – ihn, Werner Lüdi, Mitglied einer verbotenen Schweizer Frontistenpartei.

»Könnest du bitte diesen Brief für mich zur Post bringen?«, fragte Eli Ninette am nächsten Morgen und hob dabei wie beiläufig ihren Pass hoch, bevor sie ihn vor den Augen der Bediensteten in den Umschlag steckte. »Ich muss meinen Pass so schnell wie möglich an die *Schweizer Spende* zurückschicken, damit sie mein Visum von den britischen Behörden annullieren lassen können.« Dann klebte sie den Umschlag zu und reichte ihn der Französin.

Diese nickte lächelnd und machte einen Knicks. »Naturellement, Mademoiselle. Ich kümmere mich gleich darum.«

Durchs Salonfenster sah Eli der Französin nach, wie sie auf dem Fahrrad in Richtung Dorf fuhr. Vor ein paar Wochen noch hätte sie ein schlechtes Gewissen geplagt, weil sie eine nichts ahnende Angestellte für ihre Zwecke ausnutzte, doch die Zeit der Skrupel war endgültig vorbei.

Der Umschlag war zwar tatsächlich an ihren üblichen Kontakt der *Schweizer Spende* in Bern adressiert, doch der Pass nur ein möglichst plausibler Vorwand gewesen. Denn ebenfalls darin lag ein Teil der belastenden Listen und Fotos, die sie gestern gefunden hatte. Zusammen mit einem Brief, der alles Nötige erklärte, und der dringenden Bitte, die Unterlagen an die zuständigen Bundesbehörden weiterzuleiten.

Sie riskierte viel dabei, das wusste Eli. Das war mit ein Grund, weshalb sie die restlichen Unterlagen früh am Morgen wieder säuberlich ins Geheimfach zurückgelegt hatte. Sie durfte keinen Verdacht erregen, und ein direkter Brief an die Bundespolizei wäre jedem im Haus ins Auge gesprungen.

Mit einem Ruck wandte sie sich vom Fenster ab und versuchte, das Pochen in ihrer Brust zu beruhigen. Jetzt blieb ihr nur noch, abzuwarten und zu beten, dass der Einfluss der Familie Lüdi nicht bis auf Bundesebene reichte.

Die folgenden Tage verflogen jedoch, ohne dass irgendetwas geschah. In scheinbar stoischer Ruhe ließ Eli die letzte Anprobe ihres Kleids über sich ergehen. Sah zu, wie eine ganze Horde von zusätzlichen Bediensteten das Haus bis auf das letzte Staubkorn putzte und polierte. Ging geflissentlich aus dem Weg, während Floristen den Salon, in dem die Trauung stattfinden sollte, mit unzähligen weißen Rosen dekorierten. Sie ertrug sogar Mutters Ankunft und ihre Kommentare darüber, wie fürchterlich mager und unrepräsentabel sie aussah.

In Wahrheit fühlte Eli, wie ihr die Hoffnung jeden Tag ein Stückchen mehr durch die Finger rann. Der Brief lag wahrscheinlich unbeachtet auf irgendeinem Arbeitstisch oder war unter den Tausenden von Postsendungen verloren gegangen. Solange sie nur weiterhin die Kraft aufbrachte, die Erinnerung an Helmut tief in ihrem Bewusstsein zu verschließen. Sie könnte dieses ganze armselige Schauspiel sonst niemals überstehen.

Am Abend vor der Hochzeit trafen Elis Vater und Werner ein. Sie unterdrückte ein Schaudern, als Werner sie mit einem überlegenen Grinsen und einem Kuss auf die Wange begrüßte. Jetzt, nachdem sie sein Geheimnis kannte, reduzierte sich ihr Bild von ihm noch mehr auf den widerwärtigen Menschen, der er war.

Während des gemeinsamen Abendessens sagte niemand der Anwesenden ein Wort. Werners Eltern saßen mit geziert gestrafften Rücken über ihren Tellern. Mutter trank bereits das vierte Glas Wein. Vater kaute mit finsterem Blick an seinem Stück Rindfleisch, und Werner demonstrierte dieselbe Gleichgültigkeit, die seine Miene darstellte.

Wäre der Anblick nicht so trostlos gewesen, hätte Eli am liebsten laut aufgelacht. Ihre Nerven lagen längst blank.

Sie zuckte zusammen, als die Haushälterin in den Raum trat. Ihr Gesichtsausdruck zeigte eine Mischung aus Verständnislosigkeit und purer Empörung. »Herr Lüdi. Entschuldigen Sie die Störung, aber wenn Sie bitte kommen könnten. Da sind ein halbes Dutzend Männer vor dem Haus. Sie sagen, sie seien von der Bundespolizei.«

Von diesem Moment an spielte sich für Eli alles wie aus weiter Ferne ab. So, als würde sie sich außerhalb ihres eigenen Körpers bewegen. Sie sah Werners Mutter, die sich erschrocken die Hand ans Herz legte. Werner, der die Leinenserviette auf den Tisch warf und aufstand.

Sie hätten von anonymer Stelle die belastenden Beweise erhalten, dass sich in diesem Haus ein hohes Mitglied einer verbotenen faschistischen Organisation aufhalte.

»Werner Lüdi, Sie sind verhaftet wegen Verdachts des Landesverrats, der Verbreitung von nationalsozialistischem Gedankengut und versuchten Betrugs«, erklärte einer der Beamten in Zivil mit kühler Gelassenheit, während zwei seiner Kollegen Werner an den Armen griffen. Er ließ sich auch nicht aus der Ruhe bringen, als Werners Vater lautstark protestierte und seine Mutter, einem Schwächeanfall nahe, auf den nächsten Stuhl sank.

»Diese Unverschämtheit wird Folgen haben. Ich kann Ihre Karriere ruinieren«, brüllte Werner den Beamten zu. Doch die führten ihn ungerührt in Handschellen hinaus.

Eli stand reglos oben auf der Treppe.

Eigenartig. Sie hatte erwartet, Erleichterung zu verspüren oder zumindest ein Hauch von Genugtuung. Stattdessen fühlte sie nur eine bleierne Erschöpfung in sich.

Natürlich war es allein mit Werners Verhaftung nicht getan, und die Beamten durchsuchten das ganze Haus. In der Zwischenzeit wurden Eli und ihre Eltern sowie Herr und Frau Lüdi zur Routinebefragung einzeln in den Salon geführt.

»Sie finden weitere Beweise im Tisch in der Bibliothek. Rechts unter der Tischplatte ist ein Riegel zu einem Geheimfach«, sagte sie geradeheraus zu dem Beamten, der sie verhören sollte.

Der Mann sah sie erstaunt an. »Ihr Name, Fräulein?«

»Wipf. Mein Name ist Elvira Wipf«, antwortete sie ruhig. »Ich habe Ihnen die Beweise zukommen lassen.« Und sie erzählte ihm alles. Von ihrer Beziehung zu Werner. Davon, wie es zu ihrer Unterschrift auf dem Vermögensübertragungsvertrag gekommen war, von ihrem Aufenthalt in Köln, der unfreiwilligen Rückkehr, den Tagen hier in der Villa Lüdi und wie sie das Geheimfach durch puren Zufall entdeckt hatte. Einzig Werners Erpressung gegenüber Vater ließ sie aus. Es war nicht an ihr, diese Wahrheit zu eröffnen, und sollte es sein, käme sie ohnehin früh genug ans Licht.

»Du hast die Behörden informiert? Bist du von allen guten Geistern verlassen?«, brüllte Vater am nächsten Morgen in seinem Arbeitszimmer und raufte sich das schüttere Haar.

Eli saß ihm gegenüber und begegnete seiner Wut mit kühler Fassung.

Nach den Befragungen waren ihre Eltern und sie noch in derselben Nacht wieder zurück nach Hause gefahren. Die Hochzeit würde weder heute noch irgendwann stattfinden. Erst während der Rückfahrt war die Gewissheit langsam in Elis Bewusstsein gesickert.

»Ist dir klar, was du damit angerichtet hast?« Vaters Stimme überschlug sich. »Werner wird auch mich ans Messer liefern, allein schon, um dir und mir eins auszuwischen.«

»Vermutlich«, entgegnete sie ruhig. »Immerhin hast du aber jetzt die Möglichkeit, dir einen anderen Anwalt zu suchen.« Sie staunte, wie wenig sie das Ganze noch berührte.

Atemlos ließ sich Vater in seinen Arbeitssessel fallen. »Dir ist also völlig egal, dass ich im Gefängnis landen könnte?« Sein Gesicht war vor Wut rot angelaufen.

Sie stand auf, sah ihn unverwandt an. »Von mir wird niemand etwas erfahren, deine Schuld hingegen hast du selbst zu tragen.« Eli trat einen Schritt näher, stemmte die Hände auf den Tisch. »Außerdem habe ich nachgerechnet. Das Vorerbe, das ich im Fall einer Heirat erhalten soll, beträgt rund achtzigtausend Franken, richtig? Ich will das Geld jetzt. Und zwar auf ein Konto, auf das nur ich Zugriff habe.«

»Das ist unmöglich.«

»Der Rest von deinem Vermögen ist mir egal. Ich will nur, was mir zusteht. Ich gebe dir zwei Tage Zeit. Du kannst beruhigt sein, danach brauchst du dich nie mehr um mich zu kümmern, denn ich werde gehen.«

Vater riss die Augen auf. »Aber du kannst doch nicht …«

»Doch, ich kann«, fiel Eli ihm ins Wort. »Nenn es meinetwegen den Preis für mein Schweigen, wenn dir das besser gefällt.« Sie lehnte sich noch ein Stück weiter vor. »Zwei Tage, Vater. Oder ich ändere meine Meinung und gehe zur Polizei.«

Auf einmal war Vaters Stimme nur noch ein heiseres Krächzen. »Das ist Erpressung.«

Sie schüttelte den Kopf. »Nein. Das ist, was du mich ein Leben lang gelehrt hast.«

Damit warf Eli ihm einen letzten Blick zu, bevor sie sich umdrehte und die Treppe zu ihrem Zimmer hochging.

Ein Blick auf ihre Armbanduhr. Gut. Sie hatte noch genug Zeit, bis das Taxi sie abholte und in ein Hotel brachte. Sie brauchte nicht viel zu packen, die zwei Koffer und die Truhe, die Sonja ihr nachgeschickt hatte, standen noch immer unberührt dort an der Wand.

Dann setzte sie sich an den Schreibtisch, nahm ein Blatt Papier. Nach kurzem Überlegen begann sie zu schreiben.

Stadtkommandantur der
British Army of the Rhine
Captain Trevor Atkins
Kaiser-Wilhelm-Ring
Köln/BAOR

Lieber Trevor,

auf die Gefahr hin, dass du mich für eine Schmarotzerin hältst, brauche ich erneut deine Hilfe …

37 SOLANGE SIE LEBEN

Köln-Bayenthal, 10. März 1947

Helmut fühlte sich höchst unwohl, während er in dem Stuhl mit den abgeschabten Armlehnen in Dr. Wagners Arbeitszimmer saß.

Ihm gegenüber beugte sich der alte Anwalt an seinem Tisch über einen Stapel Papiere, hielt dabei sein Monokel mit der rechten Hand fest. Solange Helmut denken konnte, war Vaters Anwalt ein kleines, feingliedriges Männlein gewesen. Jetzt schien sein mit Kissen gepolsterter Sessel ihn jedoch geradezu zu verschlucken.

Draußen vor dem Fenster schien die Sonne. Der Frühling wagte sich zaghaft, aber stetig immer weiter vor. Trotzdem brannte im Kamin ein Feuer, und Helmut spürte, wie ihm unter dem Hemd ein Schweißtropfen über den Rücken rann. Das Ticken der Standuhr dort in der Ecke zerrte an seinen Nerven. Der ganze Raum roch nach Mottenkugeln und abgestandenem Pfeifenrauch.

Es sei eine Anfrage bezüglich der Gebäuderuine an der Friesenstraße Nummer 46 bei ihm eingegangen, hatte Dr. Wagner ihm gestern in seiner Nachricht mitgeteilt, und er, Helmut, solle doch bitte am heutigen Nachmittag um zwei Uhr bei ihm erscheinen. Schon auf dem ganzen Weg nach Bayenthal hatte er sich den Kopf darüber zerbrochen, was das für eine eigenartige Anfrage sein könnte.

Möglichst unauffällig schielte Helmut auf die Standuhr. Jetzt war es Viertel nach zwei, und er wusste noch immer nicht mehr.

Der Anwalt räusperte sich und nahm das Monokel vom Auge.

»Nun. Wie ich Ihnen bereits geschrieben habe, handelt es sich um die Gebäuderuine Ihres Elternhauses.« Er lehnte sich im Stuhl zurück und sah Helmut an. »Um genau zu sein, geht es um ein Kaufangebot.«

»Wie bitte?« Helmut musste sich verhört haben. Wer, der auch nur eine Spur gesunden Menschenverstand besaß, würde einen Schutthaufen kaufen wollen?

Doch Dr. Wagner nickte. »Ich gebe zu, ich war selbst ziemlich erstaunt, als mich das Grundbuchamt darüber informiert hat.« Sogleich hob er die Hände und beeilte sich hinzuzufügen: »Nicht wegen des Kaufgesuchs an sich. Sondern vielmehr wegen des angebotenen Preises und der dazugehörigen Konditionen.«

Helmut runzelte die Stirn.

»Soweit ich sehe, hat jedoch alles seine Richtigkeit, und der Kaufvertrag liegt sogar schon vor.« Der alte Mann hielt ein Papierbündel hoch.

»Ich denke nicht daran zu verkaufen. Schon gar nicht zu einem Spottpreis«, sagte Helmut im Brustton der Überzeugung. Außer der Hausruine war Mattes und ihm nichts von ihren Eltern geblieben. Zwar hatte Mattes' Krankheit alle Pläne in Luft aufgelöst, und Helmut wusste noch immer nicht, wie er das Geld für den Bettenplatz im Rosbacher Waldkrankenhaus für die kommenden Monate aufbringen sollte. Für die Anzahlung hatte er bereits mehr als die Hälfte des restlichen Familienschmucks gegen Bargeld eingetauscht. Viel blieb nicht mehr übrig, trotzdem würde er einen Weg finden. Irgendwie. Hauptsache, Mattes war gut versorgt.

»Oh, Sie verstehen nicht, Helmut.« Ein Lächeln erhellte Dr. Wagners faltiges Gesicht und ließ ihn einen Moment lang aussehen wie ein fröhliches Heinzelmännchen. »Hier geht es um alles andere als um einen Spottpreis. Das Angebot beläuft sich auf fünfundneunzigtausend Alliierte Militärmark.«

Augenblicklich stockte Helmut der Atem. Seine Gedanken begannen zu rasen. Die neue Besatzungswährung wurde gleich der Reichsmark gewertet. Kalkulierte man jedoch die Währungsabwertung mit ein, entsprachen fünfundneunzigtausend Alliierte Militärmark ungefähr sechseinhalbtausend Reichsmark. Damit hätte man vor dem Krieg ein Grundstück von fast dreihundert Quadratmetern kaufen und die Baukosten für ein mindestens zweistöckiges Haus bezahlen können. Eine schier unvorstellbare Summe, die all seine Sorgen mit einem Schlag tilgen könnte.

Wie aus weiter Ferne hörte er den Anwalt sagen: »Allerdings sind an den Kaufvertrag bestimmte Klauseln geknüpft. Die erste davon verlangt, dass die restlichen Punkte erst in Anwesenheit des Käufers verlesen werden dürfen.«

Von draußen war das Brummen eines Fahrzeugmotors zu hören.

Was für eine unsinnige Bedingung, dachte Helmut. Der Interessent musste ein sehr sonderlicher Kauz sein, wenn er solche Klauseln aufstellte. »Und wann wird dieser Käufer erscheinen?«

»Oh, wenn mich nicht alles täuscht, ist er bereits da«, sagte Dr. Wagner.

Tatsächlich klopfte es draußen an der Tür. Helmut hörte die Stimme der Haushälterin, als sie den Neuankömmling hereinbat.

Und es war ihm, als ob sich die Luft im Raum verschob und dafür der Rest der Welt in genau dem Moment in absoluter Reglosigkeit verharrte, sobald die Tür zum Arbeitszimmer aufging und Eli eintrat.

»Eli«, stieß er mit einem Krächzen hervor, sprang auf die Beine und wurde sich sogleich der anderen Gestalt hinter ihr bewusst.

Was hatte der englische Offizier hier zu suchen? Captain Atkins. Helmut erinnerte sich noch ganz genau an den Namen und an das immer perfekt rasierte Gesicht des Briten, der ihn nun mit einem distanzierten Nicken bedachte.

Sogleich wandte Helmut seine gesamte Aufmerksamkeit jedoch wieder Eli zu.

Sie trug ein schlichtes Kleid aus dunkelgrünem Wollstoff, dazu ein taillenlanges weißes Jäckchen und ein Täschchen in derselben Farbe. Ihr Haar war kürzer, bemerkte er sofort, und sie hatte an Gewicht verloren. Sie lächelte ihn an. Dennoch wirkte ihre Miene unsicher, ihre Brust hob und senkte sich unter raschen Atemzügen. Warum war sie so nervös?

»Ach, kennen Sie sich etwa?«, rief Dr. Wagner hinter seinem Tisch hervor. »Es freut mich, Ihre Bekanntschaft zu machen, Gnädigste. Bitte, setzen Sie sich.« Er schien keineswegs überrascht, eine Frau und einen britischen Soldaten vor sich zu sehen.

Ohne ein weiteres Wort nahm der Brite auf einem Sessel an der Wand Platz. Seine Barettmütze legte er auf dem kleinen Tischchen daneben ab.

»Danke«, sagte Eli, reichte dem Anwalt die Hand, setzte sich auf den angebotenen Stuhl und wandte dann den Blick zu Helmut. »Um Ihre Frage zu beantworten: Ja, wir kennen uns.« Ihr Lächeln wurde sanfter. »Wie geht es dir, Helmut?«

Er brachte keinen Ton heraus. Was hätte er ihr auch sagen sollen? Dass seine Welt an jenem Tag in sich zusammengefallen war wie ein im Wind gebautes Kartenhaus? Dass er vor Sorge um sie fast wahnsinnig geworden war und sogar überlegt hatte, wie er sich irgendwie in die Schweiz durchschlagen konnte, um nach ihr zu suchen? Hätten Fien und Paulchen ihn nicht zur Vernunft gebracht, hätte er wahrscheinlich genau das auch getan, ungeachtet der Konsequenzen.

Und nach all den qualvollen Wochen saß sie jetzt plötzlich direkt vor ihm. So nahe, dass er nur die Hand auszustrecken bräuchte, um sie zu berühren. Fassungslos starrte er sie an.

»Das trifft sich ja bestens. So kommen wir mit den übrigen Punkten rascher voran«, sagte Dr. Wagner, hielt das Monokel erneut vors rechte Auge, räusperte sich und fuhr in geschäftsmäßigem Ton fort: »Das Kaufangebot ist bereits genannt. Nachdem die Kaufinteressentin sowie der rechtliche Besitzer der Parzelle an der Friesenstraße Nummer 46 nun beide anwesend sind, können wir zum nächsten Punkt übergehen.«

Helmut hörte ihm jedoch nur mit halbem Ohr zu, während sein Blick ungläubig an Eli hing.

»Zweiter Punkt: Der Verkäufer und dessen Mündel behalten im Falle einer Einigung mit dem Käufer beziehungsweise der Käuferin das Besitzrecht zu gleichen Teilen und können über das besagte Grundstück sowie etwaige bestehende Bauten oder Neubauten verfügen, sofern folgende Bedingungen erfüllt sind.«

Moment. Was hatte der Anwalt da gerade gesagt? Nur mit Mühe wandte er die Augen ab und sah Dr. Wagner kopfschüttelnd an. »Wie war das eben? Der Verkäufer behält das Besitzrecht?«

Doch der alte Mann hob nur den Zeigefinger und fuhr mit seiner Verkündung fort. »Erstens: Ein Teil des Kaufbetrags muss für die Deckung der Pflegekosten für den unmündigen Bruder des Verkäufers, namentlich Matthias Dreesen, aufgewendet werden.«

Erneut schweifte Helmuts Blick zu Eli. Woher wusste sie …?

»Zweitens: Es handelt sich bei diesem Geschäft ausdrücklich nicht um ein Darlehen. Die gesamte Summe in der Höhe von fünfundneunzigtausend Alliierten Militärmark ist deshalb in Raten und auf unbestimmte Zeit auf ein eigens dafür angelegtes Konto zurückzuerstatten. Der Betrag auf diesem Konto wiederum darf nur für die Finanzierung des Studiums des Verkäufers, namentlich Helmut Dreesen, sowie den Bau eines neuen Eigenheims verwendet werden.«

»Was?« Verständnislos blickte Helmut von Dr. Wagner zu Eli. Bestimmt hatte er etwas falsch verstanden. Von einem solchen Kaufvertrag hatte er noch nie im Leben gehört.

»Wenn Sie erlauben, Dr. Wagner, würde ich gerne allein mit Herrn Dreesen sprechen«, sagte Eli und nickte auch dem Briten über die Schulter hinweg zu.

»Selbstverständlich, lassen Sie sich alle Zeit der Welt.« Mit erstaunlicher Behändigkeit kletterte der alte Anwalt von seinem Sessel und wackelte mit winzigen Schritten zur Tür. Im Vorbeigehen tätschelte er Elis Arm.

»Are you sure?« Der Widerwille war dem Engländer deutlich ins Gesicht geschrieben, als auch er sich erhob.

»Ganz sicher«, antwortete Eli. Sie sah ihm nach, bis die Tür hinter seinem Rücken zufiel. Dann wandte sie sich erneut zu Helmut um, strich in einer fahrigen Geste eine Strähne hinters Ohr. Sie öffnete den Mund, um etwas zu sagen, schloss ihn jedoch sogleich wieder. Versuchte es zweimal vergeblich von Neuem, bevor sie mit einem Ruck aufstand.

»Was an jenem Morgen passiert ist … Ich habe nicht geahnt, dass Werner und Vater kommen würden, bitte glaub mir das«, sprudelten die Worte auf einmal aus ihr heraus. »Sie haben mich gezwungen, mit ihnen zurück in die Schweiz zu fahren. Aber jetzt ist alles geregelt, und ich werde es dir später erklären, versprochen. Werner ist im Gefängnis. Ich bin endlich frei. Wirklich frei.«

Sie streckte abwehrend die Hand aus. »Bevor du irgendwelche falschen Schlüsse ziehst: Trevor ist nur ein guter Freund, nicht mehr. Er hat mir bei der Besorgung eines neuen Visums geholfen und ein gutes Wort bei der Stadtkommandantur für mich eingelegt. Ich werde nächste Woche meine neue Stelle als Dolmetscherin und Deutschlehrerin bei der BAOR antreten. Aber er hat darauf bestanden, heute mitzukommen, und ich konnte es ihm nicht abschlagen.«

Er schüttelte verwirrt den Kopf. »Warum hast du mir nicht geschrieben? Irgendein Lebenszeichen von dir gegeben?«, wenigstens diese Antwort schuldete sie ihm.

Ihre Finger kneteten den Saum des Jäckchens. »Ich wusste nicht, ob du vielleicht inzwischen jemand anderes …«

»Jemand anderes?«, wiederholte er entgeistert. Wie konnte sie nur einen Moment lang daran denken?

Dann kniff sie die Augen zusammen, wie um sich besser konzentrieren zu können. »Was ich damit meine, ist: Ich liebe dich, Helmut. Und alles, was ich will, ist, hierzubleiben und dir und Mattes zu helfen. Paulchen hat mir geschrieben, wie es um ihn steht. Aber ich weiß, wie schwer es für dich ist, auf Hilfe anderer angewiesen zu sein. Das hast du gesagt, ich erinnere mich. Deshalb ist mir diese Idee gekommen.«

Sie liebte ihn. Das hatte Helmut aus dem ganzen Wortschwall ganz klar und deutlich herausgehört. Nein, er täuschte sich nicht.

Er trat auf sie zu. »Ich werde den Vertrag unterschreiben.«

»Es ist eine merkwürdige Idee, das ist mir klar«, haspelte sie weiter und warf in einer verzweifelten Geste die Hände in die Luft. »Aber ich wusste nicht, wie ich es sonst anstellen sollte.«

»Es ist alles gut, Eli.«

Doch sie hörte ihm nicht zu. »Ich weiß, als Schweizerin in Deutschland zu leben, ist ein ständiger Drahtseilakt, und ich werde wahrscheinlich in unzählige Fettnäpfchen treten, doch ich will es lernen. Ich kann es lernen. Wenn du mir dabei hilfst.«

Mit einer einzigen fließenden Bewegung zog er Eli an sich und brachte sie mit einem Kuss zum Schweigen. Lange. Gründlich. So, wie er es sich in den vergangenen, einsamen Nächten unzählige Male ausgemalt hatte. Sie wollte bei ihm bleiben. Bei ihm und Mattes.

Nur widerwillig löste Helmut sich von ihr, und er schmunzelte, als er ihr Aufseufzen hörte. »Wir sollten besser die anderen wieder hereinholen«, flüsterte er. »Die beiden fragen sich bestimmt schon, was wir hier tun.« Nicht, dass ihn kümmerte, was sie dachten. Aber er wollte so schnell wie möglich mit Eli von hier verschwinden. Irgendwohin, wo sie allein waren.

Die restlichen Formalitäten waren schnell geklärt und der Kaufvertrag unterschrieben. Bereits von morgen an wäre Eli als gleichwertige Mitbesitzerin des Grundstücks an der Friesenstraße Nummer 46 im Grundbuch eingetragen.

»Auf ein Wort«, raunte der Brite Helmut zu und zog ihn beiseite, während Eli sich von Dr. Wagner verabschiedete. »Von Soldat zu Soldat. Zwar habe ich bis zum Schluss gehofft, dass sie ihre Meinung ändert, zumal ich mir noch immer nicht erklären kann, was sie überhaupt an dir findet«, sagte er unverblümt und schnaubte auf. »Wie es jedoch scheint, hat sie sich nun mal für dich entschieden. Ich akzeptiere das. Sollte ich aber auch nur den kleinsten Verdacht haben, dass du sie nicht behandelst, wie sie es verdient, dann möge dir der Himmel beistehen. Das ist ein Versprechen.«

»Von Offizier zu Offizier«, erwiderte Helmut, ohne zu zögern, und streckte ihm die Hand entgegen. »Das Versprechen gilt. Ich verstehe, dass du Eli ein guter Freund bist, und dafür danke ich dir.« Er verzog die Lippen zu einem Grinsen. »Nichtsdestotrotz sind die Uniformen von euch Tommys einfach nur lächerlich.«

Der Brite zog überrascht die Augenbrauen hoch. Doch dann erwiderte er das Grinsen und drückte Helmuts Hand. »Ich behalte dich im Auge, Dreesen.«

»Tu das, Atkins.«

Was für ein guter Freund er war, demonstrierte Trevor auch danach, als er sich bereit erklärte, sie zurück zum Barackendorf am Venloer Wall zu fahren. Eli gehörte der Delegation der *Schweizer Spende* in Köln zwar inzwischen offiziell nicht mehr an, was in diesem Fall jedoch zu ihrem Vorteil war. Das Reglement hätte ihr eine Beziehung zu einem Deutschen strikt verboten. Trotzdem wollte sie zumindest ihre einstigen Arbeitskolleginnen wiedersehen.

Die Begrüßung war mehr als herzlich. Fräulein Ruth tupfte sich vor Rührung die Augen ab. Fräulein Sonja, Paulchen und Fien strahlten um die Wette. Letztere gehörte inzwischen zu den fest bezahlten Angestellten des Schweizer Dorfs.

»Verlang das nie wieder von mir, hörst du?«, sagte Paulchen mit gespielter Entrüstung, während sie Eli fest umarmte. »Du hast ja keine Ahnung, was es mich gekostet hat zu wissen, dass du kommst, und Helmut nichts sagen zu dürfen. Ich bin so froh, dass du wieder hier bist.«

Zwar bot Fräulein Sonja Eli an, in einem der leer stehenden Zimmer der Wohnbaracke unterzukommen. Als Angestellte der BAOR stand Eli jedoch eine Unterkunft in einem der Transithotels der Besatzungsstreitkräfte zu, bis sie eine feste Bleibe fand.

Nachdem sie ihn durch den Hintereingang hereingeschmuggelt hatte, verbrachten Helmut und Eli dort in einem schmucklosen, aber sauberen Zimmer ihre zweite gemeinsame Nacht. In einem echten Bett mit Matratze und Laken, obwohl keiner von ihnen beiden an Schlaf dachte. Stattdessen redeten sie, lachten, weinten und liebten sich. Danach hielt er sie fest in seinen Armen, während der letzte Rest der Mauer in ihm endgültig bröckelte. Auch er konnte lernen. Lernen, wieder zu leben. Wieder Frieden zu finden. Mit Eli an seiner Seite.

Am nächsten Morgen fuhren sie gemeinsam zu Mattes ins rund achtzig Kilometer entfernte Waldkrankenhaus von Rosbach. Mattes konnte seine Begeisterung kaum zügeln, als er Eli wiedersah, selbst wenn sie es, um eine Ansteckung zu vermeiden, bei einem gegenseitigen Anlachen auf Distanz belassen mussten.

Es war eine Wohltat, den Jungen endlich wieder fröhlich zu

sehen. Seine Genesung machte beste Fortschritte. Die frische Landluft tat ihm gut, und sein Gesicht hatte inzwischen sogar wieder etwas Farbe angenommen. Trotzdem würde er noch mindestens fünf Monate unter Therapie in Rosbach bleiben müssen, meinte der behandelnde Arzt. Zum Glück ertrug Mattes sein Los mit stoischer Fassung. Er hatte in Rosbach sogar neue Freunde gefunden – zwei Jungen in fast dem gleichen Alter.

Während Eli eine Woche später ihre neue Arbeit aufnahm, wurde Helmut, nicht zuletzt dank einem Referenzschreiben von Doktor Leer, zur Universität in Köln-Lindenthal zugelassen. Da er das Wintersemester verpasst hatte, würde er das gesamte letzte Studienjahr wiederholen müssen, brauchte jedoch aufgrund seiner Vorkenntnisse nicht sämtliche Lesungen zu besuchen. Die restliche Zeit arbeitete er weiterhin in der Schreinerei im Schweizer Dorf. Nun jedoch als Hilfsarbeiter und gegen Bezahlung. Zusammen mit dem Schreinermeister entwarf er weitere Kindermöbel, Tischchen, Stühle und kleine Bänke aus alten Gemüsekisten.

Das verdiente Geld deponierte er auf dem vertraglich vereinbarten Konto. Es war ein befriedigendes Gefühl, den Betrag stetig wachsen zu sehen, auch wenn dieser im Vergleich zu Elis Vermögen eine Nichtigkeit darstellte.

Inzwischen hatte sie zwar sämtliche Beziehungen zu ihrer Familie abgebrochen, jedoch das restliche Geld in weiser Voraussicht auf ihrem Konto in der Schweiz belassen. Die finanzielle Lage in Deutschland war noch immer viel zu chaotisch. Es gab nicht einmal einen festen Wechselkurs der Reichsmark für ausländische Währungen.

Trotzdem heirateten Helmut und Eli am 29. August 1947, genau zwei Tage nachdem Mattes endlich entlassen worden und wieder nach Hause gekommen war. Natürlich waren alle anwesend: Paulchen, Fien, Fräulein Sonja und Ruth – und ja, auch

Trevor Atkins. Er und Paulchen amtierten sogar als Trauzeugen. Eli hatte darauf bestanden. In der felsenfesten Überzeugung, dass die beiden wie geschaffen füreinander wären, nachdem Trevor Paulchen nun schon mehrfach ausgeführt hatte.

Helmut hütete sich, ihr darin zu widersprechen. Stattdessen genoss er die Stunden mit seiner neuen Familie in der winzigen Wohnung, die sie in der Nähe des Kaiser-Wilhelm-Rings bezogen. Die Spaziergänge am Sonntagnachmittag am Rheinufer entlang. Die Theaterbesuche oder die ganz stillen Momente, wenn sie einfach nur nebeneinander draußen auf dem Balkon saßen und die Sterne betrachteten. Er litt noch immer ab und zu an Albträumen, doch er hatte gelernt, sie zu akzeptieren und nicht mehr gegen sie anzukämpfen. Irgendwann würde er auch mit der Erinnerung umgehen können.

Am 14. Mai 1948 promovierte Helmut als ältester Student seines Jahrgangs mit summa cum laude. Fast einen Monat bevor am 20. Juni die langersehnte Währungsreform stattfand. Es war, als würde mit der alten Reichsmark endlich ein weiteres Kapitel einer Vergangenheit abgeschafft, an die niemand mehr denken wollte. Mit der neuen Deutschen Mark fing die Zukunft an.

Nur ein halbes Jahr später bezogen sie die Wohnung über der neu eröffneten Apotheke an der Friesenstraße Nummer 46.

Vorsichtig platzierte Helmut am selben Abend den Bilderrahmen an der Wand über der Kommode im neuen Salon. Es war ein Foto ihrer Hochzeit. Er zusammen mit seiner Frau, seinem Bruder und inmitten ihrer Freunde. Fröhliche, strahlende Gesichter, die erwartungsvoll in die Zukunft schauten.

Direkt darunter auf der Kommode stand ein anderes Bild in einem schlichten Holzrahmen, den er eigens dafür geschnitzt hatte. Das Foto war zerknittert, an den Ecken eingerissen und vergilbt. Allesamt Spuren einer Reise durch Krieg, Ungewissheit, Hoffnungslosigkeit, Angst und Gefangenschaft. Das Bild zeigte eine andere Familie. Vater, Mutter, Hannelore, Mattes und er auf dem Ausflug ins Bergische Land. Das war vor so langer Zeit gewesen. In einem anderen Leben.

Das Bild betrachtend legte Helmut den Arm um Elis Taille und lächelte, als sie sich sogleich an ihn schmiegte.

Manche Erinnerungen waren besser als andere. Viele würden immer ein Teil von ihm bleiben. Doch es spielte keine Rolle, wenn Eli bei ihm war. Sie hatten Zeit, um ihre neuen, eigenen Erinnerungen zu gestalten.

Solange sie lebten.

ENDE

PERSONENVERZEICHNIS IN ALPHABETISCHER REIHENFOLGE

(reale Personen kursiv)

Adolf Lüchinger: Zürcher Stadtpräsident von 1944–1949.
Angelo del Vecchio: Koch, Mitglied der Delegation der *Schweizer Spende* in Köln.
Dorothea Wipf: Elis Mutter.
Bertram Leers: Arzt in Köln.
Eli (Elvira) Wipf: wohlbehütete Tochter einer gut situierten Kaufmannsfamilie aus Zürich.
Fien (Josefine) Beckers: Sängerin, Tänzerin, Prostituierte, duldsames Kindermädchen sowie Elis gute Fee und Seelsorgerin.
Franz-Rudolf von Weiss: Schweizer Diplomat und von 1943–1950 Generalkonsul der Schweiz in Köln.
Gottfried Wipf: erfolgreicher Kaufmann aus Zürich und Elis Vater.
Gottlieb Bachmann: Präsidiumspräsident der Schweizerischen Nationalbank und Mitglied im Komitee der *Schweizer Spende*.
Gustav von Trausnitz: junger Fähnrich unter Helmuts Befehl und Mitgefangener in Jelabuga.
Hans Dohrenbusch: Mittelsmann der *Schweizer Spende* in Köln, Geschäftsführer der Kölner Arbeiterwohlfahrt und von 1946–1947 Kölner Stadtverordneter.
Hans Lötscher: Delegierter der *Schweizer Spende* in Vlotho.
Helmut Dreesen: ehemaliger Oberleutnant der Wehrmacht und Mattes' älterer Bruder.
Hermann Pünder: Oberbürgermeister der Stadt Köln von 1945–1948.

Ingeborg Odendahl: Bekannte der Familie Dreesen.

John M. White, Lt. Col.: britischer Stadtkommandant Kölns.

Karl Linnich: ehemaliger Oberleutnant der Wehrmacht, Mitgefangener in Jelabuga.

Klaus-Dieter Odendahl: Ingeborgs jüngster Sohn.

Marie Züger: Stickerin, Mitglied der Delegation der *Schweizer Spende* in Köln.

Mattes (Matthias) Dreesen: jüngster Sohn eines Kölner Apothekers und Helmuts Bruder.

Ninette: französisches Dienstmädchen in Familie Lüdis Villa.

Otto Wagner: Anwalt der Familie Dreesen.

Paulchen (Paula) Huwyler: gelernte Schneiderin, Mitglied der Hilfstruppe der *Schweizer Spende* in Köln und Elis Freundin.

Regina Kägi-Fuchsmann: u. a. Präsidentin des Schweizer Arbeiterhilfswerks.

Ruth Bircher: Säuglingsschwester, Mitglied der Kölner Delegation der *Schweizer Spende.*

Sonja Jeanneret: Leiterin der Hilfstruppe der *Schweizer Spende* in Köln.

Trevor Atkins: Offizier der britischen Royal Engineers.

Werner Lüdi: Sohn und Erbe eines angesehenen Anwalts aus Zürich und Elis Verlobter.

William Ashbury: Leiter des britischen Quäker-Hilfsteams in Köln.

BIBLIOGRAFIE

Markus Schmitz und Bernd Haunfelder, *Humanität und Diplomatie – Die Schweiz in Köln 1940–1949*, Aschendorff Verlag, Münster, 1. Auflage 2001

Chris Ranstead, *Bomb Disposal in World War* II, Pen and Swords History, Barnsley – South Yorkshire, 1. Auflage 2017

Klaus Sasse, *Bilder aus russischer Kriegsgefangenschaft – Erinnerungen und Fotos aus Jelabuga und anderen sowjetischen Lagern 1945–1949*, Waxmann Verlag, Münster, 2. Auflage 2007

Dieter Peeters, *Vermisst in Stalingrad*, Zeitgut Verlag, Berlin, 3. Auflage 2007

Gerhard Lützkendorf, *Flucht 1946 – Der Weg in die Freiheit*, Frieling & Huff, 1. Auflage 2018

H. Assmann, A. Schittenhelm, R. Schoen, E. Glanzmann & B. De Rudder, *Ergebnisse der Inneren Medizin und Kinderheilkunde*, Springer-Verlag, 1949

ANMERKUNG DER AUTORIN

Darf man als Schweizerin überhaupt über den Zweiten Weltkrieg schreiben oder ist das womöglich zu vermessen?

Genau das habe ich mich jahrelang gefragt, obwohl mich das Thema schon seit meinen Jugendjahren beschäftigt. Ich bin mit den Erzählungen meiner Eltern aufgewachsen, die den Krieg als Kinder bzw. Jugendliche miterlebt haben. Vor allem die Erinnerungen meines Vaters, der, obwohl katholisch getauft, mit einem jüdisch klingenden Familiennamen während der Kriegsjahre in Österreich aufgewachsen ist, waren für mich prägend. Aber auch meine Mutter in der Schweiz hat von Verdunkelung, Lebensmittelrationierungen, den Radioansprachen Hitlers und de Gaulles erzählt und von den polnischen Soldaten, denen sie auf dem Dorfschulhof Suppe gebracht hat, bevor sie ins Internierungslager gekommen sind.

Sich dafür zu interessieren und sich anzumaßen, über ein so komplexes Thema – vor allem in Anbetracht der allgemein kontroversen Rolle der Schweiz während des Kriegs – schreiben zu wollen, sind aber zwei Paar Schuhe.

Es war irgendwann im März 2015, als ich ganz zufällig über einen Artikel mit dem Titel »Schweizer Dorf am Kölner Westbahnhof« gestolpert bin. Darin war ein Tatsachenbericht über das Hilfsprojekt der *Schweizer Spende* zu lesen, von dem ich bis dahin noch nie gehört hatte, und ich war sofort Feuer und Flamme. Umso mehr, als ich während der Recherche im Schweizerischen Sozialarchiv in Zürich gelandet bin. Dort befinden sich sämtliche noch vorhandenen Unterlagen, darunter sogar handschriftliche Notizen über die Planung des »Zehn-Städte-Hilfsprogramms« der *Schweizer Spende* als Dachverband sowie die Zusammenarbeit mit dem Schweizerischen Arbeiterhilfswerk für die Durchführung der sogenannten »Aktion Köln«. Die Dokumente wie Wochenrapporte, Briefe und Aktennotizen offenbaren einen eindrücklichen Einblick in den Alltag im Schweizer Dorf am Venloer Wall in Köln.

So ist in meinem Kopf nach und nach diese Geschichte gewachsen, obwohl es noch ein paar Jährchen und einiger Überzeugungsarbeit seitens meiner Autorenkollegin Diana Menschig (Grazie mille für die Geduld und Nerven, Diana!) bedurft hat, bis zumindest ein erster Entwurf der Storyline entstanden ist. Den letzten Zweifel haben schließlich Hannah Paxian und Natalja Schmidt vom Droemer Knaur Verlag vertrieben, als ich ihnen im Februar 2019 von der Idee erzählte. Et voilà … damit waren meine zwei Cent zu einem Thema geboren, das ich schon lange mit mir herumtrage.

Doch es war mir sehr wichtig, eine möglichst alle Seiten berücksichtigende Geschichte zu schreiben. So hatte ich das große Glück, mit Hans Tepner sprechen zu können, einem ehemaligen Panzerjäger der Wehrmacht, der nach dem Fall von Königsberg (heute Kaliningrad) in russische Kriegsgefangenschaft geraten war. Erzählungen solcher Veteranen schockieren, geben einen winzigen Einblick in die Grausamkeit des Krieges und relativieren zugleich alle unsere heutigen Probleme und Problemchen. Danke, Herr Tepner, für diese unvergessliche Erfahrung.

Ebenfalls danke ich Manfred Speier und Stefan Conée, die mir während meines letzten Köln-Besuchs einen spannenden und informativen Einblick in die Stadt gegeben und eine Ahnung verschafft haben, wie es im »alten« Köln zur NSDAP-Zeit gewesen ist.

Aus Rücksichtnahme auf die Persönlichkeitsrechte habe ich für die Mitarbeiter der *Schweizer Spende* in meinem Roman fiktive Namen verwendet, und auch die Handlungen sind frei erfunden. Was jedoch die im Buch geschilderten Ereignisse in dem Jahr von Februar 1946–1947 betrifft, so habe ich versucht, mich möglichst genau an die vorhandenen Informationen aus den Unterlagen und Berichten zu halten. Äußerst hilfreich (und jedem zu empfehlen, der sich für das Thema interessiert) war dabei das Buch »Humanität und Diplomatie – Die Schweiz in Köln 1940–1949« von Markus Schmitz und Bernd Haunfelder. Darin ist eine ausgezeichnete Zusammenfassung der Unterlagen aus dem Sozialarchiv sowie dem Schweizerischen Bundesarchiv nebst eindrücklichem Bildmaterial zu finden.

An dieser Stelle sollen auch die realen Mitglieder der ersten Hilfsdelegation Erwähnung finden, die Anfang Februar 1946 im Namen der *Schweizer Spende* und des Schweizerischen Arbeiterhilfswerks nach Köln gereist sind:

Lilly Tschudin – Leiterin (bis August 1946)
Rosmarie Gertsch – Transport und Schneiderei
Luigi dal Pan – Leiter Küche
Vreni Stüssi – Säuglingsaktion
Grit Risler – Magazin und Administration
Hanny Stamm – Transport und Strickerei
& (ab ca. März bis Juli 1946) der Wachhund Hasso

Zum Schluss ein ganz herzliches Dankeschön an Birgit Förster, die mit ihrem Lektorat und ihren Anmerkungen mitgeholfen hat, die Geschichte überhaupt (und ohne unverständliche Helvetismen) lesbar zu machen.

Ein großes Grazie & Merci vilmol geht einmal mehr auch an meine Familie, die mir immer (zwar oft kopfschüttelnd, aber trotzdem) den Rücken stärkt. Insbesondere aber an meine Eltern – danke für eure Geschichten, euren Mut, eure unglaubliche Kraft, all das aus dem Nichts aufzubauen, was ihr für uns Kinder erarbeitet habt.

Wir werden euch nie vergessen, wo immer ihr jetzt auch seid …